DANTE ALIGHIERI.

譯本序

但丁和他的《神曲》

時代背景

但丁・阿利吉耶里（Dante Alighieri）是義大利的民族詩人，中古到文藝復興的過渡時期最具代表性的作家，恩格斯稱他是「中世紀最後一位詩人，同時又是新時代的最初一位詩人」，他繼往開來，在歐洲文學發展中占據了關鍵地位。

但丁的創作和其生平與時代關係極為密切。他生活的時代是十三世紀後半和十四世紀初年。十三世紀，義大利在政治上處於分裂狀態，北部小邦林立，名義上隸屬神聖羅馬帝國，實際則是獨立或自治的，其中有經濟繁榮的城市共和國，也有受封建主統治的小國。由於利害衝突，這些小邦彼此之間和內部時常鬥爭，乃至發生內戰。中部是教皇領地，教皇既是西方教會的最高權威和精神領袖，又是擁有世俗權力的封建君主。為了擴張自己的勢力和領土，教皇常運用縱橫捭闔的手段，插手小邦之間和小邦內部的鬥爭。神聖羅馬皇帝一般是從德意志諸侯中選出，但在法理上擁有對義大利的統治權，具備實力的皇帝也力圖行使這種權力。因此，教皇和皇帝之間長期存在著尖銳的矛盾和鬥爭。依不同的利害關係，各小邦和小邦內部的政治力量，也分別依靠這兩個最高封建權威，形成「貴爾弗」（Guelph）和「吉伯林」（Ghibelline）兩個對立的黨派。前者號稱「教皇黨」，實際上主要代表新興的市民階級和城市小貴族；後者號稱「皇帝黨」，主要代表封建貴族。貴爾弗和吉伯林兩黨的劃分，最初是一二一六年出現在佛羅倫斯，當時具有和後來不同的階級內容和政治立場，隨著政治鬥爭的發展，逐漸遍及其他地區。南部是西西里王國，原在德國霍亨斯陶芬（Hohenstaufen）王朝統治下，一二六八年為法國安茹伯爵查理（Charles d’Anjou）所奪，他建立的安茹王朝遂成為教皇的同盟軍和貴爾弗黨的後援。一二八二年，義大利人民為反抗法國統治者的暴政，發起「西西里晚禱」起義，消滅了島上駐軍。十四世紀初年，西西里島落入了亞拉岡王國（Reino de Aragón）之手。安茹王朝失去西西里之後，仍然統治著半島南部，稱為那不勒斯王國。神聖羅馬帝位自從一二五四年霍亨斯陶芬王朝告終後，二十年間一直虛懸著，史稱「大空位時代」（1254—1273）。這時的義大利實際上已不受皇帝控制，但貴爾弗和吉伯林的鬥爭仍然繼續著。以上就是但丁時代的義大利政治概況。

但丁在一二六五年五月下旬生於佛羅倫斯。這個城市共和國當時是義大利最大的手工業中心，以呢絨和絲綢工業著稱，金融業也很發達，人口約六到七萬，是歐洲最富庶的城市。十三世紀前半，政權掌握在貴族手中。一二五〇至一二六〇年間，市民階級開始壯大，貴爾弗和吉伯林兩黨的鬥爭日益激烈。一二六六年，貴爾弗黨最終得勝，使得佛羅倫斯成為全托斯卡納貴爾弗黨的堅強堡壘。

但丁出身城市小貴族，自稱是古羅馬人後裔。高祖卡洽圭達（Cacciaguida）曾隨神聖羅馬皇帝康拉德三世參加第二次十字軍東征，獲封為騎士，戰死在聖地。高祖母是波河（Po）流域的人，她的姓氏阿利吉耶里後來成為家族的姓氏。但丁家族是貴爾弗黨，但在政治上沒有地位，家庭經濟狀況也不寬裕。母親貝拉（Bella）在他五、六歲時去世；一二八三年左右，父親阿利吉耶羅（Alighiero）去世。一二七七年，但丁經父親做主和潔瑪・竇那蒂（Gemma Donati）訂婚，婚後至少生了兩個兒子：彼埃特羅（Pietro）和雅各波（Jacopo），一個女兒：安東尼婭（Antonia）。彼埃特羅和雅各波兄弟二人都是《神曲》最初的傳抄者和注釋者。

《神曲》最初創作動機

但丁少年時期就好學深思，在學校習得拉丁文法、邏輯和修辭學的初步知識，後來又從著名學者勃魯奈托・拉蒂尼（Brunetto Latini, 1200-1294）學過修辭學，以及演說和拉丁文書信書寫的藝術，這些對擔任公職和參與政治活動是必要的。他大概還在著名的波隆那大學聽過修辭學課。更重要的是他透過自學，接觸到拉丁詩人的作品，法國騎士傳奇和普羅旺斯騎士抒情詩。十八歲時，他已自己學會做詩。當時，佛羅倫斯是波隆那詩人圭多・圭尼采里（Guido Guinizelli, 約 1225-1276）創立的「溫柔的新體」（Dolce Stil Novo）詩派的中心。但丁和這個詩派的一些詩人互相贈答，並和詩派的領袖圭多・卡瓦爾堪提（Guido Cavalcanti, 1255-1300）結成深厚的友誼。但丁贈給卡瓦爾堪提等詩人的第一首詩，是一首抒寫自己對貝雅特麗齊（Beatrice）之愛的十四行詩。據考證，貝雅特麗齊是福爾柯・波爾蒂納里（Folco Portinari）的女兒，後來和西蒙奈・德・巴爾迪（Simone dei Bardi）結婚，一二九年逝世。但丁對她的愛是精神上的愛情，帶有強烈的神祕色彩，在歌頌她的詩中將她高度理想化，形容為「從天上來到人間顯示奇跡」的天使，充滿精神之美和使人高貴的道德力量。在她死後，但丁將抒寫對她的愛情、寄託對她逝世的哀思及其他相關的詩，以散文連綴在一起，構成了他的首部文學作品（約 1292-1293），取名《新生 *Vita Nova*》，這是但丁在《神曲》之外最重要的作品。書中使用了中古文學慣用的夢幻、寓意、象徵等藝術手法。全書末尾說，作者經歷了一番「神奇的夢幻」之後，「決定不再講這位享天國之福的人，直到自己更配講她的時候」，屆時，關於她，他要講「世人關於任何一位女性都從未講過的話」。這就是但丁寫作《神曲》的最初動機。

對貝雅特麗齊的愛，是作為詩人的但丁意義深遠的生命經驗。在她死後，但丁開始了勤奮學習、追求真理的時期。為了在悲痛中尋求精神上的安慰，他潛心研究哲學，先後閱讀了波依修斯（Anicius Manlius Severinus Boethius, 約 480-525）的《論哲學的安慰 *De consolatione philosophiae*》、西塞羅（Marcus Tullius Cicero, 106BC-43BC）的《論友誼》和其他哲學著作，以及塞內加（Seneca, 4 BC-65）的《道德對話》，還旁聽修道院內宗教家的講課和哲學家的討論，廣泛閱讀經院哲學家大阿爾伯圖斯（Albertus Magnus, 約 1200-1280）、托馬斯・阿奎那（Thomas Aquinas, 1225-1274）和阿拉伯哲學家阿威羅厄斯（Averroes, 又名伊本・魯世德 Ibn Rushd, 1126-1198）等人的著作，又從阿奎那上窺亞里斯多德，尤其是他的《政治學》和《倫理學》。與此同時，他還加深了對拉丁文學的理解，精讀維吉爾的《埃涅阿斯紀

Aeneis》、賀拉斯的《諷刺詩集》和《詩藝》、奧維德的《變形記 *Metamorphoses*》和盧卡努斯（Marcus Annaeus Lucanus, 39-65）的《法爾薩利亞 *Pharsalia*》。但丁博覽群書，掌握了中古文化領域裡的豐富知識，為日後的創作備妥了有利條件。

然而，但丁不是書齋裡的學者，相反地，一二八九年六月，在圭爾弗與吉柏林兩派人馬之間的堪帕爾迪諾之戰時，他作為騎兵先鋒，對阿雷佐的吉柏林軍作戰；同年八月又參加攻占比薩的卡波洛納（Caprona）城堡之戰。更重要的是，他開始了政治生活。

內部鬥爭不斷的佛羅倫斯

一二六六年貴爾弗黨最終戰勝吉伯林黨之後，佛羅倫斯的內部鬥爭依然激烈。一二九三年，貴族統治被推翻，建立了行會民主政權，行政機關由六名行政官組成，任期兩個月，期滿改選，代表富裕市民階級，即羊毛商、絲綢商、呢絨場主、毛皮商、銀錢商、律師以及醫生和藥劑師七大行會，稱為「肥人」。行會民主政權不許貴族擔任行政官，但會在外交和軍事方面運用他們。堪帕爾迪諾之戰，貴族立了大功，開始變得跋扈。為此，行會民主政權在一二九三年頒布了「正義法規」，規定凡非實際從事一項行業者，一律不許擔任公職，嚴格限制了貴族的政治權利；一二九五年七月，「正義法規」有了修改，規定非豪門的貴族只要加入一種行會，即可擔任公職。出身小貴族的但丁為了參與政治活動，便加入醫生和藥劑師行會。一二九五年十一月到一二九六年六月，他是人民首領特別會議的成員；一二九五年十二月四日，是選舉行政官問題的意見諮詢顧問之一；一二九六年五月到九月，是百人會議的成員（百人會議是市議會性質）；一三〇〇年五月，任特使，邀請聖吉米尼亞諾市參加托斯卡那貴爾弗黨城市聯席會議；接著，當選為六名行政官之一，任期從一三〇〇年六月十五日到八月十五日。

當時，貴爾弗黨在佛羅倫斯已分裂成黑、白兩黨，黑黨首領竇那蒂（Donati）家族（但丁的妻子正來自這個家族的支派）是世系悠久的貴族，對行會民主政權有所不滿，一方面與以切爾契（Cerchi）家族為代表的「肥人」鬥爭，一方面又煽動「瘦人」、也就是平民反抗鬧事。白黨的首領切爾契家族是新貴族，從鄉下來到城市後暴發致富，成為大銀行家和大商人，為了保障經濟利益和能過上和平的生活，因而擁護行會民主政權。黑白兩黨的鬥爭除了家族仇恨和階級矛盾之外，還摻雜著私人冤仇以及個人野心、貪欲、專橫等因素，情況異常複雜。不僅如此，佛羅倫斯的內訌還因為外來的干涉而變本加厲。這干涉正來自教皇波尼法斯八世（Bonifacius PP. VIII, 1294-1303 在位）。他野心勃勃，藉口神聖羅馬皇帝阿爾伯特一世（Albrecht I, 1298-1308 在位）尚未加冕，帝位依然虛懸，企圖代行皇帝的權力，將托斯卡那全境置於教廷的統治下。

但丁擔任行政官時，以共和國的利益為重，置身黨派鬥爭之外。他就職後不久，黑白兩黨發生了流血衝突，嚴重危及社會秩序。他秉公處理這起事件，建議政府將兩黨首領各七名流放邊境，其中就包括他的好友白黨首領圭多．卡瓦爾堪提。他堅決反對教皇干涉佛羅倫斯內政，在職期間頂住了來自教廷的施壓，挫敗了教皇使節的陰謀詭計。佛羅倫斯政府的強硬態度激怒了教皇，教皇因而下令將在職的行政官逐出教門，但由於教皇使節遲遲沒有執行，但丁也因任期已滿，才免遭懲罰。

離開行政官職位後，但丁繼續參與政治鬥爭。一三〇一年三月，在顧問會議上，反對向與教皇有所勾結的那不勒斯國王查理二世撥款，支援他重新征服西西里；同年四月到九月，他再度成為百人會議的成員，在六月十九日討論是否應以武力支援教皇對阿爾多勃蘭戴斯齊（Aldobrandeschi）家族作戰的會議上，發言表示反對；他的意見因得票少而被否決。在此同時，黑黨企圖借助教皇的力量取得政權，表示贊成教廷干涉佛羅倫斯的黨爭。但丁受形勢所迫，不得不靠攏態度比較溫和、對共和國前途比較關心的白黨。在黑黨的請求下，教皇派遣了法國國王腓力四世的弟弟瓦洛亞（Valois）伯爵查理前去佛羅倫斯，以調解兩黨爭端為名義，實則暗助黑黨戰勝白黨。一三〇一年十月，查理即將來到時，白黨執政的政府派遣但丁和另外兩名代表前往教廷交涉，以挽回危局。但丁在滯留羅馬期間，黑黨在查理的支持下奪取了政權，接著對反對黨大肆報復迫害。一三〇二年一月二十七日，但丁被判五千金弗洛林的巨額罰金，流放在托斯卡那境外二年，永遠不許擔任公職，罪名是貪污公款，反對教皇和查理，擾亂共和國和平。人在外地的但丁聽到這個消息後，拒不承認強加的罪名和回鄉繳納罰金，三月十日，又被判處永久流放，一旦落入共和國政府之手，將被活活燒死。他從此開始長期的流浪生活，至死都未能返回故鄉。

但丁意識到自己是為了維護共和國的獨立而遭放逐，所以認為「自己遭到放逐是光榮的」。最初，他曾和白黨和吉伯林黨流亡者聯手試圖以武力打回家鄉，結果失敗。之後不久，但丁就離開了「那一群邪惡、愚蠢的夥伴」，自成一派，隻身漂泊異鄉，行踪不定。他先是投奔維洛納（Verona）封建主巴爾托羅美奧・德拉・斯卡拉（Bartolomeo della Scala, 1277-1304）的宮廷。一三〇六年，又在盧尼（Luni）

地區瑪拉斯庇納（Malasipna）侯爵的宮廷中做客。在長期流浪中，他慨嘆自己不得不作為行旅者，幾乎是乞討著，「走遍幾乎所有說這種語言（指義大利語）的地方」，好像「既無帆、又無舵手的船，被凄楚的貧困吹來的乾風刮到不同的港口、河口和海岸」。他深切感受到「別人家的麵包味道多麼鹹，上下別人家的樓梯，路是多麼艱難」。流亡者的辛酸使他更加思念故鄉，關心家人的命運，尤其是因為若按一三〇三年頒布的一道法令規定，待他的兩個兒子年滿十四周歲，就要和他一樣遭到放逐。但丁打算寫出具有學術水平的著作，以恢復、提高自己受到放逐和貧困損害的聲望，引起家鄉的重視，藉此實現還鄉的願望。為此，他在一三〇四到一三〇七年間撰寫了《論俗語 *De vulgari eloquentia*》和《筵席 *Convivio*》。

對義大利俗語的肯定

《筵席》是一部具有百科全書性質的學術著作，藉詮釋作者的一些詩歌，將各種知識通俗地介紹給一般讀者，作為精神食糧，故名《筵席》。但丁原本計劃寫十五篇，但只完成了四篇。這部著作顯示了但丁的博聞強記，學識淵深。其中介紹的知識主要來源於亞里斯多德、托馬斯．阿奎那，其次是《聖經》和其他哲學家、神學家的著作，基本上局限於經院哲學的思想範圍，卻也不乏獨到見解。書中關於「高貴」的觀點值得注意。但丁認為，一個人的高貴在於天性愛好美德，而不在家族門第，強調「不是家族令個人高貴，而是個人令家族高貴」，批判了封建等級觀念和特權思想。書中還論證了帝國的必要性，認為那是天命注定為保障人類享受現世幸福而建立的。如此思想在《帝制論 *Monarchia*》中得到進一步發展。《筵席》的重大意義特別在於強調理性，指出「人的生活就是運用理性」，「去掉理性，人就不再成其為人，而只是有感覺的東西，即畜生而已」，認為真正使人高貴、接近於上帝的就是理性。這樣的觀點閃現出人文主義的曙光。書中還闡明詩的四種意義：字面的、寓言的、道德的、奧祕的。這是中世紀長期以來普遍流行的概念，但丁在寫給自己的贊助者堪格蘭德・德拉・斯卡拉（Cangrande della Scala, 1291-1329）的信裡再次加以闡述，對《神曲》的創作具有指導意義。當時，學術性著作一般都以拉丁文撰寫，但丁在說明為何用俗語撰寫《筵席》時，盛讚了義大利俗語，預言它將來會戰勝拉丁文，並且斥責那些「讚美他人的俗語（指法語和普羅旺斯語），卻貶低自家俗語的壞義大利人」，表達了他對祖國語言的熱愛。在《論俗語》中，但丁更為詳盡地闡述了自己對義大利俗語的論點。

《論俗語》是一部關於義大利民族語言和其文體、詩律的著作，使用拉丁文撰寫，目的在於引起知識界重視民族語言問題，因為當時的義大利既不是一個統一的國家，也沒有一種統一的民族語言。書中闡明了俗語的優越性和形成標準義大利語的必要，不僅對解決義大利的民族語言和文學用語問題有重大意義，從中還能看出但丁不用拉丁文、而用義大利俗語創作《神曲》的理論根據。《論俗語》原本計劃至少寫四卷，但他只寫到第二卷第十四章為止。值得注意的是，他認識到法語、普羅旺斯語和義大利語三者同出一源，講到義大利語時，根據各地方言的特點，將全國方言分成十四種。就當時來說，這些科學成果相當難能可貴，但丁不愧為近代語言學的先驅。他在書中將重點放在解決民族語言和文學用語的問題上，逐一檢查了全義大利方言當中哪一種可作為標準語和文學用語；他發現這十四種方言，就連最占優勢的托斯卡那方言（但丁自己的佛羅倫斯方言就屬這一系統）在內，無一達到標準，但是每一種方言都或多或少地含有標準因素。他認為，只有圭多．卡瓦爾堪提和他自己以及其他優秀作家的語言，才適合做為標準語和文學用語。這個論點強調了作家在形成統一的民族語言中的作用，具有深遠意義。《神曲》的出現便以事實證明了這一論點。

流亡與創作

放逐期間，但丁看到義大利壯麗的河山，接觸社會各個階層，加深了愛國思想，豐富了生活經驗，視野從佛羅倫斯擴大到全義大利、乃至整個基督教世界。他看到義大利和整個歐洲處於紛爭混亂的狀態，探索了禍亂的根源和撥亂反正的途徑，他意識到自己擔負著揭露現實，喚醒人心，為義大利指出政治上、道德上復興之路的歷史使命，認為自己作為詩人，就是要藉由創作一部具有巨大藝術感染力的作品，以完成這個使命。為此，他中斷了《論俗語》和《筵席》的寫作，在一三〇七年前後開始創作《神曲》。

在此同時，歐洲政治舞臺上發生了幾起重大事件。法國國王腓力四世由於對外進行戰爭，財政困難，遂向法國教士徵收捐稅，和教廷發生了衝突。波尼法斯八世宣布將腓力逐出教會。腓力派遣密使前往羅馬，聯合教皇的仇敵科隆納家族共同反對教皇，一三〇三年九月七日，在羅馬附近的阿南尼逮捕了教皇。教皇遭此侮辱後，不久死去。繼任教皇在位僅僅九個月。一三〇五年，波爾多大主教依靠腓力四世的勢力當選為教皇，稱克萊孟五世（Clemens Quintus）。他將教廷遷到鄰近法國邊境的亞維農城，從此教廷受法國控制達七十年之久（1308-1378），史稱「亞維農之囚」。一三一〇年，新選的皇帝亨利七世南下來義大利加冕，聲稱要伸張正義，消除各城市、各黨派的爭端，讓所有流亡者返回故鄉，還要重建帝國和教會之間的良好關係，實現持久和平。但丁得知這個消息後，對他寄予很大的希望，寫了致義大利諸侯和人民書，號召對皇帝表達愛戴和歡迎，或許還親自到了義大利北部謁見皇帝，向他致敬。但佛羅倫斯聯合貴爾弗黨諸侯和城市，武裝反抗皇帝。為此，但丁在一三一一年三月三十一日在卡森提諾地區寫了《致窮凶極惡的佛羅倫斯人的信》，憤怒聲討他們的罪行，又在四月十六日上書皇帝，敦促他盡速進軍討伐。但亨利七世並未向佛羅倫斯進軍，而是在一三一二年前往羅馬加冕。那不勒斯國王羅伯特公然和他為敵，否認他的權力，預先占據了梵蒂岡，阻止皇帝在聖彼得大教堂加冕，導致加冕典禮被迫改在拉特蘭的聖約翰教堂舉行。教皇克萊孟五世在亞維農因害怕腓力四世勢力太大，企圖以神聖羅馬皇帝為外援，所以曾贊助亨利七世來義大利，但後來在腓力四世的壓力下改變了態度，唆使各地貴爾弗黨紛紛起來反對皇帝，並警告亨利七世不得進攻那不勒斯王國。如此情況下，亨利離開了羅馬，揮軍北上包圍佛羅倫斯，但丁由於對故鄉的熱愛，沒有親自參加，但他對亨利的事業始終在精神上給以熱情支持。為了從理論上捍衛皇帝的權力，他便在這段時間以拉丁文撰寫了《帝制論》。

《帝制論》以經院哲學的推理方式系統地闡明但丁的政治觀點，帶有強烈空想色彩。全書共三卷：

第一卷論證帝國的必要性，指出人類社會的目的在於令人能夠充分發揮潛在的才能，而這只有在皇帝的統治下，在正義、和平與自由獲得保障的局面中才能實現。第二卷論證天意注定建立帝國的權利歸於羅馬人。第三卷指出萬物當中只有人既具有可毀滅的部分（肉體），又具有不滅的部分（靈魂），因此人生有兩種目的：一是享受現世生活的幸福，二是來世享受天國永恆的幸福；上天規定由兩個權威分別引導人類達到這兩種不同的目的：皇帝根據哲學的道理，引導人類走上現世幸福的道路；教皇根據啟示的真理，引導人類走上來世享受天國之福的道路，而這兩個權威都是直接受命於天，彼此獨立存在。作為人文主義的先驅者，但丁先是肯定現世生活有其自身的價值，不從屬宗教上來世永生的目的，並以此為出發點，闡明政教分離、教皇無權干涉政治的觀點，對神權論提出英勇的挑戰，意義是重大的。《帝制論》中的觀點在《神曲》中就得到鮮明的反映。

亨利七世圍困佛羅倫斯失敗後，準備南征那不勒斯王國，於一三一三年八月病死。但丁寄託在他身上的希望化為泡影，但仍堅信一定會有撥亂反正的人出現。然而還鄉的願望是絕無可能實現了。一三一一年九月，佛羅倫斯政府對流亡者實行大赦，但丁因為寫了《致窮凶極惡的佛羅倫斯人的信》，不在赦免之列。一三一五年五月，佛羅倫斯政府又宣布，流亡者交付少量罰金，並親自前往聖約翰洗禮堂當眾將自己奉獻給城市的守護神聖約翰，就可獲准還鄉。一位佛羅倫斯的朋友勸但丁利用這個機會。但丁在給這位朋友的信中，堅決拒絕在這種變相認罪的屈辱條件下還鄉，信中說：

「那麼，這就是在忍受了幾近十五年的流亡之苦後，但丁藉以返回故鄉的寬厚優惠的召還流亡的法令嗎？他這眾所周知的清白無罪者，難道就該受到如此待遇？他在學術上所流的汗水，付出的辛勤勞動，難道就該得到如此結果？我的父老啊！這條道路可不是我還鄉的道路；不過，如果您或者別人找到一條無損但丁的名望和榮譽的道路，我會邁著不慢的腳步接受它；因為，若不經這樣的道路進入佛羅倫斯，我便永不再進入佛羅倫斯。為什麼這樣？難道我在任何地方都不能見到太陽和星光？如果不在佛羅倫斯城和人民面前辱沒自己的光榮，甚至令自己名譽掃地，難道我就無法在任何地方的天空下探求最甜蜜的真理？我肯定是不會缺少麵包的。」

這些話鮮明地表現出詩人的倔強性格和崇高氣節。同年九月，佛羅倫斯政府在新法令中規定，只要肯親自取保，就可對但丁和其他政治犯將死刑減輕為流放。但丁並未親自取保。因此，十月十五日，那不勒斯國王駐佛羅倫斯的代表宣布，按照吉伯林分子和叛逆論罪，判處但丁和他的兒子們死刑，自十一月六日起，任何人都可以隨意侵犯他們的人身和財產而不受懲罰。

我們對但丁在亨利七世死後的行踪、生活和行動所知不詳。可以肯定的是，不久後他就重新去維洛納，在堪格蘭德·德拉·斯卡拉的宮廷中受到優厚待遇，後來他將《神曲·天國篇》中的幾章獻給他，還附上一封拉丁文信，說明《神曲》全書的主題、目的，和在《筵席》中已提到的四種意義。一三一四年，教皇克萊孟五世死後，但丁寫信給義大利的樞機主教們，敦促他們選舉義大利人為教皇，並將教廷從亞維農遷回羅馬，以擺脫法國國王的控制。最後，大約在一三一八年，但丁接受封建主小圭多·達·波倫塔（Guido Novello da Polenta）的邀請，離開了維洛納宮廷，轉往拉溫納（Ravenna）定居，他的兒女都來和他團聚。一三一九到一三二一年間，他曾和在波隆那講授古典文學的學者喬萬尼·戴爾·維爾吉利奧（Giovanni del Virgilio）以拉丁文牧歌互相贈答。一三二〇年一月二十日，他曾到維洛納的一座教堂中進行學術講演，論證地球上任何地方的水面都不可能高於陸地，後來以拉丁文寫成題為《關於水與地的問題》的論文，可見他對自然科學也很有興趣，但他在維洛納和拉溫納期間主要致力於完成《神曲》的創作。《天國篇》剛一完稿，他就受小圭多·達·波倫塔之託，前往威尼斯進行談判，但不幸染上瘧疾。返回拉溫納後不久，但丁於一三二一年九月十三日到十四日之間的夜裡逝世。

文藝復興時代人文主義思想的曙光

《神曲》是但丁的代表作。如前面所述，《新生》末尾表明但丁立志寫出一部作品，用「人們關於任何一位女性都從未講過的話」來歌頌貝雅特麗齊。她死後，但丁失去了精神上的嚮導，思想和道德一時迷失了方向，隨後又經歷了政治上的失敗和流亡的艱辛，意識到理想和現實的矛盾，自覺如同「無帆、無舵手的船在暴風雨中漂流」，同時又看到義大利和整個基督教世界的黑暗，感到自身是生活在黑暗中的人類的縮影。他計劃創作一部作品，將個人遭遇和祖國及人類的命運聯繫起來，將抒寫個人迷途知返、悔過自新的過程，和為義大利人指出政治上、道德上的復興之道的歷史使命聯繫起來。《神曲》就是這一計劃和藉獨特的方式歌頌貝雅特麗齊的計劃兩相結合的產物。

《神曲》寫作的具體年份難以確定，根據內證和外證，大概始於一三〇七年前後，《地獄篇》和《煉獄篇》大概在一三一三年前後就寫完，《天國篇》則是但丁逝世前不久才完成。《天國篇》完稿之前，前兩篇已傳抄問世。《神曲》原稿已佚，各種抄本文字頗有出入，現今最佳的版本是佩特洛齊（Giorgio Petrocchi, 1921-1989）的校勘本（義大利但丁學會的國家版《神曲》）。

《神曲》的故事採取中古夢幻文學的形式。作品的主人公即是但丁自己。詩中敘述他「在人生的中途，我發現我已經迷失了正路，走進了一座幽暗的森林」；他徬徨一夜後才走出森林，來到一座曙光籠罩的小山腳下，剛一開始登山，就被三隻野獸（豹、獅、狼）擋住去路。危急之際，古羅馬詩人維吉爾出現了，他受貝雅特麗齊囑託，前來搭救但丁，引導他去遊歷地獄和煉獄，接著貝雅特麗齊親自引導他遊歷天國。遊歷過程和見聞構成了《地獄篇》《煉獄篇》和《天國篇》三部曲。

和許多中古文學作品一樣，《神曲》除了字面意義之外，還有寓言意義。但丁在給堪格蘭德·德拉·斯卡拉的信裡說（譯文見朱光潛《西方美學史》第五章）：

「這部作品的意義不是單純的，無寧說，它有許多意義。第一種意義是單從字面上來的，第二種意義是從文字所指的事物來的；前一種叫做字面的意義，後一種叫做寓言的，精神哲學的或奧祕的意義……這些神祕的意義雖有不同名稱，可以總稱為寓言，因為它們都有別於字面或歷史的意義。」

從字面上說，《神曲》的主題是「死後靈魂的狀況」，「從寓言來看全詩，主題就是人憑自由意志去行善行惡，理應受到公道的獎懲」。他還指出，《神曲》隸屬於哲學，但它所隸屬的哲學是「屬於道德活動或倫理那個範疇，因為全詩和其中各部分不是為思辨而設，而是為可能的行為而設；如果某些章節的討論方式是思辨的方式，其目的不在思辨，而在實際行動」。這裡明確肯定了但丁寫《神曲》是為了影響人的實際行動，也就是「為了對邪惡的世界有所裨益」，為了「將生活在現世的人們從悲慘境地中解救出來，引導他們達到幸福的境界」。詩中敘述但丁在維吉爾的引導下，見到罪惡的靈魂在地獄中所受的懲罰，看到煉獄中因懺悔而獲赦罪的靈魂在升天前必須經受的磨練，並在貝雅特麗齊的引導下，看到各重天上得救的靈魂、聖徒以及天國的莊嚴景象；最後，在聖伯納德的指引下，得以凝神觀照三位一體的神本身，達到天國之行的終極目的。從寓言來看，這段虛構的神奇旅行乃是靈魂的進修歷程。維吉爾象徵理性和哲學，他引導但丁遊歷地獄和煉獄，象徵了人憑著理性和哲學認識罪惡的後果，繼而悔過自新，通過鍛煉，達到道德上的完美境界，獲得現世生活的幸福。貝雅特麗齊象徵信仰和神學，她引導但丁遊歷天國，最後見到上帝，象徵人透過信仰的途徑和神學的啟迪，認識最高真理和至善，獲得來世永生的幸福。但丁以個人靈魂的進修歷程為範例，啟發人們反省自己的思想行動，密切關注黑暗的社會現實，促使義大利早日實現政治上、道德上復興的希望。圍繞著這個中心思想，《神曲》廣泛地反映了現實，以藝術性總結了中古文化，同時也現出文藝復興時代人文主義思想的曙光。

強烈揭露政治現實

《神曲》是為影響人的實際行動而寫，因而具有強烈的政治傾向性。詩人在作品中廣泛且深刻地揭露了當時的政治和社會現實。他哀嘆「義大利是奴隸」，是「苦難的旅舍」，是「暴風雨中沒有舵手的船」，「不再是各省的女主，而是一個妓院！」「義大利各個城市都充滿了暴君」，義大利人「時時刻刻不處於戰爭狀態，同一城牆、同一城壕的圈子裡，人們自相殘殺」，「環顧沿海各省，再看看你的腹地，境內可有區域享受和平」。他嚴厲譴責神聖羅馬皇帝魯道夫一世和阿爾伯特一世父子只顧在德國擴充勢力，不來義大利行使皇帝的權力，「聽任帝國的花園（指義大利）荒蕪」。詩中還忠實描繪了佛羅倫斯從封建關係向資本主義關係過渡時期的社會和政治變化，指出它「在記憶猶新的時間內，曾有多少次改變法律、幣制、官職和風俗，更換成員」，「猶如躺在床上不能安息的病人，輾轉反側以減輕自己的痛苦」；「暴發戶和突然發的橫財，在那裡滋長了驕傲和放蕩無度之風」，在那裡「驕傲、嫉妒和貪婪是三顆星火，使人心燃燒起來」。詩中對教會的揭露和批判尤其尖銳。詩人憤怒地斥責教皇買賣聖職的罪行：「你們的貪婪令世界陷入悲慘的境地，將好人踩在腳下，把壞人提拔起來」；「你們將金銀作為自己的上帝，試問你們和偶像崇拜者有何不同，除了他們崇拜一個，你們崇拜一百個？」上行下效，主教和樞機主教們都貪污成風，變成「充斥於一切牧場（指教區）的、穿著牧人衣服的貪婪的狼」，教士們也「從牧人變成了狼」，由於貪財好利，「把《福音書》和大教父們的著作拋開，只鑽研《教皇法令彙編》……」詩中形象地闡明《帝制論》中政教分離的思想，反對教皇掌握世俗權力：「造福於世界的羅馬向來有兩個太陽，分別照亮兩條道路，一條是塵世的道路，另一條是上帝的道路。如今一個太陽（指教皇的權威）已消滅了另一個（指皇帝的權威）；寶劍（指世俗權力）和牧杖（指宗教權力）已經連接起來，二者強行結合，必然領導不好……」，「羅馬教會由於集中兩種權力於一身而跌入泥潭，玷污了自身和擔負的職責」。其代表人物就是買賣聖職、企圖建立神權統治的教皇波尼法斯八世，因此多處揭露他的罪行作為主要批判對象，並且藉犯了買賣聖職罪的教皇尼古拉三世的靈魂之口，當他還在世時，就宣布他一定要入地獄。

《神曲》對現實的揭露一般是透過人物形象進行。揭露者和揭露的對象大都是歷史上或當代的著名人物，如用號稱「第一代教皇」的聖彼得揭露羅馬教廷的腐敗，用法國卡佩王朝的始祖休．卡佩揭發腓力四世和其他後裔的罪行，用教皇尼古拉三世揭發他自己和他的後繼者波尼法斯八世及克萊孟五世的罪行，因為但丁相信，只有透過著名的人物和事件，才能打動人心，促使改革早日實現。關於這一點，但丁的高祖卡洽圭達在天國對他說得很明確：「你這呼聲將和風一樣，最沉重地打擊那些最高的山峰；這是你應該獲得榮譽的不小理由。為此，在這輪狀的諸天中（指天國），在那座山上（指煉獄）和那個悲慘的深谷裡（指地獄），讓你看見的只是聞名於世的靈魂，因為，來源隱僻不詳的事例，或其他不明顯的理由，是無法令聽者的心靈滿足和堅信不疑的」。但是，在詩中如實揭露現實，尤其是揭發有權勢的統治者的罪行，「會使許多人感覺味道異常辛辣」，因而仇恨作者，致使他會在漂泊中無處安身；「如果自己對於真理是膽怯的朋友」，而不秉筆直書，則又無法藉作品名傳後世。針對但丁思想上的矛盾，卡洽圭達曉諭他說：「受到自己或他人的恥辱污染的良心，的確會覺得你的話刺耳。但是，儘管如此，你要拋棄一切謊言，將你所見全部揭露出來，就讓有疥瘡的人自搔癢處吧。因為，你的聲音乍聽會令人難堪，消化過後，會留下攝生的營養。」這些詩句是詩人的心聲，明確表達出他敢於揭露黑暗勢力的勇氣和決心。

《神曲》透過但丁和他在地獄、煉獄、天國中遇見的著名人物的談話，也反映出中古文化領域中的成就和重大問題。例如和盧卡詩人波拿君塔（Bonagiunta da Lucca）的談話（《煉獄篇》第二十四章）反映了義大利抒情詩發展的情況；和圭多．圭尼采里的談話（《煉獄篇》第二十六章）反映了當時對普羅旺斯詩人的評價；和手抄本彩飾畫家歐德利西（Oderisi）的談話（《煉獄篇》第十一章）反映了義大利繪畫發展的情況；維吉爾的話和但丁自己的敘述（《地獄篇》第四章）則反映了中古對希臘、羅馬詩人和哲學家的認識和評價。尤其是維吉爾和貝雅特麗齊這兩位嚮導，用答疑的方式廣泛闡述了當時哲學、科學和神學上的重要問題和理論。因此，《神曲》除了是一部政治傾向性強烈的長詩之外，還有傳播知識的作用，被法國學者拉莫奈（Félicité Robert de La Mennais, 1782-1854）稱為「百科全書性質的詩」。這在一定程度上折損了作品的藝術性。

新舊交替時代的偏見和矛盾

《神曲》肯定現世生活的意義，認為它不只是來世永生的準備，而且本身有其價值。詩中顯示出但丁對於現世生活、鬥爭的興趣，即使「從佛羅倫斯來到正直、健全的人民中」（指天國），他也忘不了「那個使我們變得如此凶惡的打穀場上」（指地球上）的事情。詩中強調人賦有理性和自由意志，對自己的行為負有道德責任，在生活、鬥爭中，應遵循理性指導，立場堅定：「你隨我（指維吉爾，象徵理性）來，讓人們去議論吧！要像一座堅塔一般，什麼風吹，塔頂都永遠巋然不動」；要「克服惰性，因為坐在絨墊上，或睡在被子內，是不會成名的；默默無聞虛度一生，人在世上留下的痕跡，就如同空中煙霧，水上泡沫一樣」。這種追求榮譽的思想，是但丁作為新時代最初一位詩人的一項特徵。詩中熱烈歌頌古今英雄人物，作為在生活、鬥爭中的光輝榜樣，例如兵敗後因熱愛自由而捨生取義的古羅馬政治家加圖，以及在緊要關頭挺身而出，讓佛羅倫斯免遭毀滅的愛國者法利那塔（Farinata）。

《神曲》還表現了但丁作為文藝復興先驅，反對中世紀的蒙昧主義，提倡發展文化、追求真理的理想。詩中讚美人的才能和智慧，對古典文化推崇備至：稱亞里斯多德是「哲學家的大師」，稱荷馬是「詩人之王」，「他的詩如同高飛的雄鷹，凌駕所有其他的詩」，稱維吉爾是「智慧的海洋」、「拉丁人的光榮」、「其他詩人的榮譽和光明」，他的「神聖火焰（指《埃涅阿斯紀》）迸發出的火星已照亮一千多詩人的心」；還以讚頌的筆調描寫荷馬史詩中的英雄尤利西斯（奧德賽）受了求知欲所推動，在遠征特洛伊得勝後，仍不肯還鄉，堅持航海探險的英勇行為，並藉他之口指出，「人生來不是為了像獸一般活著，而是為了追求美德和知識」。

《神曲》也反映了但丁作為新舊交替時代的詩人所存有的偏見和世界觀上的矛盾。例如，詩中以維吉爾作為遊地獄和煉獄的嚮導，以貝雅特麗齊作為遊天國的嚮導，表明了但丁仍侷限在信仰和神學高於理性和哲學的經院哲學觀點當中。他一方面透過上述尤利西斯所說的話，肯定追求美德和知識是人生的目的，一方面卻又藉維吉爾的話肯定理性的侷限性：「誰要是希望人的理性能夠走遍三位一體的神所行的無窮道路，誰就是瘋狂」；一方面透過上述維吉爾的話肯定追求榮譽的必要，並且表示要藉《神曲》永垂不朽，一方面卻又透過歐德利西的話，說明榮譽的虛幻無常：「啊，人的才力博得的虛榮啊，你的青綠留在枝頭的時間多麼短促，除非隨後就出現衰微的時代！」在政治觀點上，但丁渴望義大利能實現正義與和平，同時卻又將希望寄託在神聖羅馬皇帝這個純粹中古的政治力量上。在對待詩中人物的態度上，他也常常是矛盾的。例如，他一方面根據教會的道德標準，將保羅和弗蘭齊斯嘉作為犯淫行的罪人放在地獄，同時卻也極度同情他們的命運，以致暈倒；書中屢次揭發波尼法斯八世的罪行，當他仍在世時就宣布他必入地獄，但又將他在阿南尼遭受的侮辱視為是對基督的侮辱（因為教會認為教皇是基督在人世的代表），為之義憤填膺。

描寫精細的人物畫廊

《神曲》描寫的雖是來世，但不是從禁欲主義觀點出發。詩中的來世正是現世的反映：地獄即是現世的實際情況，天國是爭取實現的理想，煉獄是現實到達來世前的苦難歷程。書中揭露現實的部分占了極大比重，不過但丁也很著重描寫生活的理想。這說明《神曲》並不純粹是現實主義的，也是浪漫主義的。在黑暗的現實基礎上產生了他的光明理想，詩人渴望一個沒有黑暗和罪惡的世界。

《神曲》塑造的各種類型人物，大都性格鮮明，栩栩如生，形成一座豐富多姿的人物畫廊，這在中古文學當中堪稱無與倫比。作為《神曲》的主人公，詩人自己的性格和精神面貌描繪得最為細緻入微。維吉爾和貝雅特麗齊這兩位嚮導雖然具有象徵意義，但並沒有被概念化和抽象化，而是顯示出不同程度的鮮明性格。在各種不同的場合，維吉爾以導師和父親的形象，貝雅特麗齊則以戀人、長姊和慈母的形象出現，訓誨、批評、鼓勵、救護但丁。詩中常常透過人物在戲劇性場面的行動，以及挖掘行為動機來刻畫性格。但丁勾勒人物形象的特徵，有時只用寥寥數語，例如：「他昂頭挺胸巋然直立，似乎對地獄懷著極大的輕蔑」，單單這兩行詩句就讓法利那塔的英雄氣概呈現在讀者面前。《神曲》中人物性格的鮮明程度因地獄、煉獄、天國三個境界的性質不同，因而依次遞減。地獄是絕望的境界，在此受苦的靈魂就和生前在世時一樣，依然各自的私欲和激情控制，並在言語和行動中充分表現出來，因而顯得個性異常鮮明突出：弗蘭齊斯嘉、法利那塔、勃魯內托・拉蒂尼、彼埃爾・德拉・維尼亞、卡帕奈奧、尤利西斯、圭多・達・蒙泰菲爾特羅、菲利波・阿爾津提和烏格利諾伯爵等都是令人難忘的人物形象。煉獄是希望的境界，在其中淨罪的靈魂，個人的意志都統一在渴望升天的共同願望中，彼此間沒有什麼矛盾衝突，也少有戲劇性場面，人物形象和個性因此就不如地獄中的人物鮮明、突出，但也具有各自獨特的精神面貌：卡塞拉、曼夫烈德、貝拉夸、波恩康特・達・蒙泰菲爾特羅、畢婭、索爾戴羅、歐德利希、斯塔提烏斯、薩庇婭，都會令讀者感到異常親切；尤其是山頂的地上樂園裡那個在勒特河彼岸邊採花邊唱歌的少女瑪苔爾達，她天人般的綽約形象簡直可以和《奧德賽紀》中的腓尼基公主瑙西嘉雅媲美。天國是幸福的境界，那裡的靈魂都已超凡入聖，他們的意志已完全和神的意志冥合，因而不再具有明顯個性；但他們畢竟都曾在人間生活，在天上對人世間仍甚關懷，顯示出不同程度的人情味，其中如碧卡爾達、查理．馬爾泰羅和卡洽圭達，都會給讀者留下不可磨滅的印象。

三個境界的構思

《神曲》中三個境界的構思也是獨具匠心的。荷馬史詩《奧德賽》中已有關於陰間的描寫，但是，由於不懂希臘文，當時又沒有譯本，但丁無法借鑒；維吉爾在《埃涅阿斯紀》中仿效荷馬，對陰間情景進行了更加詳細的描繪，這些描繪為但丁對地獄的構思提供了豐富資料，但他對天國和煉獄的構思，在古代文學中是無前例可借鑒的。雖然基督教《聖經》中多處提及天國和地獄，但都沒有具體描寫，只是《新約．啟示錄》中敘述基督啟示給聖約翰的種種神祕情景，對但丁的藝術構思有一定的影響。至於「煉獄」這一名稱，則是根本不見經傳；它是後世基督教神學家頭腦中的產物。在中世紀，一般人對煉獄和地獄的區別也沒有明確概念。當時已經有許多描寫地獄、煉獄和天國的夢幻文學流行，但描寫都粗糙庸俗、模糊混亂，沒有什麼藝術價值，不可能受到但丁重視。因此，我們可說，但丁對於三個境界的構思主要是憑藉自己豐富的想像力、精深的神學、哲學、文學素養，以及深廣的人生經驗——

・地獄

詩人對於地獄、煉獄和天國的構思十分明確。他幻想地獄位於北半球中心的聖城耶路撒冷地底，是一個巨大無比的深淵，從地面通到地心，形狀就像圓形劇場或上寬下窄的漏斗。進入地獄之門後，就是一片昏暗的平原，這是地獄的走廊或外圍地帶。醉生夢死、無所作為、無聲無息度過一生的懶漢、懦夫，以及在盧奇菲羅背叛上帝時保持中立的天使，都在這裡受懲罰。真正的地獄就由在這漏斗狀的巨大深淵中緊貼漏斗內壁的一圈圈圓環所構成。這些圓環由上而下、一個比一個小，共有九個，即九層地獄。第一層名為「林勃 Limbo」，凡是不信仰基督教但曾立德、立功或立言的聖哲和英雄，以及未受洗禮便夭殤的嬰兒都在這一層；他們除了人類固有的「原罪」之外並無犯罪，所以不受什麼苦刑懲罰，他們唯一的痛苦，就是渴望升天但不可能如願。作為真正受苦處的地獄是從第二層開始。在這一層的入口處，地獄裡的判官米諾斯會審判亡魂，根據亡者罪行的類別和輕重，宣判亡魂應去哪一層受苦。關於罪的類別和輕重，但丁是以亞里斯多德的《尼可馬克倫理學 *Nicomachean Ethics*》和《政治學》中的相關學說作為理論根據。亞里斯多德將「罪」分為「無節制、暴力、欺詐」三種。無節制罪比較輕，因此但丁將犯了縱欲（邪淫）、貪食（大吃大喝）、貪財（吝嗇）和浪費、憤怒等罪的亡魂分別放在第二、三、四、五層地獄裡。這五層位於狄斯（Dis）城之外（狄斯原是羅馬神話中的冥神，但丁用祂指地獄之王盧奇菲羅）。第六、七、八層則在狄斯城內，是懲罰重罪者的深層地獄。在第六層地獄裡受苦的靈魂，都是創立、傳播和信仰異端邪說者，這種罪名是教會定出的，和亞里斯多德的著作無關。第七層是懲罰犯下使用暴力罪者的地方，這一層又劃分為三個同心圓環：對他人使用暴力者（暴君和殺人犯、破壞者和縱火者、強盜和土匪）在第一環受苦；對自己使用暴力者（自殺者、傾家蕩產者）在第二環受苦；對上帝使用暴力者（瀆神者）、對自然使用暴力者（即違反自然好男色者）和對藝術使用暴力者（高利貸者）在第三環受苦。欺詐是利用智力使他人受害，罪行比使用暴力罪更重。欺詐的對象，一是和自己無關的人，二是相信自己的人；二者相比，欺詐前一種人比欺詐後一種人罪行輕，所以在第八層地獄受懲罰。這層地獄的地勢向內傾斜，由十條壕溝構成，一條套著一條，形似十個同心圓，而壕溝與壕溝之間被堤岸隔開，壕溝上有岩石形成的天然石橋可以通過。這層地獄的中心是一個巨大的豎井，直通第九層地獄。淫媒和誘姦者、阿諛奉承者、買賣聖職者、占卜和預言者、貪官污吏、偽善者、竊賊、策劃陰謀詭計者、製造分裂和挑撥離間者，作偽以假亂真者（煉金術士、造偽幣者、假冒他人者）就分別在十條壕溝裡受苦，因此，這十條壕溝統稱為「惡囊」（Malebolge）。欺詐相信自己的人罪大惡極，所以在第九層地獄受懲罰。這層地獄是一座冰湖，名為科奇土斯（Cocytus）。湖面劃分為四個同心圓形的受苦區，叛賣親屬者、叛國叛黨者、叛賣賓客者和叛賣恩人者分別在其中受懲罰。冰湖中央站著魔王盧奇菲羅（也就是撒旦）。祂原是六翼天使，因背叛上帝而墮入地獄底層，成為萬惡之源。他既是受上天懲罰者，又是上天用來懲罰出賣耶穌的猶大和謀害凱撒的布魯圖斯和卡修斯這三個最大叛徒的工具。地獄中的刑罰大都是報復刑（Contrapasso），報復可能採取和導致罪人犯罪欲望相似的方式，例如，犯邪淫罪者因受肉欲驅迫無法自制而犯罪，因此就被地獄裡的狂飆席捲著旋轉翻滾，迅猛奔馳；也可能採取和導致罪人犯罪的欲望相反的方式，例如，犯占卜和預言罪者因企圖預知未來之事，因此在地獄中被罰將頭扭到背後倒著前進，如同《封神演義》中的申公豹一樣。魔王所在的地獄底層位在地球中心。遊完地獄，維吉爾就背著但丁，順著魔王的身軀爬過地心，稍稍休息過後，就由一條隱祕的小路來到位於南半球的煉獄。

・煉獄

神學家和中世紀傳說都認為煉獄在地下。但丁從道德意義上著眼，將煉獄想像為一座雄偉無比的高山，對比由巨大深淵構成的地獄。這座高山是盧奇菲羅被逐出天國、墜落地球時，南半球海底的土地為了躲避祂而從水中湧出形成的。它巋然聳立在海洋當中，是南半球唯一的陸地，同時又是南半球的中心，和北半球的中心聖城耶路撒冷遙遙對峙。就寓意上而言，正如地獄作為深淵，象徵靈魂在罪惡中越陷越深，淪於萬劫不復之地，煉獄作為高山，則象徵靈魂悔罪自新，努力向上，獲得新生，最後得以升入天國。煉獄分為三個區域：從海濱到山門（名為聖彼得門）為外圍，凡是懺悔太遲者，靈魂不能立即進入山門，必須在外圍停留若干年。外圍是由海濱地帶和懸崖地帶兩部分構成。凡是被逐出教會、臨終懺悔而蒙神赦罪者，都必須在海濱繞山環行三十倍於他們被逐出教會的時間，才能夠進入山門。凡是因怠惰，或慘死，或忙於塵事而遲至臨終才懺悔者，必須在懸崖頂豁然開朗的山坡上停留到和他們有罪的年數相等的時間後，才能進入山門。如果有善人在人間為停留在煉獄外圍的靈魂祈禱，那麼停留期限就可縮短，因而提前進入山門。從山門到山頂的地上樂園是煉獄本部，由環繞山腰的七層平臺構成，層次越高，平臺的圓周就越小，每層都有臺階可以上去。這七層平臺是靈魂經受磨練以淨罪之所。能來煉獄淨罪的靈魂都是基督教徒，他們要消除的是教會規定的七宗大罪：驕傲、嫉妒、憤怒、怠惰、貪財、貪食、貪色。但丁根據阿奎那的學說，將這七種罪都歸結於人在「愛」的問題上的失誤：

（1）愛的對象錯誤，也就是說，愛他人之不利（驕傲、嫉妒、憤怒），

（2）愛善不足（怠惰），

（3）愛塵世的物質享受太過（貪財、貪食、貪色）。

犯重罪者在較低層的平臺上經受磨練，犯輕罪者則在較高層的平臺上經受磨練。驕傲、嫉妒、憤怒是較重的罪，這三種罪人分別在由下往上數的第一、二、三層平臺上淨罪；犯怠惰罪者在第四層平臺上淨罪；貪財、貪食、貪色的罪人分別在第五、第六、第七層平臺上淨罪。淨罪的方式是：一面受「報復刑」懲罰，一面對照與自己的罪過相反的美德榜樣，和與自己的罪過相同者受懲罰的實例，時時警告自己，進行反省。例如：犯驕傲罪者生前昂首闊步，如今則一面背負重荷，彎身徐行，一面對照刻在石壁上表現謙卑之德的浮雕，和刻在地面上表現驕傲之罪的浮雕，進行反省。山頂的地上樂園乃是《舊約．創世記》中所說亞當和夏娃在犯罪之前所在的伊甸樂園。靈魂經受磨練消除罪孽後，就會來到這裡，就寓言意義上來說，也就是達到了現世幸福的境界。樂園有兩條同源的河，一條名為勒特河，靈魂喝了這河水，就會忘記生前犯過的罪；一條名為歐諾埃河，靈魂喝了這河水，就會記得起生前所行的善。喝完

河水後，靈魂便獲得新生，就能飛升到天國。

‧天國

但丁想像的天國是由托勒密天文體系的月天、水星天、金星天、日天、火星天、木星天、土星天、恒星天、水晶天（原動天）和超越時間及空間的淨火天（即上帝所在的嚴格意義上的天國）所構成。這九重天環繞著地球旋轉，淨火天則是永恆靜止的。升天的超凡入聖的靈魂都在淨火天與上帝在一起。但在但丁遊天國時，他們是按照功德的高低，先分別在九重天中與自己相適應的天體裡出現，好讓但丁瞭解他們各自的幸福程度，以及在世上時所受的天體星象的影響。

三個境界的體現

地獄、煉獄和天國這三個境界細分為若干層，體現出但丁根據哲學、神學觀點所要闡明的道德意義。三個境界的性質不同，因而色調也各不相同。地獄是痛苦和絕望的境界，色調是陰暗或濃淡不勻的；煉獄是寧靜和希望的境界，色調是柔和爽目的；天國是幸福和喜悅的境界，色調則是光輝耀眼的。在《地獄篇》中，但丁只用自然景象作為背景和陪襯，或用以描繪人物受苦的場面，例如，犯邪淫罪者的靈魂被颶風刮來刮去，犯叛賣罪者的靈魂被凍結在冰湖裡。《煉獄篇》中才直接描寫了自然景色，例如：黎明時分，兩位詩人剛抵達煉獄山腳下時，蔚藍明淨的晴空，出現在東方天空的啟明星，遠方大海的顫動；清晨時分，來到地上樂園時，茂密蒼翠的聖林，拂面的和風，清脆的鳥聲，芬芳馥郁的繁花，清澈見底的溪流，這些賞心悅目的美景無不躍然紙上。《天國篇》描寫的是非物質、純精神的世界，自然界的景物除了作為比喻外，不可能出現在那裡；為了表現自己所見的情景和超凡入聖的靈魂精神喜悅的程度，詩人不得不廣泛利用「光」這個自然界最空靈的現象來描寫。這些境界的描述都非常真實，令人有如身歷其境。但丁對自然的描寫往往也富有高度畫意，足見他對自然之美極為敏感。這一點也是他作為新時代詩人的特徵之一。為了加強讀者對詩中描述的旅途見聞的真實感，他還透過一些細節，說明自己遊歷地獄、煉獄和天國並非神遊或夢遊，而是真正身臨其境。例如：在敘述他和維吉爾乘船渡過斯提克斯沼澤時，詩中特意提到，他上船後，那船才似乎裝載著東西，比往常吃水更深；在敘述他們二人來到煉獄山下的海濱時，則著重指出，新被天使以船接引來此的亡魂，一看到但丁在呼吸，得知他是活人時，都不禁大驚失色；在敘述他們來到山腳下時，再次說明，一群慢步迎面走來的靈魂，瞥見日光將但丁的影子投映到岩石上，都驚訝得倒退好幾步。這些細節為作品增添了現實主義因素，得到良好的藝術效果。再者，天國之行的終極目的在於見到三位一體的上帝。詩人在描寫所見時，並沒有像當時的宗教畫家那樣，將聖父的形象描繪成白髮老人，用一隻在聖父和聖子之間展翅而飛的鴿子來代表聖靈，也不像後來彌爾頓（John Milton, 1608-1674）在《失樂園 *Paradise Lost*》中那樣，讓上帝作為詩中的一個人物出場說話；他深知那麼做，勢必會降低神至高無上的形象。為了解決這個藝術上的難題，但丁採用了純粹象徵的手法，在這一點上，他也是獨具匠心的。

但丁在塑造人物形象和描寫情景時，善於使用源於現實生活和自然界的比喻。例如：形容一群迎面走來的鬼魂縱目望著他和維吉爾，如同人們通常在一鈎新月下互相望著一樣，鬼魂們凝眸注視兩位詩人，就如同老裁縫穿針時注視著針眼。形容兩隊魂靈相遇，彼此接吻致意，模樣就像在路上覓食的螞蟻，彼此相遇時互相碰頭、探詢消息。形容禁食的魂靈瘦得兩眼深陷無神，就像寶石脫落了的戒指。所描寫的對象和情景越是不平常，就越是用人們熟悉的事物來比擬。形容火星天光芒耀眼的十字架上，有無數得救靈魂的亮光上下左右動來動去，像暗室中從縫隙射入的光線裡，有無數塵埃飛舞。形容基督上升，光芒下射，照耀著聖者們，就像日光從雲縫透出，射在繁花如錦的草坪上。這些比喻使得人物和情景鮮明突出，取得了造型藝術的效果。在一八二六年寫的一封信裡，歌德將但丁和義大利美術復興時代聯繫起來，因為但丁「和喬托（與但丁同時代）一樣，是具有造型感的天才，因此能運用想像力的目光，將事物看得如此清晰，進而能用鮮明的輪廓將之勾畫出來，即使是最隱晦、最離奇的事物，他描繪起來，也都彷彿是對著現實中的眼前事物」。這個精闢的論斷確實指出了《神曲》在藝術上的一項特點。不僅如此，但丁還用比喻描寫人的心理和精神狀態。例如：形容自己聽了維吉爾的話以後，頓時疑慮全消，精神振奮，就像受了夜間寒氣侵襲而低垂閉合的小花，一經陽光照射便朵朵挺起、在梗上綻放；形容自己喝了地上樂園裡歐諾埃河的水，精神上獲得了新生，就像新樹長出新葉，欣欣向榮。

《神曲》的細節描寫雖有高度技巧，但它的主要成就還在於高度概括和綜合。這部作品將詩人的內心生命經驗、宗教熱情、愛國思想和政治、文化方面的重大問題，將歷史的和現實的、古典的和基督教的因素融合為一個和諧的整體，在這一點上，《神曲》確實很成功。

勻稱的結構，特別的體裁

《神曲》是一部長詩，《地獄篇》《煉獄篇》《天國篇》各有三十三章，加上作為全書序曲的第一章，合計共一百章，長達一萬四千二百三十三行，其中《地獄篇》共四千七百二十行，《煉獄篇》共四千七百五十五行，《天國篇》共四千七百五十八行，篇幅大致相等，三篇最後一行都以「群星」（stelle）作為韻腳收尾。詩中所寫的三個境界結構勻稱。地獄有九層，加上地獄外圍共十層；煉獄本部有七層平臺，加上地上樂園和外圍上、下兩部分共十層；天國包括淨火天和托勒密天文體系的九重天，共十重。這樣勻稱的布局和結構，完全是建立在中古世紀對數字的神祕意義和象徵性的概念上，因為中世紀的人認為「三」象徵了「三位一體」，是個神聖的數字，而「十」則象徵「完美、完善」，是個吉祥數字。但丁以此作為《神曲》的構思和布局的依據，也是他作為中世紀最後一位詩人的特點。

《神曲》是用三韻句（terza rima）所寫成，這是但丁以當時流行的一種名為「塞爾文台塞」（serventese）的詩體格律為基礎所創製的新格律，每段三行，每行由十一個（一般是抑揚格）音節構成，詩韻大都是「陰性韻」（第二音節無重音的雙音節韻），透過連鎖押韻的方式將各段銜接起來，最後用一個單行詩句收尾（押韻格式：aba，bcb，cdc……yzy，z.）。這種格律最適合用於長篇敘事詩。

但丁在《神曲》中運用這種格律，既嚴格又靈活，得心應手，變化多端。更重要的是《神曲》不是採拉丁文、而是用義大利俗語寫成的，對於解決義大利的文學用語問題和促進義大利民族語言的統一發揮了極大的作用，讓但丁成為義大利第一個民族詩人。

關於《神曲》以體裁為標準的分類問題，自從文藝復興時期以來，就爭論不休，有的學者認為它是史詩，有的認為它是詩劇，有的認為它是一種既非史詩、又非戲劇的新體詩，還有人認為它是各種詩的混合體。黑格爾（G.W.F. Hegel, 1770-1831）在《美學講演錄 *Vorlesungen über die Ästhetik*》中闡明《神曲》是基督教中世紀的史詩。這一論斷是正確的，因為這部長詩以藝術性總結了中古文化。但《神曲》又是一種新型的文人史詩，它不像維吉爾的《埃涅阿斯紀》那樣，是以古代傳說中的英雄為主人公，而是以詩人自己為主人公。這一藝術上的創新使得這部史詩便於直接反映當時的社會現實和抒寫詩人自己的思想感情，進而對讀者產生了更大的教育作用。

《神曲》原名《喜劇 *La Commedia*》，這裡喜劇並沒有戲劇的涵義。由於羅馬時代戲劇演變的歷史原因，中世紀對於戲劇主要是表演藝術的概念已非常模糊，慣於根據題材內容和語言風格的不同，將敘事體的文學作品也稱為悲劇或喜劇。但丁因為自己的這部作品敘述從地獄到天國、從苦難到幸福的歷程，結局圓滿，又因為作品不像《埃涅阿斯紀》那樣以拉丁文寫成，風格高華典雅，而是用義大利俗語寫成，風格平易樸素，所以取名為《喜劇》。薄伽丘在《但丁贊 *Trattatello in laude di Dante*》一文中，對這部作品推崇備至，稱它為「神聖的」（divina）《喜劇》。一五五五年的威尼斯版本首次以《神聖的喜劇》為書名，隨即獲得普遍採用。中文譯本通稱為《神曲》。

早在清朝末年，中國即有人知道但丁和《神曲》。譯者的朋友山西大學常風教授來信說，最早提到但丁和《神曲》的，是錢單士厘所著《歸潛記》一書。錢單士釐是《神曲》最早的中國譯者錢稻孫先生的母親，她的丈夫曾任清朝政府的駐義公使。她在羅馬期間留心異國的政教、文化和藝術，《歸潛記》一書便詳細記述了她廣博的見聞。在有關「彼得寺」（即聖彼得大教堂）的記述中，稱寺內有教皇保羅三世墓，「墓基四女石像，曰富裕，曰慈悲，……曰謹慎，曰正直。……謹慎像又酷肖義儒檀戴（也就是但丁），有『彼得寺中女檀戴』之稱，……」；在有關彼得寺墓室內各代教皇棺的記述中，還提到《神曲》和其中人物：「婆尼法爵八（即波尼法斯八世）棺殘片，有銘曰：『其來也如狐，其宰政也如獅，其死也如犬』。義儒檀戴所著《神劇》（即《神曲》）書中，清淨山（即煉獄山）凡九重，最下一級，遇婆尼法爵八，即指此人。譏與歟，抑恕之歟？（譯者按：此處著者誤，《神曲．地獄篇》第十九章中預言波尼法斯八世死後要入第八層地獄第三「惡囊」受苦）……曰尼哥拉三（即尼古拉三世）棺：……檀戴《神劇》中所見首入火坑中，足露火焰外者，即指其人。」（譯者按：此處所說的刑罰也和但丁詩中有出入）這些記述雖然不盡詳實可信，但在當時能注意及此，已難能可貴。

錢稻孫先生幼年隨父母僑居羅馬，當時即讀《神曲》原文，返回中國後陸續將第一、二、三曲譯為騷體，於一九二一年但丁逝世六百周年之際，用《神曲一臠》的標題發表在《小說月報》上，一九二四年出單行本，為《小說月報叢刊》之一，譯文典雅可誦，注釋較詳，可惜後來擱置未續。

譯者在中學學習時，透過錢譯《神曲一臠》，初次得知但丁的名字和《神曲》。進大學後閱讀了英譯本，對這部作品產生了興趣，後來學了義大利語，逐漸領會到原作的韻味，興趣也隨之日益濃厚。多年以來，就有翻譯這部世界名著的志願，由於種種主觀和客觀原因，一直未能實現，遲至一九八三年秋，其他工作告一段落，在朋友們的熱情鼓勵和支持下，才著手試譯《地獄篇》。剛動筆時，感到困難重重，力不從心，產生了失敗主義情緒，後來，在翻譯實踐過程中逐漸克服了這種思想障礙。

翻譯《神曲》的先決問題是：譯成詩，還是譯成散文？譯者對此曾考慮很久，也問過朋友們，大家意見很不一致，最後，自己決定譯成散文，因為，就主觀條件來說，譯者不是詩人，而《神曲》卻是極高的詩，如果不自量力譯成詩體，恐怕「畫虎不成」，使讀者得到錯誤印象，以為但丁的詩也不過爾爾。義大利有句俗話：「tradutorre, traditore 翻譯者即背叛者」，譯者不願這句俗話在自己身上得以證實。就客觀條件來說，《神曲》全詩都是以三韻句寫成的。中文和義大利語分屬不同語系，詩律也根本不同，中國舊體詩沒有與三韻句相當的格律。錢稻孫先生用騷體譯《地獄篇》前三曲，但押韻格式不依照《離騷》，而力圖「效其韻之法」，開端譯得很好：「方吾生之半路，恍餘處乎幽林，失正軌而迷誤。道其況兮不可禁，林荒蠻以慘烈，言念及之複怖心！戚其苦兮死何擇，惟獲益之足諮，願縷其所曆。」但是第二曲和第三曲的譯文，並沒有再嚴格依照這種格式押韻。不僅如此，《神曲》每行一般都是十一音節，錢譯則每行少者六個字，多者十三、四個字，遠不如原詩韻律嚴整勻稱。錢先生通曉義大利文，對《神曲》和中國舊詩都很有研究，他的翻譯實踐說明了，要將《神曲》譯成舊體詩是不易成功的。譯者無此文學素養，譯成舊體詩非自己能力所及，當然不敢一試。

那麼，可否將《神曲》譯成新體詩？譯者面對的事實是：《神曲》是格律嚴整的詩，而中文新詩的格律沒有定型，譯時苦於無所遵循。如果按照三韻句的格式押韻，原詩的韻律（抑揚格、音步等問題）

應如何處理？如果不按三韻句的格式押韻，那麼又應當依照什麼格式？譯者對此感到困惑。因此，決定就自己力所能及，將《神曲》譯成散文，待將來新體詩的格律問題解決後，出現既有詩才、又通曉義大利文的翻譯家時，再將這一世界文學名著譯成詩體。

在考慮用詩體還是用散文體時，譯者曾借鑒一些英文和德文譯本。英語和德語雖然與義大利語同屬印歐語系，但義大利語元音較多，適於用三韻句寫詩，英語和德語就不大適合這種格律。用三韻句寫成的英文詩最成功的作品，是雪萊（Percy Bysshe Shelley, 1792-1822）的《西風頌 *Ode To The West Wind*》，全詩五節，共七十行，算是較長的抒情詩，但和《神曲》的篇幅相比，差得很遠。英、德翻譯家也有用這種格律譯《神曲》者，他們步武前賢，刻意求工的精神令人欽佩。然而，對照原文細讀，就會發現，他們為使譯文合乎格律，往往削足適履，或者添枝加葉，前一種作法有損原詩的內容，後一種作法違背了原詩凝練的風格。譯成抑揚格無韻詩（blank verse）的譯本，如美國詩人朗費羅（Henry Wadsworth Longfellow, 1807-1882）的譯本（1865），由於不受韻腳束縛，就很少出現這種缺點。而完全擺脫格律束縛的散文譯本，如美國但丁學家諾爾頓（Charles Eliot Norton, 1827-1908）的譯本（1891）和辛格爾頓（Charles S. Singleton, 1909-1985）的譯本（1970），則尤為忠實可靠。這些事實堅定了譯者採用散文體的信念。

不言而喻，將詩譯成散文，等於用白水代替存放多年的美酒，味道相差甚遠。譯者的目的僅在於讓讀者透過譯文瞭解《神曲》的故事情節和思想內涵，如欲欣賞詩的神韻及其韻律之美，就須要學習義大利語，閱讀原作。因為，正如但丁所說：「人都知道，凡是按照音樂規律來調配成和諧體的作品，都不能從一種語言譯成另一種語言，又不致完全破壞它的優美與和諧。這就是為何荷馬不能像希臘人流傳下來的其他著作那樣，從希臘文譯成拉丁文。這就是為何《詩篇》中的詩句沒有音樂性的和諧之美；因為這些詩句是從希伯來文譯成希臘文，又從希臘文譯成拉丁文，在第一次的翻譯中，那種優美就消失了。」（《筵席》第一篇第七章）

本書譯文和注釋主要是根據義大利但丁學家翁貝爾托．波斯科（Umberto Bosco）與喬萬尼．雷吉奧（Giovanni Reggio）合注的《神曲》最新版本，參考薩佩紐（Natalino Sapegno）、牟米利亞諾（Attilio Momigliano）、卡西尼—巴爾比（Tommaso Casini, Silvio Adrasto Barbi）、斯卡爾塔齊—萬戴里（G.A. Scartazzini, Giuseppe Vandelli）、格拉伯爾（Carlo Grabher）等但丁學家，以及美國但丁學家辛格爾頓的注釋本，有時也略陳管見。

原作是長篇史詩，譯成散文須分段落；譯者的譯文段落劃分，是依照諾爾頓的英譯本。原作分成一百 canto，錢稻孫先生把 canto 譯為「曲」，日文譯本有的譯為曲，有的則譯為「歌」；譯者的譯文是散文體，所以考慮用「章」。

《神曲》博大精深，其哲理性和藝術性均非一般文學名著可比，譯者對原詩的領會和個人的中文表達能力都很不夠，譯文和注釋難免有錯誤、疏漏和不妥之處，希望讀者指正。

譯者　田德望

一九八七年二月十二日晚

神曲

I
地獄篇

La Divina Commedia
Inferno

Dante Alighieri

但丁・阿利吉耶里
｜
著

圖——古斯塔夫・多雷｜田德望——譯

在人生中途，我發現我已迷失正路，置身一座幽暗森林內。

第一章[1]

在人生中途[2]，我發現我已迷失正路，置身一座幽暗森林內[3]。啊！要說明這座森林多麼荒野、艱險、難行，是一件何等困難的事！只要一想起它，我就又覺得害怕。它的苦和死相差無幾。但為了述說我在那裡遇到的福星，我要講述我在那裡所見的其他事物[4]。

我說不清我是如何走進這座森林，因為在我離棄真理之路的時刻，充滿強烈睡意[5]。但是，走到令我膽戰心驚的山谷盡頭，一座小山[6]腳下後，我向上一望，瞥見山肩已披上導引世人走各條正路的行星[7]光輝。此時，在那般悲慘可憐度過的夜裡，我心湖[8]中一直存在的恐怖情緒才稍得平靜。猶如從海裡逃上岸的人，喘息未定，回首凝望驚濤駭浪，我仍在奔逃的心靈，回頭注視那道從不讓人生還的關口[9]。

我讓疲憊的身體稍微休息，繼又順著荒涼的山坡走去，腳底下最穩的，因而總是後面那較低的腳[10]。瞧！剛走到山勢陡峭處，只見彼處一隻身子輕巧、非常靈便的豹[11]，身上毛皮滿布五色斑斕花紋。牠不從我面前走開，卻極力擋住我的去路，迫使我一再轉身想退回來。

這時天剛破曉，太陽正同那群星升起，這群星在神愛最初推動那些美麗事物運行之際，就曾與它同在[12]；所以，這一天開始的時辰和這溫和的季節，令我覺得有望戰勝這隻毛皮斑斕悅目的野獸[13]；但這

瞧！剛走到山勢陡峭處，只見彼處一隻身子輕巧、非常靈便的豹，身上毛皮滿布五色斑斕花紋。

不足以讓我對一隻獅子[14]的凶猛形象出現面前心無畏懼。只見牠獅頭高昂，狀似餓得發瘋，似乎就要向我撲來，空氣好似都為之震顫。還有一隻母狼[15]，瘦得彷彿滿載所有貪欲，牠已迫使許多人過著悲慘的生活，那凶相引發的恐怖令我心情異常沉重，喪失了登上山頂的希望。正如專想贏錢的人，一遭遇輸錢的時刻，心思便徹底沉浸於悲哀沮喪的情緒，這隻永不安靜的野獸也使我這樣，牠衝著我走來，步步緊逼著我退向太陽沉寂的所在[16]。

我正往低處退下時，一道人影[17]出現眼前，他似乎因長久沉默而聲音沙啞[18]。一見他在這荒野裡，我就向他喊道：「可憐我吧，不論你是什麼，是鬼魂，還是真人！」他答說：「我不是人；從前曾是，我的父母是倫巴底人[19]，論籍貫，他們倆都是曼圖阿人[20]。我出生 *Sub Julio*[21]，雖然遲了些，在聖明的奧古斯都[22]統治下，住在羅馬，那是信奉虛妄假冒神祇的時代[23]。我是詩人，歌詠安奇塞斯正直的兒子在睥睨一切的伊利烏姆城焚毀後，從特洛伊遷來的事跡[24]。可是，你為何回到這般的痛苦境地？為何不攀登這座令人喜悅的山？它是所有歡樂的基礎和階梯[25]。」「那麼，你就是那位維吉爾，就是那湧出滔滔不絕語言洪流的源泉嗎？」我面帶羞澀神情答說，「啊，其他詩人的光榮和明燈啊，但願我長久學習、懷著深愛研尋你的詩卷，能令我博得你的同情和援助。你是我的導師，我的權威作家，我是從你那兒才學得令我成名的優美風格[26]。你看那隻逼得我轉身後退的野獸，且助我逃離牠吧，著名的聖哲，因牠嚇得我膽顫心驚。」

見我流淚，他答說：「你要逃離這荒涼之處，就須走另一條路[27]，因為這隻迫使你大聲呼救的野獸不讓人從牠這條路通過，而是極力阻擋，將人弄死[28]；牠的本性窮凶惡極，永遠滿足不了自己的貪欲，

只見牠獅頭高昂，狀似餓得發瘋，似乎就要向我撲來，空氣好似都為之震顫。

你看那隻逼得我轉身後退的野獸，且助我逃離牠吧，著名的聖哲，因牠嚇得我膽顫心驚。

得食之後，飢餓還更勝先前[29]。和牠結合的人很多，而且日後還會更多[30]，直到獵犬來臨，令牠痛苦而死為止。他既不以土地、也不以金錢為食，而是以智慧、愛和美德，他將降生在菲爾特雷和蒙特菲爾特羅之間[31]。他是衰微的[32]義大利的救星，處女卡密拉、歐呂阿魯斯、圖爾努斯和尼蘇斯都是為這片國土負傷而死的[33]。他將把這隻母狼逐出各城，最後驅回地獄，當初是嫉妒將之從那裡釋放出來的[34]。所以，為了你著想，我認為你最好跟著我，由我充當你的嚮導，將你帶出此地，遊歷一個永恆之處；你在那裡將聽到絕望的呼號，見到自古以來各個受苦靈魂皆乞求第二次的死[35]；你還將看到那些安心處於火中的靈魂，因為他們希望有朝會到有福的人之間[36]。若是你隨後想上升到這些人當中，一位比我更配去到那裡的靈魂會來接引你[37]，我離開時，就將你交給她；統治天上的皇帝因我未奉行他的法度，不讓我進入他的都城[38]。他的威權遍及宇宙，直接主宰天上，那是他的都城和崇高寶座之所在。啊！獲他揀選到那裡的人有福啊！」於是，我對他說：「詩人哪，我以你不知的上帝名義懇求你，為讓我逃離這場災難和更大的災難[39]，請領我前去你所說之處，讓我看見聖彼得之門[40]，和你說得那樣悲慘的人。」

於是，他動身前行，而我在後跟隨。

於是，他動身前行，而我在後跟隨。

1 《神曲》全詩開宗明義的序曲。

2 指一三〇〇年但丁三十五歲時。《舊約．詩篇》卷四第九十篇中說：「我們一生的年日是七十歲。」但丁在《筵席》第四篇第二十三章中將人生比做拱門，而拱門頂點，以人的天年來說，正是三十五歲。這裡又將人生比做旅程，「人生中途」必然指三十五歲。此外，這句還受《舊約．以賽亞書》第三十九章「正在我中年之日，必進入陰間的門」這句話啟發。一三〇〇年對但丁和佛羅倫斯，乃至基督教世界都是關鍵的一年。但丁在該年獲選為佛羅倫斯的六名行政官之一，這是他政治生涯的頂點，也是人生的轉折點，以及二年後遭到放逐，長期顛沛流離的遠因。該年五月一日春節，黑、白兩黨長期內訌後發生了流血事件，佛羅倫斯此後再無和平。這年是波尼法斯八世宣布的「大赦年」（giubileo），凡是基督徒都能藉由巡禮、懺悔和功德清贖所有的罪。但丁也曾前往羅馬朝聖，因為他已來到人生中途和頂點，此後就是以死為終點的下坡路，因此迫切需要思考與自己來世命運攸關的靈魂得救問題。同時，他希望基督教世界能開啟新時代，在一位理想的英雄人物領導下，根絕貪欲，消除爭端，恢復和平，享受現世幸福，在基督教教義指引下，棄惡從善，達到享受來世幸福的目的。因此，詩中選定一三〇〇年四月八日耶穌受難日（復活節前的週五）為虛構的地獄、煉獄、天國三界之行的開始，用意深長。

3 「幽暗森林」具有雙重寓意：一是象徵但丁所愛的貝雅特麗齊（見第二章注12）在一二九〇年死後，他失去了精神上的嚮導，陷入迷惘和錯誤中，無法自拔；二是象徵當時的基督教世界，尤其是義大利，由於教皇掌握世俗權力，買賣聖職，主教貪婪成風，教會日益腐敗，神聖羅馬皇帝放棄自己的職責，封建割據勢力紛爭不已，因而完全陷入混亂狀態。詩中表明但丁作為個人則迷途知返，悔過自新；作為人類代表，則揭露現實的黑暗，喚醒人心進行改革，讓自己和世界都達到得救的目的，這大致是《神曲》全詩主旨。

4 「福星」指古羅馬詩人維吉爾的靈魂；「其他事物」則指下文所說的三隻攔路野獸。

5 「真理之路」即上文所說的「正路」；「睡意」指靈魂因有罪而陷於昏沉、混沌的狀態。

6 「小山」象徵現世幸福。

7 這裡的「行星」指太陽；中世紀相信古希臘天文學家托勒密的「地球中心說」，認為太陽是繞著地球運行的行星之一。太陽在此又象徵上帝，因為「宇宙間一切可感知的事物中，無一比太陽更配為上帝的象徵。」（《筵席》第三篇第十二章）。

8 根據薄伽丘的注釋，「心湖」指心臟內部（即心房、心室）。中世紀認為此處是人類各種情感的貯藏所。詩中用心湖隱喻情感所在的心，正如中文會以「腦海」指稱作為思想和記憶器官的大腦。

9 「關口」即幽暗森林，寓意是：人如果不能以理性克服罪障，就無法得救。

10 字面意義說明但丁逐步走上山坡時，較低的那隻腳著地，支撐全身重量，腳底下總是最穩的。寓意則是人在改過自新的過程中，並非一直往前，而是時而踟躕，時而前進。

11 豹象徵肉欲。

12 群星指白羊座。太陽進入白羊宮為春分，即陽曆三月二十一、二十二日，在白羊宮約一個月，詩中以此表明但丁遇到豹攔路時，是在春天清晨（具體時間是一三〇〇年四月八日清晨）。「神愛」即上帝，因為義大利經院哲學家阿奎那在《神學大全 *Summa Theologica*》第三十七卷第三章中說：「愛是聖靈固有的名稱。」在基督教說法中，上帝在春季創造出宇宙，造出太陽後就安放在白羊宮，讓太陽從那裡開始運行。「那些美麗的事物」指星辰。

13 中世紀計算白天的時辰，是從日出（約在六點鐘）時起算，到日沒時（約在十八點鐘）為止。「破曉」是一天開始的時辰，「溫和的季節」指春天，是一年初始的季節，這二者都是天文學上的有利時機，但丁因此認為自己有望逃脫豹的危險。

14 獅子象徵驕傲。

15 母狼象徵貪婪，包括貪財、貪求名位和物質利益等。貪婪是人最難消除的劣根性，所以詩中表明，三隻野獸中，母狼最是危險。根據《新約．提摩太前書》第六章中聖保羅的話：「貪財是萬惡之根」，但丁認定，貪婪之風是佛羅倫斯和義大利的禍根，是教會腐敗的原因，是實現正義的障礙。當時在位的神聖羅馬皇帝阿爾伯特一世放棄職責，不來義大利行使皇帝的權力，制止貪婪，造成社會風氣每況愈下。因此，但丁在詩中特別著重描寫象徵貪婪的母狼，並藉維吉爾預言，日後將會有驅逐母狼的獵犬來到世間。

16 指不見陽光的「幽暗森林」。詩人在此大膽使用以聲覺代替視覺構成的隱喻。

17 是維吉爾的靈魂前來為但丁擔任嚮導，帶他從「幽暗森林」到煉獄山頂上的地上樂園。維吉爾既象徵能讓人獲得現世幸福的皇帝權威，又象徵理性和哲學，因為皇帝須根據哲學將人類引上現世幸福之路（見《帝制論》卷三第十六章）。但丁雖認為自古以來最偉大的哲學家是亞里斯多德，並稱他為「智者們的大師」，但並未選擇他、而是選了維吉爾做為自己的嚮導，乃是因為後者在中世紀當時享有極大聲譽，被視為是學識最淵博的哲人，甚至被稱作術士和預言家。維吉爾在第四首《牧歌》中預言了一個嬰兒的誕生將會為人類帶來黃金時代，被教會穿鑿附會為預言了耶穌基督的降生；他的史詩《埃涅阿斯紀》歌頌羅馬和羅馬帝國的光榮，當中還敘述埃涅阿斯在神巫的引導下遊歷了陰間的故事。此外，還因為他是但丁最敬愛、從中受益最深的詩人，因而願在《神曲》中歌頌。

18 注釋家對此句眾說紛紜，莫衷一是。維吉爾還未開口，但丁怎會覺得他聲音沙啞？按照常理，說話太多，聲音才會沙啞，怎會因為長久沉默而聲音沙啞？但這在寓意上說得通：維吉爾象徵理性，理性的聲音在迷失正路的人心中久已沉默，在他剛覺悟時，還難以聽得清楚，就會覺得微弱、沙啞。字面意義雖有種種解釋，但多失之牽強附會。這句話的寓意雖然和字義不相吻合，但須從詩的角度領會，而非從邏輯上理解。

19 「倫巴底亞」（Lombardia）在中世紀泛指義大利北部的廣大地區，得名於六世紀占領義大利北部和中部的日耳曼族倫巴底人（Longobardi）。倫巴底人在但丁的時代已成為義大利北部居民的通稱；該地區在維吉爾的時代名為阿爾卑斯山南的高盧（Gallia Cisalpina），「倫巴底人」這個名稱出自維吉爾之口，因此顯然與年代不合。

20 維吉爾出生於義大利北部曼圖阿（Mantova）附近的安德斯（Andes）村，即今庇埃托勒（Pietole），因此，父母論籍貫都是曼圖阿人。

21 拉丁文「Sub Julio」意為「在尤利烏斯・凱撒時代」。公元前四十四年凱撒遇刺身亡時，維吉爾才二十六歲，所以說生得遲了些，未能受到他的賞識。

22 「奧古斯都」是凱撒的甥孫和繼承者屋大維的尊號，意為神聖、崇高。他實際上是羅馬帝國的首位皇帝，在位時為鞏固自己的統治，重視文學創作，維吉爾是他最尊重的詩人。

23 信奉多神的異教時代。

24 史詩《埃涅阿斯紀》敘述埃涅阿斯在伊利烏姆城被攻陷焚毀後，帶著老父安奇塞斯（Anchises）和幼兒尤路斯逃出特洛伊；安奇塞斯死於西西里島，埃涅阿斯父子則輾轉來到義大利的拉丁姆地區。埃涅阿斯娶了當地公主，戰勝敵對部落，為未來的羅馬奠下初步基礎。詩中將尤路斯寫成凱撒和屋大維的祖先，而埃涅阿斯又是愛神維納斯所生，繼而肯定了屋大維的「神統」。「睥睨一切的伊利烏姆」一語見《埃涅阿斯紀》卷三。

25 「令人喜悅的山」即那座象徵現世幸福的小山，現世幸福是來世永恆幸福的基礎和階梯。

26 「詩卷」指《埃涅阿斯紀》和《牧歌》。「令我成名的優美風格」指但丁在一三〇〇年之前所寫的「以愛情和美德為主題」（《筵席》第一篇第一章）、風格高華典雅的寓意抒情詩。

27 由於三隻野獸（寓意：肉欲、驕傲、貪婪）、尤其是母狼的阻礙，不可能直接登上小山（寓意：個人和人類不可能獲得現世幸福），必須取道遊歷地獄（寓意：考慮罪孽的嚴重後果）、煉獄（寓意：經受磨難贖罪）、天國（寓意：獲得來世永恆幸福的希望）。

28 寓意是貪婪使靈魂墮入地獄。

29 即貪得無厭、欲壑難填之意。這裡顯然是以寓意為主，真狼習性並非如此。

30 此處「牠」義大利文原文為「animali」，含義是「動物」或「眾生」。有些注釋家認為這裡是指「獸」，他們根據聖保羅所說的「貪財是萬惡之根」這句話（《新約．提摩太前書》第六章），將這句詩解釋為「娶牠（母狼）的野獸是很多的」（直譯），寓意同貪婪相結合的罪惡很多；舊譯本大都根據這種解釋。現在一些可靠的注釋家根據但丁以拉丁文所寫的《致義大利各樞機主教書》中「每人都已娶貪婪為妻」這句話，將「animali」理解為「人」，寓意是沾染上貪婪這種歪風邪氣的人很多。譯者的譯文採取這種解釋。

31 獵犬善於追蹤、搜索野獸，藉此指驅除象徵貪婪的母狼的未來救星很恰當。但寓意與字面意義的一致性只限於此。「既不以土地、也不以金錢為食，而是以智慧、愛和美德」這句話，則需要完全從寓意角度理解。其寓意在於說明，由於未來的救星具有這般高貴品格，才能清除貪婪之風，實現和平及正義。至於未來的救星究竟指誰，注釋家有種種不同猜測，並無定論。對「菲爾特羅」（feltro）的解釋也有分歧。有人認為那是一種好布，說明這位救星出身高貴；有人認為是一種壞布，說明他出身微賤；有人甚至認為是包裝投票箱的布，說明他是投票選出的；還有人認為是地名（將首字母大寫），表明他降生在菲爾特雷（Feltre）和蒙特菲爾特羅（Montefeltro）兩地之間，進而斷定這位救星就是但丁曾在其宮廷內受到禮遇的維洛納封建主堪格蘭德．德拉．斯卡拉。由於這裡是預言未來的事，猶如中國古代的讖緯，唯恐洩漏天機，因而故意說得非常隱晦，無法確定救星具體所指何人。根據但丁在《帝制論》中闡明的政治觀點來看，大概是指他理想中的皇帝。

32 這裡沿用維吉爾史詩《埃涅阿斯紀》卷三的五二二、五二三行中所用的形容詞 humilis（相當於義大利文 umile）來形容義大利。不過「humilis」在維吉爾詩中含義是地勢低平，指拉丁姆地區，這裡「umile」含義是衰微、悲慘、不幸，泛指但丁時代的義大利。

33 卡密拉（Camilla）是沃爾斯克人的國王之女，和埃涅阿斯率領的特洛伊人打仗時陣亡。圖爾努斯（Turnus）是魯圖利亞人的國王，曾向拉丁姆國王之女求婚，但她順從神意和埃涅阿斯結婚，於是他興師問罪，被埃涅阿斯所殺。歐呂阿魯斯（Euryalus）和尼蘇斯（Nisus）是好朋友，和沃爾斯克人打仗時陣亡。他們都是《埃涅阿斯紀》中的英雄，前兩者是特洛伊人的敵人，後兩者是特洛伊人的將領，雙方都為義大利光榮犧牲。

34 指魔鬼嫉妒亞當和夏娃在樂園裡的幸福，於是從地獄裡放出象徵貪婪的母狼。他們倆受到貪欲的誘惑，吃下分別善惡之樹的禁果，遭上帝逐出樂園。

35 「永恆之處」指地獄；地獄和天國永遠存在，而煉獄一到世界末日就不存在了。在地獄裡受苦的靈魂完全陷入絕望境地，因而大聲乞求第二次的死，亦即靈魂的滅亡，以解脫永恆之苦。

36　「安心處於火中的靈魂」指在煉獄經受磨難的靈魂；「火」泛指煉獄的種種磨難。這些靈魂安心地經受磨難，因為罪孽消除後就有望升入天國。

37　指貝雅特麗齊。但丁以她象徵信仰和神學，以維吉爾象徵理性和哲學，因為作為「中世紀最後一位詩人」，但丁囿於時代的偏見，認為信仰和神學高過理性和哲學，理性和哲學只能讓人認識罪惡的嚴重後果，通過悔罪自新，獲得現世幸福，而唯有依靠信仰和神學，才能讓靈魂得救，享受天國之福。

38　「天上」指上帝所在的淨火天（Empireo），「他的都城」即天國。維吉爾在世時，耶穌尚未降生，因此他不可能信基督教，死後靈魂也就不可能進入天國。

39　「這場災難」指幽暗森林和攔路的三隻野獸，「更大的災難」則指死後靈魂可能入地獄。

40　「聖彼得之門」指煉獄之門；「你說得那樣悲慘的人」指在地獄受苦的靈魂。

第二章[1]

白晝漸漸消逝，昏黃天色讓大地上的眾生都解除了勞役，唯獨我一人[2]正準備經受這場克服征途之苦和憐憫之情[3]的戰鬥，我真確無誤的記憶將追述這些經歷。

啊，繆斯！啊，崇高的才華[4]！現在幫助我吧！啊，記載我所見一切事物的記憶呀！這裡將顯示出你的高貴。

我開始說：「引導我的詩人哪，在讓我冒險去進行這次艱難的旅行之前，且先考慮一下我的能力夠不夠吧！你說西爾維烏斯的父親還活著的時候，就去過永恆的世界，而且是肉身去的[5]。可是，眾惡之敵若是待他優厚，聰明人只要想想注定由他所起的偉大作用，想想誰和什麼樣的人[6]是他的苗裔，就不會覺得那不恰當；因為他在淨火天上被選定為神聖的羅馬及其帝國的父親，羅馬和帝國實在說來注定是大彼得的繼承者奠居的聖地[7]。透過這趟被你歌頌的旅行，他知道了一些事情，這些事情是他和教皇法衣勝利的原因[8]。後來，神『所揀選的器皿』去過那裡，為了給信仰帶回證明，這種信仰是得救之路的起點[9]。但是我，我為什麼去那裡？是誰准許我去？我不是埃涅阿斯，我不是保羅；不論我自己還是別人都不相信我配去那裡。所以，假如我貿然同意，此行恐怕是膽大妄為。你是明智的，理解得比我說的還清楚。正如一個人打消原本念頭，因種種新考慮而翻然改圖，以至於完全丟開已開始的事，我在昏暗

白晝漸漸消逝。

山坡上的情況也變成這樣，因為左思右想，匆忙開始的冒險計劃遂化為泡影。」

「如果我沒有誤解你這話的意思，」那位豪邁者的靈魂[10]答說，「你的心靈是受了怯懦情緒所傷，這種情緒常常阻礙人，令人從光榮偉業上後退，猶如牲口眼岔看到的東西嚇得牠一驚。為了解除你的這個恐懼，我要告訴你我為何而來，當初是聽到什麼，才對你心生憐憫。我在那些懸空的靈魂[11]之間，一位享天國之福的美麗聖女來叫我，我連忙請她吩咐。她眼睛閃耀明亮更勝星星的光芒，以天使般的聲音，溫柔平和的語調對我說：『啊，溫厚的曼圖阿人的靈魂呀，你的美名至今仍留在世上，而且將與世長存。我的朋友，時運不濟的朋友，在荒涼的山坡上被擋住了去路，嚇得轉身後退；據我在天上聽得的消息，他恐怕已迷途太遠，我起來救他已經遲了。現在請你動身前去，以你美妙的言辭，以所有必要讓他得救的辦法援助他，好讓我得到安慰。我是貝雅特麗齊，是我讓你前去；我是從我亟欲返回的地方而來[12]；是愛推動我，讓我說話。今後在我主面前，我要常常向他稱讚你。』接著，她沉默了，於是我說：『啊，有美德的聖女呀，只因有你，人類才超越最小的圓天包覆的所有眾生[13]；你的命令正中下懷，就算我已遵行，也都覺得太晚；除了向我說出你的願望外，其餘都不必說。但請告訴我，你何以無懼從你亟欲返回的寥廓所在，降臨到這低下的中心[14]。』她答說，『既然你想深知其中道理，我就簡單告訴你，我為何不怕來到這裡。人們只須懼怕能夠危害他的事物，其餘不必畏懼，因為那並不可怕[15]。蒙神恩澤將我造成這樣，使你們的不幸無法觸動我，這裡的火焰也傷不著我[16]。天上一位崇高聖女[17]憐憫那人遭遇到我派你去解除的障礙，因而打破了天上的嚴峻判決。』她召喚盧齊亞[18]，說道：『忠於妳的人現在需要妳，我將他託付給妳。』盧齊亞乃所有殘忍行為之敵，她聞命而動，來到我與古代的拉結[19]同坐的地方。她說：『貝雅特麗齊，上帝的真正讚美者[20]呀，你為何不去救助那如此愛妳、因妳而離開凡庸人群的人[21]？你沒聽見他痛苦的悲嘆嗎？沒看見他正在風浪險惡更甚大海的洪流中遭受死的衝擊？』她說了這番話後，我立刻離開我幸福的座位，從天上來到這裡，世人趨利避害也沒這樣疾快，「我信賴你高華典雅之言辭的力量，如此言辭為你和聽者都增添光彩。」對我說出這番話後，她便將含淚的明眸轉過去，使得我加快來到此地。於是，我依她的意思來到這裡，將你從那隻不讓你由近路登上那座優美之山的野獸前救了出來。那麼，到底是怎麼回事？為何，你為何踟躕不前？為什麼你心裡存有這般怯懦情緒？既然三位崇高的聖女在天上法庭關懷你，我的話又保證你會得到如此好處，你為何還是沒有勇氣和信心？」

如同遭受夜間寒氣侵襲而低垂閉合的小花，經微白朝陽一照，朵朵在花莖上挺起、綻放，我萎靡的精神復又振作起來，一股良好的勇氣湧入我心中，我像獲得自由的人般說：「啊，她拯救我，何等慈悲呀！你立刻聽從她對你所說的真言，多麼殷勤哪！你這番話說得我內心非常樂意前去，我已回到我原本的意圖。現在走吧，因為我們二人一條心：你是嚮導，你是主人，你是老師。」我這麼對他說。

他一動身，我就跟著走上艱難、荒野的道路。

我是貝雅特麗齊，是我讓你前去。

1 《地獄篇》的序曲。

2 因為維吉爾不是活人。

3 指抑制自己的惻隱之心，不去憐憫地獄裡受苦的靈魂，因為他們罪有應得。

4 但丁依照維吉爾《埃涅阿斯紀》的範例，在敘述詩中情節之前，先祈求詩神繆斯的幫助，也就是求助於靈感、藝術和學問。但是求助於自己的才華，似無先例。《神曲》中有不少詩句表明但丁意識到自己有很高的天賦。

5 「西爾維烏斯（Silvius）的父親」就是埃涅阿斯。他曾由神巫帶路，以肉身往遊冥界。見《埃涅阿斯紀》卷六。

6 「眾惡之敵」指上帝。「偉大作用」指埃涅阿斯作為羅馬最初的奠基者所起的偉大歷史作用；「誰和什麼樣的人」指其後裔凱撒、屋大維等偉大人物。

7 「大彼得」指聖彼得，他是耶穌最初的門徒，也是最偉大的使徒。天主教會視他為首位教皇，他的繼承者就是後來歷代的教皇。但丁認為，天意建立羅馬和羅馬帝國，是為了統一地中海沿岸，以便基督教廣泛傳布。使徒聖彼得在羅馬殉道，使得羅馬成為了聖地和教廷所在的西方教會中心。

8 指埃涅阿斯在陰間遇到亡父安奇塞斯的靈魂，亡父向他預示了羅馬的未來，讓他受到鼓舞，而後戰勝了敵人；他的勝利是建立羅馬的遠因，羅馬注定成為未來的教廷所在，因此他的勝利也是象徵教皇職位和權威的「教皇法衣」勝利的原因。

9 「神所揀選的器皿」指聖保羅。《新約．使徒行傳》第九章：「主對亞拿尼亞說：『……他是我所揀選的器皿。』」。「器皿」在此意為被視為容器、接受思想影響的人，也就是說，聖保羅是耶穌選中接受和傳播福音之人。《聖經》上說他生前就曾到過第三層天。《新約．哥林多後書》第十二章：「他前十四年被提到第三層天上去，或在身內，我不知道，或在身外，我也不知道，只有上帝知道。」他去那裡是為了給信仰帶回證明。基督教義認為，信仰是得救之路的起點：「人非有信，就不能得上帝的喜悅。」（《新約．希伯來書》第十一章）

10 指維吉爾。「豪邁」與下句中的「怯懦」相對立，也就是與當時但丁的怯懦形成鮮明對照，這種怯懦是因缺乏自信心所致。

11 指在地獄邊緣「林勃」的眾靈魂。在埃涅阿斯遊歷的冥界中，林勃是短命鬼界，那裡的鬼魂都是嬰兒、冤死鬼、自戕者、殉情者（見《埃涅阿斯紀》卷六）。在但丁遊歷的地獄中，林勃裡的鬼魂都是基督降生之前就已存在的立德、立功、立言的不朽人物，以及未受洗禮即夭折的嬰兒。他們生前未曾犯罪，因而不受地獄的刑法，但也因為未受洗禮，無法享天國之福，可說是處於懸空狀態，而這種狀態中的唯一痛苦，是雖希望進入天國，卻又不可能實現。

12 指淨火天，也就是天國。

13 即九重天當中最低、距離地球最近的月天。月天包覆的眾生是指地球上人類之外的所有生靈。

14 「寥廓所在」是指九重天當中最高、最廣的淨火天；「低下的中心」則指地獄，它形似上寬下窄的漏斗，從地面通至地心，可說是地球的中心；而根據托勒密天文體系，地球是宇宙的中心，地獄因此也可說是宇宙的中心。

15 這話來源於亞里斯多德的《尼可馬克倫理學》卷三第九章。

16 「你們的不幸」指地獄裡眾靈魂的不幸；「這裡的火焰」則泛指地獄裡的酷刑。

17 指聖母瑪利亞。但丁對聖母極其崇敬，在《地獄篇》中永遠不提她的名字。聖母象徵「未求預賜的恩澤」（grazia preveniente）或慈悲。

18 聖盧齊亞（Santa Lucia, 283-304）是西西里島錫拉庫扎（Siracusa）人，因基督信仰而受酷刑殉道。她象徵「啟迪人心的恩澤」（grazia illuminate）；中世紀將她奉為患眼病者的守護神，但丁因為從小視力較弱，又好讀書，因而特別敬奉她。

19 拉結是亞伯拉罕之孫雅各的妻子（見《舊約．創世記》第二十九章），神學家以她象徵冥想生活，而以她姊姊利亞象徵行動生活。

20 意即貝雅特麗齊盡美盡善，真正體現出造物主的偉大，令所有見到她的人都衷心讚美上帝。

21 這裡可理解為但丁因為寫了讚頌貝雅特麗齊的詩，因而蜚聲文壇，也可理解為但丁因為愛貝雅特麗齊，在道德和精神境界均高於眾人之上。

第三章

經我[1]進入愁苦之城，
經我進入永劫之苦，
經我進入萬劫不復的人群[2]中。
正義推動了崇高的造物主，
神聖的力量、最高的智慧、本原的愛
創造了我[3]。在我之前未有造物，
除了永久存在的[4]以外，
而我也將永世長存。
進來的人，你們須將一切希望拋開！

我瞥見一座門的門楣上寫著這段文字，顏色黯淡陰森；因此我說：「老師，我覺得這些話的含義很難解。」

他像個老練之人對我說：「這裡必須丟掉一切疑懼，這裡必須清除所有畏怯。我們已來到我向你說

「進來的人，你們須將一切希望拋開！」

過的地方，你將看到那些失去心智之善[5]的悲慘之人。」

他拉著我的手，面帶喜色，令我感到安慰，隨後將我帶進幽冥世界的祕密中。嘆息、悲泣和號哭聲在此響徹在無星的空中，令我起初不禁落淚。種種奇異的語言，可怕的語音，痛苦的言辭，憤怒的叫喊，洪亮和沙啞的嗓音，和著絕望的擊掌聲，構成一團喧囂，在永遠昏黑的空氣中不住旋轉，猶如旋風刮起的沙塵。

我覺得恐怖緊箍著我的頭，就說：「我聽見的是什麼聲音？這些看似被痛苦壓倒的是什麼人？」

他對我說：「這是那些一生既無惡名、也無美名的悽慘靈魂[6]發出的哀嘆悲鳴。他們當中還混雜著那一隊卑劣的天使。這些天使對上帝既無背叛，也不忠誠，而是只顧自己。各重天都驅逐他們，以免自己的美為之減色；地獄深層也不接受他們，因為和其相比，為惡者還會有點自豪[7]。」

我說：「老師，是什麼令他們如此痛苦，哀嘆悲鳴如此沉痛？」

他答說：「我簡單地告訴你。他們再無可死的希望[8]，盲目虛度的一生如此卑不足道，因而對其他命運無不嫉妒[9]。世上不容許他們的名字留下，慈悲和正義都鄙棄他們。我們別講他們了，你看一看就走吧。」

我定睛細看，只見一面旗子飛速迴旋奔馳[10]，似乎永遠不停。旗子後面湧來漫長不盡的人流，若非親眼所見，我絕不相信死神已毀掉那麼多人。我認出其中幾個之後就瞥見一個鬼魂，識得他是那個因怯懦而放棄大位的人[11]。我立刻知道並且認定，這是那一群既為上帝、又為祂的仇敵[12]所不喜的卑怯之徒。這些從未真正活過的可憐蟲全都赤身露體，被那兒麇集的牛虻和黃蜂螫刺，螫得臉上流下一道道血和著淚，流到腳上，被可厭的蛆蟲吮吸。

當我縱目朝前眺望，只見許多人在一條大河岸上，於是我說：「老師，現在請讓我知道這些是什麼人，依我藉這微弱的光所見，他們似乎急於渡河，是什麼規律使他們這樣。」他對我說：「待我們在阿刻隆河[13]岸上停步時，你便可明白。」於是，我羞慚地低垂雙眼，恐怕我說的話令他不悅，直至我們走到河邊，我都閉口無言。

瞧！一個鬚髮皆白的老人駕著一隻船衝著我們來了，他喊道：「罪惡的鬼魂，你們該遭劫了！再無希望可見天日了！我來將你們帶往彼岸，帶進永恆的黑暗，帶進烈火和寒冰。站在那兒的活人靈魂，你離開那些死人吧。」但是，眼見我不離開，他隨後就說：「你將走另一條路，從別的渡口渡河上岸，不從這裡。一隻較輕的船要來載你[14]。」

我的嚮導對他說：「卡隆[15]，你莫發怒：這是有能力為所欲為者所在的地方[16]決定的，不要再問。」鉛灰色的沼澤上，這個兩眼輻射出憤怒火焰的船夫聽了這話，毛烘烘臉上的怒氣遂平靜下來。

但是，那些疲憊不堪、赤身裸體的鬼魂一聽見他這殘酷的話，都勃然變色，咬牙切齒。他們詛咒上帝和自己的父母，詛咒人類，詛咒自己的出生地和時辰，詛咒自己的祖先和生身的種子[17]。然後，大家痛哭著，一同在等著所有不畏懼上帝之人的不祥河岸上集合。魔鬼卡隆怒目圓睜，如同火炭，向他們招手示意，將他們統統趕上船去；誰上得慢，他就用船槳來打。

如同秋天樹葉片片落下，直到樹枝看見自己的衣服全落在地上[18]，亞當有罪孽的苗裔[19]一見他招手，便一個個從岸邊跳上船去，好似馴鳥聽到呼喚就飛來。他們就這樣渡過水波昏暗的河，還未在彼岸下

瞧！一個鬚髮皆白的老人駕著一隻船衝著我們來了，他喊道：「罪惡的鬼魂，你們該遭劫了！再無希望可見天日了！」

魔鬼卡隆怒目圓睜，如同火炭，向他們招手示意，將他們統統趕上船去；
誰上得慢，他就用船槳來打。

船，這邊就又有一群新到的鬼魂聚集。

「我的孩子啊，」藹然可親的老師說，「凡在上帝震怒中死去的人[20]，都從各國來到這裡集合；他們急於渡河，因為神的正義鞭策著他們，使恐懼化為願望。善良的靈魂從來不打這裡過；所以，卡隆若是生你的氣，口出怨言，現在你就明白他的話是什麼意思了[21]。」

他說完這番話，昏黑的原野就發生強烈的地震，如今回想起當時的恐怖，還令我渾身冷汗淋漓。淚水滲透的地上刮起一陣風，風中閃射出一道紅彤彤的電光，使我完全失去知覺；我像睡著的人般倒下。

1　指地獄之門。
2　指地獄裡的靈魂。
3　說明地獄是三位一體的上帝在自身正義推動下創造出來的。「神聖的力量」指聖父，「最高的智慧」指聖子，「本原的愛」則指聖靈。
4　基督教神學家認為，上帝在創造地獄之前，先是創造出天使、各重天，以及土、水、氣、火四要素，這些都是永久存在的。眾天使被造出後不久，其中的六翼天使盧奇菲羅（Lucifero）就帶著一部分天使背叛了上帝，因而從天上墜落。上帝於是創造地獄，盧奇菲羅及其黨羽隨即墮入其中，變成魔鬼。盧奇菲羅從天上墜落，見《舊約．以賽亞書》第十四章、《新約．路加福音》第十章，和《新約．啟示錄》第十二章。
5　「心智之善」（il ben dell'intelletto）指見到上帝，也就是獲得所謂「神福的靈見」（visione beatifica）。亞里斯多德《倫理學》以「至善」為人生最高目的，至善就是福，福乃「思辨的活動」，也就是探求真理的活動，因此但丁在《筵席》第二篇第三章中引用他的話：「真理乃心智之善」。中世紀神學家認為上帝乃最高真理，見到上帝，人的心智就得到完全滿足，達到至善目的。地獄裡的靈魂雖然還保有心智，但永遠見不到上帝，因此也就是「失去了心智之善」。

6 但丁認為，人生在世應該有所作為，以名傳後世，所以醉生夢死者可說是「從來沒有活過」，他們沒有為善，所以靈魂無法進天國，但又因為沒有作惡，所以也不至於淪入地獄深層，因而永遠留在地獄外圍。

7 指在盧奇菲羅叛變時保持中立的眾天使。這些天使的存在不見於基督教經傳，大概來源於民間傳說。「各重天都驅逐他們」，因為「若接受這類邪惡的天使，他們就會玷污它們的美」（薄伽丘注釋）。「為惡者」指地獄裡那些叛變的天使，也泛指落入地獄的罪惡靈魂，相較於中立的天使或因怯懦而無所作為的靈魂，為惡者認為自己至少還有勇氣作惡而自豪，倘若深層地獄收容中立的天使，或因怯懦而無所作為的靈魂，他們也會不屑與之為伍。

8 意即他們無望能夠再死一次（參見第一章注35），因為靈魂是不死的，也就是他們不可能藉由靈魂的滅亡，結束自己的痛苦。

9 意即這些靈魂連對落入地獄深層受苦者的命運也都嫉妒。「盲目度過的一生」意即懵懵懂懂、無聲無息的一生。

10 地獄和煉獄中的靈魂所受的懲罰，大都是根據「一報還一報」的原則，罪與罰的方式或性質要麼相似，要麼相反，關係極為密切。無所作為的人和態度中立的天使因為未曾在任何旗幟下有所行動，因而受懲跟著在前面飛速奔馳的旗子永遠不停地跑動；他們從未受任何事物的刺激而有所作為，因此受懲遭牛虻和黃蜂螫刺；他們怯懦卑下，只配受這些小生物折磨，流下的血和淚只配被蛆蟲吮吸。

11 大多數注釋家都認為這是指教皇策肋定五世（Celestino V, 1215-1296）。他出身寒微，出家修道多年，一二九四年當選為教皇後，不久即感到無法勝任；加冕後不到四個月，就在樞機主教卡埃塔尼（Caetani）的慫恿和施壓下宣布退位。野心勃勃的卡埃塔尼繼任為教皇，即為波尼法斯八世，為教會和義大利造成極大禍患，是但丁深惡痛絕的人。但丁認為，由於策肋定五世因為怯懦而退位，等於為波尼法斯八世掌權鋪平了道路，因而在詩中對他表示鄙夷和厭惡，將他當作卑怯又無所作為的典型。

12 指魔王盧奇菲羅和魔鬼們。

13 阿刻隆（Acheron）是希臘神話中冥界的五條河流之一，意即「愁河、怨河」；它既是河，也是沼澤。

14 指得救的靈魂不渡阿刻隆河，而是要在流經羅馬的台伯河河口集合，由天使駕著輕舟運載他們渡過海洋，到達煉獄山腳下（詳見《煉獄篇》第二章）。

15 根據希臘神話，卡隆（Charon）是幽冥和夜的兒子，在冥界擔任駕船運載亡靈渡過阿刻隆河的職務。但丁根據《新約．哥林多前書》第十章中所說「外邦人所獻的祭是祭鬼，不是祭上帝」，認為異教的神就是《聖經》中所說的鬼，因而在描寫地獄時，大膽利用了異教神話中有關冥界的素材。

16 「有能力為所欲為者」指全能的上帝，他所在的地方指淨火天。

17 「生身的種子」指自己的父親，這裡回過來重複詛咒父母生育自己；這些因為絕望而詛咒一切的話，顯然是受《舊約．約伯記》第三章和《舊約．耶利米書》第二十章啟發。

18 這個比喻脫胎自《埃涅阿斯紀》卷六第三〇〇至三一〇行。維吉爾用秋天樹葉飄落的情景比擬河灘上紛紛請求上船的亡魂數目之多；但丁在此別出心裁，加以變化，讓情景更加生動鮮明。

19 據《舊約．創世記》，亞當是人類的始祖；他「有罪孽的苗裔」指該入地獄的人。

20 指有罪、但臨終不肯懺悔，因而不能蒙神赦免的人。

21 卡隆的話暗示但丁是注定要得救的人。

第四章

一聲巨雷震破我頭腦沉酣的睡夢，我猶如被撼醒之人似地驚醒；站起身來，將恢復視覺的眼睛轉向四周，凝神觀察，想知道自己身在何方。事實是，我發現我在愁苦深淵的邊沿[1]，深淵中有無窮無盡的號哭聲轟隆聚集。它是那麼黑暗、深邃、煙霧瀰漫，無論我如何凝視谷底，都看不清那裡的東西。

「現在我們就從這裡下去，進入幽冥世界吧，」詩人面無人色說道，「我第一個進去，你第二個。」

我覺察到他的臉色，說：「我恐懼時，你總給我安慰，如果你害怕了，我怎麼去呢？」他對我說：「這下面的人的痛苦使我臉上表露出憐憫之情，你將如此表情看成了恐懼。走吧，因為遙遠的路程在催促我們。」

他說了這話後便先進去，讓我也跟著走進環繞深淵的第一圈[2]。據我聽到的，這裡沒有其他悲哀的表現，只有嘆息聲令永恆的空氣顫動。這種嘆息是一大群、一大群的嬰兒、婦女和男人發出的，非因受苦，而是出於內心的悲哀。

善良的老師對我說：「你不問你看見的這些靈魂是什麼人嗎？在你繼續前行之前，我得先讓你知道，他們並無犯罪；若是積有功德，那也不夠，因為他們沒有領受洗禮，而洗禮是你所信奉的宗教之

「我們不能得救，我們所受的懲罰是只能生活在嚮往中，而無希望。」

門[3]；他們若是生在基督教之前，便未曾以應採取的方式崇拜上帝[4]：我自己就在這種人之列。由於這兩種缺陷，而非其他罪過，我們不能得救，我們所受的懲罰是只能生活在嚮往中，而無希望[5]。」

聽了他的話，劇烈痛苦襲擊了我的心，因為我知道，在這林勃當中處於懸空狀態[6]的，有許多非常傑出的人物。「告訴我，我的老師，告訴我，我的主人，」由於想讓克服所有懷疑的信仰得到證明[7]，我說，「可曾有人或依自己的功德，或靠別人的功德，從這裡出去，隨後得享天國之福？」他明白了我隱晦的話，答道：「我處於這種境地不久[8]，就看見一位戴著有勝利象徵的冠冕的強而有力者[9]來臨。他從此處帶走了我們的始祖和其子亞伯的靈魂[10]，挪亞[11]及立法者和惟神命是從的摩西[12]的靈魂，族長亞伯拉罕[13]和大衛王[14]，以色列[15]和其父、其子以及他服務多年才娶到的拉結[16]，還有許多其他人，使他們都得享天國之福。我還想讓你知道，在他們之前，並無人類靈魂曾經得救。」

我們沒有因為他說話而止步，仍然朝前走過林中，我說的，是走過密集的靈魂之林。我離開睡著處沒走多遠，就瞥見一片火光將周圍一團黑暗戰勝了一半[17]。我們離那裡還有一段路，但不遠，我還大致看得出那兒有一些尊貴人物占據。「啊，為科學和藝術增光的詩人哪，請問你，這些享有讓他們的景況與眾不同[18]的光榮地位的是些什麼人？」他對我說，「他們為世人傳揚的榮譽，贏得了天上的恩澤，將他們提升到如此地位。」這時，我聽見一個聲音：「向最崇高的詩人致敬吧。他的靈魂離開此處，如今回來了[19]。」話音一落，沉靜下來之後，我看見四位偉大的靈魂朝我們走來：他們的神情既不悲哀，也無喜悅。善良的老師說：「你看那手持寶劍、如君王般走在三人之前的那一位，那就是詩人之王荷馬[20]；跟在他後面走來的是諷刺詩人賀拉斯[21]；第三位是奧維德[22]，最後一位是盧卡努斯[23]。因為他們都

就這樣，我見到那位創作出最崇高之詩歌的詩人之王的美好流派集合在此。

和我一樣，有那個聲音說出的稱號[24]，他們就都向我致敬，他們這麼做，做得好。」就這樣，我見到那位創作出最崇高之詩歌[25]的詩人之王的美好流派集合在此，他那種詩歌如鷹般高翔於其他種詩歌之上。他們一起談了片刻之後，便轉身向我致敬，對此，我的老師微微一笑；此外，他們還給予我更多榮譽，因為他們將我列入其行列，結果，我就成了如此赫赫有名的智者中的第六位。我們就這麼一直走到那火光跟前，邊走邊談，而所談之事最好在此保持沉默，一如在那裡最好該談。我們來到一座高貴的城堡下[26]，這座城堡有七道高牆環繞，周圍有一條美麗小河防護著。我們如履平地般渡過小河；我和幾位智者穿過七道門進去，來到一塊青翠草坪[27]。這裡有一群人，目光緩慢、嚴肅，威儀堂皇。他們話很少，聲音柔和。接著，我們退到一邊，走上一處空曠明亮的高地，因而得以看見所有人。在對面那塊青綠如琺瑯的草坪上，那些偉大靈魂全出現在我眼前，由於見到他們，如今我內心猶然欣喜。

我看見厄列克特拉和許多同伴[28]，我從中認出赫克托爾和埃涅阿斯[29]，戎裝鷹眼[30]的凱撒。我看見卡密拉和彭忒西勒亞[31]；在另一邊，看見拉提努斯和他的女兒拉維尼亞[32]坐在一起。看見驅逐塔爾昆紐斯的布魯圖斯[33]，還有盧柯蕾齊亞、優麗亞[34]、瑪爾齊亞[35]和柯內麗亞[36]；看見薩拉丁獨自在一邊[37]。我稍微抬眉仰望時，看見眾智者的大師[38]坐在哲學家族中間。他們都注視著他，向他表達敬意：這裡，我看見蘇格拉底和柏拉圖，他們站在其他人前面，離他最近；還有主張偶然乃宇宙之成因的德謨克利特[39]；第歐根尼[40]，阿那克薩哥拉[41]和泰利斯[42]，恩培多克勒[43]，赫拉克利特[44]和芝諾[45]；看見搜集、研究植物特性的優秀搜集家，我說的是迪奧斯科里德斯[46]；看見奧菲斯[47]，圖留斯[48]，黎努斯[49]和道德哲學家塞內加[50]，幾何學家歐幾里得[51]，還有托勒密[52]，希波克拉底[53]，阿維森納[54]和蓋倫[55]以及作出偉大注釋的阿威羅厄斯[56]。我不詳細描寫所有人，因為漫長旅程的詩題緊緊驅迫著我，敘述事實時，言辭就往往失之簡略。

我們一行六人減為二人，我睿智的嚮導由另一條路領著我走出寧靜的空氣，進入顫動的空氣中[57]。

我來到了沒有一絲光明的地方。

---

1 「愁苦的深淵」指地獄。前章末尾說，一道紅彤彤的電光令但丁完全失去知覺，像睡著的人般倒下；這裡說，一聲巨雷驚醒了他，他發現自己已在地獄深淵的邊沿；他如何到達阿刻隆河彼岸？注釋家有種種不同猜想，但因為詩中沒有說明，我們只好存疑。

2 但丁想像地獄位在北半球，是一個巨大無比的深淵，從地面通到地心，形狀像圓形劇場或上寬下窄的漏斗，共分九層。「環繞深淵的第一圈」即第一層地獄，名叫林勃，死前未受洗禮的嬰兒靈魂和生於基督教之前，或雖信奉異教，但因立德、立功、立言而名傳後世的人的靈魂都在這一層。他們並不受苦，只是由於不可能進天國而嘆息（參看第二章注11）。

3 洗禮是基督教第一聖禮，領受洗禮後才能成為基督教徒。

4 指生在基督之前的有功德的異教徒。「未曾以應該採取的方式崇拜上帝」，就是說，他們沒有如《舊約》中的猶太先哲們那樣相信彌賽亞將降生，為人贖罪。

5 意即嚮往天國，卻又沒有希望實現如此願望。

6 指不能享天國之福、又不受地獄之苦的懸空狀態。

7 指有關耶穌基督死後降臨地獄，從林勃中救出《舊約》中的猶太先哲們的傳說。這一傳說當時已成為基督教信條。維吉爾的靈魂在林勃，因此，但丁請求維吉爾證實這個信條，但他用婉轉隱晦的話來問。

8 維吉爾逝於公元前十九年，耶穌基督是三十四歲時死的，前後相隔僅五十三年，這時間在注定永久留在林勃中的維吉爾看來是微不足道的，比起基督之死與但丁遊地獄時相隔的一千二百六十六年來看，時間極短。

9 「強而有力者」指基督。為了表示尊敬，但丁在《地獄篇》中不直接提基督，在《煉獄篇》中，不以基督一詞作韻腳，在《天國篇》中，不以祂與其他詞押韻，而與其自身押韻。「戴著有勝利象徵的冠冕」是指教堂鑲嵌畫中基督像頭上飾有十字形圖案的光環，十字架象徵基督的勝利。

10 指人類的始祖亞當。亞伯是亞當的次子，是牧羊人，他哥哥該隱則是種地的，他們將各自的供物獻給上帝，上帝只「看中了亞伯和他的供物」，氣憤不平的該隱因而殺死了亞伯。見《舊約．創世記》第四章。

11 挪亞是亞當的三子塞特的後裔，他「是個義人，在當時的世代是個完全人」；上帝因世人罪惡滔天，準備以洪水泛濫毀滅世界時，惟獨預先命挪亞造方舟，讓他全家得以免於難。見《舊約．創世記》第六至九章。

12 摩西是帶領以色列人逃離埃及，定居迦南的部落首領。相傳他在西奈山從上帝受十誡和各種典章法律，奠定了猶太教基礎（見《舊約．出埃及記》）；這裡說他「惟神命是從」，因為《舊約．約書亞記》第一章稱他為「耶和華的僕人摩西」。

13 亞伯拉罕是以色列人的始祖，原名亞伯蘭。在他九十九歲時，上帝對他說：「從此以後，你的名不再叫亞伯蘭，要叫亞伯拉罕，因為我已立你作多國的父。」見《舊約．創世記》第十七章。

14 大衛是猶太部落首領，以色列人的第一個國王掃羅在和非利士人打仗兵敗自殺後，以色列人便擁戴大衛為國王；他趕走了非利士人，建立起統一的以色列—猶太國家，定都耶路撒冷。相傳《舊約．詩篇》中有些詩歌是大衛所作。

15 亞伯拉罕的孫子雅各和天使摔跤，戰勝了天使之後，上帝便將他改名為以色列，意為「上帝的戰士」（見《舊約．創世記》第三十二章）。雅各的父親是以撒。雅各共有十二個兒子。

16 拉結是雅各的母舅拉班的次女，雅各為了娶到她，為拉班服務了十四年之久。見《舊約．創世記》第二十九章。

17 指後文所說的「高貴的城堡」輻射出的光芒戰勝了周圍的黑暗，但丁因為在城堡前面，只能看見城堡周圍的黑暗有一半被火光照亮，這火光是古代文化或智慧之光的象徵。

18 指這些名人的靈魂在光明的「高貴的城堡」中，和林勃裡其他靈魂處在黑暗中的景況截然不同。

19 詩中沒有說明這話是誰說的，大概出自荷馬之口，他代表以他為首的眾詩人歡迎維吉爾歸來。

20 荷馬，古希臘詩人，相傳為《伊利亞德》和《奧德賽》兩大史詩的作者；「手持寶劍」說明他是寫戰爭的詩人。但丁不懂希臘文，當時荷馬史詩又沒有完整的拉丁文譯本，他只能從拉丁作家的作品中間接知道荷馬。

21 賀拉斯（Horace, 65 BC-08 BC），古羅馬詩人。這裡主要把他作為《諷刺詩集》和《詩簡》的作者，稱他為諷刺詩人。

22 奧維德（Ovid, 43 BC-07），古羅馬詩人。但丁從他的作品、尤其是《變形記》中，獲得許多古代文學和神話方面的知識。

23 盧卡努斯（Lucanus, 39-65），古羅馬詩人。但丁曾深入研究他的史詩《法爾薩利亞》，在《筵席》第四篇第二十八章中稱他為「大詩人」。

24 指四位偉大的靈魂中的一位（大概是荷馬）喊出的「詩人」稱號。全句大意是：由於他們都和我一樣是詩人，他們向我表示敬意是得當的，因為他們這麼做，也意味著尊重他們自己和詩。

25 指史詩，但丁稱這種詩為「悲劇」風格的詩，也就是風格高華的詩。

26 「高貴的城堡」在建築形式和寓意上都具有中世紀特徵。對於寓意的解釋，迄無定論。波斯科－雷吉奧注釋本根據《筵席》第四篇第十九章中「凡美德所在即為高貴」這句話，認為「高貴的城堡」象徵人的高貴性；七道高牆象徵四種道德方面的美德，也就是「謹慎、公正、堅忍、節制」和三種心智方面的美德，即「聰明、學問、智慧」；七道門象徵中世紀學校中教授的七藝，前三藝是「拉丁文、邏輯、修辭」，後四藝是「音樂、算術、幾何、天文」；小河象徵達到心靈的高貴須要克服的障礙，六位詩人憑藉自己的才能輕易克服了這種障礙。

27 大概象徵這些偉大的靈魂的美名萬古長青。

28 厄列克特拉（Electra）是傳說中特洛伊的奠基者、特洛伊人的祖先達達努斯（Dardanus）的母親，「許多同伴」則指她的後裔。

29 赫克托爾（Hector）是特洛伊的第一勇士。埃涅阿斯（Aeneas）是羅馬的奠基者（詳見第一章注24）。

30 形容凱撒的眼睛閃射炯炯光芒，猶如鷹眼。

31 卡密拉（見第一章注33）；彭忒西勒亞（Penthesilea）是神話中亞馬遜女兒國的國王，在赫克托爾戰死後，她率軍援助特洛伊，但被希臘英雄阿基里斯所殺。

32 拉提努斯（Latinus）是拉丁姆國王；拉維尼亞（Lavinia）是他的女兒，埃涅阿斯的妻子。

33 這位布魯圖斯全名為盧丘斯．優紐斯．布魯圖斯（Lucius Junius Brutus），是羅馬歷史傳說中的人物。古羅馬王政時期最後一位國王塔爾昆紐斯（Lucius Tarquinius Superbus）的兒子塞克斯圖斯（Sextus）姦污了同族的柯拉蒂努斯（Lucius Tarquinius Collatinus）之妻盧柯蕾齊亞（Lucretia），因個性貞烈，她憤而自殺，後續引發布魯圖斯領導羅馬人民驅走塔爾昆紐斯家族，廢除王政，建立貴族共和國（公元前五一〇）。

34 優麗亞（Julia）是凱撒的女兒，龐培（Pompey the Great）的妻子。

35 瑪爾齊亞（Marcia）是古羅馬政治家加圖（Cato, 95 BC-46 BC）的妻子，關於加圖，《煉獄篇》第一章將另有注。

36 柯內麗亞（Cornelia）是戰勝迦太基名將漢尼拔的羅馬名將西庇阿（Scipio）的女兒，她在兒子推行改革失敗而死後退隱，潛心研究希臘羅馬文學，但丁在《天國篇》第十五章中以她作為高貴女性的典型。

37 薩拉丁（Saladin）是中世紀埃及蘇丹國家的君主（1174-1194 在位）。一一八七年，他消滅了十字軍的主力，隨後收復耶路撒冷。薩拉丁以慷慨大方而聞名四方，但丁在《筵席》第四篇第一章中將他列入因慷慨大方而受人讚美的君主之列。由於他是伊斯蘭教徒，屬另一文化傳統，所以「獨自在一邊」。

38 指古希臘集大成的哲學家亞里斯多德（384 BC-322 BC）。

39 德謨克利特（Democritus, 約 460 BC-370 BC），古希臘哲學家，原子論者，認為宇宙是由原子偶然遇合而形成。

40 大概指古希臘犬儒學派哲學家第歐根尼（Diogenes, 約 400 BC-325 BC），但也可能指古希臘自然哲學家、阿波羅尼亞人第歐根尼（約 460 BC）。

41 阿那克薩哥拉（Anaxagoras, 500 BC-428 BC），古希臘哲學家，種子論者，認為自然界的所有物體均是由物質的「種子」構成。

42 泰利斯（Thales, 約 623BC-545 BC），古希臘哲學家，主張萬物起源於水。

43 恩培多克勒（Empedocles, 約 490 BC-430 BC），古希臘哲學家，認為宇宙間火、氣、水、土四要素是受「愛」和「爭」這兩種力量推動，永遠不停地互相結合、分離。

44 赫拉克利特（Heraclitus, 540 BC-480 BC），古希臘哲學家，他遺留的思想片段含有一些樸素的辯證法思想。

45 這裡指的究竟是古希臘斯多噶派哲學家芝諾（Zeno, 約 335 BC-263 BC），還是古希臘哲學中埃利亞（在義大利南部）人芝諾，很難確定。

46 迪奧斯科里德斯（Dioscorides），古希臘名醫，著有論植物醫療效能的書。

47 奧菲斯（Orpheus），希臘神話中的音樂家和詩人，他的音樂能使頑石起舞，猛獸馴服。

48 是指西塞羅（Cicero, 106 BC-43 BC），古羅馬政治家、哲學家和散文作家。

49 黎努斯（Linus），希臘神話中的詩人。

50 塞內加（Seneca, 04 BC-65），古羅馬悲劇作家，作為哲學家，他宣揚斯多噶派倫理學。
51 歐幾里得（Euclid, 325 BC-265 BC），古希臘數學家，被視為幾何學的創始者。
52 托勒密（Ptolemy, 約 100-168），古希臘天文學家、地理學家。
53 希波克拉底（Hippocrates, 460 BC-377BC），古希臘醫學家，史稱「醫學之父」。
54 阿維森納（Avicenna, 又稱依本．西那 Ibn Sina, 980-1037），阿拉伯醫學家，號稱「醫中之王」。
55 蓋倫（Galen, 129-216），古羅馬醫學家、哲學家。
56 阿威羅厄斯（Averroes, 又稱依本．魯世德 Ibn Rushd, 1126-1198），阿拉伯哲學家，他所作的亞里斯多德哲學著作的評注，對中世紀的西方思想和文化影響甚深。
57 「寧靜的空氣」指「高貴的城堡」範圍內；「顫動的空氣」指這個城堡範圍外充滿靈魂嘆息聲的地方。

第五章

我就這樣從第一層下到第二層，這一層的圈子較小，當中的痛苦卻大得多，使受苦者發出一片哭聲[1]。

那裡站著可怕的米諾斯[2]，齜牙咆哮著：他在入口審查罪行，作出判決，將尾巴繞在自己身上，表示如何發落亡魂，勒令他們下去。我是說，當不幸生在世上的人[3]的靈魂來到他面前，便供出一切罪行：那位判官就判決他該在地獄何處受苦，尾巴在自己身上繞幾遭，就表明要讓他去到第幾層。他面前總站有眾多亡靈：個個依次受審，招供罪行，聽他宣判，隨後就被捲了下去。

「啊，來到愁苦旅舍[4]的人，」米諾斯瞥見我，便中斷這重大的職務，對著我說，「想想你是怎麼進來的，依靠的又是何人；別讓寬闊的門口把你騙進來[5]！」我的嚮導對他說：「你為什麼直叫囂！別阻止天命注定他要作的旅行。這是有能力為所欲為者所在之處的決定，不要再問。」

現在，悲慘的聲音開始傳到我耳邊；現在，我來到許多哭聲向我襲擊的地方。我來到所有的光全都喑啞[6]的地方，這裡如同大海在暴風雨中受方向相反的陣陣狂風衝擊時那樣怒吼。地獄裡永無歇止的狂飈[7]猛力席捲群魂飄蕩，刮得他們旋轉、翻滾，互相碰撞，痛苦萬分。每逢刮到斷層懸崖前[8]，他們就在那裡喊叫、痛哭、哀號，就在那裡詛咒神的力量。我知道，受判處這種刑罰的，是讓情欲壓倒了理性

那裡站著可怕的米諾斯，齜牙咆哮著：他在入口審查罪行，作出判決，
將尾巴繞在自己身上，表示如何發落亡魂，勒令他們下去。

的犯邪淫罪者[9]。猶如寒冷季節，大批椋鳥密集成群，展翅亂飛[10]，同樣，那些罪惡的亡魂被狂飈刮來刮去，忽上忽下，永無可安慰他們的希望。不要說休息的希望，就連減輕痛苦的希望也無。

猶如群鶴在空中排成長行，唱著哀歌飛去[11]，同樣，我看到一些陰魂哀號痛哭著，被上述的狂飈捲來；因此我說：「老師，那受漆黑的空氣如此懲罰的，都是什麼人？」「你想知道情況的那些人之中的第一個，」他隨即對我說，「是諸多語言互異民族的女皇帝。她在淫亂罪惡中沉溺如此之深，竟在律法中將恣意淫亂定為合法，以免除她所受的譴責。她是塞米拉密斯[12]，按史書記載，她是尼諾之妻，而後繼承了他的帝位，擁有如今蘇丹統治的國土[13]。另一個是因為愛情而自殺、對希凱斯的骨灰背信失節的女子[14]，在她後面來的是淫蕩的克麗奧佩脫拉[15]。你看，那是海倫，為了她，多少漫長的不幸歲月流轉而逝[16]。你看那是偉大的阿基里斯，他最後是和愛情戰鬥[17]。你看那是帕里斯[18]，那是崔斯坦[19]。」他還將一千多個因愛情而離開人世的人指給我看，並且一一說出其名。聽了我的老師說出古時貴婦人和騎士們[20]的名字，憐憫之情攫住了我的心，我幾乎神志昏亂。我說：「詩人哪，我願意同那兩個在一起、看似那般輕飄飄乘風而來的靈魂說話。」他對我說：「你注意他們何時離我們近些；屆時你以支配他們行動的愛之名義懇求，他們就會過來。」當風剛將他們朝這方向刮來時，我就說：「受折磨的靈魂，過來和我們交談吧，如果無人禁止的話！」

猶如斑鳩受到情欲召喚，在意願的推動下，伸展穩健的翅膀凌空而過，飛向甜蜜的鳩巢，同樣地，那兩個靈魂離開了狄多所在的行列[21]，穿過昏暗的空氣向我們奔來，因我充滿同情的呼喚是如此強烈而動人。

地獄裡永無歇止的狂颼 猛力席捲群魂飄蕩，刮得他們旋轉、翻滾，互相碰撞，痛苦萬分。

詩人哪，我願意同那兩個在一起、看似那般輕飄飄乘風而來的靈魂說話。

「愛引導我們同死。該隱環正等著那謀害我們性命的人。」

「啊，溫厚仁慈的活人哪，你穿越陰暗，前來探訪我們這些以血染紅了大地的陰魂，宇宙之王若是我們的朋友[22]，我們會向祂祈禱你的平安，因你悲憐我們受這殘酷的懲罰。當風如此地此刻這樣靜止時，凡是你們有意聽和有意談的事，我們都願意聽，也願意對你們談。我出生的城市坐落海濱，在波河匯合所有支流入海安息的所在[23]。在高貴的心中迅速燃起的愛[24]，使他熱戀上我被奪去的美麗身軀；被奪的方式至今仍然使我受害[25]。不容許被愛者不還報的愛[26]，令我強烈迷戀他的美貌，如你所見，直到如今仍然未離開我。愛引導我們同死。該隱環正等著那謀害我們性命的人[27]。」他們[28]對我們說了這些話。

聽了這兩個受害的靈魂所言，我低著頭，直到詩人對我說：「你在想什麼？」我向他回答時說：「多少甜蜜的思想，何等強烈的欲望，將他們引到了那悲慘的關口啊！」接著，我轉身對著他們：「弗蘭齊斯嘉，妳的痛苦讓我因悲傷和憐憫而落淚。但是，告訴我：在發出甜蜜的嘆息之際，愛是透過什麼跡象和什麼方式，讓你們明白了彼此心中的朦朧欲望？」她對我說：「最大的痛苦莫過於在不幸裡回憶幸福的時光；這一點，你的老師是懂得的[29]。但是，你若是熱切想知道我們的愛最初的根苗，那麼我就像邊說邊哭的人那樣說給你聽。

「有一天，為了消遣，我們一起讀著朗斯洛如何被愛情俘虜的故事[30]；只有我們倆在一起，全無疑懼[31]。那次閱讀促使我們目光屢屢相遇，彼此相顧失色，但令我們無法抵抗的，只是書中的一點。當我們讀到那渴望被吻的微笑的嘴，被這樣一位情人親吻時[32]，這個永遠不會和我分離的人便全身顫抖著吻上我的嘴。那本書和寫書者就是我們的加勒奧托[33]。那一天，我們沒有繼續讀下去[34]。」

「那一天，我們沒有繼續讀下去。」

出於憐憫之情，我彷彿斷氣似地昏了過去。我如死屍般倒下。

當這個靈魂說著這番話時，另一個一直在哭啼。出於憐憫之情，我彷彿斷氣似地昏了過去。我如死屍般倒下[35]。

1 第二層地獄是犯邪淫罪者的靈魂受苦的地方。地獄共分為九層，由上而下一層比一層小，痛苦則一層比一層大。第一層的林勃中受苦者只有嘆息聲，第二層中的靈魂則會發出號哭聲。

2 希臘神話中，米諾斯（Minos）是克里特島的國王，生前在位時公正嚴明，死後遂成為冥界判官。荷馬《奧德賽》敘述奧德賽在遊冥界時見到他。《奧德賽》卷十一：「我就又看到宙斯的顯耀兒子彌諾（即米諾斯），他手持黃金王杖，坐在那裡，為眾鬼魂宣判；鬼魂在陰府的大門裡，有坐，有站，請他裁判。」。維吉爾在《埃涅阿斯紀》中描述埃涅阿斯遊冥界時沿襲了荷馬史詩的傳統，也將米諾斯作為冥界判官。《埃涅阿斯紀》卷六：「……在這裡，有選任的陪審官指定他們席位，米諾斯任審判官，掌有決定權，他將這些默不作聲的靈魂召集起來開會。聽取他生前經歷，決定處分。」米諾斯在荷馬史詩中是以莊嚴的王者形象出現，維吉爾的史詩則將他描寫成具有羅馬法官開庭審判時的氣派。但丁從維吉爾的詩中借用了這個神話中的人物作為地獄判官，但他依據基督教認為「異教神祇皆是鬼物」的說法，在這裡將米諾斯塑造成帶有尾巴、猙獰可怖的魔鬼形象。

3 指在地獄裡受苦的罪人。他們正如耶穌關於叛徒猶大所說的，「不生在世上倒好」（《新約．馬太福音》第七章），因為這樣，他們就不至於入地獄。

4 指地獄。第三章第一句稱地獄為「愁苦之城」。

5 這句話是有所本的。《埃涅阿斯紀》卷六：「下到阿維爾努斯（羅馬神話傳說中陰府入口處）是容易的；狄斯（羅馬神話中的冥神，亦作冥界）的黑門晝夜開著；但是掉轉腳步，再走出來，到陽間的空氣裡，那是困難和危險的」。《新約．馬太福音》第七章，耶穌登山訓眾說：「你們要進窄門，因為引到滅亡，那門是寬的，路是大的，進去的人也多」。

6 即毫無些許光明之意。詩人在這裡又大膽使用以聲覺代替視覺構成的隱喻（參看第一章注16）。

7 這些犯邪淫罪者的受苦方式是一報還一報，罪與罰關係極為密切：地獄裡的狂飆是他們情欲的象徵；這些人生前受情欲驅使，不能自制，死後靈魂就被地獄裡的狂飆刮來刮去，永遠不得安息。

8 原文是ruina，注釋家對這個詞有不同解釋。薩佩紐注釋本和波斯科－雷吉奧注釋本都認為，指的是耶穌死在十字架上時發生的大地震使地獄裡塌方所形成的斷層懸崖。犯邪淫罪者的靈魂受審判後，就被捲下這個懸崖，來到第二層地獄受苦，所以每逢被狂飆刮到懸崖前，他們就想起是神的力量使他們陷入萬劫不復的境地，因而詛咒「神的力量」。

9 詩中沒有說明但丁是如何知道受這種懲罰的是犯邪淫罪者；可能是維吉爾告訴他，也可能是他看到懲罰方式後自己猜想到。從詩中情景看來，後者的可能似乎較大。

10 這裡用椋鳥密集成群、展翅亂飛的狀況，比擬大批的亡者陰魂被狂飆刮得凌亂翻騰的景況。

11 這個比喻不僅以群鶴的哀鳴比擬亡魂的悲號，還以群鶴齊飛時排成行列，比擬其中一批陰魂結成隊形隨風飄來飄去，這一批就是那些「因為愛情而離開人世的靈魂」（自殺者和被殺者）。

12 塞米拉密斯（Semiramis）是傳說中的亞述女王（公元前十四世紀或十三世紀），但丁從公元五世紀歷史家奧洛席烏斯（Orosius）的七卷《反異教徒史*Historiae Adversus Paganos*》中得知她的事跡。書中說她淫蕩無度，甚至和自己的兒子有亂倫之舉，最後被兒子所殺。中世紀常以她為縱欲淫亂的典型。

13 「擁有如今蘇丹所統治的國土」這句與史實不符：「如今」指但丁遊地獄的公元一三〇〇年，「蘇丹」指當時統治埃及的馬木路克王朝的君主；但在埃及以外，馬木路克蘇丹只占有巴勒斯坦和敘利亞的一部分，古代亞述王國的本土則屬伊爾汗國，並不在他的版圖內。注釋家認為，詩中出現這個歷史地理上的錯誤，是因為但丁混淆了亞述所征服的古巴比倫王國（Babylonia）和埃及尼羅河畔的城市巴比倫（Babylon，即古開羅）。這種差錯無關宏旨，並不令但丁的詩減色。

14 指迦太基女王狄多（Dido）。特洛伊被攻破後，埃涅阿斯經歷千辛萬苦來到迦太基。狄多對他產生了愛意，背棄了自己在丈夫希凱斯（Sychaeus）臨死前發下的永不再嫁的誓言，和埃涅阿斯結了婚。後來，埃涅阿斯服從神意，離棄了她，到義大利重建邦國，她因此自殺（見《埃涅阿斯紀》卷四）。

15 「埃及豔后」克麗奧佩脫拉（69 BC-30 BC）是托勒密王朝女王，姿容秀媚，羅馬大將凱撒進軍埃及時，她深得他的歡心，還為他生了一個兒子。凱撒被刺殺後，執政官安東尼（Marcus Antonius）是羅馬「後三頭」之一，也對她十分迷戀；安東尼在公元前三十一年的阿克興角（Actium）海戰中被屋大維擊敗，她和他一起逃往埃及亞歷山大城，在敵軍圍城時自盡。

16 海倫是斯巴達王墨涅勞（Menelaus）的妻子，具有絕代姿容。特洛伊王子帕里斯渡海來到斯巴達，愛上了海倫，將她拐走。希臘人動了公憤，共同興師問罪，渡海討伐特洛伊。「多麼漫長的不幸的歲月流轉過去」指經過十年戰爭才攻破特洛伊，奪回海倫。荷馬史詩《伊利亞德》集中描述十年戰爭中的五十一天的事情。

17 阿基里斯是《伊利亞德》中的希臘英雄，武藝高強，所向無敵。由於他退出戰鬥，希臘大軍被特洛伊人擊敗，後來他重上戰場，殺死了特洛伊城的主將赫克托爾，希臘大軍轉敗為勝。據奧維德的《變形記》和中世紀的《特洛伊傳奇》所說，阿基里斯愛上特洛伊城老王普利阿姆斯（Priam）的女兒波利克塞娜（Polyxena），被誘入神廟，遭埋伏在現場的帕里斯以毒箭射死；所以詩中說「他最後是與愛情戰鬥」，結果失敗。

18 帕里斯是普利阿姆斯的兒子，赫克托爾的弟弟。他娶了河神凱勃倫（Cybele）的女兒奧諾娜（Oenone）為妻，但他騙到海倫後就離棄了奧諾娜。特洛伊城被攻破時，他被菲洛克特特斯（Philoctetes）以毒箭射傷，求助精通醫術的奧諾娜醫治遭到拒絕後，最終毒發身亡。

19 崔斯坦是十二世紀騎士傳奇《崔斯坦和伊索德》中的人物。他奉命航海去鄰國為他叔父國王瑪克迎接新娘伊索德公主，在歸途中誤飲了為瑪克結婚準備的神祕飲料，結果對伊索德產生了永遠不變的愛情。瑪克發現這兩人相愛之後，遂將他們逐出王宮，但最後寬恕了伊索德。薄伽丘在《神曲》注釋中說，崔斯坦「被國王瑪克以毒箭射傷，垂死之際，王后前來探視，他頓時將她摟在懷中，因用力太猛，他和她的心都迸裂了，這樣他們倆就一同死去。」

20 「騎士」泛指上述英雄人物，但其中只有崔斯坦是騎士，其餘的人本來不是騎士，但在中世紀流行的屬古代系統的傳奇中都被塑造成騎士形象。

21 指狄多等因愛情而自殺或被殺者的靈魂排成的行列。

22 「宇宙之王」指上帝。「是我們的朋友」意即憐憫我們，願意接受我們的禱告。原文是不現實條件句，表示她很想為但丁祈禱，無奈上帝絕不會聽地獄裡的罪人的禱告。

23 這「城市」指拉溫納（Ravenna）。波河是義大利最大的河，發源於阿爾卑斯山，流入亞得里亞海。「匯合它的支流入海安息」這句話流露出說話的靈魂渴望安息卻不能如願的悲哀情緒。這個靈魂是弗蘭齊斯嘉·達·里米尼（Francesca da Rimini），拉溫納封建主圭多·達·波倫塔（Guido I da Polenta）的女兒，也是後來邀請但丁定居拉溫納的小圭多·達·波倫塔的姑母。她在一二七五年以後不久嫁給里米尼的封建主簡喬托·馬拉台斯塔（Gianciotto Malatesta）為妻，但這樁純粹是政略婚姻，因為簡喬托跛腳，相貌醜陋，舉止粗野。簡喬托的弟弟保羅是個美少年，叔嫂二人後來私下相愛，簡喬托發現後當場殺了他們。這起事件大約發生在一二八三至八五年間，曾經轟動一時。一二八二至八三年，保羅曾在佛羅倫斯擔任人民首領和維持和平專員的職務，但丁有可能曾在故鄉見過他。所以，但丁會對他們的痛苦深切同情和憐憫，有其特殊原因。

24 這是「溫柔的新體」詩派對愛情的看法，圭多·圭尼采里的詩《愛總逃避到高貴的心裡》，但丁一首十四行詩的第一行「愛和高貴的心是一回事」，都表達了這種思想。在《神曲》中，但丁改變了這種看法，認為愛既能使人產生高尚情操，也能令人犯罪。保羅和弗蘭齊斯嘉叔嫂相愛，由於不能以理性克制情欲，反而「讓情欲壓倒理性」，結果演變成悲劇。

25 「被奪去的美麗身體」這句話裡，「被奪去」指弗蘭齊斯嘉遭丈夫殺害。多數注釋家將後面的句子「e'l modo ancor m'offende」和「被奪去」聯繫起來，認為意即：「我被殺方式如今還使我受害」，也就是說，在他們倆「犯罪」時當場被殺，來不及懺悔，以至於死後永遠在地獄裡受苦。

26 這種說法源自卡佩拉諾（Andrea Cappellano, 1150-1220）的《論愛情 *De amore*》一書，對普羅旺斯騎士抒情詩和義大利「溫柔的新體」詩派的抒情詩都有影響。弗蘭齊斯嘉是宮廷中的貴婦人，當然也接觸過這種思想。愛不容許被愛者不以愛還愛，這說法並不符合實際生活，但對她而言卻是不可抗拒的法則；她認為，既然保羅這麼愛她，那麼她也非得愛他不可，這足以表明她的愛多麼強烈。

27 弗蘭齊斯嘉在預言，她丈夫簡喬托（死於一三〇四年，但丁遊地獄時還在世）由於犯了殺弟殺妻之罪，死後注定要在第九層寒冰地獄中的「該隱環」受苦。該隱環得名於世上第一個犯了殺弟罪的該隱（見《舊約·創世記》第四章），是科奇土斯冰湖劃分成四個同心圓形的受苦處之一，凡是出賣、殺害親屬者的靈魂，都要在此受寒冰封凍之苦。

28 詩中雖是弗蘭齊斯嘉一個人在說話，但她同時也代表保羅，因此這裡代詞用第三人稱複數。

29 維吉爾生前是赫赫有名的詩人，受到羅馬皇帝奧古斯丁的敬重和優遇，但死後靈魂永遠留在第一層地獄，無法進天國，撫今追昔，自然感到莫大痛苦。

30 弗蘭齊斯嘉和保羅共讀的書，是十二世紀的法國騎士傳奇《湖上的朗斯洛 *Lancelot du Lac*》。主人公朗斯洛是布列塔尼王的兒子，幼年被「湖上夫人」竊走養大，送進亞瑟王的宮廷，故稱「湖上的朗斯洛」；他是亞瑟王的第一位圓桌武士，和王后圭尼維爾（Guinevere）祕密相愛。書中敘述王后的管家加勒奧（義大利文寫法為加勒奧托 Galeotto）將朗斯洛帶去菜園和王后幽會，他在王后面前比較羞怯，加勒奧勸說王后主動和他接吻，王后於是吻了他許久。

31 意即他們絕對沒有料到，這種心心相印的愛，受到閱讀這部傳奇的刺激，將產生什麼嚴重後果。

32 但丁將傳奇中圭尼維爾主動親吻朗斯洛，改為圭尼維爾「微笑的嘴」被朗斯洛親吻。有些注釋家認為但丁根據的是這部傳奇的另一種抄本，但更可能是為了適應詩中的人物和情境。「微笑的嘴」原文是 riso（笑、微笑），較早的注釋家布蒂（Buti）認為，這裡是指「喜悅的面孔」或嘴，因為「嘴比面孔的任何其他部分更能顯示笑容」；後來的注釋家大都同意如此解釋；但義大利文學評論名家德·桑克蒂斯（Francesco de Sanctis, 1817-1883）認為，這指的不是具體的嘴，而是微笑，「微笑是嘴的表情、詩意和情感，是某種空靈的東西，看到它在嘴唇間浮動，又彷彿離開了嘴唇，你能看到它，卻無法觸摸它。」這的確說出了原詩的妙處。「被這樣一位情人親吻」，意即被朗斯洛這樣一位著名、英勇的騎士情人親吻。

33 這句話大意是：《湖上的朗斯洛》及其作者在保羅和我之間的作用，就如同加勒奧托在朗斯洛和圭尼維爾之間的作用，也就是誨淫。由於《神曲》在義大利流傳廣泛，Galeotto（加勒奧托）這個人名後來遂演變成帶有「淫媒」含義的名詞。弗蘭齊斯嘉的這句話表明了但丁重視文藝的教育作用，眼見當時風行宮中的騎士文學造成不良影響，遂藉著保羅和弗蘭齊斯嘉的悲劇，為人們敲起警鐘。

34 這句平常的話十分含蓄，為弗蘭齊斯嘉的敘述作了耐人尋味的結束。

35 表示突然倒下。原文「e caddi come corpo morto cadde」連用了五個兩音節的詞，其中四個是由顎音 c 構成的雙聲，讀來令人彷彿聽到死屍突然倒下的沉重聲音，這種音韻效果是譯文無法模擬的。

第六章

那叔嫂二人的悲慘情景引起的憐憫之情，使我悲痛得昏迷過去，完全不省人事，及至神志清醒過來時，不論向哪邊轉身，向哪邊扭頭去看，周遭觸目皆是新的苦刑和新的受苦者。

現在我已在第三圈[1]，這裡下著永恆、可憎、寒冷、沉重的雨；降雨的規則和雨的性質一成不變。大顆的冰雹、黑水和雪從昏暗的天空傾瀉而下；這些東西落到地上，使地面發出臭味。殘酷的怪獸克爾柏路斯[2]站在淹沒在此的人們上面，用三個喉嚨如狗般對他們狂吠。牠的眼睛赤紅，黑鬚上沾滿油脂，大肚子，手上有爪；牠揪扯著那些亡魂，將之剝皮，片片撕裂。雨下得他們如狗般號叫；他們用身體的一側掩護另一側；這些悲慘的罪人經常翻身。

大蟲[3]克爾柏路斯看到我們，便張開三張嘴，朝我們齜著尖牙；牠四肢百骸無不緊張顫動。我的嚮導張開雙手，抓起滿把泥土扔進牠的食管內[4]。正如狺狺狂吠求食的狗咬到食物後便安靜下來，因為牠只顧拚命吞下食物，這對著亡魂咆哮如雷，使得他們只願耳聾的惡魔克爾柏路斯，牠那三副骯髒的嘴臉也就這麼靜了下來。

我們從遭受沉重大雨澆倒的那些陰魂上面走過，腳掌踏在那似是人體般的虛幻影子上。他們全數躺在地上，唯獨一個陰魂見我們從他面前走過，便突然坐了起來。「啊，受引導走過這地獄的人哪，」他

我的嚮導張開雙手，抓起滿把泥土扔進牠的食管內。

對我說，「你要是認得出來，就認認我吧：你出世時，我還沒去世。」我對他說：「你經受的苦或許從我的記憶中抹去了你的形象，所以，我似乎未曾見過你。不過，告訴我，你是誰，被放在如此悲慘的地方，受到這種刑罰；若說其他刑罰比這更重，但再無像此這麼討厭的了。」他對我說：「你那裝滿嫉妒、裝得口袋已經冒尖的城市，正是我在世時的安身之地。你們市民管我叫恰科[5]：由於我放縱口腹之欲，犯了有害的貪食罪，因而如你所見，慘遭雨打。悲哀的靈魂不止我一個，因為這些靈魂全是由於同樣的罪行而受同樣的刑罰。」他沒再多說什麼。我回答他：「恰科，你的苦沉重地壓在我心上，令我落淚；但是，如果你知道，告訴我，這座分裂之城[6]的市民要鬧到什麼地步，那裡可有正直之人；再告訴我，這座城市之所以如此嚴重不和，原因何在[7]。」

他對我說：「他們在長期鬥爭後，要鬧到流血的地步[8]。村野黨將趕走另一黨，並且令它蒙受眾多損害[9]。之後三年內，這個黨就得倒臺，那個黨將藉一個目前正持騎牆態度之人的力量重新占得上風[10]。他們將會長期趾高氣揚，將另一黨重重壓在底下[11]，不管它怎樣為此哭泣，感到羞恥。有兩個正直人[12]，但那裡無人聽他們的話；驕傲、嫉妒、貪婪是令人心燃燒起來的三個火星。」他就此結束了這番沉痛的話。

我對他說：「我還要你指教我，繼續向我贈言。法利那塔[13]和台嘉佑[14]是那樣值得尊敬的人，雅各波·盧斯蒂庫奇[15]，阿里格和莫斯卡[16]，以及其他將聰明才智用於做好事的人[17]，告訴我，他們都在哪裡，而且讓我知道他們的情況；因為強烈的願望促使我急於瞭解，他們是在天國享福，還是在地獄受苦。」

「由於我放縱口腹之欲，犯了有害的貪食罪，因而如你所見，慘遭雨打。」

他對我說：「他們在更黑的靈魂之間[18]；不同的罪惡讓他們朝地獄底層沉墜下去；你若往下走得深，便可在那裡見到他們。但是我央求你，返回陽間時，請讓世人回想起我。我不再對你說什麼，也不再回答什麼了。」於是，他將直視的眼睛一斜[19]，看了我一下，隨後低下頭；如同其他盲目的亡魂[20]，他連頭帶身倒了下去。

我的嚮導對我說：「在天使的號角聲響起之前，他不會再醒來了；當敵對的掌權者來臨時，這些靈魂將重新找到各自悽慘的墳，重新和各自的肉體結合，並且具有自己的形象，他們將聽到永恆迴盪的宣判[21]。」

我們就這麼漫步走過陰魂和雨水混成的一片污穢泥淖，邊走邊略微談論來世；因此，我說：「老師，他們所受的種種苦痛，在偉大的審判過後，是將會加重，還是減輕？還是仍如現在這樣厲害？」他對我說：「重溫一下你所學的學問吧[22]，它指出，一件事物越是完美，就越感幸福，同樣也就越感痛苦。雖然這些受詛咒的人絕不可能達到真正的完美，但是在最後審判後，他們期待比現在更接近完美。」

我們順著那條路繞了一圈，一面走，一面說，所說的比我重述的多得多；我們來到下去之處[23]：發現大敵普魯托[24]就在這裡。

1 即第三層地獄，生前犯貪食罪者的亡魂在此受苦。有些注釋家認為，貪食是指嘴饞，講究珍饈美味，有些則認為是指放縱食欲，大吃大喝，簡直和野獸相差無幾。從詩中描寫來看，第二種說法比較恰當。

2 克爾柏路斯（Cerberus）是希臘神話中看守地獄之門的惡犬。《埃涅阿斯紀》卷六將牠描寫成是巨大的怪物，有三顆頭，脖子上纏著許多蛇。但丁將牠放在第三層地獄。他的描寫別出心裁，使得這個怪物既像狗（尖牙、爪子、吠聲），又像人（臉、手、鬍鬚）；既是懲罰貪食罪的工具，本身又是貪食的象徵。

3 「大蟲」具有貶義，這裡用來表明克爾柏路斯骯髒又可怕的模樣，和但丁對牠的厭惡感。

4 在《埃涅阿斯紀》中，神巫見克爾柏路斯擱路，就將沾有蜂蜜的餅扔給牠，牠吃了之後便趴地不動。但丁筆下的克爾柏路斯，更是突顯了作為狗所特有的貪嘴、不擇食的習性：儘管張口齜牙，凶相畢露，維吉爾只是抓起滿把泥土扔進牠嘴裡，牠立刻就靜了下來。

5 恰科是佛羅倫斯人，生卒年分和生平事跡不詳。有的注釋家認為恰科（Ciacco）是人名，乃 Giacomo 或 Jacopo 的簡稱，是這個人物的真名，有的則認為其名含義是豬，是人們對他的綽號，迄今仍無定論；不過，即使是綽號，叫慣了也就失去原有的貶義，所以但丁這麼叫他，他自己也不忌諱。

6 「這個分裂的城市」指因內部鬥爭而陷於分裂的佛羅倫斯。

7 但丁對佛羅倫斯的政治局勢和前途特別關心，認為地獄裡的亡魂或許能知未來事，因此向恰科提問。

8 「長期鬥爭」指竇那蒂家族和切爾契家族雙方始自一二八〇年、已達二十年之久的明爭暗鬥。竇那蒂家族是古老的封建貴族，切爾契家族則是「新人」，從鄉間來到城市後暴發致富，成為大銀行家和大商人。這兩大敵對集團在一三〇〇年五月一日（春節）發生衝突，「鬧到流血的地步」，切爾契家族的利克維里諾被竇那蒂家族的某個人砍掉了鼻子，「這是貴爾弗黨和我們這個城市巨大災難的開始」（迪諾．康帕尼《當代事件記》）。這兩大集團成為爭奪政權的真正的政黨，在一三〇一年夏季有了正式名稱：竇那蒂集團名為「黑黨」，切爾契集團則為「白黨」。

9 「村野黨」指白黨，因為它的首領切爾契家族來自鄉間；一三〇一年六月，黑黨在聖三位一體教堂集合，「陰謀策劃反對政府」，被執政的白黨發現，將其首領全數流放，「除了黑黨所受的其他痛苦和壓迫以外，罰款數目也是極大的」（薄伽丘的注釋）。

10 「目前正持騎牆態度之人」，指教皇波尼法斯八世。「目前」指一三〇〇年四月恰科在地獄裡和但丁交談的時刻，那時，這位教皇對待兩個互相敵對的集團，還持模棱兩可的態度。後來他決定扶助黑黨上臺，藉此實現自己統治佛羅倫斯的政治野心。為此，他派了法國瓦洛亞伯爵查理率領軍隊來到佛羅倫斯（一三〇一年十一月），藉著要調解兩黨爭端的名義，以武力幫助黑黨戰勝白黨（一三〇二年春天），奪取了政權。接著是對白黨進行處罰和放逐，從一三〇二年一月起，一直持續到十月，受害者就包括但丁。從一三〇〇年四月恰科和但丁交談的時刻起算，到一三〇二年十月對白黨的判罪結束為止，為時不到三年，所以詩中說「在三年之內」。

11 「長期趾高氣揚」指黑黨戰勝白黨之後，長期掌握政權，飛揚跋扈，對白黨進行迫害和壓迫。

12 這「兩個正直人」是誰，注釋家有種種不同說法：有的認為但丁是其中之一，有的認為「兩個」是不定數，泛泛強調正直人在佛羅倫斯為數極少，但丁也很可能在這極少數人之列。薄伽丘說：「這兩個人是誰，難以猜測。」

13 法利那塔（Farinata）是吉伯林黨的首領，因異端罪在第六層地獄受苦。

14 台嘉佑．阿爾多勃蘭迪（Tegghiaio Aldobrandi），一二三八年任聖吉米尼亞諾（San Gimignano）市的主要行政官，一二五六年任阿雷佐市的主要行政官，他因雞姦罪在第七層地獄第三環受苦。

15 雅各波．盧斯蒂庫奇（Jacopo Rusticucci）曾和台嘉佑一起調解沃爾泰拉（Volterra）和聖吉米尼亞諾的爭端，讓兩個城市言歸於好；一二五四年任佛羅倫斯政府特使，與托斯卡那的其他城市談判停戰和締結聯盟；因雞姦罪在第七層地獄第三環受苦。

16 阿里格（Arrigo）姓氏不詳，詩中後續也未再提及。莫斯卡．朗貝爾提（Mosca Lamberti），一二四二年任勒佐市的主要行政官，死於該市。因犯挑撥離間、製造分裂罪，在第八層地獄的第九惡囊中受苦（參見第二十八章注26）。

17 「將聰明才智用於做好事」和「值得尊敬」都只是就這些人在政治上對國家有功而言，而非指他們的私德。義大利的但丁學家馬佐尼（F. Mazzoni）指出：「政治上做好事，和被打入地獄之間的矛盾，是一個宏觀的範例……說明了政治上的美德並不足以令人得到永生：單是人的智慧，善於為國立功的人的豪邁行為，當未受神的恩澤支持，使之完善，也不足以遏制個人情欲。」。

18 「更黑的靈魂」指罪孽更深重的靈魂。

19 恰科原本將眼睛對著但丁，現在身子朝污泥中倒下時，目光還捨不得離開這個會回到陽間的人，因此斜著眼看他。

20 指其他貪食者的亡魂。因為他們臉朝下趴在泥裡，看不見任何東西，又因為在地獄裡受苦，見不到上帝，因此就物質和精神兩方面來說，他們都是盲目的。

21 意思是在天使吹響號角，讓眾靈魂集合去聽候基督對他們的最後審判之前，恰科的靈魂不會再從泥裡爬起來了。「敵對的掌權者」指基督。「永恆迴盪的宣判」指基督在末日對所有世人靈魂的最後判決。

22 指被經院哲學吸收的亞里斯多德哲學原理。但丁詩中的話直接來自托馬斯・阿奎那對亞里斯多德《靈魂論 *De Anima*》的注釋。大意是：事物越完美，就越能感到樂和苦；從這個原理可推斷，在最後的審判之後，人由於靈魂與肉體重新結合而復歸完美，樂和苦的感覺也將隨之增加。雖然落入地獄的靈魂絕對不可能達到只有進天國者才具有的完美性，但在最後審判之後也將比之前完美，因此，痛苦也將比以前更甚。

23 指從這裡下到第四層地獄。

24 關於「普魯托 Pluto」，注釋家有兩種不同的解釋：有人認為，是指希臘羅馬神話中的財神普魯圖斯（拉丁文 Plutus，義大利文 Pluto）；有人則認為，是指希臘羅馬神話中的冥王普魯托（義大利文 Pluto，拉丁文 Plutone，這裡是簡稱）。羅馬作家西塞羅認為，他和「狄斯」（拉丁文 Dis，義大利文 Dite）是一個神的兩個名字，因為二者在希臘文和拉丁文裡都具有「富」的含義。不過，但丁筆下的「狄斯」專指魔王盧奇菲羅，所以譯者認為，「普魯托」指的或許就是財神普魯圖斯，但丁將他變成魔鬼，守衛第四層地獄（貪財者和浪費者靈魂的受苦處）。祂是人類的「大敵」，因為基督教教義認為「貪財是萬惡之根」（《新約・提摩太前書》第六章）。

第七章

「Pape Satàn, Pape Satàn aleppe[1]!」普魯托用嘶啞刺耳的聲音開始喊道。那位洞察一切[2]的高貴哲人安慰我：「莫讓你的恐懼傷害你；因為不論他有什麼權力，都無法阻止你走下這巉岩[3]。」隨後就轉身對那副氣得膨脹的面孔說：「住口，該死的狼[4]！讓你的怒火在心中將你自己燒毀吧[5]。我們並非無緣無故來到這深淵當中：這是天上的旨意，米迦勒曾在那裡懲罰那狂妄的叛亂[6]。」如同桅杆一斷，被風吹脹的帆相互纏結而落下那般，那殘酷的野獸一聽這話便倒在地上。

於是，我們順著囊括全宇宙罪惡的地獄[7]斜坡再往下走了一段，下到了第四層[8]。啊，神的正義呀！是誰積聚了如我所見如此之多的新的苦難和刑罰？為何我們的罪孽這樣危害我們？如同卡里勃底斯那兒的波濤碰到來自對面的巨浪就碰得粉碎，這裡的人也必須這樣跳著他們的圓舞[9]。

我看見此處的人比別處還多，有些人從這邊、有些從那邊大喊大叫，用胸部的力量滾動重物。他們彼此遭遇，互相碰撞，而後各自就地掉頭，往回滾動，一面喊：「你為什麼吝嗇？」和「你為什麼浪費？」他們就這樣各自在這昏暗圈子的半邊環行，又朝著遙遙相對的另一端終點走去，彼此還喊出責罵的話語；到達這個終點後，就都順著自己所走的那半個圈子轉回來，再次比武[10]。

我的心慘痛得好似被刺穿，隨即說道：「我的老師，現在請告訴我，這些是什麼人，我們左邊這些

「住口，該死的狼！讓你的怒火在心中將你自己燒毀吧。」

削髮的，他們是否全是教士。」他對我說：「他們活在世上時，心靈都患了斜視[11]，使得他們花錢永不適度。每逢走到圈上的兩個終點，相反的罪過使他們在那裡分離時，他們的吠聲[12]就將這一點說得相當清楚。這些人都是頂上沒有頭髮的教士、教皇和樞機主教，貪婪之舉在他們身上已達過火的程度。」

我說：「老師，這類人當中，我必然認得出幾個被這些罪惡玷污的人。」

他對我說：「你懷的是妄想：生前不明是非，使他們受罪惡玷污，如今令他們面目模糊，無法辨認。他們將永無止歇來回在半個圈子的兩頭互相碰撞；這一部分人將攥緊拳頭，那一部分人將剃光頭髮，從墳裡爬起[13]。揮霍無度和一毛不拔使他們失去了美好世界[14]，獲處這種互相衝撞的刑罰：這是何種刑罰，我無須用美妙言辭來說明瞭。現在，我的兒子啊，你可以看出，託付給時運女神、人類互相爭奪的錢財，乃是轉瞬的騙人之物[15]；因為，月天之下現有和已有的所有黃金，都無法讓這些疲憊不堪的靈魂中的任何一個得到安息。」

「老師，」我對他說，「還請告訴我，你提到的這位時運女神，她是什麼，手裡如此掌握著世上錢財？」

他對我說：「愚蠢的世人哪，令你們受害的愚昧無知多麼嚴重啊！現在我要讓你接受我對時運女神的看法。智慧超越一切者[16]創造了諸天，並且為之指派了推動者[17]，讓各部分的光反射到各個相應部分，將光分配得均勻[18]。同樣，他也給世上的榮華指定了一位女總管和引導者[19]，她不時將虛幻的榮華從一個民族轉移至另一個，從一個家族轉移至另一個，而人的智慧無法阻撓；所以一個民族就統治，另一民族就衰微，都是依據她的判斷而定，而這種判斷就像草裡的蛇，人眼不能見。你們的智慧不能抗

月天之下現有和已有的所有黃金，都無法讓這些疲憊不堪的靈魂中的一個得到安息。

拒她：她預見，判斷，並執行她的職務，一如其他的神[20]各司其職。她的變化無盡無休，必然性[21]迫使她行動迅速；因此，常常輪到一些人經歷命運變化。她甚至飽受應當稱讚她的人詛咒[22]，他們錯怪她，誹謗她；但她是幸福的，聽不見這些；她和其他最初造物[23]一起轉動著自己的輪子，幸福地享受著自身樂處。我們現在就下到更痛苦的地方吧；我動身時上升的星，每顆都已往下落了，停留太久是不允許的[24]。」

我們穿過圈子到達對岸[25]一處泉源旁，泉水汩汩傾注到被泉水自身沖成的溝裡，流了下來。這水色與其說是暗紫，不如說是幽黑；隨這渾濁的流水，我們由一條崎嶇小路下到了另一個圈裡。這條淒慘的小溪往下流去，流至險惡的灰色陡坡腳下，積成名為斯提克斯[26]的沼澤。我站著凝眸注視，只見沼澤裡盡是沾滿污泥的人，個個赤身裸體，怒容滿面。他們不僅用手，還用頭、胸膛、兩腳互相毆打踢撞，互相以牙齒將對方的身軀一塊塊咬下。

善良的老師說：「我的兒子啊，現在你看見那些被怒火壓倒之人的靈魂了；此外我要你確信，水底下還有人在嘆氣，因而使得這水面上冒泡，就像不論你眼睛轉向何方，所見都會告訴你的那樣。他們陷在爛泥裡說著：『在陽光照得歡快的溫和空氣裡[27]，我們內心也生著悶氣，鬱鬱不樂。如今，我們卻在黑泥裡煩惱[28]。』他們喉嚨裡咯咯作響地唱出這支贊歌[29]，因為他們無法整字整句說出。」

我們就這樣走在乾燥的陡岸和濕泥之間，環繞污濁的沼澤走了一大段[30]，眼睛望著那些吞下污泥的人。我們終於來到一座塔樓腳下。

「我的兒子啊，現在你看見那些被怒火壓倒的人的靈魂了。」

1 從上下文來看，這句話表現出普魯托的憤怒和威脅，含義雖然隱晦，但維吉爾顯然懂得。由於「Satàn 撒旦」一詞在話中出現兩次，注釋家認為這是魔鬼普魯托乞靈於魔王撒旦的禱詞，但僅僅是禱詞的首句，因為詩中說：「普魯托……開始喊道」。根據多梅尼科．圭埃里（Domenico Guerri）的解釋，這句話的含義是「啊，撒旦，啊，撒旦，神哪！」這位但丁學家說：「這不是講話，而是突然脫口而出，普魯托以此表露情緒：在驚異中已含有威脅意味。」

2 意即維吉爾既懂得普魯托話中的威脅，又瞭解但丁恐懼的心情。

3 指從第三層地獄前往第四層地獄必須走下的懸崖。

4 維吉爾稱普魯托為「狼」，多數注釋家認為這是因為狼象徵貪婪，而普魯托在地獄裡作為象徵貪婪的魔鬼，和狼是一丘之貉。

5 意即發怒也是枉然，無法抗拒天意。

6 指在天上，大天使米迦勒曾討平以撒旦為首的眾天使叛亂（見《新約．啟示錄》第十二章）。因為普魯托向撒旦乞靈，維吉爾便針鋒相對地提及這件事以懾服普魯托。

7 意即地獄聚集了所有罪人和叛逆的天使的所有罪孽。

8 第四層地獄是貪財者和浪費者的亡魂受苦之處。這層地獄同樣是圓形的圈子。貪財者的亡魂成一隊，在這半個圈，浪費者的亡魂成另一隊，在另外那半個圈，兩邊鬼魂各自用胸部使勁推滾重物。兩隊亡魂在終點相遇後就互相碰撞，互相責罵，而後再各自掉頭往回滾動，到達終點時又互相碰撞、責罵。他們就一直這樣來回走著，不能停頓片刻。

9 卡里勃底斯（Charybdis）是義大利南部西西里島與卡拉布里亞間的墨西拿海峽（Stretto di Messina）中的大漩渦，對面是斯庫拉（Scylla）岩礁，愛奧尼亞海的潮水會在這裡和第勒尼安海的潮水互相衝擊，行船十分危險。詩中將這兩道海潮互相衝擊的情景，比擬貪財者和浪費者兩隊亡魂互相碰撞的情景。「圓舞」是許多人一起跳、快速轉圈子的集體舞，這裡比擬亡魂滾動著重物，來回轉圈。

10 意即再次互相碰撞。

11 正如斜眼者因為視線偏斜，看東西不準確，心靈患斜視的人因為心裡糊塗，不識錢財的真正價值和用處，或則愛財入迷，或則揮金如土，各走極端。

12 「相反的罪過」指貪財罪和浪費罪。「吠聲」是貶詞，指亡魂大喊「你為什麼吝嗇？」和「你為什麼浪費？」這兩句話。

13 指受最後審判時，貪財者將攥緊拳頭從墳裡爬起來，表示他們是執迷不悟的守財奴，而浪費者將剃光頭髮從墳裡爬起來，表示他們已傾家蕩產，一貧如洗。

14 指天國。

15 「騙人之物」原文是「buffa」。有的注釋家認為，其含義是「一陣風」或「過眼雲煙」，有的則認為是「欺騙」，大意是說，世人信賴走紅運得來的錢財，但不久就會發現自己受騙了。譯文採第二種解釋。

16 指無所不知的上帝。

17 「推動者」指各級天使。但丁在《筵席》第二篇第四章中說：「諸天的推動者是同物質分離的實體，即天智（intelligenze），俗名天使。」

18 意即九級天使各自都將神的光芒反射到九層天當中的一層上面，讓光得以均勻分配。

19 正如指派天使推動諸天運行，上帝也指派時運女神掌管包括財富、名位、權力等世上榮華的不斷重新分配，這種分配是凡人無法阻撓的。

20 「其他的神」指眾天使。

21 「必然性」（necessità）是哲學術語，這裡指必須遵循天命。

22 指不能享榮華富貴的人們，這些人錯誤地詛咒時運女神。實際上，他們應該感謝她才是，因為她不讓他們享受榮華富貴，才讓他們得以知道榮華富貴無非過眼雲煙，精神財富才是真正有價值。這種思想源於羅馬哲學家波依修斯的《論哲學的安慰》一書。

23 「最初造物」是指天使們。如同天使轉動天體使之運行，時運女神也轉動她的輪子，讓世上榮華不斷轉移。當時教堂裡的時運女神畫像一般是蒙著眼睛、站在一只輪子上，輪子由八部分構成，象徵人生的浮沉興替，其中最著名的是維洛納聖澤諾教堂裡的時運女神畫像。但丁可能受到這幅畫像啟發，但他不認為時運女神是盲目的（矇著眼睛象徵時運的盲目性），而是肯定她和天使一樣，是秉承上天意旨而行。

24 兩位詩人起程遊地獄是黃昏時候，眾星正從地平線上升起，現在這些星已開始往下落：這表明時間已過午夜。他們不能停留太久，因為遊地獄的時間不許超過二十四小時。

25 指圈子邊緣，從那裡下到第五層地獄。

26 「斯提克斯」（Styx）是希臘神話中環繞陰間的河流。維吉爾在史詩中已提過這個沼澤：埃涅阿斯遊地獄時，神巫對他說：「你面前看到的是科奇土斯深潭和斯提克斯沼澤」（《埃涅阿斯紀》卷六）。但丁沿襲維吉爾史詩，將之作為地獄裡的沼澤。

27 指陽間。

28 在斯提克斯沼澤的黑泥裡受苦的，都是生前犯憤怒罪者的亡魂。依基督教教義，憤怒是一種罪過。

29 意即「訴苦的話」；「贊歌」是諷刺說法。

30 「乾燥的陡岸」指間隔第四層和第五層地獄的懸崖或陡坡，「濕泥」則指斯提克斯沼澤中的泥水。

第八章

我接著述說，早在來到那座高塔腳下之前，我們的眼睛就已仰望塔頂，因為瞥見那裡設起了兩道烽火[1]，遠處另有一座塔樓打來信號，遠得幾乎望不見它。我轉身向著一切智慧之海[2]說：「這烽火說明什麼？那烽火又回答什麼？是什麼人設置了這些烽火？」他對我說：「倘若沼澤的霧氣沒將它遮隱，你就已能看見那預料的東西在那污濁的波浪上。」

弓弦將箭矢彈射出去、穿過空中的速疾，也絕無我在那瞬間看到一名船夫獨自操駛的小船從水面朝我們駛來那樣快。那船夫喊道：「你[3]現在可來啦，受詛的亡靈！」

「弗列居阿斯[4]，弗列居阿斯，這次你白喊了，」我的主人說，「你能扣留我們的時間，不會久於我們渡過這片沼澤的時間。」如同一個人聽到他人令他蒙受巨大欺騙後為此痛心，弗列居阿斯被迫壓下心頭怒火時，也正是如此。

我的嚮導登上小船，接著讓我隨他上去；我上船後，船才像裝載了什麼的樣子[5]。我的嚮導和我才剛一上船，古老的船頭就朝前行駛，比往常載著別人時吃水更深。

我們在這死水渠道上航行時，一個渾身是泥的人出現在我面前。他說：「你是誰，時候未到就來了？」我對他說：「我雖然來了，但不會留下；但你是誰，弄得身上這樣骯髒？」他答說：「你看到，

古老的船頭就朝前行駛，比往常載著別人時吃水更深。

我是個受苦的人。」我對他說：「可詛的亡魂，你就留在這裡受苦、悲痛吧；因為儘管你渾身泥污，我還是認得出你。」一聽這話，他就將雙手伸向小船；我機敏的老師將他推開，說：「滾開，滾去其他狗那裡！」隨後，他雙臂摟住我的脖子，親吻我的臉，說：「義憤填膺的靈魂哪，懷孕生下你的人有福了[6]！那廝在陽間是個狂妄之人；沒有善行讓他留下美名：所以他的陰魂在這裡咆哮如雷。多少人正在世上以偉大帝王自居，將來卻要在這裡如豬一般趴在泥裡，為自己的罪行留下可怕的罵名！」我說：「老師，我很樂見他在我們離開這座湖之前都被泡在這湯[7]裡。」他對我說：「你在看到對岸之前，就會滿足如願：你懷有如此願望，是該讓你稱願的。」少時，我就見到此人被那些渾身泥污的人狠狠撕裂，使得我如今還為此讚美上帝，感謝上帝。他們齊聲喊著：「痛打菲利浦．阿爾津蒂[8]！」那個狂怒的佛羅倫斯人氣得用牙啃咬自己[9]。我們在這裡離開了他，因此我就不再講他。

然而，一片悲聲震動我的耳鼓，我為此睜大眼睛朝前凝望。善良的老師說：「兒子啊，現在我們已臨近那座名為狄斯之城，那城裡有罪孽深重的市民和大軍[10]。」我說：「老師，我已能清楚看見谷地裡那城上塔樓[11]紅彤彤的，好似剛從火裡取出的鐵。」他對我說：「永恆之火從城內燒著這些塔樓，使其如你所見那樣，在這深層地獄[12]裡顯得通紅。」

我們終於來到環衛著這塊絕望之城的深壕內：在我看來，那城牆好似是鐵的。我們先繞了個大圈子，才來到一個地方，船夫在此處大聲喊道：「你們下船，這裡是入口！」

我看到城門上有一千多個從天上墜落下來的[13]，他們怒氣沖沖說：「這個人是誰，他還沒死，就走過這亡者的國度？」我睿智的老師示意要單獨和他們談。於是，他們稍微收斂了激烈的情緒，說：

一聽這話，他就將雙手伸向小船；我機敏的老師將他推開。

「你獨自過來，讓那個膽敢闖進這王國的人走開。讓他自己循他魯莽走過的那條路回去：他要是有本領，就讓他試試！因為你這個領他走過這般黑暗域界的人，你得留在這裡。」

讀者呀，你想一想，我一聽到這些可詛的話，內心是否恐慌，因為我已不相信我能重返陽間。

我說：「啊，我親愛的嚮導啊，你不止七次[14]讓我恢復了信心和勇氣，拯救我脫離遭遇的嚴重危險，你可別讓我遭到毀滅呀。若是不許繼續前行，我們就趕快循原路一起回去。」那位已領我去到那裡的主人對我說：「別害怕，因為誰都擋不住我們的去路：那是如此權威[15]特許的。你暫且在這裡等我。振起萎靡的精神，抱持良好希望吧，因為我不會將你丟在這地底世界。」

和藹的父親說了這番話就走了，留下我在這裡，仍然滿腹疑問，「能」與「否」[16]在我腦中交戰。我聽不見他對他們說了什麼；但他在那裡沒有和他們談上多久，他們就一個個爭先恐後跑回城內。這些敵人當著我主人面前關上所有城門，將他拒於城外，他隨即轉身慢步向我走來。他眼睛瞅著地，眉梢上自信的喜氣已消失殆盡，嘆息著說：「是誰拒絕我進入這些愁苦的屋舍！」他對我說：「你莫因為我惱怒就開始驚慌，因為無論是誰在裡面設法阻擋，我在這場鬥爭中都將獲勝。他們這種蠻橫行為不足為奇，因為他們在那道不像這樣祕密的門[17]前就已有過如此舉動，那道門至今仍無門閂。你曾見過那道門楣上的死之銘文[18]：現在已有一位從那道門這邊下了陡坡，不帶嚮導穿過各個圈子過來了[19]。這座城門將要由他開啟。」

我聽不見他對他們說了什麼；但他在那裡沒有和他們談上多久，他們就一個個爭先恐後跑回城內。

1 這是警報信號，表示來了兩個人（維吉爾和但丁）；中世紀城堡之間慣以舉火作為警報。

2 指維吉爾。

3 這大概是這名船夫習慣的喊法，並非專對但丁一人。況且，船夫還沒看清來的是兩個人。

4 弗列居阿斯（Phlegyas）是神話中的人物，由於憤恨阿波羅誘姦了他的女兒，因而放火燒毀阿波羅神廟。《埃涅阿斯紀》卷六曾提到他。但丁在詩中讓他變成魔鬼，作為斯提克斯沼澤上的船夫和第五層地獄的看守者。由於在盛怒之下燒毀了阿波羅神廟，他也是憤怒的象徵。詩中沒有描寫他的外貌，也沒有說明他作為船夫經常執行什麼任務。從維吉爾的話裡看來，弗列居阿斯駕船將二位詩人渡過沼澤是一次例外的行動，他並不像卡隆那樣擺渡亡魂，因為沼澤岸上並無亡魂集合待渡。他的職務似乎是將亡魂運載到沼澤中間，而後扔進污泥裡，讓亡靈在被指定之處受苦。

5 因為但丁仍是活人，體重使得船吃水比往常深。《埃涅阿斯紀》卷六也有類似的話。

6 意即你的母親有福了。這話源於《新約·路加福音》第十一章：「懷你胎的和乳養你的有福了。」借用《聖經》中的詞句，使得維吉爾的話語更顯莊嚴、鄭重。

7 用「湯」來指污水，帶有詼諧意味。

8 菲利浦·阿爾津蒂是佛羅倫斯貴族，本名腓力浦·德·卡維喬利，為人豪富奢侈，他的馬蹄鐵都不以鐵製，而是用銀，因此外號叫腓力浦·阿爾津蒂（義大利文 argento 是「銀」，這外號的意思是「銀馬掌的菲利浦」）。早期注釋家稱他是黑黨，和但丁是政敵，他的兄弟曾分到但丁被沒收的家產；還有人說，他曾打過但丁一記耳光，二人始終互相仇恨。關於他的生平沒有傳記史料可考，但薄伽丘的《十日談》（第九天，故事第八）中有他的傳說。

9 藉此發洩他無法發洩在別人身上的怒氣。

10 「狄斯」是古代神話中的冥王名稱之一，維吉爾在史詩中也稱冥界為狄斯；但丁認為，古代神話中的冥王就是《聖經》中的魔王盧奇菲羅或撒旦，這裡所說的「狄斯之城」也就是魔王之城；「罪孽深重的市民」指在深層地獄受苦的靈魂；「大軍」則指成群的魔鬼。

11 「塔樓」原文是 meschite，含義為「清真寺」；出於中世紀的宗教偏見，但丁借用了這個詞指狄斯之城的塔樓；「谷地」指地形由外向內傾斜、構成第五、六層地獄的整個地帶。

12 「深層地獄」指圈圍在城牆內的第六至九層地獄，也就是低層地獄。
13 指當初追隨撒旦背叛了上帝，因而從天上墜落地獄，變成魔鬼的眾天使。
14 「七次」是不定數字，指若干次，《聖經》中已有這樣的用法。
15 指上帝。
16 指維吉爾和魔鬼們能否談判成功？能否排除障礙繼續前進？但丁自己能否回到陽間？
17 相傳基督降臨地獄時，眾魔鬼曾關上地獄的大門，以阻止祂進入。但祂破門而入。從那時起，地獄的大門就因為沒有門閂而一直敞開；這道門比狄斯城的城門更靠外緣，因此維吉爾說不像後者那樣祕密。
18 指第三章開頭所講的銘文。
19 指有一位天使已從地獄大門走下陡坡，獨自穿過第一至五層地獄，前來為他們打開狄斯城城門。

第九章

見到我的嚮導折返時，畏怯顯露在我臉上的顏色，促使他更快收起自己新顯露的臉色，藏進心裡[1]。他停下腳步，像是在聽著什麼動靜，凝神注意，因為眼睛穿透不了漆黑的空氣和濃重煙霧看到遠處。

「但我們必將打贏這場戰鬥，」他說，「除非……答應幫助我們的是那樣的一位[2]啊……我望眼欲穿，另一位[3]怎麼還遲遲未至！」

我清楚看出他用後話掩蓋那句開了頭但未說完、含義不同的話[4]；但他的話仍令我害怕，因為我也許曲解了中斷的那句，認為它有比其命意更不好的意義。

「在那懲罰僅是斷絕升天希望的第一圈裡，可曾有靈魂來過這悲慘的深谷底層[5]？」我提出這個問題。他回答我：「我們當中罕有人作過我現在所作的旅行。從前我確實走過一次，被常為死屍招魂、殘酷的厄里克托[6]以咒語召喚，下到這裡。我離開自身肉體後不久，她就讓我進入這道城牆內，帶出一個在猶大環[7]受苦的亡魂。那是最低之處，也是距離環繞所有運行的那重天[8]最遠的至黑之處：我熟悉這條路，所以你放心吧。這片散發惡臭的沼澤圍繞著這愁苦之城，我們現在不經鬥爭是進不去的。」

他還說了許多，但我已記不得：因為我的眼睛已將心神完全引到高聳塔樓焰紅的塔頂，那裡霎時站

「左邊這個是梅蓋拉；右邊在哭的那個是阿列克托；中間的是提希豐涅。」

著地獄裡三個渾身血污的復仇女神[9]，她們的四肢形體就如女人，腰間纏著深綠色的水蛇，頭髮都是巨蛇和角蝰，盤繞在凶惡的鬢角上。他熟知她們是永恆悲嘆之國王后[10]的侍女，對我說：「你看這三個凶惡的厄里倪厄斯[11]。左邊這個是梅蓋拉；右邊在哭的那個是阿列克托；中間的是提希豐涅。」語畢他便沉默。

她們各自用指甲撕裂自己的胸膛；以手掌擊打自己，用如此之大的音聲叫喊，嚇得我朝詩人緊緊靠攏。「讓梅杜莎[12]來：我們好將他變成石頭。」她們朝下望著，齊聲說：「沒報復忒修斯的攻擊，是我們失策[13]。」

「你轉身朝後閉上眼睛，因為戈爾貢[14]要是出現，你看到她，就無法返回陽間。」老師這麼說，還親自將我扳轉過去。他不相信我的手，所以又用自己的手捂住我的眼睛。

啊，理解力健全的人哪，揣摩在這些神祕詩句底下隱藏的寓意吧[15]！

這時，渾濁的水波上傳來一聲轟隆的恐怖巨響，震得兩岸都為之搖動。它就和空氣冷熱相碰而激起的狂風怒號聲一樣，這陣風衝擊森林，所向披靡，將樹枝刮斷、吹落、裹走；它捲起塵沙，傲然前進，嚇得獸群和牧人倉皇奔逃。

他鬆開捂著我眼睛的手說：「現在你順著這古老沼澤冒著泡沫的水面，縱目望向那煙霧最濃重之處。」

如同群蛙遇到蛇這天敵時紛紛沒入水中，各自縮成一團蹲伏水底，我看到一千多個亡魂就這麼躲避一位走過斯提克斯沼澤、卻不沾濕腳跟者。他時時在面前揮動左手，撥開濃霧；令他疲倦的似乎只有這

他來到城門前，以一根小杖開了城門，沒有遇到任何抵抗。

種麻煩。我認出他正是從天而來的天使，便轉身向著老師；老師示意我肅靜，向他鞠躬致敬。啊，在我看來，他何其倨傲啊！他來到城門前，以一根小杖開了城門，沒有遇到任何抵抗。

「啊，被逐出天上的可鄙之徒，」他在那可怕的門檻上開始說，「你們所懷的這種狂妄從何而來？為何抵抗那非實現不可的意旨[16]，而且每次這麼做還屢屢加重你們的痛苦[17]？頑抗命運[18]有何用？你們可還記得，你們的克爾柏路斯正是因為如此，下巴和脖子才仍然無皮[19]。」隨後，他便轉身沿那條泥污路回去，沒有和我們說話，顯露的神情像是有別的事正驅迫、催促著[20]，顧不得理睬眼前的人。

聽到那番神聖的言語，我們便放心朝城走去，未受任何阻攔就進了城裡；我亟欲觀察這等堡壘的內部情況，一到裡面便縱目四望，只見左右兩邊都是廣大平川，處處盡是痛苦的聲音和殘酷刑罰。

如同在隆河淤滯之處的亞爾[21]，如同在標明義大利邊界、沖刷其邊境的夸爾納羅灣附近的普拉[22]，一座座墳墓使得地面起伏不平，在這裡，墳墓也讓地面處處呈現如此模樣，只是情景更加悲慘；因為墳墓周圍還散布火焰，將墳墓統統燒得那樣炙熱[23]，工匠無論要製造什麼，都無需更火熱的鐵。這些墳蓋全都掀起，靠在一邊，墳裡發出悲慘的哭聲，明確顯示是不幸者和受苦者的哭聲。

我說：「老師，葬在那些棺槨裡，讓人聽到他們悲嘆的都是什麼人？」他對我說：「這裡都是異端祖師和其各自宗派的門徒，這些墳裡裝的人比你料想的要多得多。這裡，同類和同類葬在一起，而墳墓的灼燒程度有的較高，有的較低[24]。」

在他朝右轉身之後，我們便從這些受苦處和城牆[25]之間走了過去。

「老師，葬在那些棺槨裡、讓人聽到他們悲嘆的都是什麼人？」

1 意即維吉爾眼見但丁嚇得面無人色，便趕緊抑制自己的情緒，才剛顯露的氣憤和苦惱神色迅速消失。

2 這句話表明維吉爾忽然心生懷疑。大意是：「除非我誤解了貝雅特麗齊稱說上天有意協助。」但他立刻打消這種懷疑，打斷自己才剛要說的話，因為他想到做出承諾的，是可靠、而且又是奉上天之命而來的貝雅特麗齊。

3 指一位天使。

4 意即用「答應幫助我們的是那樣的一位啊」這句話掩蓋了「除非……」這句中斷的話的含義。

5 但丁問：林勃中的靈魂是否有人曾來過地獄底層。

6 厄里克托（Erichtho）是希臘色薩利（Thessaly）地方的女巫。古羅馬作家盧卡努斯在史詩《法爾薩利亞》卷六中敘述，厄里克托在法爾薩利亞之戰前夕，曾應龐培的兒子請求，為一名陣亡戰士招魂，讓他還陽來預言這次戰爭的勝負。但丁根據這段敘述，虛構出厄里克托曾召喚維吉爾到地獄底層帶出一個亡魂之事，以證明維吉爾確實認得那一條路。

7 意即他死後不久就被厄里克托召喚，下到猶大環。猶大環是構成第九層地獄的科奇土斯冰湖的四個同心圓之中最靠內裡的一個，得名於出賣耶穌的叛徒猶大。凡是出賣恩人者，死後靈魂都要在此環受苦。

8 指第九重天，即水晶天，亦名原動天，是托勒密天文體系中最外層的天體；地球是宇宙中心，第九層地獄又在地心，所以說猶大環是距離水晶天最遠的地方，就地球來說，則是最低的地方。

9 據希臘神話，三個復仇女神是阿刻隆河和夜的女兒，象徵犯殺人罪者受良心責備而產生的懊悔情緒。

10 「永恆悲嘆之國」指冥界，冥界王后是普洛塞皮娜（Proserpina）。

11 厄里倪厄斯（Erinyes）是三個復仇女神的希臘文總稱，其中梅蓋拉（Megaera）含義是「仇視的」，阿列克托（Alecto）含義是「永遠不睡的」，提希豐涅（Tisiphone）含義是「對殺人罪復仇者」。在但丁詩中，她們象徵無法促使人懺悔的無益懊悔情緒。

12 梅杜莎（Medusa）是希臘神話中三個兩肋生翼、頭上有無數小蛇的女妖之一，只要看到她的臉，見者就會石化。她象徵阻止人悔罪的絕望情緒。

13 根據古希臘神話，雅典王忒修斯（Theseus）和朋友珀里托俄斯（Pirithous）一起前往冥界，企圖拐走冥后普洛塞皮娜。但行動失敗的兩人被冥王囚禁在地府，海克力士後來救出忒修斯，但珀里托俄斯仍留在冥界。這句的大意是，如果她們曾在當初忒修斯攻入地府時對他報復，後續就不會又有人膽敢闖入地府。

14 戈爾貢（Gorgona）是三個蛇髮女妖的通稱。

15 詩人在這裡提醒讀者，要注意領會詩中的道德寓意。「神祕詩句」究竟是指關於復仇女神和梅杜莎，以及維吉爾的失敗和但丁的恐懼的詩句，還是指關於天使來臨的詩句，注釋家眾說紛紜。現今多數學者都認為，是指整段情節的詩句。關於其中的道德寓意，薩佩紐的注釋最為簡明扼要：「從整個情節看來……但丁面臨地獄之行（象徵悔悟和解脫罪惡的過程）最困難的一段旅程，顯然是要強調出人在努力自救的過程中將會遭遇、必須克服的最嚴重障礙。阻止有罪者悔罪自新的障礙，是種種誘惑（群魔）和內疚，也就是說，對自己過去人生的回憶和懊悔（復仇女神），以及宗教上的懷疑或絕望（梅杜莎）。而人的理性（維吉爾）力量在一定範圍內足以擊退這一切攻擊；但最終仍須有神恩（天使）之助，才能完成贖罪及得救過程。」

16 指上帝的意旨。

17 「每次」，指基督降臨地獄，和前述的忒修斯和下面間接提到的海克力士闖入地獄時，魔鬼們抗拒失敗的情況。「加重了你們的痛苦」指經受過被逐出天國的痛苦後，又遭受新的失敗。

18 這裡「命運」是指不可改變的上帝意旨。

19 根據希臘神話，力大無窮的英雄海克力士本著命運的意志進入地獄時，冥界之犬克爾柏路斯曾擋住他的去路；但他在克爾柏路斯的頸子套上鐵鍊，將牠拉了出去（見《埃涅阿斯紀》卷六）。鐵鍊勒得太緊磨掉了冥界之犬脖子上的毛，是但丁受維吉爾的詩所啟發，自己想像出的情景。

20 指天使急著返回天國。

21 亞爾（Arles）是法國南部位於隆河（Rhône）左岸的城市，附近有許多古羅馬時代的墳墓。

22 普拉（Pola/Pula）是伊斯特利亞（Istria）半島南端的城市，靠近夸爾納羅灣（Quarnaro）。由於該地區曾在西元前二世紀被古羅馬征服，附近因此也有古羅馬時代的墓地，但現已不存。「邊界」指地理上的邊界。普拉現屬克羅埃西亞。

23 這些墳墓是第六層地獄裡犯異端罪者的靈魂受苦處。由詩中描寫能想見這些都是石棺，棺蓋可以掀起。中世紀教會常將創立或信仰異端邪說者活活燒死，這個史實讓但丁想像這些人的靈魂在入地獄後，永遠在被燒得灼熱的石棺中受苦。

24 意即信仰同一異端的信徒都葬在一起；石棺的熱度則依異端的嚴重程度，而有高低差別。

25 「受苦處」指燒得灼熱的石棺；「城牆」原文為 spaldi，本義是雉堞，這裡擴大含義，指整個城牆。

第十章

現在，我的老師順著城牆和受苦處之間的一條狹窄小路走去，我跟在他背後。

「啊，有至高美德的人哪，你從心所欲引導我轉過這些萬惡的圈子[1]，」我開始說，「請回答我，滿足我的願望。我可否看看那些躺在墳墓裡的人？墓蓋已統統掀起，而且又無人看守。」

他對我說：「當他們帶著留在世上的遺體，從約沙法谷[2]回到這裡時，墓蓋將統統閉上。這部分就是認為靈魂與肉體一起消亡的伊比鳩魯和其所有信徒[3]的墓地。因此，你向我提出的問題，和沒對我說出的願望[4]，很快就會在此處得到滿足。」我說：「和善的嚮導，我對你並無隱瞞心願，除非是為了少說話，你不只現在要我這樣[5]。」

「啊，托斯卡那人，你還活著就走過這火城[6]，談吐如此文雅，願你樂於在這地方停留一下。你的口音表明你出身自我那高貴的家鄉，對於家鄉，也許我造成了過多危害[7]。」這聲音突然從其中一只石棺裡發出，嚇得我朝我的嚮導靠得更近些。他對我說：「你幹什麼？轉過身去！你看法利那塔[8]已在那兒站了起來；他腰部以上你全看得見。」

我已將目光對準他的視線；只見他昂首挺胸直立，似乎對地獄極為蔑視。我的嚮導勇敢而敏捷的手將我從墳塚間朝他跟前推去，說：「你說話要得體。」

當我來到他的墳旁，他稍微看了看我，隨後帶著幾近輕鄙的表情問我：「你的祖輩是何人？」

當我來到他的墳旁，他稍微看了看我，隨後帶著幾近輕鄙的表情問我：「你的祖輩是何人？」我願意順從他的意願，沒有隱瞞，完全告訴他；他聽了便稍稍抬起眉頭[9]，隨後說：「他們激烈反對我，反對我的祖先，反對我的黨，所以我兩度驅散他們[10]。」我回他：「若說他們被趕走，他們倒是兩次都從各地返回，但您的家族卻沒有學好那種技術[11]。」

這時，在那敞開的墳裡，他旁邊又出現一個幽魂[12]，只露出下巴以上：我想，他是挺身跪在那裡。他向我周圍張望，似乎想看是否有另一人與我同在；猜想破滅後，他哭著說：「你若是憑著崇高的天才而來遊歷這黑暗的牢獄，那麼我兒子在哪裡？他怎麼沒和你一起[13]？」我對他說：「我不是靠自己來的，是在那邊等候的那人引導我來到這裡[14]，或許能到達您的圭多曾經不屑去見的人面前[15]。」他所說的話和受苦方式讓我已知道他的姓名，因此我的回答才那樣明確[16]。

他突然一躍而起，喊道：「怎麼？你說『他曾』？他已不在人世嗎？甜蜜的陽光不再照射他的眼睛了嗎[17]？」當他覺察到我稍有遲疑，沒有回答，他身子便又往後倒下，不再出現[18]。

但是，那請我停留的另一位豪邁之人卻神色不變，既無轉動頸部，也不彎腰[19]；他接續前面所言：「要是他們沒學好那種技術，那比這火床更令我痛苦[20]。但是，不待統治此地的王后臉上再放五十次光，你就會知道，那種技術是多麼難學[21]。願你遲早能回到甜蜜的世界，告訴我那裡的人民，為何在所有法令中對我的家族那般殘酷[22]？」我回答他：「是鮮血染紅阿爾比亞河水的可怕大屠殺[23]，在我們的聖殿裡作出如此決定[24]。」他搖頭嘆息：「那並非我一人所為。當初要是沒有理由[25]，我絕對不會和其他人一起行動。但在人人皆同意毀滅佛羅倫斯之處，現場就僅有我一人挺身而出保衛它[26]。」「願您的後代遲早能生活安定。」我懇求他，「請您為我解開在這裡纏住我腦袋的結[27]。要是我沒有聽錯，你們似乎能預見未來之事，但對現在則不然。」他說：「我們就像遠視眼，看得見距離我們遠的事情；至高的主宰仍賜我們這點光明。當事情臨近，或是已然發生，我們的智力就完全無用了；如果無人帶來消息，我們對人間的情況便一無所知[28]。所以，你能想見，未來之門一旦關閉，我們的知識就將完全滅絕[29]。」這時，我對自己的過錯非常懊悔，說：「現在就請你告訴那個倒下的人：他兒子還在人世，要是說我先前沒有回答他的問題，請告訴他，那是因為當時我正在思索您現在已為我解答的疑問。」我的老師已叫我離開；因此我請求這個鬼魂儘快告訴我，和他在一起的都是誰。他說：「我和一千多人躺在這裡[30]：這當中有腓特烈二世[31]和那位樞機主教[32]；其餘的我就不講了。」

說罷，他便隱身墓中不見。我回味那些對我而言不祥的話[33]，轉身朝那位古代詩人走去。他移步前行，然後，邊走著邊對我說：「你為何悵惘？」我對這個問題答得明確，令他滿意。「你要將聽得的那些對你不利的話記在心裡，」那位哲人命令道，「現在，注意聽這番話，」他伸起手指，「當你到了美麗雙眼閃耀著溫柔目光，洞察一切的聖女面前時[34]，你會從她口中知道你的人生旅程。」隨後，他就向左邊走去。

我們離開城牆，沿一條通抵山谷的小路走向中心地帶，谷裡的臭氣熏得連在上面都很難聞[35]。

1 「有至高美德的人」指維吉爾，他象徵理性，根據亞里斯多德學說，理性是人的至高美德。「萬惡的圈子」指各層地獄，當中都是有罪的靈魂。「從心所欲」很費解，薩佩紐認為，或許指維吉爾在這層地獄裡不像通常那樣引導但丁向左轉，而是向右轉（參看第七章末尾）。

2 約沙法谷（Jehosaphat）是耶路撒冷附近的山谷，上帝將在那裡進行最後審判，屆時逝者的靈魂和肉體將合在一起，前往受審。

3 伊比鳩魯（Epicurus, 341 BC-270 BC），古希臘哲學家，伊比鳩魯學派創始人。他的學說出現在基督教之前，嚴格說來不能算是教會所謂的「異端」。但中世紀人視他為否定靈魂不死的哲學家；而否定靈魂不死，就等於從根本上否定了基督教，因此，但丁認為他的學說即是異端邪說，將他和「其所有信徒」全放在第六層地獄。「其所有信徒」主要指但丁時代否定靈魂不死的人，並非泛指古代伊比鳩魯派哲學家；這些人的靈魂在烈火燒紅的墳墓裡受苦，是當時教會對信異端者施以火刑的反映。異端興起的目的主要是反對教會，吉伯林黨鬥爭的鋒芒主要又指向教皇的世俗權力，人們受到貴爾弗黨宣傳的影響，將二者混為一談，也稱吉伯林黨為伊比鳩魯派。

4 指但丁想知道墳裡的鬼魂當中有沒有自己的同鄉，尤其想知道佛羅倫斯吉伯林黨首領法利那塔（見注8）是否在那裡。法利那塔在死後十九年（一二八三）被宗教裁判所宣布為信異端者，原本葬在教堂地下的遺體又被挖出。當時但丁已經十八歲，對此事印象深刻。他在第二層地獄曾向恰科打聽法利那塔的靈魂在哪裡，足見他對這個人物的命運異常關心。

5 多數注釋家認為此句大意是：我只是為了免得麻煩你，因此才沒說出自己的願望，因為不僅現在，而且在其他場合（例如，在走近阿刻隆河時），你也已示意過我急於發問。但波雷納（Porena）指出，這裡「non pur mo」的含義是「不久以前」，不能照字面解釋為「不只現在」，因為維吉爾當時並沒有示意但丁，要他抑制自己的好奇心。本譯文根據多數注釋家的解釋。

6 托斯卡那是但丁的故鄉佛羅倫斯所在的地區。「火城」則指城樓被火燒得通紅的狄斯城。

7 「高貴的家鄉」佛羅倫斯；「造成了過多危害」指法利那塔因激烈的黨派鬥爭，以及蒙塔培爾蒂（Montaperti）之戰，使得佛羅倫斯蒙受巨大損害。

8 他的全名是法利那塔．德．烏伯爾蒂（Farinata degli Uberti, 1212-1264）。一二一六年，佛羅倫斯內部開始分裂成貴爾弗和吉伯林兩個敵對的黨派，烏伯爾蒂家族屬於吉伯林黨。一二三四年，法利那塔成為吉伯林黨的首領。一二四八年，他領導吉伯林黨戰勝貴爾弗黨，並將後者逐出佛羅倫斯。一二五一年，貴爾弗黨返回家鄉，鬥爭的烈火再次燃起，法利那塔失敗後，自己的家族及其他吉伯林家族遭到流放。後來，他在錫耶納組成全托斯卡那吉伯林聯軍，得到西西里王曼夫烈德（Manfred）的支援，在一二六〇年蒙塔培爾蒂之戰擊潰佛羅倫斯貴爾弗軍，勝利返回家鄉，再次將貴爾弗黨驅逐出去。一二六四年，他逝於佛羅倫斯。

9 這個動作通常表示凝神回憶，但這裡不然，因為法利那塔的話表明他對往事記憶猶新；根據詩中的具體情景來看，這或許表示這位吉伯林黨首領聽到但丁的祖輩是貴爾弗黨時，心中頓時產生的憤恨情緒。

10 意即透過放逐，消滅了貴爾弗家族在佛羅倫斯的政治勢力。

11 但丁針對法利那塔的話，當面向他指出，貴爾弗家族雖然兩次遭到放逐，但都能返回家鄉，而作為吉伯林黨首領的烏伯爾蒂家族卻不然；因為一二六六年本尼凡托（Benevento）之戰後，支持吉伯林黨的霍亨斯陶芬王一蹶不振；貴爾弗黨於一二六七年重新回到佛羅倫斯，吉伯林家族再次遭到放逐，其中烏伯爾蒂家族的主要成員此後永遠未能返回家鄉。

12 此人是但丁的詩人好友圭多．卡瓦爾堪提的父親，卡瓦爾堪台．卡瓦爾堪提（Cavalcante Cavalcanti）。據薄伽丘說，他是一位俊美、豪富的騎士，接受伊比鳩魯的學說，不相信人死後靈魂不死，認為人生的幸福莫過於肉體的快樂；他屬於貴爾弗黨，在政治上是和法利那塔相敵對的；一二六七年，貴爾弗黨返回佛羅倫斯後，為鞏固依然不穩的和平局面，因而與敵對的家族聯姻，法利那塔的女兒因此就和卡瓦爾堪提的兒子圭多訂了婚。這兩位親家都信仰伊比鳩魯派異端邪說，死後在同一個墳墓裡受苦。

13 卡瓦爾堪台從但丁和法利那塔的對話中聽出他是自己兒子的朋友但丁，以為他能活著遊歷地獄是憑著崇高的天才，尋思自己的兒子圭多也有崇高的天才，理應和但丁同來才是。一發現兒子並不在但丁身邊，不禁連聲追問；他的話裡表現出焦急不安的情緒，還有對自己兒子的熱愛與自豪感。

圭多．卡瓦爾堪提（1255-1300）是「溫柔的新體」詩派的主要代表詩人，在哲學思想上深受阿拉伯哲學家伊本．魯世德的影響；薄伽丘說：「他傾向伊比鳩魯派學說，相傳他進行哲學思考只是為了探索能否證明上帝不存在。」政治上，他是白黨首領之一。一三〇〇年六月二十四日，佛羅倫斯政府（但丁是當時六名行政官之一）由於黑白兩黨發生流血衝突，危及社會秩序，下令流放兩黨首領，圭多被流放到薩爾扎納（Sarzana），不久因病獲准還鄉，八月底病死。《神曲》中虛構的地獄、煉獄、天國旅行始於一三〇〇年四月八日，這時圭多還活著。

14 但丁說明自己能活著遊歷地獄，並非憑個人的天才，而是靠著上天的特殊恩惠，由維吉爾做嚮導，才能實現。

15 根據舊的注釋，當譯為：「在那邊等著的那個人（指維吉爾）引導我走過這裡，或許您的圭多曾輕視他。」如此譯法在字面上說得通，但圭多為何輕視維吉爾，實在費解。過去的注釋理由都很勉強。帕利阿羅（Pagliaro）提出的新解釋頗能自圓其說，譯者根據這種解釋，將這兩句詩譯成：「在那邊等著的那個人引導我走過這裡，或許能到達您的圭多曾不屑去見的人面前。」這裡「曾不屑於去見的人」指貝雅特麗齊，由於她象徵神學，圭多信仰伊比鳩魯派異端，當然鄙視神學。「或許」表明但丁因為旅程艱苦遙遠，還不敢稱說一定能到達貝雅特麗齊面前。

16 但丁聽到他的話，又看到他和信仰伊比鳩魯派異端者一起受苦，就知道他是自己朋友圭多的父親，所以回答得那樣「明確」，並且對他使用尊稱「您」。

17 但丁在答話裡使用過去時態，表示那已是過去的事，言外之意是：現在也許已不是這樣了。卡瓦爾堪台因為但丁的話使用了過去時態，誤認為自己的兒子已死，又不願相信這是事實；內心矛盾驅使他連聲追問。「甜蜜的陽光」這個美妙的詞語，表達出卡瓦爾堪台作為伊比鳩魯學說的信徒在黑暗的地獄裡對光明的人間的嚮往。

18 但丁聽了卡瓦爾堪台的話之後，訝異他竟不知道自己兒子現在的情況，進而尋思，莫非地獄裡的鬼魂對現世情況一無所知？在第三層地獄受苦的恰科所說的話（見第六章），卻證明他既瞭解佛羅倫斯的現狀，又預知它的未來。但丁因為在思索這個疑問，沒有立刻回答，卡瓦爾堪台因而誤認為但丁遲疑不答正是證明了圭多已死，頓時悲痛得倒在墓中不再起來，足見他的父子之情異常深厚。

19 法利那塔的形象和卡瓦爾堪台的形象形成了鮮明對比：前者上半身露在石棺外，「昂首挺胸直立，似乎對地獄極為蔑視」；後者跪在石棺裡，「只露出下巴以上」，而且感情脆弱，一見但丁遲疑不答，就以為自己的兒子已死，頓時悲痛得倒下去；法利那塔卻無動於衷，神色不變，因為他正在細想但丁關於吉伯林黨和烏伯爾蒂家族的命運的話。

20 注釋家彼埃特羅波諾（Pietrobono）指出：這句話概括了法利那塔的性格；他的黨派熱情在地獄裡依然存在，一如生前在世時。而最令他痛苦的事是政治上的失敗，這種痛苦比在烈火燃燒的石棺中受苦還難忍受。

21 「統治此地的王后」指冥后普洛塞皮娜。根據神話，她和冥界女神黑卡蒂（Hecate）是同一女神，黑卡蒂是月神狄安娜的化身之一，所以普洛塞皮娜又是月神。這裡指月亮不等到她「臉上再放五十次光」，意即不等到月亮再圓五十次，也就是說，不到五十個月，或說，在五十個月內。「那種技術是多麼難學」，指但丁被放逐後難回故鄉。但丁在一三〇二年遭到放逐，曾和白黨流亡者試圖以武力打回佛羅倫斯，一三〇四年六月初徹底失敗。他虛構的地獄之行始於一三〇〇年四月八日，到一三〇四年六月初共計五十個月。法利那塔的預言和古代所有其他預言或讖語一樣，措辭隱晦，帶有神祕色彩。

22 「那裡的人民」指佛羅倫斯人。貴爾弗黨徹底戰勝吉伯林黨後，宣布烏伯爾蒂家族為「共和國敵人」，將其家宅夷為平地，在歷次頒布的准許流亡者還鄉的法令中，都將這個家族排除在外。

23 「阿爾比亞河」（Arbia）是蒙塔培爾蒂附近的小河；「可怕的大屠殺」指一二六〇年九月四日蒙塔培爾蒂之戰，全托斯卡那吉伯林聯軍擊潰了佛羅倫斯貴爾弗軍，使其傷亡慘重。當時一位參戰者寫道：「所有道路、小山和每一條河，都好像一道巨大的血河。」法利那塔和其家族對這次勝利具有決定性作用，應對那次大屠殺負主要罪責。

24 注釋家對「在我們的聖殿裡」有種種不同解釋：薄伽丘說：「指在我們的元老會議中，在制定新的法令、法規和法律的地方」；巴爾比認為純粹是比喻，意即在佛羅倫斯；戴爾·隆格則解釋為在教堂裡，也就是說，在佛羅倫斯人民會議上；當時這種會議是在教堂中舉行。牟米利亞諾則認為是具體指聖約翰洗禮堂，當時行政官都在那裡集會。

25 重要的理由是他和所有其他流亡者都渴望返回家鄉。

26 指蒙塔培爾蒂之戰勝利後，全托斯卡那吉伯林黨的眾首領在恩波里（Empoli）會議上都決議將佛羅倫斯夷為平地，唯獨法利那塔堅決反對。他當場嚴正聲明，「如果除他以外別無一人，只要他一息尚存，他都會以劍來保衛佛羅倫斯」（見維拉尼《編年史》卷六）。佛羅倫斯因此得以免遭滅城。由於他的愛國行為，但丁對他十分敬重，因而稱他為「豪邁之人」，在對話中尊稱他為「您」。法利那塔提到自己在會議上力排眾議，堅決保衛佛羅倫斯時，流露出自己對家鄉的功績被抹殺，家族又遭受不公待遇的內心痛苦；他的話反映了但丁自己也遭到放逐的痛苦心情。

27 意即請解答我百思不得其解的疑問：地獄裡的靈魂為何只知未來的事，卻不知道現在的事？

28 「至高的主宰」指上帝。「我們」究竟是單指伊比鳩魯派異端的信徒，還是包括地獄裡所有其他的罪人？注釋家對此意見分歧。有的學者認為，伊比鳩魯派的信徒只承認現世，否定靈魂不死和來世，上天便讓他們只知未來，不知現在，以作為對他們的懲罰，因此他們斷定「我們」單指這種罪人的靈魂。這種論斷很有說服力，因為實際上其他罪人當中也有既知未來、又知現在者，例如犯貪食罪的佛羅倫斯人恰科。

29 因為最後審判日即是世界末日，再也無所謂「未來」，那些靈魂的知識當然也就完全滅絕。

30 「一千多」是不定數，表示人數眾多。

31 指西西里王和神聖羅馬皇帝腓特烈二世（Friedrich II, 1194-1250）。薩林貝涅·達·巴馬（Salimbene da Parma）在《編年史 *Cronica*》中說：「他確實是伊比鳩魯學說的信徒，所以凡是他自己或他的學者們能從《聖經》中找到可說明死後沒有來世的素材，他都搜集起來。」但丁雖然在《論俗語》中和《地獄篇》第十三章中稱讚腓特烈二世是值得尊敬的君主，在《筵席》中稱讚他是優秀的邏輯學家和學者，但由於他信仰伊比鳩魯派的「異端」，仍然將他的靈魂放進地獄。

32 指奧塔維亞諾・德・烏巴爾迪尼（Ottaviano degli Ubaldini, 1214-1273）。此人出身顯赫的吉伯林家族，一二四〇至四四年間任波隆那主教，隔年起任樞機主教，逝於一二七三年。他在當時深受人們敬畏，通常一說樞機主教，不提姓名，大家就知道是指他。他雖然站在教皇一邊，與腓特烈二世有過鬥爭，但由於家庭出身關係，仍忠於吉伯林黨。早期注釋家雅各波・德拉・拉納（Jacopo della Lana）說他：「乃世俗之人，十分熱中塵世事物，似乎不相信現世之外還有來世。」據早期注釋家本維努托・達・伊牟拉（Bevenuto da Imola）說，奧塔維亞諾曾這麼說過：「假如有靈魂，我也已為吉伯林黨而喪失它千次了。」

33 指法利那塔預言但丁將被放逐、難回故鄉的話。

34 指貝雅特麗齊。不過但丁後來並不是從她、而是從自己的高祖卡洽圭達口中得知自己的人生旅程（見《天國篇》第二十七章）。在《神曲》這樣的長篇史詩中，難免有前後不一致之處。

35 「山谷」指第七層地獄；「中心地帶」指第六層地獄的中心地帶；「上面」指兩位詩人所在的地方。

第十一章

我們來到一道由崩塌的大塊岩石形成的圓形高岸[1]邊沿，下面有成堆的鬼魂受著更殘酷的懲罰。在這裡，由於深淵中散發的臭氣[2]過於可怕，我們便退到一座大墓的蓋子後面。我瞥見蓋上有銘文寫著：

「我看守受浮提努斯誘離正途的教皇阿納斯塔修斯[3]。」

「我們得慢點下去，先讓嗅覺稍微習慣這討厭的氣味，之後就不會在乎。」老師這麼說。我對他說：「你找到什麼補償辦法，好讓時間不致白白過去。」他說：「你瞧，我正在想這個。」接著，他說：「我的兒子啊，這道石岸裡有三個小圈[4]，一個比一個靠下，就像你離開的那些，當中全充滿可詛的鬼魂；但為了你之後一看就知道他們的情況，且聽我說明他們是如何，以及為何被囚在那裡[5]：

「一切獲罪於天的惡意之舉，皆是以傷害為目的，但凡這種目的，皆是以暴力或欺詐傷害他人。但欺詐是人類特有的[6]罪惡，因而更為上帝憎惡；所以欺詐者在底層地獄承受更大的苦。

「第一圈[7]裡全是犯暴力行為罪者；但由於暴力可施加於三種不同對象，因此又分成三環。對上帝，對自己，對鄰人皆可施加暴力，我是說，施加於他們本身和他們的所有物。對此，你將聽到明確的解說。暴力施加於鄰人，是令他橫死和重傷，施加於他的所有物，則是破壞、放火和進行有危害的掠奪；因此，凡是殺人者、蓄意傷人者、破壞者和強盜都各成一隊，在第一環裡分別受苦。

我瞥見蓋上有銘文寫著：「我看守受浮提努斯誘離正途的教皇阿納斯塔修斯。」

「人能施加暴力於自身和自己的財產；因此，凡是自尋短見離開人世者，賭博蕩盡自己家產，在應當快樂之處哭泣者[8]，都要在第二環裡進行無用的懺悔[9]。

「暴力可施加於上帝：心裡否定祂存在，褻瀆祂，蔑視自然及其恩惠[10]；因此，最小的一環是對索多瑪、卡奧爾，以及心裡蔑視上帝且口中說出者打上它的烙印[11]。

「將每顆良心刺傷的欺詐[12]，能施加於信任自己的人，也能施加於對自己並不信任的人。後一種的欺詐顯然僅切斷自然造成的愛的紐帶[13]；因此，第二圈裡麇集著偽善、諂媚、妖術惑人者、詐騙、盜竊、買賣聖職、誘淫者、貪官污吏，以及諸如此類的污垢。

「而前一種的欺詐則忘掉了自然造成的愛[14]，以及後來加上、進而產生特殊信任的愛；因此凡是叛賣者，都在位處狄斯所在的宇宙中心那最小的圈裡[15]承受永恆之苦。」

我說：「老師，你解說得很清楚，將此深淵和其中之人劃分得很明確。但請告訴我：那些陷在泥沼裡的[16]，那些被風刮著跑的[17]，那些被雨擊打的[18]，那些碰到後就以粗魯言語相互責罵的[19]，上帝若是對這些人震怒，那他們為何未在這紅城[20]之內受懲？如果祂並不震怒，那這些人又為何承受那種苦？」

他對我說：「你的悟性為何如此偏離常軌？或者，你的心想到了什麼地方？你不記得你的《倫理學》裡那些詳細闡明了放縱、惡意和瘋狂的獸性這三種天理不容的劣根性的話嗎[21]？不記得放縱為何得罪上帝較輕，受罰較輕嗎？如果你細思這個道理，回憶一下上面那些在城外受懲罰的都是什麼人[22]，就會明白為何將他們和這些凶惡之人[23]分開，為何神的正義錘打他們的怒氣較輕。」

「啊，驅散所有障眼雲霧的太陽啊[24]，你解除了我的疑團，令我心滿意足，覺得懷疑的樂趣不下於理解[25]。請你還稍微回到你所講的高利貸傷害神的恩惠那一點上，」我說，「為我解開疑問的結。」

「哲學[26]，」他說，「不只在一處教導懂得哲學的人：自然源於神智和神工[27]；你若細心翻閱你的《物理學》[28]，從頭翻過不多的幾頁，就會看到當中說，你們的藝術是盡可能摹仿自然[29]，一如學徒摹仿師傅；因此，你們的藝術可說是上帝之孫[30]。要是你想得起《創世記》開頭，人是必須靠此二者[31]維持生活和前進。但由於高利貸者走了另一條路，他便輕蔑自然和其摹仿者，而將希望寄託於別的事物[32]。不過，現在我想向前走了，你跟著我吧：因為雙魚星已在地平線上閃爍，北斗星已橫臥在西北風的方向[33]，再往前走上一段，才能從這懸崖上下去。」

---

1 指第六和第七層地獄之間的懸崖峭壁。這道懸崖峭壁的岩石已經塌方，第十二章一開始就會講到塌方的原因和情況。

2 象徵地獄深層眾鬼魂罪行的醜惡。

3 「我」指大墓。「教皇阿納斯塔修斯」指阿納斯塔修斯二世（Anastasius II），他在四九六年獲選為教皇，四九八年死去，在位時正值東西教會分裂之際，他力圖尋求和解的途徑，於是在四九七年派遣兩名主教前往君士坦丁堡見東羅馬皇帝，準備進行談判。在此同時，他還親切地接見了帖撒羅尼迦副主祭浮提努斯（Photinus），但此人是君士坦丁堡主教阿卡修斯（Acacius of Constantinople）所主張的「基督只有人性而無神性」的異端信徒。這件事引起正統派教士不滿和抗議，進而產生出阿納斯塔修斯被浮提努斯引誘，離開了正統教義，相信阿卡修斯異端的傳說（這種傳說直到十六世紀都被視為史實）。

4 指最後三層地獄（即第七、八、九層），因為地獄呈上寬下窄的漏斗形，所以這三層地獄一層比一層小，一如但丁已走過的前面那六層地獄。

5 維吉爾利用在阿納斯塔修斯墓的蓋子後面躲避臭氣的時間，向但丁說明深層地獄的結構和罪惡的類別，讓他之後看到受苦的鬼魂時，就知道他們犯了什麼罪，不必再多問。《神曲》中關於地獄裡所懲罰的罪行類別和輕重問題，主要是以亞里斯多德倫理學和羅馬法為理論根據。

6 獸類只有力氣，唯獨人類賦有理性和智力；獸類只能以暴力傷害，人類則是除了暴力之外，還可用欺詐手段。欺詐是濫用理性和智力，這乃人類特有的罪惡，因而比使用暴力傷害更為上天不容。

7 指第七層地獄。

8 賭博輸得傾家蕩產，在世上為喪失的家產而悲泣，如果他們不犯這種罪，這樣的人本來是能夠快樂的。賭博蕩盡家產者和在第四層受苦的揮霍浪費者有別：後者的罪在於花錢無度，但未必會落得傾家蕩產，也不會損及他人，但前者懷有損人利己之心，罪孽因而更深重。

9 一旦入了地獄，懺悔是無效的，因為為時已晚，得不到上帝寬恕。

10 指施加暴力於上帝之物：自然與人工（指生產勞動）；施加暴力於自然者是犯雞姦罪者，施加暴力於人工者是高利貸者。原文「sua bontade」的含義模稜兩可，可指上帝的恩惠，也可指自然的恩惠；譯文根據後一種解釋，因為注釋家齊門茲（Chimenz）講得好：「自然的恩惠在於像母親似地教人如何『遵循她』，摹仿她，這就是透過勞動去生產（如同她本著天意所做的那樣）生活所必需的財富，在於慈祥地以其果實賦予勞動。高利貸者因靠利息生財，因而犯了蔑視生產勞動之罪。

11 指第三環。「索多瑪」本是巴勒斯坦的一座古城，由於居民犯了違反自然的性行為罪而遭上帝以天火燒毀，這裡指犯雞姦罪者。「卡奧爾」（Cahors）是法國西南部城市，中世紀的當地居民好重利盤剝，「卡奧爾人」因而常被用來代指高利貸者。「打上它的烙印」是指用火雨去燒那些瀆神者、高利貸者和犯雞姦罪者，令他們帶上傷痕。

12 注釋家對於這句話的含義有種種不同的解釋：

（1）托瑪塞奧（Tommaseo）認為：「欺詐是那樣一種罪惡，連心腸最硬者的良心都會悔恨自己有這種行為。」

（2）巴爾比指出：「在欺詐中總有理性干預其中，意識到它是罪惡，良心因此總受傷害。當人犯下放縱罪或暴力罪時，理性可能昏沉到完全未有干預，在這情況下，良心可能不覺得受到傷害；但在欺詐中，良心無可避免地受到刺傷。」

（3）納爾迪（Nardi）認為：欺詐總離不開算計，總要確知什麼是達到不正當目的的最適當手段；因此，欺詐總是傷害抗拒的道德良心，在這個意義上，詩中是指欺詐者自己的道德良心的衝突，他的道德良心受了「刺傷」。

（4）齊門茲認為這句話的含義是：每個不欺詐之人的道德良心，對於欺詐，比對於所有其他罪行，更覺得受到嚴重傷害。

（5）帕利阿羅認為：這句話「意思是說，運用理性去做欺騙他人的壞事，是極其濫用理性，因而令人對如此濫用感到懊悔，一如對於一種共同的罪行……因為欺詐是人『特有的罪惡』」。

13 指人類之間的友愛關係，也就是但丁所謂「人與人自然是朋友」（《筵席》第一篇第一章）。

14 欺詐對自己信任的人，不僅割斷了人與人之間自然友愛的紐帶，還割斷一種額外由特殊關係（親屬、共同的祖國、好客的習俗、個人的恩德等）形成的愛的紐帶，這種愛的紐帶會產生特殊的信任感。犯這種罪的是形形色色的叛賣者。

15 指最靠下面、最小的第九層地獄，這一層地獄位在地球中心，也就是「天動說」認為的宇宙中心，是冥王狄斯（即魔王撒旦或盧奇菲羅）所在之處。

16 指第五層地獄裡沉沒在斯提克斯沼澤污泥濁水中受苦的犯憤怒罪者。

17 指第二層地獄裡被狂風吹刮的犯邪淫罪者。

18 指第三層地獄裡被「永恆、可詛咒、寒冷、沉重的雨」澆打的犯貪食罪者。

19 指第四層地獄裡分成兩隊、各自滾動重物前進，碰在一起就開始互罵的犯貪財罪者和犯浪費罪者。

20 指城牆被燒得通紅的狄斯城。

21 指亞里斯多德的《尼可馬克倫理學》。但丁對這部著作曾有過深入研究，掌握其精神實質，維吉爾因此稱該書為「你的《倫理學》」。書中論三種罪惡的劣根性的話在第七卷第一章。詩中提到其中關於三種罪惡的劣根性的論斷，目的僅在借用亞里斯多德《倫理學》的理論權威，來說明「放縱」的罪惡比「惡意」和「瘋狂的獸性」來得輕。「放縱」是無節制地享受以身體需要為基礎的樂趣（食欲、性欲），或是本身為情理許可的樂趣（如對財富的欲望），因而陷於邪淫、貪食、貪財或浪費。「放縱」並不以傷害為目的，所以罪惡較輕。

這三種罪惡的劣根性並不能完全概括地獄中罪惡的類別，因為但丁另外還以羅馬法作為罪惡分類的依據。更重要的是：但丁是在寫一部史詩，而不是哲學論文，他的詩中世界是由許多引起憤怒或憐憫的具體罪人表現出來，而不是利用抽象概念來說明。

22 意即在狄斯城外上面那六層地獄受苦的鬼魂都是犯什麼罪的人。

23 指犯形形色色的欺詐罪者。

24 維吉爾作為理性和哲學的象徵，驅散人內心的疑雲，猶如太陽驅散遮蔽目光的雲霧。

25 因為懷疑促使但丁發問，進而得以聆聽維吉爾的講述，這種樂趣不亞於理解道理時的樂趣。

26 指亞里斯多德哲學。

27 「神智」和「神工」指上帝的心智和祂的創造活動。

28 指亞里斯多德的《物理學》。當中有「藝術取法自然」一語。

29 原話是「人工盡可能摹仿自然」，人工，意即人的勞動技術，也包括我們所說的藝術。

30 自然是上帝的女兒，藝術就是上帝的孫子。

31 即必須靠自然和人工。《舊約．創世記》開頭講到上帝命令自然依人的需要生長萬物，同時又命令人類靠勞動生活。詩中所指的有關的話是：「耶和華上帝將那人（指亞當）安置在伊甸園，使他修理看守」（《創世記》第二章十五節），「你（指亞當）必須終身勞苦，才能從地裡得吃的」（第三章十七節），「你必須汗流滿面才得糊口」（第三章十九節）。

32 高利貸者另走一條與上帝指定的完全不相同的道路，高利貸者不追求自然的果實，而是金錢的果實（利息），因此犯了蔑視自然的罪。他不勞而獲，就犯了蔑視自然的摹仿者——人工（即生產勞動）的罪；由於將希望寄託在其他事物，也就是重利盤剝上，因而犯了蔑視自然和生產勞動的罪，也就犯了間接施加暴力於上帝的罪。

33 但丁遊歷地獄時是春天，太陽早上在白羊宮升起；雙魚星座在白羊星座升起前約兩小時出現在地平線上，這說明當時已是四月九日早晨四點多。在此同時，北斗星將隱沒於西北角天際。地獄中昏黑不見天日，用星宿方位和轉移表示時間，這當然是出於詩人心中的估計，但有時也能有一定的藝術作用。正如注釋家牟米利阿諾所說：「這種純粹想像出來的滿天星斗在地獄不可思議的穹隆上閃光的景象，這種在永恆世界（指地獄）表示鐘點（午夜後三時）的辦法，產生了一種奇妙效果。」

第十二章

我們為了走下岸而來到的地方山石嶙峋，又因為那裡還有那東西[1]，任何人一見到此地，都會望而卻步。

猶如那次或是因地震或地基支撐不住而發生的山崩，衝擊了特蘭托以下的阿迪杰河左岸[2]，這場方始自山頂，直到平地，崩塌的岩石為山上的人提供了一條勉強可以下山的路。我們走下深谷的路也如同這種路。斷岸邊沿上，趴在假牛肚內受孕而生、成為克里特島之恥的那怪物[3]四肢攤展。他看見我們，就像怒火中燒之人咬著自己。我的聖哲向他喝道：「你大概以為來者是在世上置你於死地的雅典公爵吧？滾開，畜生，因為此人並不是受你姊姊的指導[4]而來，而是要來看你們所受的懲罰。」

猶如公牛受到致命打擊時掙脫套索，不知往哪兒跑，只是東蹿西跳；我看到米諾陶也變成那樣。那位機敏的嚮導喊道：「快跑向通道口；你趁他盛怒時下去。」於是，我們就取道踩著那些石堆下去，由於承受新奇的重量[5]，石頭屢屢在我腳下滑動。

我邊走邊想著；他說：「你大概是在想方才我制服的那隻發怒野獸看守的這處崩塌懸崖吧。現在我要告訴你，那回我前去深層地獄行經此處時，這座懸崖還未塌下。但若是我記得沒錯，在祂來到此地，從狄斯手中奪去最上面一圈裡的大批獵物[6]之前不久，這個又深又污穢的峽谷[7]四面八方確實震得厲害，

斷岸邊沿上，趴在假牛肚內受孕而生、成為克里特島之恥的那怪物四肢攤展。

厲害到我以為宇宙感覺到愛了；有人認為[8]，由於愛，世界常常變成混沌。那一瞬間，這古老的巉岩在這裡和別處[9]都出現了這樣的塌方。但是，注視下面吧，因為那條當中煮著以暴力傷害他人者的血水河[10]已離我們很近了。」

啊，盲目的貪欲和瘋狂的怒火呀，在短促的人生中那樣刺激我們為惡，而後在永恆來世又這樣殘酷地浸泡我們[11]！

我看到一道寬溝，正如我的嚮導所說，它彎曲呈弧形，因為那溝環繞著整個平原[12]；高岸腳下和這道寬溝之間，有許多肯陶爾[13]排成一隊奔跑著，他們帶著箭，一如在世上通常出去狩獵時。看到我們下來，他們全都站住，有三個從隊裡走出來，拿著預先選好的弓與箭；其中一個從遠處喊道：「你們走下山坡的是來受什麼苦？就在那兒說出來，否則我就拉弓。」我的老師說：「待我們走到凱隆[14]跟前，才要對他回答。你的性情總是這麼急躁，這令你遭殃[15]。」

他接著推了我一下，說：「那是為美麗的德伊阿尼拉而死、自己為自己報了仇的涅索斯[16]。中間那個俯視自己胸膛的，是教養了阿基里斯的偉大的凱隆[17]；另一個是滿腔怒火的福羅斯[18]。他們數以千計圍著那道溝走動，看見任何鬼魂從血水裡露出身子超出其罪孽規定的限度[19]，就以箭來射。」

我們走近那些飛快的野獸：凱隆拿了一支箭，用箭尾將鬍鬚朝後撥往兩腮。他露出大嘴，對著夥伴說：「你們可有覺察，後面那人腳一碰著什麼，什麼就動嗎？死人的腳平常不會這樣。」我善良的嚮導已站在他面前，頭部僅及他那兩種性質[20]銜接之處的胸膛，答說：「他確實是活人，而且是如此孤伶伶的一個，我必須帶他來看這黑暗深谷；引導他來到此地是出於必要，而非娛樂。一位聖女停下哈利路

看到我們下來，他們全都站住，有三個從隊裡走出來，拿著預先選好的弓與箭。

亞[21]的唱頌，委派我擔負這嶄新使命；他不是強盜，我亦非強盜的鬼魂。但我以我在此荒野路上邁步前進所憑藉的那種力量[22]之名要求你，從你的夥伴中派出一個，讓我們得以有他同行，讓他能為我們指出何處可涉水渡河，並將此人馱在背上渡河，因為他不是能在空中飛行的靈魂。」

凱隆轉身向左對涅索斯說：「你轉回頭，如他們所說那樣為其帶路。要是另一隊碰上你們，就叫他們讓路。」

於是我們跟著這個可靠的護衛，順著沸騰的紅水河河岸朝前走去，河中被煮著的人發出高聲號叫。我瞥見有的人被血水淹沒直至眉毛。龐大的肯陶爾說：「這些是殺人流血、掠奪臣民財產的暴君。他們在這裡為自己的殘酷暴行抵罪；這裡是亞歷山大[23]和令西西里經歷悲慘年歲的狄奧尼西奧斯[24]。那個額上有如此黑髮的是阿佐利諾[25]；另一個有金黃髮的是奧庇佐．達．艾斯提，他在世上確實是被他忤逆不孝的兒子所害[26]。」

我於是轉身向著詩人。他說：「現在由他充當你的第一嚮導，我當第二。」又稍微向前走了一段，肯陶爾停住腳步。下面有一群人，看似頭部直到喉嚨都露在那道沸騰的河水水面上。他指給我們看一個獨自在一邊的孤魂：「他在上帝的懷抱裡刺穿那顆如今仍在泰晤士河上受人尊敬的心[27]。」接著，我看到將頭部、甚至整個胸膛都露出水面的人；從中，我認出許多人。越往前走，那條血河就越淺，淺至只煮著腳；我們就在這裡過河。

「正如你所見，從這邊走去[28]，這沸騰的河水越來越淺一樣，」肯陶爾說，「我要你相信，從那邊走去[29]，河底越來越深，直到在暴君們注定受苦呻吟之處達到最深為止。在這裡，神的正義刺痛那個號

他們數以千計圍著那道溝走動，看見任何鬼魂從血水裡露出身子超出其罪孽規定的限度，就以箭來射。

稱「世上的鞭子」的阿提拉[30]，以及皮魯斯[31]和塞克斯圖斯[32]；還永不止息地從在大路上行凶作惡的里涅爾·達·科爾奈托和里涅爾·帕佐的眼裡擠出淚[33]，煮得他們眼淚奪眶而出。」

說罷，他就掉頭往回走，復又從淺處渡過河去。

---

1 指注釋3所說的怪物米諾陶（Minotaur）。

2 指公元八八三年在義大利北方城市特蘭托（Trente）以南發生的山崩，這次山崩造成了阿迪杰河（Adige）左岸的懸崖坍塌，岩石滾落河床，形成茲拉維尼·迪·瑪爾科（Slavini di Marco）斷崖（在羅維雷托鎮以南三公里處）。「地基支撐不住」指受河水侵蝕沖刷，地基塌陷。有人認為但丁曾到過此處，也有人認為，他對這個地方的描寫是以哲學家大阿爾伯圖斯的《論大氣現象 *De Meteoris*》一書當中的話為依據。後者說法或許更可靠。

3 指希臘神話中半人半牛的米諾陶。克里特島國王米諾斯的王后帕西淮（Pasiphaë）愛上一頭公牛，為此，她鑽進一隻木製的母牛肚當中，將公牛引來和她交和，結果生出這個怪物。由於米諾陶是人獸雜交而生，詩中因此稱他為克里特島的恥辱。

關於米諾陶在此的職責和象徵意義，注釋家意見分歧。有的認為他是吃人的怪物，因此但丁將他作為懲罰暴力罪的第七層地獄的看守者。有的認為他並非第七層地獄的看守者，也不是暴力的象徵，而是被放在第六層和第七層地獄的交界處，作為無明火的象徵，把守那座崩塌的懸崖。格拉伯爾認為，米諾陶作為半人半獸的怪物，象徵了人性的獸性化，也就是象徵瘋狂的獸性，這種獸性刺激人犯下在第七層地獄裡受懲罰的暴力罪。

4 「雅典公爵」指英雄忒修斯，他從雅典帶著童男童女來到克里特島，向國王米諾斯進貢，以供他將童男童女送進迷宮，讓藏在當中的怪物米諾陶吞食。國王的女兒阿里阿德涅（Ariadne）公主愛上了忒修斯，於是給他一只線球，教他將線球的一端拴在迷宮入口處，然後通過錯綜複雜的迷宮到米諾陶那兒去，還給他一把魔劍斬殺這個怪物。忒修斯走進迷宮深處，以劍殺死米諾陶後救出童男童女，而後和公主一起逃跑。公主和米諾陶是同一個母親所生，因此詩中說她是他的姊姊。維吉爾告訴米諾陶，但丁來到地獄是為了看罪與罰的真實情況，而不是像當年的忒修斯那樣，是受了阿里阿德涅的指導要前來殺他。

5 因為但丁是活人，肉身有一定重量。活人來到地獄並不尋常，因此他的體重是「新奇的重量」。

6 指耶穌基督死後從林勃中救出《舊約》中的眾猶太先哲（參看第四章注7）。

7 「又深又污穢的峽谷」指地獄。耶穌基督被釘死時，上天震怒，「地也震動，磐石也崩」（《新約．馬太福音》第二十七章），這次地震造成了地獄一些地方塌方。

8 指古希臘哲學家恩培多克勒（參看第四章注43），他認為宇宙的存在是因為土、水、氣、火四種要素因互相憎恨而處於不和諧狀態，一旦四種要素之間由於愛占了優勢而出現和諧狀態，那麼宇宙就會回歸混沌。但丁是從亞里斯多德的《形而上學》書中獲得有關恩培多克勒學說的知識。

9 指第五章注釋9所說的「斷層懸崖」；有的注釋家認為，這也指第二十一章會提及的「斷橋」（在偽善者受苦的「惡囊」中），但維吉爾似乎不知道此橋已斷。

10 指弗列格通（Phlegethon）河。在《埃涅阿斯紀》中，它是冥界中的火焰河，但丁將它變為血水河，藉以象徵施加暴力傷害他人所流之血。河名將在第十四章中出現。

11 這裡所說的「貪欲」和「怒火」，不是作為促使人犯放縱罪的激情而言，而是指促使人犯暴力殺害罪的劣根性：「盲目的貪欲」令人掠奪他人的財產，「瘋狂的怒火」則使人傷害他人的生命。「這樣殘酷地浸泡我們」意即將人浸泡在沸騰的血水當中燒煮；當年藉暴力傷害和掠奪他人生命財產所流的血，如今變成懲罰這種罪人的工具。

12 「寬溝」指血水河的河床。河床呈弧形，因為它形成了地獄的第七圈（即第七層地獄）的第一環，也就是最靠外的一環。「整個平原」是指整個第七圈。

13 肯陶爾（centaur）是古希臘神話中的半人半馬的怪物。但丁將這種怪物作為暴力的象徵，同時又使他們看守、監視犯以暴力傷害他人罪者的鬼魂。

14 凱隆（Chiron）是這隊肯陶爾的首領，古羅馬詩人奧維德和斯塔提烏斯都將他描寫成是一位聰明的教育家、醫生、天文學家和音樂家，和其他肯陶爾不同，具有明顯的人性。

15 「你」指名字叫涅索斯（Nessus）的半人馬。根據古希臘神話，英雄海克力士和妻子德伊阿尼拉（Dejanira）來到歐厄諾斯河邊時，他自己先涉水過去，讓涅索斯馱著她過河。涅索斯在半途迷戀德伊阿尼拉的絕世之美，情不自禁地大膽抱了她。海克力士在對岸聽到她呼救，見到這番情景，勃然大怒下射出沾有九頭巨蛇之血的毒箭，射穿了涅索斯的胸膛。維吉爾說涅索斯因性情急躁而遭殃，就是指這件事。

16 涅索斯臨死前欺騙德伊阿尼拉，要她收集從他傷口流出的鮮血，好用那血去染她丈夫的內衣，說讓他穿上後，除了她，他永遠不會再愛上別的女子。德伊阿尼拉不知這是毒計，遂照他說的去做。海克力士後來穿上這件有毒的內衣，因疼痛難忍，自焚而死。涅索斯就這樣「自己為自己報了仇」。

17 荷馬史詩《伊利亞德》第十一卷中稱凱隆是最正直的肯陶爾，英雄阿基里斯曾受到他的教養。斯塔提烏斯在《阿基里斯紀》中也講到凱隆教養阿基里斯。「俯視自己的胸膛」是形容凱隆沉思默想的狀態，說明了他是個嚴肅、有頭腦的半人馬。

18 維吉爾在《農事詩》第二卷中稱福羅斯（Pholus）為「狂怒的肯陶爾」。

19 犯暴力罪者都依其罪行的性質和輕重，在沸騰的血水河較深或較淺處受苦，不許離開受指定處，或是將身子露出水面超過限定程度。

20 指人性和馬性，即胸膛以上為人形，以下為馬形。維吉爾的頭部只到凱隆的胸部，可見這個肯陶爾的身軀異常高大。

21 「alleluia」是希伯來文，意為讚美主。這句話的意思是：貝雅特麗齊從對神唱讚美詩的天國來到林勃，委派我擔負這個特殊使命。

22 指上帝。

23 多數注釋家認為，此處是指馬其頓王亞歷山大大帝（Alexander the Great, 356 BC-323 BC）。有的注釋家則以但丁在《筵席》和《帝制論》中曾讚美亞歷山大大帝，反對此說，認為是指公元前四世紀希臘色薩利地方菲萊（Pherae）城的僭主亞歷山大；此說理由並不充足，因為但丁對其他歷史人物也是在稱讚其某方面的功德的同時，仍將他們放在地獄（如神聖羅馬皇帝腓特烈二世）。詩中只提「亞歷山大」而不加任何說明，當然應指赫赫有名的亞歷山大大帝（早期注釋家薄伽丘和本維努托．達．伊牟拉已指出這一點），菲萊的僭主亞歷山大雖是殘酷暴君，但比起亞歷山大大帝，顯然微不足道，但丁似乎不可能捨巨人而取侏儒作為暴君的典型。

24 指希臘移民在西西里島上建立的敘拉古（Syracuse）城邦的僭主老狄奧尼西奧斯（Dionysius, 432 BC-367 BC）。一些古代作家視他為慘無人道的暴君典型。

25 指伯爵阿佐利諾．達．羅馬諾（Azzolino/Ezzelino da Romano, 1194-1259）。此人是神聖羅馬皇帝腓特烈二世的女婿，帝國在義大利北方的代表和吉伯林黨的支柱。歷史學家喬萬尼．維拉尼說，他多年以武力和暴政統治整個特雷維吉（Trevigi）邊區、帕多瓦城，以及倫巴底地區大部分，是基督教世界自古以來最殘酷、最令人恐怖的暴君。

26 指斐拉拉（Ferrara）侯爵奧庇佐二世（Obizzo d'Este, 1247-1293）。他是狂熱的貴爾弗黨徒，死於一二九三年，當時傳說是被他兒子阿佐八世（Azzo VIII d'Este）以羽毛枕頭悶死。但丁在此的目的，顯然是想鄭重揭發、證實這起事件。這是非常勇敢的行為，因為阿佐八世要到一三〇八年才死。此外，在《論俗語》第一卷和《煉獄篇》第五章中，都有譴責阿佐八世的話，足見但丁對他憎恨之深。「忤逆不孝的兒子」原文為「figliastro」，也可譯為「私生子」，若是按此解釋，但丁就不僅揭發了阿佐殺父的事實，還指出他是奧庇佐的私生子。

27 「孤魂」指蓋伊．德．孟福爾（Guy de Montfort, 1244-1291）。他父親萊斯特伯爵西蒙．德．孟福爾（Simon de Montfort, 6th Earl of Leicester, 1208-1265）率領英國騎士領主反對英王亨利三世，在一二六五年被王子愛德華（繼位後稱愛德華一世）打敗殺死。蓋伊為替父親報仇，一二七二年在義大利維台爾勃（Viterbo）城的聖西爾維斯特羅（San Silvestro）教堂內利用做彌撒的時機，當著法王腓力三世和西西里王查理的面，刺死了英王愛德華一世的堂兄弟亨利。由於這起駭人聽聞的罪行是在教堂中（「上帝的懷抱裡」）發生，因而引起極大的公憤。詩中說蓋伊是孤魂，就是指他處於徹底孤立的狀態。維拉尼在《編年史》卷七第三十九章中說，亨利的心臟被收藏在一只金杯中，安放在泰晤士河的倫敦橋橋頭一根圓柱頂上。

「受尊敬」原文是「si cola」，舊注釋家都這樣解釋；現代注釋家則理解為「滴血」，認為但丁用這一形象性的詞藻來表明暗殺者尚未受到懲罰和報復。史實是：蓋伊被逐出教會，逃往岳父家，但後來得到教會赦免，重新為西西里王服務，在一二八二年八月三十一日西西里人民以晚禱鐘聲為號的起義戰鬥中被俘，一二九一年死去。譯文根據舊注釋家的釋義。

28 指在兩位詩人和涅索斯順著河所走的這段路上。

29 指從他們渡河處朝另一方向順著河走去。

30 民族大遷徙時期，匈奴王阿提拉（Atrila, 433-453）曾入侵高盧和義大利，導致當地深受其禍，中世紀傳說稱他為「世上的鞭子」。

31 有的注釋家認為是指厄皮魯斯（Epirus）王皮魯斯（Pyrrhus, 319 BC-272 BC），他窮兵黷武，對臣民和敵人均極殘暴；有的則認為指阿基里斯的兒子皮魯斯（後改名為奈奧普托勒姆斯 Neoptolemus），他異常殘酷，《埃涅阿斯紀》卷二就生動描寫了特洛伊城破後，他在老王面前殺死他的兒子，接著又殺死老王的慘無人道行為。詩中所說的皮魯斯多半是指他。

32 塞克斯圖斯（Sextus, 67 BC-35 BC）是羅馬大將龐培的兒子，盧卡努斯的史詩《法爾薩利亞》卷六敘述了他在地中海上的海盜行徑。

33 Rinier da Corneto, Rinier Pazzo 這兩人都是當時的惡名昭彰的大強盜，頻繁在佛羅倫斯和羅馬之間的大路上及羅馬鄉間殺人越貨。

第十三章

涅索斯還沒抵達對岸，我們就開始走過一座不見任何小路痕跡的森林。樹葉顏色不是綠的，而是黝黑；樹枝不是直溜光滑，而是疙疙瘩瘩，曲裡拐彎；樹上沒有果實，只有毒刺。那些在切奇納和科爾奈托[1]之間出沒，憎恨已耕種處的野獸[2]，也找不到如此荒野、如此繁密的樹林作為藏身之地。

污穢的哈爾皮[3]在這裡做窩，她們曾向特洛伊人預言他們未來的災難，用極盡喪氣的話嚇得他們離開斯特洛法德斯島[4]。她們有寬翅、人頸和人面，腳上有爪，大肚子上長著羽毛，正在那些怪樹上哀鳴。

善良的老師對我說：「在繼續往深處走去之前，要先知道，你已在第二環了[5]，而且，直到你走到那可怕的沙地之前，都是在這一環內。所以好好地看吧；這樣你將看到即便我說、你也不會信的事。」

我聽見處處傳來哭聲，卻看不見哭的人；我因而完全陷於迷惘，止步不前。現在我認為，當時他是認為我以為[6]從那些枝柯間傳來的諸多聲音，是隱藏起來、我們看不見的人發出的。所以老師說：「如果你隨意折斷這些樹當中一棵的小枝子，你的猜想就會統統打消[7]。」於是，我將手稍微朝前一伸，從一大棵荊棘上折下一根小枝，它的莖就喊道：「你為什麼折斷我？」被血染得發黑之後，它又說：「你為什麼撕裂我？難道你毫無憐憫之心？我們以前是人，如今變成了樹：我們若是蛇的靈魂，你也該比方

她們有寬翅、人頸和人面，腳上有爪，大肚子上長著羽毛，正在那些怪樹上哀鳴。

才手軟些呀[8]。」

猶如一根青柴，一頭燒著，另一頭就滴出水，往外冒氣，吱吱嘶嘶作響，那根折斷的樹枝的傷口也這麼說出話，同時又流出血[9]；眼見這番情景，我不覺撒手丟掉樹枝，像個害怕的人站在那裡。

「啊，受到傷害的靈魂哪，他若是能相信他僅在我的詩[10]中見到的情況，是不會出手傷害你的；但由於這是令人無法置信的事，我才敦促他採取這種令我自己也痛心的行動。不過，且告訴我你是誰吧，因為他是獲允可復返陽間的，這麼一來，他回去之後，就能在世上恢復你的名譽，以此稍稍補償你所受的傷害。」

樹幹說：「你用這等甜蜜的話引誘我，令我無法繼續沉默；倘若我稍微多談一點，還望你們不感厭煩。我是握有腓特烈[11]的心兩把鎖鑰之人，我那般柔和地轉動這兩把鑰匙，去鎖上和開啟他的心，結果幾乎令所有人都不得參與他的機密[12]。我那麼忠於這光榮的職責，終至為此失眠和停止了脈搏[13]。那個淫蕩的眼睛永不離開凱撒住處的娼妓，作為普遍的禍根和宮廷的罪惡，燃起了所有人的心中怒火來反對我，怒火中燒的眾人又那樣燃起奧古斯都的心中怒火，使得歡欣的榮譽變為悲慘的哭泣。我的心受憤懣的反抗情緒所激，想以死逃避眾人的憤怒和輕鄙，致使我對自己這正義之人做出了不義之舉[14]。我以此樹奇異的樹根向你們發誓：對於我那值得受人崇敬的君主，我從未有過不忠的行為。如果你們當中有一人回到世上，且為我恢復那遭嫉妒打擊、且依然掃地的名譽。」

詩人稍微等了一下，然後說：「既然他沉默了，你別錯過時機。說吧，你要是有意再問什麼，就問他吧。」聽了此話，我便對他說：「就請再去問他，那些你認為能讓我得以如願的事吧；因為我內心不

我將手稍微朝前一伸，從一大棵荊棘上折下一根小枝，它的莖就喊道：「你為什麼折斷我？」

勝憐憫，已不能再問。」

因此，他又開口道：「被幽囚的靈魂哪，但願人家自願為你辦到你話中所求之事。希望你再告訴我們，靈魂是如何被拘禁在這些疙疙瘩瘩的樹裡；若是可以，再告訴我們，可曾有誰的靈魂脫離了這樣的肢體。」

於是，樹幹使勁吹氣，氣隨後就變成這些話語：「我將簡短回答你們。當凶狠的靈魂離開自己以暴力掙脫的肉體，米諾斯就將之打進第七谷裡[15]。它落進樹林，林中並無為它選定之處，而是命運將它甩到哪裡，它就在哪兒如斯佩爾塔小麥[16]似地發芽；它長出幼苗，而後長成野生植物：哈爾皮們隨後就吃它的葉子，造成它的痛苦，並對痛苦造出創口[17]。我們將如其他靈魂一樣去取回我們的遺體，但誰都無法再穿上，因為，重新占有自己狠心拋棄的東西是不合理的[18]。我們將把自己的遺體拖到此地，掛在這淒慘的樹林裡，每個都掛在曾與它為敵、自己的靈魂[19]所長成的荊棘上。」

我們以為這樹幹還有別的話要說，正注意聆聽時，忽然被一陣嘈雜聲驚動，猶如獵人覺察到野豬和獵狗正朝自己的埋伏處跑來，聽到獵狗的吠聲和樹枝刷刷響的聲音。看哪，左手邊兩個鬼魂光著身子，被抓得遍體鱗傷，正那樣拚命地奔逃，將樹林裡的枝柯都給碰斷。前面的那個喊道：「現在快來吧，快來吧，死啊[20]！」另一個覺得自己落後了，喊道：「拉諾，你的腿在托波附近比武時，可沒這麼靈活哪[21]！」大概是因為跑得喘不過氣，他[22]蜷伏在一叢灌木內，和灌木融為一體。在他們後方，樹林裡滿是黑狗，如同掙脫鎖鏈的獵犬，飢不擇食，奔跑迅速。牠們張嘴將利齒咬進那蜷伏的鬼魂身上，將之片片撕下，而後叼走淒慘的肢體。

看哪，左手邊兩個鬼魂光著身子，被抓得遍體鱗傷，正那樣拚命地奔逃，將樹林裡的枝柯都給碰斷。

我的嚮導拉著我的手，帶我來到那一叢灌木跟前，他正從流血的傷口徒然發出哭聲。「啊，雅各波．達．聖安德烈亞，你拿我充作掩護有何用？我對你罪惡的一生有什麼責任？」我的老師站在他前面，往下看著他時說：「你是誰，從折斷的枝柯一端流著血，說出這些悲哀的話？」他對我們說：「啊，靈魂哪，你們來到這裡，看見讓我的嫩枝和我分離的殘酷暴行，請將這些嫩枝收集在這不幸的灌木底下吧。我是那個城市的人，這城市以施洗者取代了它最初的守護神；所以，那個守護神為此將常以他的法術令它悲哀[24]。若非亞諾河的通道旁仍留有其神像的些許殘餘，否則後來在阿提拉毀城留下的餘燼上重建此城的市民，就會徒勞無功[25]。我將我的房子做成了自己的絞刑架[26]。」

1 指托斯卡那的近海沼澤地。切奇納（Cecina）是一條小河，在利弗諾（Livorno）以南流入第勒尼安海，近河處有同名的小城。科爾奈托（Corneto）是奇維塔韋基亞（Civitavecchia）附近的一個小城，第十二章注33中所說的那兩名強盜，其一就是來自這個小城。北至切奇納城或切奇納河，南至科爾奈托城的區域，在但丁的時代是一片灌木叢生、荒無人煙的沼澤地，野豬和狼等野獸常在其間出沒。

2 意即野豬和狼等野獸逃避有人煙的地方。

3 哈爾皮（Harpi）希臘文意為「搶奪者」，是神話中鳥身人首妖怪的通名。《埃涅阿斯紀》卷三敘述埃涅阿斯率領特洛伊人抵達斯特洛法德斯島（Strophades）時，遭到了哈爾皮襲擊；「她們搶去菜肴，將接觸到的一切統統染污」，所以但丁在詩中用「污穢」形容她們。

4 指一隻名為凱萊諾、最老的哈爾皮曾向特洛伊人預言，他們只有餓到吃桌子時，才能重建城邦。

5 意即在第七層地獄的第二環，這裡是對自己施加暴力之人（自殺者）和對自己的財產施加暴力之人（傾家蕩產者）的鬼魂受苦之處。下文「那可怕的沙地」則是第三環。

6 原文是「Cred'io ch'ei credette ch'io credesse」；動詞 credere（認為，以為，相信）在主句 cred'io 中是現在時，指但丁在寫詩時認為；在從句 ch'ei credette 中是過去時，指維吉爾在和但丁一起在樹林裡時認為；譯成中文，只好加上「現在」和「當時」來表明時間的不同。這句詩是異常矯揉造作的。但丁在這裡為何寫出這樣的詩句？義大利但丁學者竇維狄奧（D'ovidio）認為，但丁的目的在於藉此讓讀者在聽到本章主要人物彼埃爾．德拉．維涅的聲音之前，就先認識到此人的文筆風格特點。這種看法當時為大多數義大利和外國注釋家接受。後來美國的但丁學者葛蘭堅（Grandgent）指出，但丁在這裡有意或無意地使用了彼埃爾．德拉．維涅的矯揉造作的公文體文筆。利奧．史皮策（Leo Spitzer）則認為，這句詩明確表現出但丁遵照維吉爾的話，去注意看稀奇的事物，但只聽到哭聲時，卻不覺陷於迷惘，和維吉爾的思想交流一時中斷的情況；這行拙笨、結巴的詩句是但丁精神上這種隔閡和混亂狀態的擬聲法的寫照（versione onomatopeica）。

7 意即你對哭聲來源的猜想也就會完全打消。

8 這段情節是受《埃涅阿斯紀》卷三有關普利阿姆斯最小的兒子波呂多洛斯的故事啟發。不過但丁和維吉爾兩人詩中的共同之處，僅有樹會說話和流黑血這一點，詩中的整個氣氛則是各不相同的。

9 這個比喻直接取材於實際生活，用青柴一端燃燒時的情況，比擬自殺者的鬼魂所變的樹木從樹枝折斷處的傷口邊說話邊流血的異常現象，十分貼切而且通俗。

10 指《埃涅阿斯紀》卷三中所講的波呂多洛斯的故事。

11 這個說話的人是彼埃爾．德拉．維涅（Pietro della Vigna, 約 1190-1249），他是最早用義大利文寫詩的人之一；他的拉丁文書札詞藻華麗而浮誇，文筆矯揉造作，頗能代表當時宮廷的文風。

「腓特烈」指神聖羅馬皇帝兼西西里王腓特烈二世（見第十章注31）。彼埃爾．德拉．維涅出身微賤，曾在波隆那大學學習法律。一二二一年開始任職腓特烈二世的宮廷。由於才能出眾又忠於職守，他從一二三〇年到一二四七年一直是腓特烈的左右手。

一二四六年，他被任命為西西里王國宰相，達到權勢頂峰。一二四八年，腓特烈在帕爾瑪附近被北方城市聯軍所敗，性情變得猜忌多疑，彼埃爾．德拉．維涅也失去了他的信任，隔年，受到謀反事件的牽連，或許也因受嫉賢妒能的奸臣讒害，他被捕入獄，受到弄瞎雙眼的非刑處罰，「由於此事，他在獄中悲痛得情願速死，有人說他是自殺而死」。（維拉尼的《編年史》卷六）。

12 彼埃爾用兩把鑰匙的比喻，表明他能左右皇帝的心：一把打開他的心，另一把則將之鎖上。彼埃爾運用這兩把鑰匙去鎖、去開腓特烈二世的心時，都令皇帝感到溫和愉快，結果也就成為腓特烈唯一親信的大臣。

13 托瑪塞奧（Tommaseo）認為這句詩的意思是：「先失去安寧，然後喪命」；彼埃爾．德拉．維涅忠心耿耿執行自己光榮的職責，自然博得皇帝的歡心，卻也同時引起其他朝臣的嫉妒和怨恨，最終落得悲憤自殺的下場。

14 「娼妓」在這裡是「嫉妒」的擬人化；「凱撒的住處」指皇帝的宮廷；「奧古斯都」和「凱撒」都是皇帝的同義詞。詩的大意是：嫉妒作為人類共同的禍根（魔鬼由於嫉妒而誘惑亞當夏娃犯罪）以及宮中特別流行的罪惡，對皇帝的宮廷一直有破壞性的影響；嫉妒激起其他大臣對我的憤恨，他們又用讒言激起皇帝對我的憤恨，讓我落得身敗名裂的下場。我的心被憤懣的反抗情緒驅使，想藉死逃避世人的憤怒和輕蔑，因而犯下了自殺罪。我本是清白無辜的，這麼一來卻等於對自己做了非正義的事，因為自殺是違背基督教倫理的行為。在這裡，彼埃爾．德拉．維涅揭露出自己自殺行為的內在矛盾，以及此舉的根本原因。儘管但丁對彼埃爾忠誠無辜卻遭讒害深感同情，而且為他申冤，恢復名譽，卻還是讓他作為犯自殺罪者在地獄裡受苦，正如先前他對保羅和弗蘭齊斯嘉慘遭殺害不勝憐憫，卻還是讓他們作為犯邪淫罪者在地獄裡受苦。

15 指第七層地獄。

16 一種生長速度極快的小麥。

17 意即造成傷口，從這些傷口發出痛苦呻吟和哭泣聲。

18 意即自殺者的靈魂在最後審判日時，將會和其他靈魂一樣前去受審，各自將遺體拖回地獄，但是無法和其他靈魂一樣，與遺體合而為一。因為自殺者以暴力將靈魂和肉體分割開來，若是讓二者重新結合在一起，是極不合理的。

19 因為自殺者是用暴力讓靈魂和肉體分離，所以說與肉體「為敵」。這三行詩簡潔有力地寫出荒涼的密林中一棵棵樹上掛著死屍的陰森恐怖景象。

20 說話者是錫耶納人拉諾（Lano），全名阿爾科拉諾．馬科尼（Arcolano Maconi）。他加入「浪子俱樂部」（詳見第二十九章注29），在這個小團體裡吃喝玩樂，揮霍無度，最終落得傾家蕩產。一二八八年，他在錫耶納與阿雷佐的一場爭戰裡中了埋伏而死。由於他生前用暴力毀掉自己的家產，死後靈魂遂墮入第七層地獄。他被黑狗跟踪追逐，不堪其苦，渴望第二次的死。但靈魂不可能死，他的呼喊無濟於事。

21 這個鬼魂是帕多瓦人雅各波·達·聖安德烈亞（Jacopo da Santo Andrea）。一二三七年，他擔任腓特烈二世的扈從，後被阿佐利諾·達·羅馬諾（見第十二章注25）的刺客殺死。根據早期注釋家拉納說，此人繼承了龐大家產，卻是個揮霍無度的敗家子，一時心血來潮想看大火熊熊燃燒的情景，竟差人放火燒掉自己的一座別墅，以供他站在安全的地方觀看。他這句話是譏諷拉諾在戰場上跑得不如現在快，所以才喪命。話裡「比武」（la giostra）一詞的原義是指娛樂性的武藝比賽，在這裡用來指「打仗」，帶有諷刺色彩。此外，這句話還流露出他害怕被黑狗追上咬傷，嫉妒拉諾跑得比自己快的意思。

22 指雅各波·達·聖安德烈亞。

23 無法考證這個人是誰；詩中只強調他是佛羅倫斯人。

24 異教時期的佛羅倫斯是以羅馬神話中的戰神瑪爾斯（Mars）為守護神，改信基督教之後，便以施洗者約翰取代了瑪爾斯，作為保護該城的聖者。此舉得罪了戰神，因此他「將常用他的法術」，也就是戰爭，使佛羅倫斯不斷內訌，並和鄰邦打仗，藉此禍害該城。

25 亞諾河（Arno）是流經佛羅倫斯的河，「通道」是指河上的「古橋」（Ponte Vecchio）。佛羅倫斯人改信基督教後，將戰神廟改為聖約翰洗禮堂，戰神像於是被移往亞諾河畔的一座塔樓上。相傳公元五四二年，佛羅倫斯城遭東哥德王托提拉（Torila）焚毀時（但丁根據中世紀史書的錯誤記載，將他和匈奴王阿提拉混淆了），神像落進河中。佛羅倫斯城在查理大帝時期重建，相傳，當時要不是將殘破的神像從河裡打撈上來，安放在古橋橋頭，這座城市是建不成的。

26 意即他是在自己家裡自縊而死。

第十四章

受到愛鄉心的驅使，我收集散落的嫩枝，還給聲音已暗啞的幽魂。

我們從那裡來到第二環和第三環的邊界，在此處見到正義懲處罪人的可怕方式。為了將奇特的事物說清楚，我說，我們來到的地方是一片地面上毫無植物的曠野。那淒慘的樹林形成一個花環圍繞著它，正如那慘苦的壕溝形成一個花環圍繞著樹林；我們就在這片曠野的緊邊上停下腳步。地面是一片又乾燥又厚的沙漠，和加圖曾踏足的[1]沒有不同。

啊，上帝的懲罰啊，凡是讀了描寫映入我眼簾情景的詩句的人，都該多麼畏懼你！

我看見許多群裸體的鬼魂，全都哭得十分淒慘，似乎受著不同的懲罰。有些人仰臥在地[2]，有些蜷成一團坐在那裡[3]，有的不住地走著[4]。繞著圈走的人最多，躺著受苦的人最少，但他們的舌頭最容易說出叫苦的話[5]。

整片沙地上空飄落片片巨大的火花[6]，落得極慢，好似山上無風時紛飛的雪花。猶如亞歷山大在印度那些炎熱地帶所見、飄落在他軍隊身上的火焰[7]，落地後依然完整，為此，他採取措施，讓他的軍隊用力踏地，因為單獨的火焰更容易撲滅：永恆的火雨就像這樣落了下來；沙地如同火絨碰上火鐮，被火雨燃起[8]，使得痛苦加倍。那些受苦者的手永無止息地揮舞著，一會兒從這兒、一會兒從那兒，拂去身

整片沙地上空飄落片片巨大的火花，落得極慢，好似山上無風時紛飛的雪花。

上的新火星。

我說：「老師啊，除了那些在大門口[9]出來阻擋我們的頑梗不化的魔鬼外，你是能戰勝一切的，請問，那個巨大的鬼魂[10]是誰？他似乎毫不在乎遭受火燒，臉上帶著輕蔑和凶惡的神色躺在那裡，火雨似乎不令他痛苦。」那鬼魂知道我向我的嚮導問的是他，便喊道：「我活時是怎樣的人，死後依然是怎樣的人。即使朱比特讓他的鐵匠[11]累得精疲力竭，在我的末日，他曾在盛怒下從這名鐵匠那兒拿得銳利的雷電擊中我，即使他像在弗雷格拉之戰[12]時那樣呼喊：『好伏爾坎，幫忙啊，幫忙啊！』讓蒙吉貝勒那烏黑鍛爐旁的其他鐵匠[13]一個個累得精疲力盡，還使盡全力朝我投擲雷電，他也不可能稱心如意實現對我的報復[14]。」

一聽此話，我的嚮導就以極大的聲音說：「啊，卡帕紐斯，你的傲氣未滅，這正是對你更重的懲罰；除了你自己的怒氣，任何苦刑對你的狂妄都不是適當的懲罰[15]。」我從沒聽過他用這麼大的聲音說話。

接著，他轉過身來，和顏悅色對著我：「那是圍困底比斯的七王之一；過去他蔑視上帝，現在似乎依然，對祂並無尊重；不過，正如我對他所說的，他的輕蔑態度是他的心胸十分適當的裝飾[16]。現在跟著我走吧，還要當心，腳莫踩在灼熱的沙上，而要始終緊挨著樹林走。」

我們一直沉默，來到從樹林裡湧出一條小河[17]之處，河水的紅色至今仍令我毛骨悚然。如同那條發源於布利卡梅、流出後河水被有罪的女人們分用的小河[18]，這條小河穿過沙漠，往下流去。河底、河兩邊的斜坡以及堤岸皆是石頭造成；我看得出這裡就是穿過沙漠的路[19]。

「從我們由那道不拒絕任何人邁過門坎的大門[20]進來之後，在我指給你看的所有事物當中，你還未見過如現在這條令它上空落下的火焰統統熄滅的小河這麼值得注意的。」我的嚮導這麼說；因此，我請求他，請他賜我已引起我食欲的食物[21]。

於是，他說：「大海中央有一塊已荒廢的國土，名曰克里特，在其國王統治下，世人本是純潔的。那裡有一座原本有水、有草木，欣欣向榮的山，名曰伊達[22]；如今那已是一片荒涼，如同廢品。雷亞選定此山作為她稚子的可靠搖籃，在他哭時，為了將他藏得更好，她讓那裡發出喧天聲響[23]。那山中屹然挺立著一個巨大的老人，他肩膀向著達米亞塔，眼睛眺望著羅馬，好像照著自己的鏡子。他的頭是純金打造，兩臂和胸部是純銀製成，胸部以下直至腹股溝皆是銅質；從此往下全是純鐵，唯獨右腳是陶土做成；他挺立著，體重主要是以這隻腳支撐，而不是另一隻。除了金質部分以外，每一部分都裂出了一道縫，裂縫內滴著眼淚，匯集在一起，穿透了那塊岩石。淚水流入此一深淵，從一層懸崖落至另一層[24]，形成了阿刻隆、斯提克斯和弗列格通，而後由這道狹窄的水道往下流去，直到不能再往下流之處，形成了科奇土斯[25]；你自己將會見到那是什麼樣的沼澤，所以在這裡就不講了。」

我對他說：「如果跟前這條小河如你所說，發源自我們的世界，為何它現在才在這個邊緣上出現在我們眼前[26]？」

他對我說：「你知道這個地方是圓的，你一直朝左走下這座深淵，儘管已走得很遠，但還沒走完整圈；所以若是有什麼新事物出現在眼前，都不應使你臉上顯出驚奇神色[27]。」

我又說：「老師，弗列格通和勒特[28]在哪裡？因為你沒提到這一條河，關於那一條，你說它是這淚雨所形成。」

「你的提問確實都令我欣喜，」他答說，「然而那條紅水沸騰的小河應該已解答了你的一個問題[29]。勒特河你之後會見到，但它位在這深淵之外，在靈魂通過懺悔解脫罪過之後，要前去滌淨自己的地方[30]。」接著，他說：「現在該是離開這座樹林的時候了；你注意跟著我走：未被火燒熱、從它上空落下的火雨盡數熄滅的河岸，形成了一條可供通行的路。」

1 指利比亞沙漠。公元前四十七年，羅馬政治家加圖（Cato Uticensis, 95 BC-46 BC。他在烏提卡自殺，因而史學家稱他為「烏提卡的加圖」，以免和他的曾祖父老加圖混淆）在法爾薩利亞之戰敗北後，率領龐培軍隊的殘兵越過這個沙漠，與努米底亞王尤巴的軍隊會師（見史詩《法爾薩利亞》卷九）。

2 指瀆神者（施加暴力於上帝者）。

3 指高利貸者（施加暴力於人工者）。

4 指犯雞姦罪者（施加暴力於自然者）。

5 正如他們生前最容易說瀆神的話。

6 火雨源於《舊約．創世記》第十九章：「當時耶和華將硫磺與火從天上耶和華那裡降與索多瑪和蛾摩拉。」

7 在一封偽托是亞歷山大致其師亞里斯多德的信裡，他提及入侵印度時，天降了一場特大的雪，他不得不命令兵士用力踏地開路。這場雪過後，天空又降下火焰，他命令士兵用衣物撲滅飄落的火焰。大阿爾圖斯的《論大氣現象》一書中曾提到這封信，但他將信中講述的這兩件事混為一談。但丁詩中這段話顯然是根據大阿爾圖斯的說法。

8 火雨落在沙地上，將沙子燒得灼熱，如同取火用的火鐮打在火石上，發出火星，點著了火絨。

9 指狄斯城的城門（參看第八章）。

10 此人名叫卡帕紐斯（Capaneus），是「七將攻底比斯」的故事中的七將之一。他登著雲梯攻城時，狂妄地誇口稱說，就連眾神之父朱比特（Jupiter）也都阻止不了他，於是被朱比特用雷電擊斃（見史詩《底比斯戰紀 Thebaid》第十卷）。

11 指朱比特和朱諾（Juno）的兒子伏爾坎（Volcan）。伏爾坎司火，善鍛鑄，和獨眼巨人們一起為朱比特製造兵器。

12 指古代神話中所說的朱比特等奧林帕斯山上的諸神，和巨人族泰坦（Titan）在弗雷格拉平原（在希臘色薩利地方）進行的一場戰鬥。《底比斯戰紀》第十卷也曾提到這次戰鬥。

13 西西里島上的埃特納（Etna）火山，在中世紀名為蒙吉貝勒（Mongibello），這個名稱源於阿拉伯文。根據古代神話，這座火山是鐵匠神伏爾坎的鍛爐。「其他的鐵匠們」是指獨眼巨人們。

14 意即朱比特不可能看到我屈服而覺得喜悅。朱比特是異教的神，對基督教信徒而言是虛妄的，但丁將一個褻瀆異教神祇的人打入地獄，似乎說不通。關於這點，注釋家牟米利亞諾說：「這是古典文化施加於但丁的壓力的又一證明：在斯塔提烏斯的《底比斯戰紀》中上陣的人物誘惑了他的想像力，他沒有注意到因此產生了思想上的不諧和。甚至一般讀者也注意不到這一點，因為這段詩寫得極為成功……」

注釋家雷吉奧則認為，卡帕紐斯不敬神，自然是對異教的神祇朱比特不敬，但調和異教文化和基督教文化是整個中世紀的特點。但丁本著如此精神，採用了這個古神話人物，作為基督教所謂瀆神罪的典型。

15 意即除了受到火雨燒身的刑罰，還加上怒火中燒卻無可奈何的內心痛苦，這種永不熄滅的怒火正是對卡帕紐斯無比狂妄最適合的懲罰。

16 「裝飾」（fregi）是諷刺話，顯然是詩人受韻腳「pregi」的啟發，巧妙想出的詞藻。

17 指弗列格通河，但維吉爾沒有說出它的名稱。

18 布利卡梅（Bulicame）是位於維台爾勃城以北六公里的小湖，湖中有含硫磺的溫泉，泉水顏色發紅，流出後成為小河，當地的妓女會用這條河的水洗衣洗澡。「有罪的女人們」（peccatrici）指妓女。有的注釋家認為，傳統文本中的「peccatrici」應作「pettatrici」，含義是「梳麻女工們」，她們利用小河的水泡麻。譯文根據傳統文本。但丁用這條水色發紅、水溫很高的小河比擬地獄中的弗列格通河，讓讀者印象更深。

19 因為走在石頭造成的河岸上，可避開火雨和熱沙。

20 指地獄之門，因為此門被基督打破之後就一直敞開著。《埃涅阿斯紀》卷三也有這樣的話：「下到阿維爾努斯（陰府入口）是容易的，黝黑的冥界大門是晝夜敞開的。」

21 意即我請求他解答他已引起我好奇的問題：那條小河有什麼值得這樣注意？但丁常用「食物」和「渴」比擬求知欲。

22 這幾行詩脫胎自《埃涅阿斯紀》卷三中的詩句：「在大海中央有一座偉大的朱比特的島，叫克里特，上面有真正的伊達山……」「大海」指地中海。據傳克里特島的第一個國王，是朱比特的父親薩圖努斯（Saturnus），他在位時期是傳說中的「黃金時代」，那時，世上的人是純潔無罪的。「伊達」（Ida）是克里特島上最高的山。

23 「雷亞」（Rhea）是薩圖努斯的妻子，朱比特的母親。當初曾有預言：薩圖努斯注定要被自己的兒子推翻；為了讓預言不至於應驗，雷亞一生下男孩就被薩圖努斯吃掉；生下朱比特後，她將一塊石頭裹在襁褓中，騙他說是剛生下的嬰兒，然後帶著朱比特逃到克里特島，將他藏進伊達山的山洞內。孩子啼哭時，她就命令她的祭司們用鐃鈸、兵器的響聲，和唱歌、喊叫聲掩沒哭聲，讓薩圖努斯發現不到。

24 但丁對克里特島老人巨像的構思，顯然是受《舊約．但以理書》第二章中有關尼布甲尼撒王（Nebuchadnezzar）之夢的話所啟發：「王啊，你夢見一個大像，這像甚高，極其光耀，站在你面前，形狀甚是可怕。這像的頭是精金的，胸膛和膀臂是銀的，肚腹和腰是銅的，腿是鐵的，腳是半鐵半泥的。」關於這個老人巨像的寓意，過去注釋家認為它象徵了古代人（如奧維德在《變形記》卷一中）所說的人類經歷四個時代：黃金時代、白銀時代、青銅時代，以及黑鐵時代，也就是象徵了人類從淳樸逐漸墮落的過程。達米亞塔（Damietta）是埃及城市，地中海與尼羅河的交會點，在此代表古代文化發源地的東方。老人像背朝著過去的文明世界，面向著帝國和教會中心的羅馬。鐵質的左腳象徵帝國，體重不放在這只腳上，意即帝國的威信大減；陶土做的右腳則象徵腐化墮落的教會。金質的頭沒有裂縫，因為人類在黃金時代，也就是說，在犯下「原罪」之前，享受的是完美的幸福。但丁的構思中真正獨出心裁之處，是老人像的裂縫滴落的淚水匯聚在一起，流入池中，形成了地獄裡的河流。「穿透那塊岩石」指老人巨像腳下的岩石；「深淵」指地獄；「懸崖」指從一層地獄下到另一層地獄的懸崖。淚水象徵種種讓人的靈魂墮入地獄的罪惡；淚水匯成河流入地獄，意即世上的罪惡和痛苦統統匯聚在地獄裡。

25 意即淚水匯集成河後就繼續往下流；「這道狹窄的水道」指這道小河（弗列格通河）的水道；「不能再往下流之處」指地球的中心；「科奇土斯」是巨大的冰湖，所以這裡稱它為「沼澤」。

26 意即，既然地獄裡的河流都源於克里特島的老人像所流出的淚，為什麼我們唯獨在這裡看到這條小河，而在已經走過的幾層地獄裡都沒看到？「邊緣」指第七層地獄的第三環，也就是最靠內裡的一環，是這一層地獄的邊緣。其實，但丁在第四層地獄和第五層地獄之間已見過一條小河，而且還說明這條河形成了斯提克斯沼澤（參看第七章倒數第三段）。這種前後不一致之處，或許是因為一時遺忘，或對地獄中河流的來源想法有變。《神曲》中的地獄河名都源於維吉爾等古代詩人的作品，這些作品並無明確描寫河流的地形。但丁想像克里特島的老人巨像的裂縫裡滴落的淚水匯聚成了一條河，而這條河從一層地獄流到另一層，有時還擴大成環形的湖泊，並在流程中有不同的名稱（阿刻隆、斯提克斯、弗列格通、科奇土斯）及不同的形態（水、泥、沸血、冰）。這是絕大多數注釋家一致的看法。但巴爾比反對此說，認為巨像上的每道裂縫滴下的淚水「各自匯集起來，分別穿透岩石流下去，一道裂縫的淚水形成阿刻隆，另一道形成斯提克斯，第三道裂縫的淚水形成弗列格通，第四道則形成眼前這條流成科奇土斯湖的小河。」

27 意即地獄深淵是圓形的，但丁雖然一直向左一層層走下這圓形的深淵，走了很遠，但是他每一層都只走了一段路，沒有走完整個圈子，所以，如果出現什麼從未遇見的事物，那也不足為奇。

28 這一條河指勒特河，那一條河指弗列格通河。

29 意即你的提問讓我很高興，因為這表明你有強烈的求知欲；但那條紅水沸騰的小河應該將弗列格通河在何處的問題解答得很清楚了，因為那條河就是弗列格通河（字義是「火焰河」）。

30 指煉獄山頂上的地上樂園。「勒特」（Lethe）含義是「忘川」，靈魂喝了當中河水，便會忘記生前的一切。在古神話中，此河原是冥界的河流之一，不過但丁將它放在地上樂園。

第十五章

我們現在順著一道堅硬的堤岸離開，向前走去。小河的蒸氣遮蔽了上空，使得河水和兩岸落不下火雨。如同圭參忒和布魯嘉[1]之間的佛蘭芒人怕潮水沖來，便築堤攔海；又如同在卡倫塔納感覺到熱之前[2]，帕多瓦人沿著勃倫塔河築堤保護城市和寨堡：這兩道河堤也造得如同那些堤，雖然，不論建造者是誰，造得既沒有那些堤那樣高，也沒有那麼厚。

我們已經遠離樹林，即使我回頭望，也望不見它在哪裡。這時，我們遇到一隊鬼魂沿河岸走來，每一個都望著我們，如同黃昏時分在一彎新月下，一個人望著另一人；他們用力皺眉朝我們凝視，猶如老裁縫穿針時凝視針眼[3]。

在那夥人這麼凝視下，我被一個人認了出來。他拉住我的衣裾喊道：「多奇怪呀！」當他將胳膊朝我伸出時，我定睛細看他燒傷的臉，那燒得破相的面孔沒能阻止我的眼力認出他；我伸手向下指著他的臉[4]，答說：「您在這裡嗎，勃魯內托先生？」他說：「啊，我的兒子啊，若是勃魯內托．拉蒂諾[5]離開自己的隊伍，轉身與你同行一會兒，但願你不覺得討厭。」我說：「我全心全意請求您這麼做；若是您要我和您一起坐下，只要與我同行的這位許可，我就這麼做。」「啊，兒子啊，」他說，「這一群當中，無論是誰，只要有片刻停留，之後就要躺上百年，火雨打在身上也不能擋開[6]。所以，你往前走

「您在這裡嗎，勃魯內托先生？」

吧：我就在你身邊跟著，而後我會回去我那邊走邊哀嘆，承受永恆懲罰的隊伍裡。」

我不敢走下河岸和他並肩而行，但一直像個畢恭畢敬的人低著頭走。他開始說：「是什麼命運或[7]天命，在你的末日到臨之前，就將你帶到這冥界來了？為你帶路的這位是誰？」

我回說：「在這上面的世界，在明朗的人間，當我還未到人生的頂點時，我迷了路，走進一座山谷。昨天早晨我才掉頭離開那裡：正當我要退回那山谷時[8]，是這位出現在我面前，引導我由這條路返家[9]。」

他對我說：「若我在美好的人世時判斷正確，你若是追隨自己的星前進，不會到不了光榮的港口[10]。倘若我沒那麼早死，見到上天待你如此恩惠，我定會支持你的事業[11]。但那些源於古時從菲埃佐勒遷下來的家族、仍帶有山和岩石氣質、忘恩負義、邪惡心腸的市民[12]，他們將因你的善行[13]而與你為敵；這也是理所當然，因為在酸的山梨樹之間，甜的無花果樹是不可能結果的。世上自古皆相傳，稱他們為盲人[14]；他們是貪婪、嫉妒、狂妄之人：你要當心，莫沾染他們的習氣。你的命運為你保有如此光榮：這個黨和那個黨都將對你感到飢餓[15]，然而青草將會距離山羊很遠[16]。且讓菲埃佐勒的一眾畜生彼此充作飼料[17]，但別去動那生自這萬惡之巢建造之際留下的羅馬人的神聖種子的植物，如果在他們那樣的糞堆裡還長出一些的話[18]。」

「若我的願望已被完全滿足，您會至今仍未從人生中被放逐[19]；因為您在世上時時教導我，人如何使自己永垂不朽[20]：您親切、和善、父親般的形象已銘刻在我記憶，而今令我感到傷心；我活在世上一天，就定要在話語裡表明我對您的教導何等感激。您對我的前途所說的，我都記了下來，和另一人的話一同留予能解釋這些話的一位聖女去解釋，倘若我能抵達她面前[21]。現在，我只想向您表明這點心跡：只要良心不責備我，無論時運女神如何待我，我都準備承受。這類預言對我的耳朵而言並不新奇；所以，就讓時運女神愛怎麼轉動她的輪盤，就怎麼轉動吧，讓農夫愛怎樣揮動他的鋤頭，就怎樣揮動吧[22]。」

我的老師聽了這番話，便朝右回頭注視我說：「邊聽邊記者，是善於聆聽之人[23]。」

我仍然邊走邊和勃魯內托先生談著[24]，問他，他最著名和職位最高[25]的同伴都是什麼人。他對我說：「知道其中一些是好的，但其他人，我們還是別談的好，因為時間太短，說不了那麼多。簡要地說，你要知道，他們皆是神職人員當中大名鼎鼎的大文人，在世上被同一罪行所玷污。普里西安[26]和那群悲慘的人一起走著，弗蘭切斯科·德·阿科爾索[27]也在其中；被『眾僕之僕』從亞諾調到巴奇利奧內，並在那裡遺留下用於邪行而過勞的神經的那個人[28]，要是你想看如此噁心的丑類[29]，你也能看到他。我想多說一點，但我不能再走、也無法再談了，因為我已看見沙地從那裡升起一片新的煙霧[30]。一群我不可與他們在一起的人正朝這裡過來。請容我將令我永垂不朽的《寶庫》推薦給你，此外，我別無所求。」

隨後，他如爭奪綠布錦標[31]的維洛納越野賽參賽之人那樣掉頭往回跑，而且像其中的得勝者，而非失敗者[32]。

1 「圭參忒」（Guizzante）是中世紀從歐陸前往英國的佛蘭德爾港口維桑（Wissand 或 Guitsand）的義大利文名稱，位在加萊（Calais）西南，現屬法國；「布魯嘉」（Bruggia）也就是現今比利時布魯日，彼時有許多義大利商人，尤其是佛羅倫斯商人在此經商。佛蘭德爾沿海地勢低窪，居民會築堤以抵擋海潮衝擊。但丁用這兩個地名大致標誌出佛蘭德爾防浪堤的西南和東北兩端，兩端相距約一百二十公里。

2 「卡倫塔納」（Garentana）指中世紀卡倫齊亞（Garinzia）公爵領地，勃倫塔（Brenta）河發源於此地的阿爾卑斯山中，流經帕多瓦，注入亞得里亞海。在卡倫塔納山中春暖雪融，導致勃倫塔河水暴漲之前，帕多瓦居民會先沿河修築堤壩，以防洪水泛濫成災。

3 這兩個比喻用得十分貼切。第一個比喻說明迎面而來的鬼魂在還未來到但丁和維吉爾跟前時，就望著他們，如同夜裡的行人在新月微光下互相注視；第二個比喻說明，那些鬼魂來到他們跟前時，凝眸端詳他們，就如同老眼昏花的裁縫穿針時覷著眼睛，力圖將視線對準針眼。這兩個比喻前後補充：前者生動寫出在光線微弱下，細看一定距離之外的事物的情況；後者具體描繪出注視和辨認近處事物的情景。這兩個比喻還有另一種作用：讓沒有照明設備的中世紀城市的夜晚，和手工業工人勞動的情景浮現在讀者想像中，進而醞釀但丁與勃魯內托·拉蒂尼相遇場面的適切氣氛。

4 原文是「chinando la mano a la sua faccia」，意即：但丁一認出那鬼魂是誰，便向他伸出一隻手，以表親切。斯卡爾塔齊－萬戴里注釋本說得更明確：「伸手向下，以食指指著那個引起他驚奇的人。」有的學者（例如薩佩紐）則主張採較晚近的抄本中的異文「chinando la mia a la sua faccia」（把我的臉低下去，挨近他的臉），認為這種姿態更自然，更適合當時的場面。但其他學者認為，那鬼魂走在沙地，但丁走在河岸，地勢較高，既然詩中說他「定睛細看他的燒傷的臉」，他勢必是將頭低下去，若採用這個異文，意思就略嫌重複了。

5 勃魯內托·拉蒂尼（Brunetto Latini，約 1220-1294），佛羅倫斯貴爾弗黨政治家和知名學者。一二六〇年，他在出使卡斯提王國的歸途中，得知貴爾弗黨在蒙塔培爾蒂之戰大敗的消息，於是留在法國，直到一二六七年本尼凡托之戰後，貴爾弗黨重新掌權，他才返回佛羅倫斯，擔任共和國政府祕書長等要職。流亡法國期間，他以法文編寫出一部百科全書性質的著作，取名《寶庫 *Li Livres dou Trésor*》，後來又壓縮內容，以義大利文寫出一篇未完成的訓世詩，取名《小寶庫 *Tesoretto*》。但丁相當熟悉這兩部書，而且後者採寓意的旅行形式，對但丁影響尤深。但丁曾經向勃魯內托·拉蒂尼學過修辭學，包括當眾演說和拉丁文書信撰寫的藝術；由於得到他的教益，也因為他對共和國有功，但丁對他非常尊敬，說話時都以「您」尊稱。

6 犯雞姦罪的鬼魂若是站住，就得接受更重的懲罰：躺在灼熱的沙地上，被火雨打擊，無法遮擋，就如同犯瀆神罪的鬼魂所受的懲罰。

7 這裡的「或」並不意味非此即彼，而是表明命運和天命二者的同一性，因為詩人在第七章中已指出時運女神是上帝的使者。

8 「山谷」指第一章中那座幽暗森林。「正當我要退回那個山谷裡時」指被母狼逼得退回幽暗森林。

9 意即走上得救的正路。

10 注釋家對「自己的星」有種種不同的解釋。有的認為泛指但丁誕生時吉星高照，有的認為是指但丁誕生時太陽在雙子宮，而依占星學的說法，受雙子星影響的人，生來就有文學天賦，但丁自己在《天國篇》第二十二章中也承認自己的才華正是受惠於這個星座。但是聯繫下句中「光榮的港口」來看，這裡所說的「星」不是指占星學上的星，正如注釋家波斯科指出的，「這個形象化的比喻不是占星學方面、而不過是航海方面的。這星，是給航海家導航的星：如果他們按它指示的方向走，就會到達港口。勃魯內托簡單地告訴但丁：如果你隨著你的星，如果你不偏離你的道路，如果你準確掌握你的生活之舵奔向你給自己明確的目的，你不會達不到。」「光榮的港口」指永垂不朽的美名。

11 勃魯內托．拉蒂尼死於一二九四年，但丁當時二十九歲，只是一位知名抒情詩人，尚未參與政治。「上天對你這樣優惠」指但丁生來就有極高的天賦才氣。「支持你的事業」，波斯科認為，不是指在文學創作方面，而是在公共生活和政治活動上。連結後述的「你的善行」來看，波斯科的解釋可說正確。

12 指佛羅倫斯人。根據古代傳說，羅馬激進派領袖喀提林（Catilina）鼓動菲埃佐勒（Fesole）城的居民背叛羅馬，喀提林戰敗後，菲埃佐勒也被夷為平地。為了不讓菲埃佐勒重新興起，凱撒在亞諾河邊另建了一座新城，名佛羅倫斯，居民大部分是還來的菲埃佐勒人，小部分是羅馬人，「所以佛羅倫斯人經常處於戰爭和內訌狀態，這也不足為奇，因為他們是高貴、有德行的羅馬人，和粗野、凶悍好戰的菲埃佐勒人這兩種互相對抗和敵視、習俗也不相同的民族的後裔」（維拉尼《編年史》卷二第三十八章）。菲埃佐勒位於佛羅倫斯城北兩座小山之間。薄伽丘對「帶有山和岩石氣質」的解釋是：山氣質指粗野，岩石氣質指頑梗不化，不易接受文明習俗。

13 根據杰利（Gell）的解釋，「忘恩負義」指佛羅倫斯人將對但丁以怨報德；「心腸邪惡」指他們將把但丁所做的一切好事硬說成是為了不正當的目的。

14 「善行」泛指但丁在公共生活和政治活動中以共和國的利益為重，一貫正直不阿；由於堅持正義，引起眾人敵視，無辜遭到流放。

根據歷史學家維拉尼的記載，東哥德王托提拉（見第十三章注25）為了征服佛羅倫斯，特意派遣使者前去該城，聲言要和佛羅倫斯人為友。佛羅倫斯人信以為真，讓他進城，他隨後一舉占領佛羅倫斯，並且將之摧毀，「因此，佛羅倫斯人之後在諺語中一直被稱為盲人」（維拉尼《編年史》卷二第一章）。一些早期注釋家則認為，佛羅倫斯人之所以被稱為盲人，是因為曾受比薩人的欺騙：比薩遠征巴利阿里群島時，佛羅倫斯曾派軍隊守衛該城，比薩人事後卻將兩根殘破的斑岩石柱以紅布包裹，送給佛羅倫斯作為報酬，佛羅倫斯人沒有察覺，將之當作完好的石柱收了下來。

15 意即佛羅倫斯人對你的敵視倒是命運保留給你的光榮；但丁自己在著名的寓意和道德詩《三位女性來到我的心邊》當中也說：「我認為，我遭受的放逐是我的光榮。」「這個黨和那個黨」指黑白兩黨；「對你感到飢餓」，十四世紀一些注釋家認為是黑白兩黨都想爭取但丁與自己同一邊，一些現代注釋家也接受如此解釋。不過，薩佩紐的看法恰恰相反，認為這句的含義是：「兩黨都想吃掉你，都想發洩對你的仇恨。先是黑黨在對詩人判刑時如此，後來，詩人和那一夥『邪惡、愚蠢的夥伴』（指白黨）決裂時，白黨又這樣。」根據上下文脈絡，薩佩紐的解釋是正確的。

16 這句比喻的含義是：但丁將遠遠離開他們，不受他們迫害。

17 這句是「山羊」和「青草」比喻的延伸，意即就讓那些反對你的佛羅倫斯人互相吞食、互相殘殺吧。

18 「糞堆裡」指在污濁的佛羅倫斯社會；「萬惡之巢」指佛羅倫斯城；全句含義是：讓那些萬惡的佛羅倫斯人不要迫害佛羅倫斯建立時留在那裡的高貴羅馬人後裔。但丁自認是古羅馬血統，而以「菲埃佐勒的畜生們」來指大部分的佛羅倫斯人。

19 原文是不現實條件複合句，含義是：如果上天完全滿足我的心願，那麼您現在就還在人世呢。

20 這句話似乎呼應《寶庫》的十四世紀義大利文譯本中的話：「榮譽賦予有功德者第二生命，也就是他在死後，其善行留下的聲譽表明他仍活著。」

21 「另一個人的話」指從法利那塔口中聽到的預言（見第十章）；「聖女」原文是donna，指貝雅特麗齊；「倘若我能抵達她面前」，流露出沒有把握的意味。這並非懷疑上帝特許的天國之行，而是但丁自覺信心不足。

22 注釋家對這兩句話有不同解釋：布蒂理解為：「命運和人們愛怎麼做就讓他們怎麼做吧，因為我是要堅持下去的（意即我的目的會堅定不移）」；牟米利亞諾認為，第二句以諺語形式補充第一句，似乎帶有輕蔑意味，表示但丁對時運女神轉動輪盤就像對農夫幹活一樣毫不在乎。

23 對這句格言式的話有種種解釋；薩佩紐認為：「維吉爾或許只是想說：誰將聽到的事物銘刻在心，記住以供將來之用，誰就是善於聆聽之人」；維吉爾「想簡單地讚美但丁決計將勃魯內托的預言記在心裡，好讓自己遭遇事變時不至於毫無準備」。這種解釋似乎最恰當。

24 意即但丁並未因維吉爾插話，就停止和勃魯內托交談。

25 原文是「più sommo」，根據多數注釋家的解釋譯成「職位最高的」；但丁在《神曲》中常用著名、職位高的人物作為美德和罪惡的典型。

26 普里西安（Priscian，拉丁文 Priscianus），公元六世紀前半期的著名拉丁文法家，他的十八卷《拉丁文法教程 *Institutio de arte grammatica*》是中世紀學校通用的課本。沒有任何文獻證明他曾犯雞姦罪。由於早期注釋家說他是個叛教的僧侶，有些學者就認為，但丁將他和公元五世紀創立異端教派的主教普利希利阿努斯（Priscilianus）混淆了，此人的一項罪狀便是雞姦罪。但這種說法說服力不足。詩中顯然是以普里西安以及弗蘭切斯科·德·阿科爾索，作為文人學者犯雞姦罪的實例。公元六世紀的文法家普里西安是名符其實的大學者，詩中所指的只可能是他，關於他的罪行，但丁必有所本。

27 弗蘭切斯科·德·阿科爾索（Francesco d'Accorso, 1225-1293）是著名法學家，波隆那大學教授，一二七三年應英王愛德華一世之聘，前往牛津大學任教，一二八一年回國，後來死在故鄉波隆那。

28 此人是佛羅倫斯人安德烈亞·德·摩奇（Andrea de'Mozzi），他出身貴族，曾奉教皇尼古拉三世之命，擔任貴爾弗黨與吉伯林黨之間的調解人，一二八七年任佛羅倫斯主教，一二九五年被教皇波尼法斯八世調往維琴察（Vicenza）擔任主教，次年死去。早期注釋家說他是道德敗壞和愚蠢無知之人；據說他調離佛羅倫斯是因為穢行敗露。「眾僕之僕」（servo de'servi）意即上帝最低下的僕人，教皇常以此自稱，這裡是指教皇波尼法斯八世。亞諾河在此代指佛羅倫斯；巴奇利奧內（Bacchiglione）是流經維琴察的河，這裡則代指維琴察。「在那裡遺留下用於邪行而過勞的神經」意即死在維琴察。但丁用這個主教作為高級神職人員犯雞姦罪的實例，加以鞭撻。

29 原文是「tal tigna」；tigna 是一種令人厭惡的頭瘡，比擬行為醜惡的人。

30 指另一群鬼魂向這裡走來，在沙地上掀起的塵土。

31 維洛納越野賽跑始於一二〇七年，每年四旬齋期間的第一個星期日，在聖盧齊亞村附近的平川上舉行，優勝者會獲得一塊綠布作為錦標。

32 勃魯內托跑得「像其中的得勝者」，意即其中最快的人；「而不像失敗者」這句話並非多餘，因為注釋家們說，最後到達終點的人會得到一隻公雞，成為觀眾嘲笑的對象。

第十六章

我已來到一個地方，在那裡聽見流水瀉入另一個圈子[1]的淙淙聲，猶如蜂房發出的嗡嗡聲響。這時，有三個鬼魂一起飛跑著離開在火雨酷刑下走過的隊伍。他們向我們走來，每個都喊著：「你站住。看你的服裝，似乎是我們那萬惡城市[2]的市民。」

啊，見到他們四肢上被火燒出的新舊創傷，多麼可怕呀。只要一回想起，我還是難過。

我的老師注意到他們的叫喊，轉過臉朝著我說：「現在先等等，對他們應當畢恭畢敬；若非此地特性是會降火雨，我會說，你更該趕忙向他們走近。」

我們才一站住，他們便又唱起他們的舊歌[3]；當他們來到我們跟前，三個人就一起排成一個圈。如同裸身塗油的角鬥之人[4]，在交手互打互衝前常會先窺測有利的進攻時機，他們三個全都團團轉著走，同時目光盯著我，因此，脖子和腳轉動的方向相反[5]。

那三人其中一個說：「如果這片鬆軟沙地的淒慘景象，和我們燒得發黑、沒有鬚眉的面孔引起你輕蔑我們和我們的請求，但願我們的聲譽能讓你樂意告訴我們，你是什麼人，竟邁著活人的腳步在地獄裡安然行走。你看見我正踩著他的腳印走著的這位，儘管赤身露體，燒得毛髮無存，身分卻比你料想的更高：他是賢良的郭爾德拉達[6]的孫子，名為圭多．貴拉；他曾以智與劍屢建功勛[7]。在我後面踩著沙子走的這人，是台嘉佑．阿爾多勃蘭迪，他的話在世上本應被人聽從[8]。我，這個與他們一同受苦的，是雅科波．盧斯蒂庫奇，我凶悍的妻子實在比什麼都令我受害[9]。」

如果火燒不著我，我就已經跳下去，到他們中間了，我想，我的老師會允許我這麼作；但若是那麼作，我會被燒壞，烤糊。恐懼戰勝了令我渴望擁抱他們的善良願望。於是我說：「當我從這位主人對我所言當中[10]，想像出朝我們走來的是你們這樣的人，你們的遭遇在我心裡引起的並非輕蔑，而是悲痛。這種悲痛在心中根扎得如此之深，遲遲無法完全消釋。我是你們那城市的人，經常心懷敬愛聽人講述你們的功績和光榮的名姓，而且自己也對人講述。我是丟下苦膽，去尋求我誠實的嚮導許我的甜果的；但我得先下到中心[11]。」

「願你的靈魂能長久支配你的肢體[12]，」他接著說，「願你的美名在你身後能永放光芒。請告訴我們，廉恥[13]和勇武是一如既往駐留在我們的城市，還是在那兒早已絕跡；因為方才和我們一同受苦，現在正和我們的夥伴同在那裡走著的葛利摩．波西厄爾[14]所說的話令我們非常痛心。」「新來的人和暴發的財，佛羅倫斯呀，你的內部生出了驕傲和放肆，使得你已為此哭泣[15]。」我仰天這麼喊道。那三人認為這話就是我的回答，於是像聽到真實情況的人那樣面面相覷。

他們都答說：「如果你隨時都是這樣樂於回答問題，令他人滿意，如果你是這樣直爽地說出真心話，那你真幸福啊！因此，願你逃出這幽冥世界，回去重見美麗星辰，當你高興地說『我已到過那裡』時[16]，請務必向世人提及我們的名姓。」說罷，他們就拆散共同排成的圈子，疾奔而去，腿快得猶如飛翅。

還不到說聲「阿門」的工夫，就已不見他們的蹤影；因此，我的老師認為該離開了。我跟著他走，沒走多遠，就聽到水聲已離我們近到若是開口說話也根本聽不見誰說什麼。如同從蒙維佐峰往東數起，在從亞平寧山脈左坡流下去的眾河當中，那第一條有其河道的河[17]——流至平原之前的上游稱為阿夸凱塔河，流到福爾里就失去了這個名稱[18]——在高山聖貝內戴托修道院上邊，這條河本該為千座懸崖[19]接受，卻從一座崖上傾瀉而落，發出轟轟水聲；我們發現那血紅河水從一道峭壁流下，發出同樣的水聲轟轟，頃刻間就會將耳朵震聾。

我腰間繫著一條繩索，我曾想用它捕捉那隻毛皮五色斑斕的豹[20]。遵照嚮導的命令，我從身上完全解下後就將繩索繞成一團遞給他。隨後，他轉身向右，從距離邊沿稍遠處將它扔進下方深谷[21]。我暗自心想：「我的老師這麼注意地目送這非比尋常的信號，必然會有新奇事物出現以為反應。」

啊，在那些不只看到行動，而且還以其智力看出他人內心思想的人跟前，應該何等謹慎哪！他對我說：「我期待，而你心裡想像的[22]東西馬上就會上來，必定會立刻出現在你眼前。」

對於貌似虛妄的真理，我們該盡可能閉口不談，因為那會令人無辜蒙受恥辱[23]；但在這裡我無法保持沉默；讀者呀，我用這部喜劇[24]的詩句——但願這些詩句能長久受人喜愛——向你發誓：我看到在濃重、昏暗的空氣中，有一隻會令每顆鎮定的心皆感驚奇的怪物游了上來，就像有時為解開被海中暗礁或其他東西勾住船錨而下水的人[25]，伸直上身、縮回兩腳游回來時一樣。

1 指第八層地獄。弗列格通河順著懸崖峭壁從第七層流往第八層地獄，形成水聲轟轟的瀑布。

2 指佛羅倫斯。

3 指他們又哭了起來。

4 他們不敢站住，在和但丁交談時不得不排成一個圈子，邊繞圈轉著走，邊注視但丁。比喻中所說的角鬥之人，有些注釋家認為是指古代詩人描寫的摔跤運動員，例如，《埃涅阿斯紀》卷三所描寫的特洛伊式的運動會上的摔跤者：「我們……在這阿克提姆城的海灘上舉行特洛伊式的運動會。我的同伴們脫去衣服，用橄欖油塗在身上，玩起我們特洛伊人傳統的摔跤遊戲……」由於這個比喻異常鮮明生動，讓人覺得它源於現實生活，所以另有一些注釋家認為這裡所說的角鬥之人，是指中世紀神意裁判會上的角鬥者。所謂神意裁判，就是在沒有確鑿證據可判決某個案件的情況下，由訴訟雙方各選一名角鬥者互相搏鬥，哪方得勝，就表示其代表的那一方有理。但這種角鬥者不會赤身上陣，與比喻中所說的不盡然相符。注釋家雷吉奧認為，但丁可能在選用這個比喻時，混合了古代詩人描寫的角鬥者形象，與中世紀神意裁判的習俗。

5 這個比喻的意義，在於藉角鬥者凝眸窺測有利的進攻時機的神態，比擬那三個鬼魂將目光聚集在但丁面孔上的神情。他們一方面要注視但丁，同時又得像跳圓舞似地轉圈，所以，直到轉完半個圈子為止，頭扭動的方向總是和腳走的方向相反。

6 郭爾德拉達（Gualdrada）是德高望重的佛羅倫斯貴族貝林丘內・貝爾提（Bellicione Berti）的女兒，被當時的歷史家譽為是貞潔、賢淑的女性典型。她是圭多・貴拉的祖母。

7 圭多・貴拉（Guido Guerra, 約 1220-1270）四世是佛羅倫斯一位世襲伯爵，在神聖羅馬皇帝腓特烈二世的宮廷中度過少年時代，後來一反家族傳統，成為佛羅倫斯和全托斯卡那貴爾弗黨的支柱。他在一二五五年統帥佛羅倫斯的貴爾弗軍作戰，將吉伯林黨逐出阿雷佐；一二六〇年蒙塔培爾蒂之戰後被迫流亡；一二六六年，他率領流亡的貴爾弗黨人參加本尼凡托之戰，建立殊勳，被安茹伯爵查理一世任命為托斯卡那總督；一二六七年返回家鄉。但丁藉著「他曾以智與劍屢建功勛」這一警句，概括了他一生在文武兩方面的功業。

8 台嘉佑・阿爾多勃蘭迪（Tegghiaio Aldobrandi）出身自佛羅倫斯有勢力的阿狄瑪里（Adimari）家族，政治上屬貴爾弗黨；是「聰明的騎士，作戰英勇，享有很大的權威」（維拉尼《編年史》卷六第七十七章）。一二六六年，他作為共和國軍隊的司令官之一，曾勸告共和國政府勿出兵對錫耶納作戰，但未獲聽從，結果導致蒙塔培爾蒂之戰慘敗。所以詩中說：「他的話在世上本應被人聽從。」

9 雅科波・盧斯蒂庫奇（Jacopo Rusticucci）是出身低微、但很有錢的平民，據早期注釋家說，他屬卡瓦爾堪提集團，一二五四年曾擔任佛羅倫斯政府特使，與其他托斯卡那的城市談判結盟及訂約問題。對於「我凶悍的妻子實在比什麼都令我受害」，注釋家對這句話一致認為大意是說，他的妻子為人凶悍難處，使得他轉好男色，以至於死後墮入地獄受苦。

10 指本章第三段中維吉爾的話。

11 「苦膽」和「甜果」都是比喻，前者指罪孽之苦，後者指天國之福；「誠實的嚮導」指維吉爾，他曾保證會帶但丁走過地獄和煉獄，而後交給貝雅特麗齊，由她帶路去天國，而他這話是真誠可靠的。「中心」指地球中心，也就是魔王盧奇菲羅所在的地獄底層。這句詩利用比喻說明從地獄走向天國的旅程，同時又表達出離開罪孽，趨向善與美德的寓意。

12 意即願你長壽。

13 原文為「cortesia」。但丁對這個詞的含義有明確解釋：「cortesia 和 onestade（廉恥）完全是同一回事。因為古時宮中流行美德和優良風尚，與今日情況恰恰相反，所以這個詞源於那時的宮廷，cortesia 的含義就等於宮廷的作風」（《筵席》第二篇第十章）。譯文根據這種解釋，採用「廉恥」一詞。但丁以廉恥和勇武概括所有構成高貴品格的文武美德。

14 葛利摩・波西厄爾（Guglielmo Borsier），據薄伽丘說，是「宮廷騎士，為人很有教養，舉止文雅；他和其他同類之人常做的，就是為豪門貴族談判和約，談判聯姻，有時還會說些有趣、正經的故事讓疲倦者恢復精力，鼓舞他們去做光榮的事。」不僅如此，他還是《十日談》第一天第八個故事中的人物，這表明他的名聲流傳下來。他大概死於一三〇〇年前不久，或許就在年初，作為新入地獄的亡魂，為同鄉的鬼魂帶來有關佛羅倫斯的最新消息。

15 「新來的人」指從鄉間來到城市落戶的人。這些人靠經商和放高利貸快速致富，得勢之後便驕傲放肆，窮奢極侈，破壞了佛羅倫斯原本崇尚廉恥和勇武的優良風尚，令詩人十分痛心，不禁仰天慨嘆。

16 「那裡」指地獄，這句話的意思是說，當你回到陽間，高興地回憶地獄之行時。因為但丁樂於滿足別人的願望，能做到直言不諱，那三個佛羅倫斯人因此請求他回到陽間後，要向世人提起他們的姓名。詩人「設想入地獄的人都愛好傳播自己的名聲，因為他們認為，名聲要是能流傳，自己似乎就像是仍活在世上；如此設想也是為了讓別人以他們為鑒戒，不做壞事」（布蒂的注釋）。

17 蒙維佐（Monviso）峰是義大利西北邊境的科奇阿爾卑斯山脈（Alpi Cozie）的最高峰，波河正發源於此。從蒙維佐峰往東去，有許多條河從亞平寧山脈左坡往下流去，一般都流入波河；在但丁時代，其中「第一條有自己河道的」，也就是不流入波河、而是直接注入亞得里亞海的蒙托內河（Montone，意即山羊）。

18 上游名阿夸凱塔（Aquacheta，意即靜水）河，流到福爾里（Forlì）始名蒙托內河。

19 這句詩含意異常晦澀，注釋家有種種不同解釋，並無定論。有一解釋說：蒙托內河上游的阿夸凱塔河水在愛米利亞（Emilia）地區的亞平寧山脈中的高山聖貝內戴托修道院（San Benedetto dell'Alpe）附近，從一座懸崖上傾瀉而下，形成巨大瀑布，由於水量很大，發出轟隆巨響；假如是從一千（意味「許許多多」）座懸崖流下，形成許多小瀑布，就不會有如此巨大的水聲了。為了將虛構的地獄之行所見所聞描繪得異常真切，讓人有如身歷其境，但丁常用世上、尤其是義大利的景物比擬地獄中的景物。這裡正是以阿夸凱塔河在聖貝內戴托修道院附近形成大瀑布的轟轟水聲，比擬弗列格通河的血紅河水從第七層地獄邊沿峭壁朝第八層地獄奔流直下所發出水聲。

20 這條繩子顯然有象徵意義，因為詩中將它和第一章那隻具有象徵意義、毛皮五色斑斕的豹聯繫在一起。但其寓意何在，則眾說紛紜。主要有三種說法：

（1）布蒂和彼埃特羅波諾等人認為是指方濟各會修士的腰帶。但丁少年時代曾是方濟各會的小修士，但未出家。這種腰帶象徵潔身禁欲，用它去制伏象徵肉欲的豹可說得通；但巴爾比指出，方濟各會修士的腰帶是皮帶，而非繩子，與詩中所說不符，以此駁斥這種解釋。

（2）早期注釋家都認為這條繩子象徵欺詐（或一種特殊形式的欺詐——偽善）；在這個意義上，可能是邪淫者行淫所使用的手段，也可能是用來迫使欺詐者為自己的目的效勞的手段。

（3）現代注釋家中，納爾迪認為它象徵正義和純潔；卡萊提（Caretti）認為它象徵正義；菲古萊里（Figurelli）認為它象徵民法和道德法則；牟米利亞諾認為它象徵制伏肉欲（豹）和欺詐（其化身是接著即將出現的怪物格呂翁）的法律；波斯科認為，它象徵人制伏肉欲和欺詐的意志。

21 維吉爾轉身向右，為了用右手將繩子扔下去；「邊沿」指第七層地獄的邊沿，他「從距離邊沿稍遠的地方」扔出，以便能使力扔得遠些，免得被深谷邊上突出的岩石勾住；「深谷」指構成第八層地獄的深谷。

22 「你心裡想像的東西」指但丁認為即將出現的新奇事物。

23 大意是：對於那些過於離奇、貌似虛構的事實，應該盡可能不講。因為在這種情況下，雖是說出事實，沒有瞎說，卻容易會被人指責為說謊，因而蒙受恥辱。

24 《神曲》原名《喜劇》，但喜劇在此並無「戲劇」的含義，因為中世紀對戲劇主要是表演藝術的概念已非常模糊，而是慣於依題材內容和語言風格的不同，將敘事體的文學作品也稱為悲劇或喜劇。但丁因為自己的史詩敘述了從地獄到天國，從苦難到幸福的歷程，結局圓滿，又因為它不像《埃涅阿斯紀》那樣是以風格高華典雅的拉丁文寫成，而是用義大利俗語寫成，風格平易樸素，因此取名為《喜劇》。薄伽丘在《但丁贊》一文中，就對這部作品推崇備至，稱它為「神聖的《喜劇》」。一五五五年的威尼斯版本首次以《神聖的喜劇》為書名，後來被普遍採用。中文本通稱《神曲》。

25 指水手。但丁用水手下海排除障礙物之後，伸直上身，縮回兩腿，借著浮力游回海面的情景，比擬那怪物從深谷濃重昏暗的空氣中游上來的動作。

第十七章

「你瞧，那隻翻山越嶺、摧毀城牆和武器的尖尾巴野獸[1]！瞧那個放臭氣熏壞世界的怪物！」我的嚮導這麼對我說；他示意要牠靠近我們所走的大理石路盡頭處上岸。那象徵欺詐的骯髒形象就這麼上來，將頭和胸伸到岸上，但沒將尾巴拖上岸來[2]。牠的臉是正直之人的面容，外貌那般和善，身體其餘部分卻全為蛇身；牠有兩隻直至腋下全長滿毛的爪腳；背、胸和左右腰間都畫著花紋和圓圈[3]。韃靼人和突厥人[4]的織物未曾有過比這更豐富的色彩、底襯和花紋，阿剌克涅[5]也未曾織出這樣的紋布。

猶如小船停泊岸邊，一部分在水中，一部分在陸上，又如同在貪食嗜酒的德意志人那裡，海狸擺好架勢，準備作戰[6]，那隻最壞的野獸就這麼趴在那道圍起沙地的石頭邊沿上[7]。牠整條尾巴懸空搖擺，尾尖那如蠍鈎作為武器般的毒叉朝上彎曲。

我的嚮導說：「現在，我們的路得稍微拐點彎兒，朝趴在那兒的惡毒野獸走去。」於是我們向右走下堤去[8]，為了完全避開沙地和火雨，緊挨著邊沿走了十步。當我們來到那野獸跟前，我瞥見前方不遠處有一群人[9]坐在沙地上，臨近深淵。

我的老師對我說：「為了能將你在這一圈的經歷完完全全帶回去，去看看他們的情況吧。去那裡要長話短說。在你回來之前，我要和這隻野獸談一下，讓牠允許我們借助牠強而有力的肩膀。」

那象徵欺詐的骯髒形象就這麼上來，將頭和胸伸到岸上。

於是，我獨自順著第七圈邊沿繼續前行，走到那些受苦者所坐之處。他們的痛苦正從眼裡迸出[10]；他們或朝這邊、或向那邊揮著手，時而藉此抵禦火雨，時而抵禦灼熱的土地。這情景與狗在夏天遭跳蚤、狗蠅或牛虻叮咬，時而用嘴、時而以爪抵禦的模樣並無二致[11]。我的目光望向那些承受天落火雨焚身之苦的當中幾人臉上，一個都不認識；但是我看到每個人脖子上都掛著一只某種顏色和某種圖案的錢袋[12]，他們的眼睛似乎都在飽看自己的錢袋。當我四處張望，來到他們中間時，我看到一只黃色錢袋上有獅子形象和姿態的天藍色圖案[13]。當我將我目光的車向前推進時[14]，我看到一只血紅色的錢袋，袋上呈現一隻顏色白過奶油的鵝[15]。一個以一頭天藍色的懷胎母豬作為他白色錢袋圖案的人[16]對我說：「你在這壕溝裡做什麼？現在就走開吧；因為你還是活人，我要你知道，我的鄰人維塔利阿諾[17]將會來到這裡，坐在我左邊。我是帕多瓦人，和這些佛羅倫斯人在一起；他們屢次用震得我耳聾的聲音喊叫：『讓那個帶著上面有鳥喙的錢袋的偉大騎士來吧！』」說罷，他就把嘴一咧，像舔鼻公牛似地伸出舌頭[18]。

我怕再待下去會讓告誡我不可久留的老師生氣，便離開了那些受苦的鬼魂往回走。

我找到我的嚮導，他已騎上那隻惡獸的臀部，對我說：「現在，你要堅強且果決，我們要憑藉這樣的階梯[19]下去；你騎在前面吧，因為我願意坐中間，好讓牠的尾巴傷不到你。」

猶如患染三日瘧的人臨近寒顫發作時，指甲已經發白，只要一見陰涼就渾身打顫，聽到他對我說的話時，我就變成這樣；然而羞恥心向我發出它的威脅，讓僕人在英明的主人面前變得勇敢。

坐在牠巨大的肩膀上，我心裡真想說：「你抱住我吧。」可是卻出乎意料地發不出聲音。但我一騎上去，這位曾在其他險境救助過我的老師，便以雙臂抱住扶著我；他說：「格呂翁，現在動身吧：圈子

那隻野獸緩緩游去；牠盤旋著往下沉降，但我只感覺到風迎面和從下方吹來。

要兜得大，降落要慢；要想到你承載著新奇的負擔[20]。」

猶如小船離岸時徐徐後退，那怪物就這麼離開了那裡；當牠覺得能夠完全自由轉動時，就將尾巴往胸部原本的所在調轉過去，如鰻魚般擺動伸展開的尾巴，還用帶爪的腳搧風。當法厄同撒開韁繩，致使天穹至今仍看得出燒灼痕跡[21]；當可憐的伊卡洛斯察覺腰間的羽毛因黃蠟融化而脫落[22]，聽見父親對他喊：「你走錯路了！」我想，他們的害怕都不及我眼見自己四面懸空，下臨無地，除了那隻野獸外什麼都看不見時的恐懼。那隻野獸緩緩游去；牠盤旋著往下沉降，但我只感覺到風迎面和從下方吹來。

我從右側已聽到旋渦在下方發出可怕的轟隆聲響，因此我探頭朝下一望。這時，我更害怕降落了，因為我看見了火光，聽到了哭聲；我為此渾身顫抖，兩腿緊緊夾住獸背。後來，我才看到——因為起初沒有看到——那野獸已在降落和盤旋，因為四面八方的種種苦刑情景越來越近。

猶如飛了許久的獵鷹沒見到誘餌[23]或鳥兒，使得鷹獵者說：「哎呀，你下來啦[24]！」牠飛起時那樣快，如今疲憊不堪地兜了一百個圈子飛回來，落在離牠主人遠遠的地方，神色氣憤不滿，格呂翁就這麼把我們放了下來，放在緊挨著懸崖峭壁腳下。卸下我們的身體的負擔後，牠就像箭離弦似地消失不見。

1　野獸指格呂翁（Geryon）。根據古希臘神話，格呂翁是一個巨人，住在西方日沒處的厄律提亞（Erythia）島上，沒有凡人敢和他作戰，半神半人的英雄海克力士為了搶走他寶貴的牛群，在和他搏鬥中殺了他。在《埃涅阿斯紀》卷六，格呂翁作為「三個身體、若隱若現的怪物」，在冥界大門內出現在埃涅阿斯面前。古代神話和維吉爾的史詩都沒有將他描寫成欺詐者。他在中世紀傳說中才變成一個殘忍、狡詐的國王，總是裝出誠懇和善的面孔接待來客，隨後就狠毒地將人殺害。但丁憑藉豐富的想像力，在古神話、維吉爾史詩和中世紀傳說的相關描寫基礎上，重新塑造出格呂翁的形象，將他作為第八層地獄的守護者和欺詐的象徵。「翻山越嶺，摧毀城牆和武器」表明欺詐由於慣用陰謀詭計，因而具有難以抵抗的力量，既能越過所有天然障礙，又能突破任何人為防禦。「放臭氣熏壞世界」表明世上到處皆遭受欺詐之風的污染和毒害。

2　這話中動作的象徵寓意是：欺詐總隱瞞自己的目的。

3　「花紋和圓圈」象徵欺詐者欺騙他人時所用的種種陰謀、詭計、花招和圈套。

4　指中世紀在波斯及其鄰國的韃靼人和突厥人，以善於織紡出色彩鮮明、花紋美麗的織物而馳名。

5　阿剌克涅（Arachne）是神話中善於織布的少女，自恃技藝精巧，大膽地向女神密涅瓦（Minerva）挑戰比賽織布。她織出了一塊圖案對神挑釁、卻又精美無比的布，密涅瓦挑不出毛病，遂將這塊布扯得粉碎。阿剌克涅因絕望而上吊尋死，但密涅瓦救活她，將她變成蜘蛛，而她上吊的繩子就成了蛛絲。

6　在但丁的時代，海狸主要多在現今的德國境內。「海狸擺好架勢，準備作戰」是指海狸準備捕魚時的姿態。據傳海狸在捕魚時會將身子趴在岸上、尾巴伸進水裡來回擺動，並從尾巴內分泌一種油脂作為誘餌。但丁以小船和海狸這兩個比喻，具體說明格呂翁身體趴在第七層地獄的邊沿，而尾巴懸在深淵上空的景象。

7　指環繞第七層地獄沙地的石頭邊沿。

8　「我們的路得稍微拐點彎兒」意即我們得稍微向右轉；但丁和維吉爾在地獄裡一直都是向左走，僅有兩次例外：一次是在第六層地獄裡曾向右轉，從燒得灼熱的石棺和狄斯城城牆之間走過去；另一次就是在這裡，這次「向右邊走下堤去」，是因為左邊是弗列格通河和它形成的瀑布，不可能向左轉。

9　這一群人是放高利貸者的靈魂。

10 意即痛苦使得他們的眼淚奪眶而出。

11 這個用動物比擬人的比喻，透過細節描寫，表達出詩人對高利貸者的厭惡和鄙視。

12 每個人的錢袋顏色和圖案都與其家族紋章相同。注釋家托瑪塞奧指出，為了把詩人對骯髒的貴族的嘲諷帶到地獄，這是一記巧妙的藝術手段。「他們的眼睛似乎都在飽看自己的錢袋」，是一句意味深長的詩。注釋家牟米利亞諾指出：「高利貸者的人生完全集中在這注視錢袋的目光之中，他們塵世生涯的所有內容和意義全都在錢袋裡。」

13 金底藍獅紋章是佛羅倫斯著名貴族吉安菲利阿齊（Gianfigliazzi）家族的紋章，這個家族屬貴爾弗黨，在貴爾弗黨分裂成黑白兩黨後，屬於黑黨。許多早期注釋家認為，脖子上掛著這個錢袋的人是卡泰羅·吉安菲利阿齊（Catello Gianfigliazzi），他本人和其兄弟及堂兄弟都在法國放高利貸。

14 這句話使用了大膽而古怪的比喻，含義是：當我繼續看下去時。

15 紅底白鵝紋章是佛羅倫斯世系悠久的貴族奧勃利雅齊（Obriachi）家族的紋章。這個家族屬吉伯林黨，一二五八年遭到放逐。據注釋家拉納說，「這個家族同樣是高利貸者」。一位早期無名氏注釋家認為，但丁在這裡指的是該家族一個名叫洽波（Ciapo）的人。有文獻證明，一個名為洛科·奧勃利雅齊（Locco Obriachi）的人一二九八年在西西里放高利貸。

16 白底母豬紋章是帕多瓦著名的斯科洛維尼（Scrovegni）家族的紋章。多數注釋家認為，和但丁說話的人是惡名遠揚的高利貸者雷吉納多·斯科洛維尼（Reginaldo Scrovegni），此人利欲熏心，貪得無厭；他的兒子阿里格（Ariigo）也是高利貸者，為了替父親贖罪，修建了著名的斯科洛維尼教堂，當中壁畫出自喬托（Giotto）手筆。

17 「鄰人」意即同城的人。多數早期注釋家認為，是指維塔利阿諾·戴爾·敦忒（Vitaliano del Dente），一三〇四年，他任維琴察最高行政官，一三〇七年任帕多瓦最高行政官。但據當時的歷史學家說，他為人慷慨大方。

18 指佛羅倫斯貝齊（Becchi）家族的吉安尼·布亞蒙忒（Gianni Buiamonte），一二九三年，任佛羅倫斯市長，一二九八年後，被稱為騎士。他是靠高利貸致富的銀行家，後來因賭博破產，而且因詐騙而被判罪，死於一三一〇年。他的家族紋章是金底襯托三隻黑鳥喙的圖案。「偉大騎士」是諷刺話，「把嘴一咧，像舔鼻公牛似地伸出舌頭」，是嘲笑的姿態。

19 在此之前，但丁和維吉爾都是憑一己之力，在地獄裡逐層往下前進，未借助外力；但到達最後兩層地獄和從地球中心前往達南半球時，會需要借助外力或階梯。

20 但丁是活人，身體有重量。

21 根據古希臘神話，法厄同（Phaëthon）是日神赫利俄斯（Helios）的兒子，他堅持要駕著父親的駟馬車輦在天空遊玩一天，日神再三勸阻，他都不聽，最後只能勉強答應。四匹飛馬奔向天空後，法厄同不知道路在哪裡，也控制不了飛馬，不禁驚慌失措，車輦駛到天蠍座時，「他看見大蠍彎著兩條臂，像一對弓似的，長長的尾巴，其餘的臂膊向兩面伸開，身上冒出黑色的毒汁，想用彎彎的尾巴螫他，他嚇得渾身發冷，失去知覺，撒開了手裡的韁繩」（奧維德《變形記》卷二），四匹馬無人駕馭，就在天空任意馳騁，使得「天空從南極到北極都在起煙」。為了防止大火燒毀一切，宙斯以雷電擊斃了法厄同。「天穹至今仍看得出燒灼的痕跡」，指的是銀河。

22 據古希臘神話，伊卡洛斯（Icarus）是雅典的巧匠代達羅斯（Daedalus）的兒子，代達羅斯因殺人被判死刑，遂帶著兒子逃往克里特島。克里特王米諾斯為了利用他的巧技，便將島嶼周邊的船隻全數封鎖，不准他離開島上。代達羅斯於是採集許多鳥羽，按大小長短排列整齊，用線和黃蠟串起羽毛，略微扭彎，就像真正的鳥翅。他將一對人工翅膀縛在身上，又將另一對裝在兒子肩上，然後鼓起雙翼，飛上天空。他在前面引導兒子跟著他飛。伊卡洛斯越飛越膽大，越飛越高興，最後「拋棄了引路人，直向高空飛去。離太陽近了，太陽熾熱的光芒將黏住羽毛的芬芳黃蠟烤軟、烤化，伊卡洛斯兩臂空空，還不住上下拍打，但是沒有長槳一般的翅膀，也就撲不著空氣。他淹死在深藍色的大海裡」（奧維德《變形記》卷八）。

23 「誘餌」原文是「logoro」；這是一種鷹獵用具，把兩隻鳥翼綁在一根小木棍上，搖動起來就像活鳥兒似的，鷹獵者用它來招回獵鷹。

24 意即「我很不高興你下來了。」獵鷹沒看到誘餌、也沒看到飛鳥，就飛了下來，使得獵人不滿；由於沒抓到獵物，知道獵人不滿，獵鷹自己也很生氣，所以飛起時扶搖直上，異常迅速，飛下來時無精打采，緩慢盤旋，最後，怏怏不樂地落在離主人遠遠的地方。但丁用這個比喻比擬格呂翁放下兩位詩人時的情景。

第十八章

地獄裡有一個地方，名為惡囊[1]，此地和周圍圓牆同為鐵色的石頭構成。這萬惡的地域正中央，是一眼極大極深之井的井口，關於這個井的構造，到適當的地方再講[2]。這口井和高大的石牆牆根之間的地帶自然是圓形的，這個地帶的地面被劃分成十條壕溝。為保衛城牆而以一道道城壕圍住城堡，這種城壕所在處呈現何種地形，這裡的壕溝也會呈現出類似的地形。正如同這樣的城堡都有一些小橋從城門直通到最靠外的堤岸，這裡同樣也有一些石橋從石牆腳下伸展出去，橫跨堤岸和壕溝，直通井邊，被井切斷，並且在井口匯集[3]。

我們從格呂翁的背上下來之後，就發現自己置身在此地；詩人向左走去，我在後面跟著。我從右側看到新的悲慘景象、新的酷刑和新的鞭打者，充滿第一惡囊。惡囊底的罪人全都赤身露體；從當中劃界，這一邊的罪人都朝我們迎面走來，那一邊的都和我們往同一方向走去[4]，但腳步比我們的大。如同羅馬人因大赦之年巡禮者隊伍眾多，而想出讓人過橋的辦法：凡是面朝城堡、要去聖彼得教堂的人都走這一邊，朝著山走去的，都走那一邊。我看到這邊和那邊的灰暗岩石上都有長角的鬼卒手執大鞭子，正在後面殘酷地鞭打那些罪人[5]。哎呀，鞭子一揮，便打得他們抬起腳跟就跑，確實無人等著挨第二或第三下。

我看到這邊那邊的灰暗岩石上都有長角的鬼卒手執大鞭子，正在後面殘酷地鞭打那些罪人。

我朝前走著，瞥見一個罪人，便立刻說：「這個人我似乎見過。」因此，我停下腳步端詳；和善的嚮導隨我一同止步，而且同意我稍微往回走幾步。那個遭到鞭打的罪人低頭想隱藏自己，但並無用處，因為我說：「啊，將目光投向地上的人，若是你顯現的面貌並非虛假，那麼你就是維奈狄科．卡洽奈米科[6]。然而，是什麼罪令你要吃這種苦頭？」

他對我說：「我不願意說；但你明確的話令我想起了過去的世界，迫使我開口。我就是引誘吉索拉貝拉去順從侯爵意願的那個人，不論這件可恥的事眾人如何傳說[7]。在這裡哭泣的波隆那人不只有我；恰恰相反，這地方的波隆那人滿坑滿谷，即使薩維納河和雷諾河之間的地區[8]，現在也都沒有這麼多學會說「sipa」的舌頭[9]；關於這點，你若是想要可靠的證據，那就回想一下我們的貪心吧[10]。」在他這麼述說之際，一個鬼卒拿起皮鞭抽打他，說道：「滾吧，拉皮條的！這裡沒有女人可騙[11]。」

我回到我的護送者那裡；我們稍微走幾步，便來到懸崖峭壁底下有岩石突出形成一座石橋之處。我們輕易就登上石橋；上了石橋的陡坡往右轉，便離開了那些永恆的圈子[12]。

當我們來到下面開著橋洞，讓被鞭打的罪人可通過的地方時[13]，我的嚮導說：「你站住，讓這另一隊生得不幸的鬼魂[14]的目光投射到你身上。你還未見到他們的面孔，因為他們所走的方向和我們相同。」

我們從古橋上望著從另一邊朝我們走來的一隊鬼魂，他們同樣被鞭子驅策著[15]。善良的老師不等我問，就對我說：「你看，走來的那個偉大靈魂，似乎不因痛苦而落淚：他還保持著何等的王者氣概呀！那人就是憑藉勇氣和智慧，讓科爾喀斯失去了公羊的伊阿宋[16]。當楞諾斯島上強悍無情的婦女殺盡她們的男人後，他路過那座島。在那裡，他以傾心愛慕之姿和花言巧語，欺騙了那個先前欺瞞其他婦女的少

從那地方，我看見底下的溝內有許多罪人浸泡在一片似是來自人間茅廁的糞便中。

女許普西皮勒。他讓她懷了孕後，撇下她孤伶伶地在那裡[17]；如此罪孽罰他受此苦刑，這也給美蒂亞報了仇[18]。凡是有這種欺騙行為的，都與他一同走著；關於這第一谷和被它咬住不放的人[19]，你知道這些就已足夠。」

我們已來到這條狹路與第二道堤岸交叉，讓堤岸形成了另一座拱橋橋臺的地方。從這裡，我們聽見第二囊裡的人呻吟著，他們用嘴鼻噗噗地吹氣，用巴掌打著自己[20]。堤岸的斜坡上布滿一層因下方的氣味蒸發而凝結在此形成的黴，令眼睛看到、鼻子聞到都難以忍受。那谷底如此之深，除非登上石橋最高處拱券的脊背，沒有其他地方能看得見。我們去到那裡；從那地方，我看見底下的溝內有許多罪人浸泡在一片似是來自人間茅廁的糞便中。

我向下觀察時，看見一個罪人頭上被糞汁泡得極其污穢，簡直看不清他是僧是俗。他向我喝道：「你幹嘛這樣貪看我，比看其他骯髒的人還更仔細？」我對他說：「因為我若是沒記錯，我在你頭髮乾時就見過你。你是盧卡人阿萊修．殷特爾米奈伊[21]，所以我對你的注視更甚對於其他罪人。」他於是拍拍自己的腦袋說：「我的舌頭說不夠的阿諛諂媚話，讓我沉沒在這裡了。」

隨後，我的嚮導對我說：「你使盡目力再稍微看向前邊，讓眼睛清楚看到那個披頭散髮、骯髒的娼妓的臉，她正在那兒用骯髒的指甲抓著自己，時而蹲下，時而站起。她就是妓女泰伊思[22]，她的情人問她：『你很感謝我嗎？』那時她答說：『簡直是千恩萬謝！』我們看到這裡就夠了。」

她就是妓女泰伊思，她的情人問她：「你很感謝我嗎？」那時她答說：「簡直是千恩萬謝！」

1 「惡囊」（Malebolge）意即「裝滿罪惡的口袋」，是第八層地獄的名稱。凡是對並非信任自己的人犯下欺詐罪者，死後靈魂都在這裡受苦。這層地獄是個圓形的廣大地區，四周有懸崖峭壁圍繞，形成一道圍牆，地面和圍牆都是鐵色，即深灰色的岩石。

2 這口井底是第九層地獄，要到第三十二章才會談及這口井的構造。

3 由於圍牆是圓形的，牆根和井之間的地帶因此也是圓形的。這個地帶的地面劃分成十條壕溝，以那口井為中心，一條壕溝套著另一條壕溝，形成了十個惡囊，有十種不同罪惡的靈魂分別在其中受苦。壕溝與壕溝之間當然有堤岸隔開。為了具體說明第八層地獄的地形，讓讀者有如身臨其境，但丁採用現實生活中常見的事物作為比喻。中世紀的城堡四周都有城壕，也就是護城河，做為防守之用；城門口都有吊橋通到城壕最靠外的堤岸；在第八層地獄裡，從懸崖峭壁腳下到當中的深井之間，有許多座由岩石構成的天然石橋橫跨那十條壕溝；但丁就用中世紀城堡的城壕和吊橋，比擬第八層地獄裡的壕溝和天然石橋。「被井切斷，並且在井口匯集」意即所有石橋都通到井邊為止，而且在此集中，就像車輻集中於車轂。

4 第一條壕溝（第一惡囊）以壕溝正中為界，分成兩個大小相等的圓形場地，受懲罰的鬼魂分成兩隊，各在一個場地內，朝著彼此相反的方向前進；走在靠兩位詩人所走的堤岸這一邊的，是犯淫媒罪者，他們和兩位詩人走的方向相反，所以但丁看得見他們的臉；走在另一邊的是誘姦者，他們和兩位詩人所走的是同一方向，所以但丁要到橋上才能看見他們的臉。犯淫媒罪者是勸誘婦女去滿足別人的情欲，誘姦者則引誘婦女來滿足自己的情欲，這二者的共同點是都以欺騙手段達到罪惡的目的，讓他人受害，因而都犯下欺詐罪，同在第一惡囊中受苦。

5 為了說明第一惡囊中犯淫媒罪者和犯誘姦罪者各成一隊，彼此朝相反方向前進的情景，但丁使用了當時的讀者會記憶猶新的重大事件中的情景為比喻：教皇波尼法斯八世宣布一三〇〇年為大赦年，當時歐洲各國前往羅馬朝聖的信徒人山人海；當地的聖天使堡橋（ponte di Castel S. Angelo）是台伯河上唯一直接通往聖彼得教堂的橋，為了避免橋上行人擁擠，交通阻塞，臨時在橋當中建起一道矮牆，將橋隔成兩半；前往聖彼得教堂朝聖的人從一邊過橋，而從聖彼得教堂朝聖回來的人則從另一邊。「面朝著城堡」意即面朝著聖天使堡，是前去聖彼得教堂的方向；「朝著山走去的」則指從聖彼得教堂回來的人；「山」指位於台伯河彼岸、正對著聖天使堡的小丘喬爾達諾山（Monte Giordano）。「這一邊」和「那一邊」指第一條壕溝從當中劃分成的兩部分；「灰暗的岩石」指鐵色的岩石構成的溝底。

6 維奈狄柯・卡治奈米科（Venedico Caccianemico, 1228-1302）是波隆那人，出身有錢有勢的家庭。他是屬貴爾弗黨的吉勒美伊（Geremei）家族集團的首領，一二七四年戰勝屬吉伯林黨的蘭伯塔齊（Lambertazzi）家族集團，並將該集團的首領逐出了波隆那。他曾擔任種種要職，一二八七年和一二八九年，由於贊助斐拉拉的埃斯泰（Este）侯爵對波隆那的政治野心，先後兩次遭到流放。返回家鄉後，一二九四年訂下兒子蘭伯提諾（Lambertino）與侯爵阿佐八世的女兒科斯坦察（Costanza）的婚約，使自己家族與埃斯泰家族的關係更加密切。一三〇一年，他再次遭到放逐，死於隔年。但丁大概認為他死於一三〇〇年之前。

7 吉索拉貝拉（Ghisolabella）是維奈狄柯的妹妹，嫁給斐拉拉人尼科洛・馮塔納（Niccolò Fontana）為妻，死於一二八一年。維奈狄柯勸誘吉索拉貝拉與侯爵私通，注釋家萬戴里認為，此舉也是為求與埃斯泰家族的建立關係的政治目的。這個侯爵是指奧比佐（Obizzo）二世還是阿佐八世，尚無定論，現代注釋家大多數認為指前者，因為史籍中說他道德敗壞。維奈狄柯幹的這一罪惡勾當，雖然不見於史籍和文獻，但從詩中「不論眾人如何傳說這件可恥的事」這句話來看，當時在義大利已輾轉流傳到許多地區。但丁在何時何地見過維奈狄柯，難以確定。據注釋家推測，大概是在一二八七年以前，詩人青年時代在波隆那求學期間。

8 「薩維納河和雷諾河之間的地區」指波隆那地區。

9 「sipa」是義大利語連系動詞 essere（意思為「是」）的第三人稱單數虛擬式現在時，出現在古波隆那方言中的形式（現代方言則為 sepa），相當於標準義大利語的 sia；「學會說 sipa 的舌頭」意即從咿呀學語時就學會說 sipa 的人，也就是波隆那人。全句大意是：因犯了淫媒罪，死後在這裡受苦的波隆那人，比波隆那地區活著的波隆那人還多。

10 但丁透過維奈狄柯之口，揭發波隆那人的貪婪本性。他認為，貪欲是世上萬惡的根源，所以一再加以揭發批判。

11 原文是「qui non son femmine da conio」，注釋家對此有兩種不同解釋：有人認為其含義是：「這裡沒有女人可以供你拉皮條賺錢的」；有人認為含義是：「這裡沒有女人可以欺騙」；前者將「conio」解釋為「moneta」，指錢，強調貪婪是所犯罪行的根本原因；後者則解釋為「inganno」，指欺騙，強調欺騙是所犯罪行的本質。

12 可以想像，這些天然石橋都是拱橋，「陡坡」指拱券的陡坡。「永恆的圈子」含義隱晦，注釋家有種種不同的解釋：畢揚齊（Bianchi）、萬戴里和巴爾比都認為是指那些被鞭打、永遠不停在壕溝裡轉圈的鬼魂。反對這種解釋的學者指出，但丁和維吉爾不但沒有離開受鞭打的鬼魂，而且還走上石橋去看他們。佩特洛齊（Petrocchi）說，兩位詩人登上石橋就可說是離開了那些鬼魂，但如此解釋很勉強，說服力不足。彼埃特羅波諾和薩佩紐都認為是指第八層地獄周圍的懸崖峭壁所形成的圍牆（因為地獄永遠存在，所以詩人用「永恆」一詞形容這道圍牆）。彼埃特羅波諾還說，如果不想放棄第一種解釋，將「永恆的圈子」專指犯淫媒罪者所轉的圈子，就說得通。

譯者認為，這麼解釋頗能自圓其說，因為兩位詩人上橋後，注意力就轉移到誘姦者的隊伍，因此可說是離開了那些犯淫媒罪者的鬼魂。

13 指拱券頂上，也就是弧形橋洞的最高處。

14 意即入地獄受苦者。

15 這一隊是犯誘姦罪者的鬼魂。

16 伊阿宋（Iason）是古希臘神話中乘坐名叫阿爾戈（Argo）的大船前往黑海東岸的科爾喀斯（Colchis）去取金羊毛的英雄。

17 伊阿宋和他的夥伴們途中路過楞諾斯（Lemnos）島時，島上婦女由於憤恨丈夫們從外地帶寵愛的女人回家，將島上所有男人全數殺光。島上的女王許普西皮勒（Hypsopyle）是個美貌的少女，伊阿宋和她產生愛情，讓她懷了孕，她允許他和他的一眾夥伴留在島上，然而伊阿宋最終狠心遺棄了她。「先前欺瞞其他婦女」指當初殺死島上所有男人時，許普西皮勒暗地救出了自己的父親托阿斯（Thoas），將他藏在箱子內，扔在海上任其漂流，但沒讓其他婦女知道（事見奧維德的《列女志 *Heroides*》第六篇書信和斯塔提烏斯的《底比斯戰紀》第五卷）。

18 美蒂亞（Medea）是科爾喀斯國王的女兒，和伊阿宋相愛，幫助伊阿宋取得她父親的寶藏金羊毛。她為了愛情叛離自己的家鄉，隨伊阿宋逃回希臘，和他正式結婚，生下兩個兒子。後來，伊阿宋愛上了科林斯（Corinthus）王國的公主，遺棄了美蒂亞，改娶公主為妻。美蒂亞設計報仇，送了一件金袍給這位公主，她穿上後被衣服上的毒藥毒死，國王抱住她時也中毒而死；不僅如此，她還當著伊阿宋的面前殺死她和他所生的兩個兒子，然後逃走（事見《變形記》卷七和《列女志》第十二篇書信）。伊阿宋在地獄裡受懲罰，意味著給美蒂亞報了仇。

19 「第一谷」即第一壕溝（第一惡囊），隱喻「咬住不放」說明第一谷將罪惡的靈魂圈在裡面加以懲罰，就好像嘴咬住食物咀嚼似的。

20 第二惡囊裡的人是犯諂諛罪者。「嘴和鼻子」原文是 muso 指獸類的口鼻部，借用來指人的嘴和鼻子，表示詩人對這些罪人的輕蔑。由於浸泡在屎尿當中，他們就像豬在吃食時似地用口鼻噗噗地吹氣。「用巴掌自己打自己」是痛苦和絕望的表現。

21 阿萊修．殷特爾米奈伊（Alessio Interminei）出身盧卡貴族，屬白黨，生平事跡不詳，文獻證明他一二九五年還在世，大概以後不久就死了。

22 泰伊思（Thais）是古羅馬泰倫提烏斯（Terentius，約 195 BC-159 BC）的喜劇《閹奴 *Eunucus*》中的人物，是一名雅典名妓。在劇本第三幕第一場中，泰伊思的情人軍人特拉索（Thraso）透過拉皮條的格納托（Gnatho）贈給她一名女奴。他問格納托：「那麼，泰伊思很感謝我嗎？」格納托回答說：「千恩萬謝。」西塞羅在《論友誼》第二十六章中引用了這兩句問答的話，將這段答話作為謏辭的例子。但丁在詩中將格納托的答話改放在泰伊思口中，好像問答是在特拉索和泰伊思之間進行，這足以證明他的詩句根據的不是泰倫提烏斯的劇本中的對話，而是西塞羅的引文。

第十九章

啊，術士西門[1]，啊，西門可鄙的徒子徒孫[2]，上帝的事物理當是與善結合的新娘[3]，你們這些貪得無厭的人，卻為了金銀非法買賣這些事物，現在該為你們吹響喇叭了[4]，因為你們是在第三惡囊裡。

我們來到下一道壕溝，已登上石橋下臨壕溝正中之處。至高的智慧呀，你在天界、地上和這罪惡世界顯示的神工何等偉大！你的權力在賞罰分配上多麼公正[5]！

我看見壕溝兩側和溝底的青灰色石頭上滿布孔洞，這些孔洞全都一樣大，每個都是圓的。依我看來，和我那美麗的聖約翰洗禮堂中為施洗而作的那些孔洞相比，既不大也不小；不過幾年前，我還曾破壞其中一個，好救出一個掉進去、就快悶死的人[6]：且讓此話成為證明事件真相的印信，讓所有人都不受欺騙[7]。

每個洞口都露出一個罪人的兩隻腳，雙腿直到大腿處都露出，身體其餘全在洞裡。所有罪人的兩腳腳掌都燃著火；因此，他們的膝關節抖得厲害，會把柳條繩和草繩都掙斷。一如有油的東西燃燒時，火焰通常只在表面浮動，在那裡，他們從腳跟到腳尖著火的情況也是如此。

我說：「老師，那個抖得比同夥們更劇烈，顯得痛苦不堪，被更炙紅的火焰燒著的人是誰？」他對我說：「你若是願意讓我沿那道較低堤岸的斜坡下去，帶你去到那裡，你就會從那人口中知道他和他的

受苦的靈魂哪，你頭朝下像根木樁似地倒插在那裡，不論你是誰，要是你能開口，就說話吧。

罪行。」我說：「你高興怎麼做，都符合我的心願：你是我的主人，知道我不會背離你的意旨，還知道我沒說出口的心思。」

於是，我們來到了第四道堤岸[8]；向左轉身走下堤去，走到滿布孔洞、道路狹窄難行的溝底。善良的老師將我抱至那用腿在哭泣的人[9]的孔洞附近，才從腰間將我放下。

「受苦的靈魂哪，你頭朝下像根木樁似地倒插在那裡，不論你是誰，要是你能開口，就說話吧[10]。」我站在那裡，像教士聽不忠的刺客懺悔，這刺客被倒栽插進坑裡後又把教士喚回，為了免於死刑[11]。

這個罪人喊道：「你已經站在那兒了嗎，你已經站在那兒了嗎，波尼法斯[12]？書上的話騙了我，時間差了好幾年[13]。難道你這麼快就已對那些財富感到煩膩？你為了撈到這些財富，不怕用欺詐手段迎娶那個美女，然後辱沒她[14]。」

聽了這番話，我就像因為對於答話感到莫名其妙而杵著，尷尬困惑，不知如何回答才好的人。

這時，維吉爾說：「你快對他說：『我不是他，我不是你所指的那個人。』」我依照他的囑咐回答。那鬼魂的雙腳因此扭動起來，繼而便嘆息著用哭聲對我說：「那麼，你對我有何要求？如果你那麼迫切想知道我是什麼人，迫切到為此走下堤岸來到這裡，那麼你要知道，我曾穿過大法衣呀[15]；我真是母熊之子，為了讓幼熊們得勢，我那麼貪得無厭，使得我在世上將錢財裝進私囊，在這裡將自己裝入囊中[16]。我頭底下是在我之前犯了買賣聖職罪而被拖進孔洞的其他人，他們一個壓著一個，擠在石頭縫裡躺著[17]。等到那個人一來，我也要掉到那底下去。方才我突然問你，還以為你就是那個人[18]。但我這樣身體倒栽、雙腳被火燒著的時間，已比他將被倒栽、兩腳燒得通紅的時間長了[19]：因為在他之後將會有一個無法無天、行為更醜惡的牧人來自西方，這個牧人會將他和我都蓋上[20]。此人將是《瑪喀比傳》中所講的新伊阿宋；一如伊阿宋的國王俯就伊阿宋，當今統治法國的君主也將這麼對他[21]。」

我不知道我在這裡是否太過莽撞，因為我只用這般腔調回答他：「現在請你告訴我，我們的主在將鑰匙交予聖彼得保管之前[22]，先向他要了多少錢？當然了，除了說：『來跟從我』[23]以外，祂什麼都沒要求。當馬提亞獲揀選去填補那罪惡的靈魂所喪失的位置時[24]，彼得和其他人可都沒向他索討金銀。所以，你就待在這裡吧，因為你罪有應得；你就好好守住那些讓你膽敢反對查理的不義之財吧[25]。若非對你在歡樂人世間所掌管的至高無上之鑰所懷的敬意仍阻止我，我還要用上更嚴厲的言語；由於你們的貪婪，世界陷於悲慘境地，將善人踩在腳下，將惡人提拔上來。福音書的作者看見那個坐在眾水上和國王們行淫的女人時，就已預見你們這樣的牧人；那女人生來就有七顆頭，只要她丈夫愛好美德，她就一直能從那十個角吸取活力[26]。你們將金銀作成神；你們和偶像崇拜者有何不同，除了他們崇拜一個，而你們崇拜一百個[27]？君士坦丁呀，不是你改變信仰，而是第一個富裕的父親從你手中拿到布施，成為多少禍患之母啊[28]！」

當我向他唱出這些調子時，不知他是受了怒氣抑或良心的刺激，雙腳一直劇烈踢蹬著。我確信這令我的嚮導感到高興，他一直面帶滿意的表情，注意聽著我坦率說出實話的聲音。因此，他雙臂抱住我；當他完全將我抱在懷中後，便沿著下來時所走的路重新上去。他緊緊抱著我，並不嫌累，這麼將我直直帶到第四道堤岸通向第五道堤岸的拱橋頂。他在這裡輕輕放下他的負擔，輕輕地，因為石橋崎嶇陡峭，就連對山羊而言也難以通過。從那裡，我瞥見另一道山谷展現在我眼前。

1　行邪術的西門（Simon Magus）見撒馬利亞人信了基督教，自己也信了，而且受了洗；他看見使徒將手按在信徒頭上便有聖靈降臨在他們身上，「就拿錢給使徒，說：『把這權柄也給我，叫我手按著誰，誰就可以受聖靈。』彼得說：『你的銀子和你一同滅亡吧，因你想上帝的恩賜是可以用錢買的。』」（見《新約・使徒行傳》第八章）。買賣聖職罪（simonia）一詞，正源自想用錢買上帝恩賜權柄的術士西門之名。

2　指犯買賣聖職罪者。

3　「上帝的事物」指聖職；「理當是與善結合的新娘」意即應當授予有德之人。

4　按照中世紀習俗，大聲宣讀公告的人在宣讀之前，會先吹響喇叭引起市民注意；根據基督教傳說，上帝進行最後審判時，先由天使吹起號角召集所有受審者；這二者皆可能是但丁的詩句所本，意即現在該宣布你們的罪狀了。

5　「至高的智慧」是三位一體的上帝的屬性之一。「罪惡世界」指地獄。但丁既讚嘆上帝創造諸天、大地和地獄的偉大神工，又讚嘆他獎善懲惡的公正嚴明。

6　指佛羅倫斯的聖約翰洗禮堂。但丁誕生後就在此受洗，對它懷有特殊感情，在被流放時期，這種感情與思鄉之情相結合，因而更加深厚，所以《神曲》中不止一次提到這座教堂。注釋家對「為施洗而做的那些孔洞」含義有兩種不同的解釋：有的認為，那些孔洞是為了施浸禮用的（但丁時代的施洗還是施浸禮）；有的則認為，那些孔洞是施洗的教士們所站的地方，因為當時每年一般只舉行兩次施洗儀式（一次在復活節前一週的星期六，一次在聖靈降臨節前一天），許多人都會把孩子帶來領洗，施洗的教士站在孔洞內，既可避免擁擠，又便於在中間的大洗禮盆中施浸禮。關於這兩種說法的是非，迄今尚無定論，因為聖約翰洗禮堂內的舊洗禮盆，已在一五七六年為了給托斯卡那大公弗蘭齊斯科一世的兒子施洗而被徹底拆除。但前一種說法最初是佛羅倫斯的無名氏注釋家在他的《最佳注釋 *Ottimo Commento*》中提出的。他說：「以佛羅倫斯的守護神聖約翰命名的教堂……大約在其正中有一些如下列圖形的洗禮盆；這些洗禮盆的大小，每個都放得進一個男孩。有一次，但丁在場時，一個男孩進入洗禮盆，不巧孩子兩腿交叉著架在盆底，要把他拉出來，就得破壞洗禮盆。但丁做了這件事；這現在還看得出來。」這位注釋家熟悉佛羅倫斯的事物，又和但丁相識，他的話是可信的。一九六五年，比斯托亞（Pistoia）的聖約翰洗禮堂中發現一只一二二六年製造的洗禮盆，經專家鑒定，其構造和《最佳注釋》中的附圖完全相符，足以證實這種說法是正確的。

7 當時大概有人曲解了但丁為了救人而破壞（或使人破壞）洗禮池的事實，將此舉說成是褻瀆聖物的行為，不明真相的人難免受到欺騙。但丁為此在詩中附帶說明了自己當時的動機，以澄清事實，消除他人的誤解。詩人希望自己的話能像足以證明文件真實性的印信，換句話說，就是能讓真相大白。

8 兩位詩人過了天然石橋，來到第三道和第四道壕溝之間的堤岸上。

9 這句話帶有嘲諷意味，和上段「抖得更劇烈，顯得痛苦不堪」那句話含義大致相同。

10 這是教皇尼古拉三世的靈魂。他的姓名是喬凡尼·喀埃塔諾·奧爾西尼（Giovanni Gaetano Orsini），一二七七年至一二八〇年日在位，歷史家一致斥責他買賣聖職，重用親族。

11 「像教士聽不忠的刺客懺悔」：這個比喻帶有極其尖銳的諷刺意味，因為通常都是由教士聽俗人懺悔，現在反倒是俗人但丁在聽教皇懺悔。中世紀處死受人雇用的刺客，一般都是將他頭朝下活埋。「為了免於死刑」這句話，大多數注釋家都解釋為：罪犯叫教士回來，補充懺悔一些罪行，使死刑稍稍推遲，爭取再多活一會兒。但帕利阿羅（Pagliaro）從刺客「assassino」一詞的詞源出發，提出另一種解釋。他說：「Assanssini（刺客派）是伊思馬因教派（Ismaliri），其成員喝了 hashich（麻葉酒，這個詞是 assassino 的詞源）後，根據其首領『山中老人』（il Veglio della Montagna）的命令，膽大包天地行凶作惡。他們至死都盲目服從他們都首領。」他認為，刺客的特點就在於對其主使者無限忠誠；詩中所說的「不忠的刺客」，是指那種叛賣其主使者的刺客，把教士叫回來，是為了向他說出主使者的姓名，或者一些仍未交代的罪行，以求免於一死。這種說法頗有說服力，。

12 「波尼法斯」指教皇波尼法斯八世，他的姓名是貝奈戴托·卡埃塔尼（Benedetto Caetani），一二九四至一三〇三的在位期間好大喜功，貪得無厭，買賣聖職，重用親族，極力擴大自己的政治勢力，企圖建立神權統治，在和自家家族的仇敵進行的鬥爭中，曾要求佛羅倫斯提供軍援。白黨和但丁都阻止佛羅倫斯支持這種為家族私利而進行的鬥爭，結果完全失敗。不僅如此，此人還派遣法國瓦洛亞伯爵查理（Charles de Valois）暗助黑黨戰勝白黨，奪取佛羅倫斯政權，致使但丁遭受放逐，永遠不能返回故鄉。波尼法斯八世對教會、義大利、佛羅倫斯和但丁本人都造成極大危害，因而成為詩人在《神曲》中的主要批判對象。

13 「書上的話」指預言未來的天書上稱說，波尼法斯八世注定死於一三〇三年十月十一日（這是史實，詩人假托是預言）。但丁虛構的地獄之行是在一三〇〇年春天，當時波尼法斯八世還活著，三年以後才死。入了地獄的人只知未來，不知現在的事，頭朝下、倒插在孔洞內的尼古拉三世誤認為站在洞穴旁說話的但丁，就是注定要在他之後被倒插在孔洞中受苦的波尼法斯八世，因此他說天書上的預言騙了他，時間差了好幾年。詩人藉著尼古拉三世的話宣布，在波尼法斯八世還活著的時候，地獄裡早已給他指定了位置。

14 「那個美女」指教會，中世紀的神秘主義者和神學家常以結婚為比喻，將教皇比擬成教會的新郎。「不怕用欺詐手段迎娶那個美女」指他膽敢以詐術勸誘策肋定五世退位，讓自己當選為教皇（參看第三章注11）。「然後辱沒她」指波尼法斯八世即位後買賣聖職，令教會聲名狼藉。

15 意即做過教皇。

16 「母熊的兒子」指尼古拉三世的家族姓熊（Orsini），在當時的文獻中，這個家族的成員被稱為「母熊之子」。「為了讓幼熊們得勢」意即為了擴張自己家族的勢力。尼古拉三世生前藉著買賣聖職、搜刮錢財來達到這個目的，死後靈魂墮入第八層地獄第三惡囊的孔洞裡受苦。他說自己「真是母熊之子」，因為在中世紀的動物寓言中，母熊一向被視為是習性貪婪、熱愛幼獸的動物；他生前貪得無厭，重用親族，就酷似母熊的習性。「將自己裝入囊中」，一些注釋家認為是指他在第三惡囊裡，另一些注釋家認為指他被倒插在孔洞穴裡，後者似乎更確切。

17 每個犯了買賣聖職罪者都頭朝下、倒插在孔洞裡，兩腿露出洞口，腳掌被火燒著，直到另一個犯同樣罪者來接替他為止。那時他會掉到穴底，和那些在他之前掉下去的罪人一起，一個壓著一個，擠在岩石縫裡躺著。

18 「那個人」指波尼法斯八世。

19 因為尼古拉三世死於一二八〇年，到但丁遊歷地獄的一三〇〇年，這之間倒插在洞裡已有二十年之久；而波尼法斯八世死於一三〇三年十月，一三一四年四月就被克萊孟五世接替，倒插在洞穴中還不滿十一年。

20 前句指克萊孟五世。他是法國西南部加斯科涅（Gascogne）地區的人，在被選為教皇之前曾任波爾多大主教，因此詩中說他從西方來。「牧人」是《聖經》語言對所有教士的通稱，這裡指教皇。克萊孟五世的姓名是貝爾特朗·德·勾（Bertrand de Got）。他為人圓滑老練，在法國國王腓力四世與教皇波尼法斯八世的鬥爭中，左右逢源，保持平衡。在波尼法斯八世之後繼任為教皇的貝奈戴托十一世即位九個月後就死了。在腓力四世的操縱下，波爾多大主教貝爾特朗當選為教皇，稱克萊孟五世。他將教廷從羅馬遷到阿維農，從此教皇受制於法國國王達七十年之久，史上稱為「阿維農之囚」。他和尼古拉三世及波尼法斯八世一樣，買賣聖職，重用親戚，不僅如此，還將教廷遷離羅馬。對於神聖羅馬皇帝亨利七世前來義大利消除內爭，實現和平，他雖然表面上表示贊助，暗中卻勾結那不勒斯國王羅伯特阻撓亨利在羅馬加冕，致使亨利的計劃失敗告終。在但丁看來，克萊孟五世的這些罪行，比前兩任教皇更為嚴重，因此詩中說他是「無法無天、行為更醜惡的牧人」，也將他作為主要批判對象。「這個牧人會將他和我都蓋上」，意即克萊孟五世注定要繼尼古拉三世和波尼法斯八世之後被倒插在同一個孔洞裡。

21 《聖經》的逸經《瑪喀比傳 *Maccabei*》上卷第四章敘述了猶大祭祀長西門二世（Simon II）的次子，歐尼亞斯三世（Onias III）的弟弟伊阿宋（Iason）許給敘利亞安條克四世四百四十銀幣，藉此謀取祭祀長的職位。克萊孟五世為促使腓力四世支持自己登上教皇的寶座，便答應事成之後，法國全國五年內的什一稅都歸國王所有。他這種行徑和伊阿宋的故事如出一轍，因此詩中說他是「新伊阿宋」。正如敘利亞國王安條克四世俯允伊阿宋的請求一樣，法國國王腓力四世也將俯允他的請求。

22 耶穌對聖彼得說：「我要把天國的鑰匙給你」（《新約．馬太福音》第十六章）。

23 耶穌對聖彼得和他的兄弟聖安得烈（他們本是打魚的）說：「來跟從我，我要叫你們得人如得魚一樣」（《新約．馬太福音》第四章）。

24 「罪惡的靈魂」指猶大，他原是耶穌的十二門徒之一，因出賣耶穌而成叛徒，失去使徒資格。聖彼得要求弟兄們補選一人做使徒，他們選出了兩個人，一是約瑟，一是馬提亞，「眾人就禱告說：『主啊，你知道萬人的心，求你從這兩人中指明你所揀選的是誰，叫他得這使徒的位分，這位分猶大已經丟棄，往自己的地方去了。』於是，眾人為他們搖籤，搖出馬提亞來，他就和十一個使徒同列」（見《新約．使徒行傳》第一章）。

25 「查理」指西西里王安茹家族的查理一世。尼古拉三世想將侄女嫁給查理一世的侄子，但查理嚴詞拒絕，說：「他雖然穿著紅襪，他的門第不配同我們的門第聯姻，而且他的權力不是世襲的」（見維拉尼《編年史》卷七）。尼古拉三世為此懷恨在心，一直與查理為敵。「不義之財」是指尼古拉三世買賣聖職，侵吞教會的什一稅和地產進款所積累的錢財。這些不義之財加強了他的實力，讓他敢於大膽地反對查理，取消了查理的羅馬元老院議員頭銜，撤除他兼任的帝國駐托斯卡那代表的職務。當時還有一種傳說：尼古拉三世接受了拜占庭帝國的賄賂，參加了喬凡尼．達．普洛齊達（Giovanni da Procida）密謀反抗安茹王朝統治西西里島的計劃。這個計劃因西西里人民在一二八二年八月三十一日以晚禱鐘聲為號，在巴勒莫（Palermo）發動起義，消滅了安茹王朝在島上的駐軍而獲得成功。雖然現代歷史家指出尼古拉三世死於「西西里晚禱」事件前兩年，說他接受重金，參加密謀之說並非歷史事實，但維拉尼在《編年史》（卷七第五十七章）中相信這個傳說，但丁很可能也這麼相信，所以有些注釋家認為「不義之財」可能是指尼古拉三世從拜占庭帝國接受的賄賂。

26 「福音書的作者」指《約翰福音》的作者聖約翰，他在《新約·啟示錄》第十七章中說：「拿著七碗的七位天使中，有一位前來對我說：『你到這裡來，我將坐在眾水上的大淫婦所要受的刑罰指給你看。地上的君王與她行淫。住在地上的人喝醉她淫亂的酒。』我被聖靈感動，天使帶我到曠野去。我就看見一個女人騎在朱紅色的獸上，那獸有七頭十角，遍體有褻瀆的名號。」在《新約·啟示錄》中，大淫婦本來象徵信奉異教的羅馬，但中世紀一些異端、半異端，甚至一些渴望教會深入改革的正統基督徒的著作中，認為大淫婦指的是腐敗的教會。但丁採取了後者這種解釋，根據詩中所欲表達的思想內容，將《新約·啟示錄》中的女人和七頭十角的獸的形象合併起來，用七頭十角的女人象徵當時的教會。「在眾水上」原指騎在羅馬帝國所統治的各民族頭上，但丁用來指騎在信奉基督教的各族人民頭上。「和國王們行淫」指教皇們與各國君主狼狽為奸，爭權奪利，尤其指使教會受法國國王控制。「七個頭」原指羅馬發祥地的七座小山，但丁大概用來象徵聖靈對教會的七種恩賜（智慧、聰明、學問、訓誨、幸運、憐憫、敬畏上帝），或者象徵作為教會存在基礎的七種聖禮（洗禮、堅信禮、聖餐禮、補贖禮、臨終塗油禮、神職禮、婚禮）。「十個角」原指十個國王，這裡肯定指十誡。「她丈夫」指教會的丈夫，即教皇；只要教皇愛好美德，十誡就能被忠實地遵守，發揮其道德力量，使教會健全純潔。

27 「你們將金銀做成神」化用《舊約·何西阿書》第八章中的話：「他們（指以色列諸王）用金銀為自己製造偶像」；以色列諸王用黃金鑄造出一個牛犢來崇拜，也就是拜金。但丁斥責買賣聖職的教皇們崇拜金銀，不崇拜上神，而且比偶像崇拜者還壞，因為偶像崇拜者只崇拜一個偶像，買賣聖職的教皇則崇拜一百個，也就是說，他們崇拜無數的偶像，積累多少錢就崇拜多少。

28 「君士坦丁」指古羅馬君士坦丁大帝（Constantinus, 306-337 在位）。相傳，由於教皇席爾維斯特羅一世（Silvester I）治好了他的麻瘋病，他因而放棄異教，改信基督教，在希臘舊城拜占庭建立新都，定名為君士坦丁堡，並將羅馬贈賜給教皇，史稱「君士坦丁贈賜」（donazione di Constantino）。這個事件的文書一直流傳到一四五〇年，才被人文主義者羅倫佐·瓦拉（Lorenzo Valla）證明是偽造的。不過，但丁相信它的真實性，不僅在《神曲》中一再提到，而且在《帝制論》中還加以批判，闡明皇帝無權將世俗權力讓給教會，教會也無權接受這種權力，因為他斷定教會腐敗的根本原因在於教皇掌握世俗權力；「君士坦丁贈賜」是教皇執掌政權的開端，也是一切禍患的來源。「第一個富裕的父親」指教皇席爾維斯特羅一世（「父親」是教徒對所有教士的通稱），含有責備的意味，指責他違背了耶穌基督對使徒宣明的必須保持貧窮的教訓（見《新約·馬太福音》第十章），為後世貪財好利的教皇們開了例。

第二十章

我現在該作詩描述新的刑罰，為寫沉淪者的首部曲第二十歌[1]提供題材了。

我已完全做好準備，要去觀察展現在面前、被痛苦的淚水浸透的谷底；我看見人們默不作聲，流著淚，邁著世人在宗教儀式行列中唱連禱文時的行進步伐[2]，順著環形山谷走來。當我更往下俯視時[3]，發現人人下顎和胸膛頂端之間[4]全都令人驚駭地歪扭，因為他們的臉扭轉向著脊背，由於無法朝前看，只好倒著走。從前也許有人因為患了風癱，體形因而這樣完全歪扭，但是我沒見過、也不相信會出現如此情況。

讀者呀，但願上帝讓你能從閱讀我的詩篇獲得教益，現在請設身處地想一想，當我從近處見到人的形象歪扭成這番模樣，使得眼中淚水沿股溝浸濕了臀部，我怎能令我的面孔保持乾燥[5]。我倚著堅硬石橋的一塊岩石，的確哭了出來，這使得我的嚮導對我說：「你還像其他愚人那樣[6]？惻隱之心在此要徹底死滅了才存在[7]；還有誰較一個對神的判决感到憐憫的人更罪大惡極[8]？抬起頭來，抬起頭看看那個人吧，大地曾在忒拜人眼前為他裂開；為此，他們都喊道：『你要墜落到哪兒，安菲阿刺俄斯？為何你臨陣脫逃[9]？』他不停往下墜，直到落在抓住每個亡魂[10]的米諾斯跟前。你看，他把脊背變成了胸膛；因為當初他想向前看得太遠[11]，於是如今往後看，倒著走。

「你看泰瑞西阿斯，當他的肢體完全變形，由男變女時，他的模樣改變了；後來他得先用那手杖再次擊打那兩條交配中的蛇，才能恢復男人的鬚眉[12]。那個將脊背向著這人腹部的是阿倫斯[13]，他以卡拉拉人在山下屯居墾荒的盧尼[14]山中的白大理石中間的洞窟為住處，從那兒觀察星宿和海洋，他的視線不被任何東西遮住。

「那個頭髮披散遮住看不見的乳房，那邊身軀也長滿毛的女人，就是曼圖[15]。她走遍許多國土，後來定居在我出生之地[16]；所以我希望你聽我稍微講一下。在她父親去世和巴克斯的城變成奴隸後[17]，她長期漫遊世界。大地上，在美麗的義大利，那道封鎖了德意志、俯瞰提拉里的阿爾卑斯山腳下，有一個名叫貝納科的湖[18]。千條，或許千條以上的泉水流經加爾達、卡牟尼卡谷和平寧山之間的地區，注入上述的湖中[19]。湖心有一個地方，特蘭托的牧人，布里西亞的牧人，維羅納的牧人，若是路過，都可在那裡祝福[20]。美麗堅固的堡壘佩斯齊埃拉，為防禦布里西亞人和貝加摩人而建，坐落在湖岸最低處。貝納科的懷裡容納不下的水不得不全數傾瀉到這裡，成為一條河，穿過碧綠的牧場流下去。湖水一外流，就不再稱做貝納科了，直到在戈維爾諾洛注入波河為止，都喚作敏喬河[21]。它還沒流多遠，就找到一片低地，將那片低地變成一片沼澤；夏季某些時候經常水少[22]。那殘酷的處女走過這裡，看見沼澤中央有一塊沒有人煙的未開墾土地。為了避免接觸人類社會，她帶著她的奴僕留在那裡，施行她的法術，在那裡生活，並在那裡留下她的軀殼。後來，散居周圍的人紛紛聚集到那地方，那裡四面都有沼澤，因此安全牢靠。他們在她身後埋骨處建起那座城；為了紀念她作為最初選擇此地的人，他們沒有求助什麼占卜，便將之命名為曼圖阿。在昏庸的卡薩羅迪受到庇納蒙忒的欺騙[23]之前，城裡的住民原本更為稠密。因此，我囑咐你，如果聽到其他關於我的城市起源的說法，可別容許以偽亂真。」

我說：「老師，你的說法那樣確鑿，令我信服，使得其他說法對我而言都要成為已燒完的炭[24]。但是，你若是看到那些正朝前走的人當中有誰值得注意，就請為我說說那人吧；因為我的心又回過來，專注在這上面了。」

於是，他對我說：「面頰鬍鬚垂到黑黝黝肩上的那人，是個占卜家[25]，當初希臘男子走得空無一人，僅剩搖籃中的男孩[26]時，他曾在奧利斯與卡爾卡斯共同指出砍斷第一條纜繩的時間[27]。他名為歐利皮魯斯，我崇高的悲劇在某處[28]就講到他是這樣的人。你熟悉全詩，肯定熟悉這一點。另一個兩脅瘦成那樣的是邁克爾．司各特[29]，他確實會施妖術邪法。你看圭多．波納提[30]；你看阿茲頓忒[31]，他現在倒是寧可當初一直拿皮子和線幹活[32]，但已經後悔不及。你看那些邪惡的女人，她們拋棄了針梭紡錘，改做算命者；她們用藥草和人像施行妖術邪法[33]。

「不過，現在快走吧，因為該隱和他的荊棘已在兩半球的交界處，正要在塞維亞下面和海波接觸[34]；昨天夜裡[35]月亮已經圓了：你一定記得很清楚，因為在那座深林中，她曾一度令你受益[36]。」

他這麼對我說；邊說，我們就邊往前走。

1 「沉淪者」指地獄裡的靈魂。但丁在致堪格蘭德·德拉·斯卡拉的信中說：《神曲》「全詩分成三部曲，每部曲分成若干歌」。「第一部曲」即《地獄篇》。

2 意即徐步而行。

3 「但丁站在高處，一直目不轉睛地注視著那些人……當那些人走近他時，他顯然得漸漸將眼睛低下來；因此這句話等於說：當他們離我更近，更在我眼底下時。」（畢揚齊的注釋）。

4 指脖子。這些受苦的靈魂臉孔扭轉到背後，無法向前看，只好倒著走，如同《封神演義》中的申公豹。

5 意即目睹我們人類的高貴形象被歪扭成這樣，我怎能不淚流滿面？

6 意即你也像其他愚人那樣憐憫人嗎？有的注釋指出，詩中的「還」含義是：「在看過上面幾層地獄的情景之後，你還對有罪的靈魂表示憐憫？」這種解釋也很有道理。

7 意即在這裡不應對受苦的靈魂有絲毫憐憫之心，對他們冷酷無情就是真正的憐憫。

8 這句話含義不甚明確，引起注釋家的爭論。有的人認為，這和上句一樣，是維吉爾責備但丁的話，意思是：入地獄的靈魂所受之苦是上帝的判決，誰對此表示憐憫，誰就有很大的罪。根據這種解釋，「這裡」泛指地獄或深層地獄；許多注釋家認為，這種解釋比較符合原詩字面上的意思。有的人反對此說，認為這句話是維吉爾譴責占卜家的話，意思是說，未來的事只有上帝知道而不許世人知道，占卜家妄圖利用種種方法推斷未來，實屬罪大惡極；根據這種解釋，「這裡」專指第四惡囊；一些注釋家認為，這種解釋進一步闡明了上句的意義，就上下文來看，比較合乎邏輯，但從原詩字面意思來看，比較牽強。

9 據古希臘傳說，安菲阿剌俄斯（Amphiaraus）是攻打底比斯的七將之一。他能預言未來，知道這次出征自己必會喪命，因此躲了起來。但他的妻子說出他的藏身之處，他因而不得不去參戰。他在戰場上展現了英勇，但最終遭敵將追擊，斷絕生路。宙斯不願讓他不光榮地死去，因此用雷霆轟裂大地，讓他連人帶戰車一起陷入地中，一直墜落到冥界的米諾斯面前。事見斯塔提烏斯的《底比斯戰紀》。但丁從這部史詩中取用了這個故事，依自己的創作需要加以剪裁，去掉了安菲阿剌俄斯原本在《底比斯戰紀》中的英雄氣概，改著重於嘲諷他的預言無濟於事，無法讓他免於死亡；為此，但丁在詩中將史詩中米諾斯嘲笑安菲阿剌俄斯的話，改為出自底比斯人之口。

10 意即任何入了地獄的亡魂都躲不掉米諾斯的審判。

11 意即預見未來。

12 據古希臘傳說，眼盲的泰瑞西阿斯（Tiresias）是底比斯城的名占卜者，某日以手杖打了兩條交配中的蛇，因而變為女人。七年後，他又用那根手杖打了那兩條蛇，才恢復原形（見奧維德《變形記》卷三）。

13 阿倫斯（Aruns）是伊特魯里亞占卜家，在盧卡努斯的史詩《法爾薩利亞》中，他預言了羅馬將會爆發內戰，而凱撒將會得勝。

14 古城盧尼附近山中以白色大理石礦著稱於世，義大利雕刻家多採用這種材料。一三〇六年，大概是在寫這一歌之前不久，但丁曾在盧尼地區住過，當地的白色大理石山和海景肯定讓他留下深刻印象。卡拉拉（Carrara）是該區附近小城，附近有大理石採石場，在但丁時代，山下的農民會在亂石間開荒種田。

15 曼圖（Manto）是泰瑞西阿斯的女兒，也是有名的占卜者。《埃涅阿斯紀》卷十，《變形記》卷六，《底比斯戰紀》第四卷、第七卷中都曾講到她。但丁根據的主要是斯塔提烏斯的史詩，因為曼圖在維吉爾的詩中是圖斯庫斯（Tuscus）河神的妻子，《底比斯戰紀》則說她沒有結婚，而且性情殘忍，會舉行血腥的祭祀。但丁將她說成是「殘酷的處女」，顯然是概括斯塔提烏斯詩中的描述。

16 維吉爾出身義大利北部波河北岸曼圖阿附近的安德斯村（參看第一章注20）。

17 「巴克斯的城」是指酒神巴克斯（Bacchus）的出生地底比斯城。底比斯城在正統的君主厄忒俄克勒斯（Eteocles）和波呂尼克斯（Polynices）死後，受到克瑞翁（Creon）的暴虐統治。曼圖為了逃避暴政壓迫，離開底比斯，四處流浪。

18 此湖即義大利北部的加爾達（Garda）湖，拉丁文名貝納庫斯（Benacus）湖，因水源豐沛而形成；「封鎖德意志」意即形成德意志南部的國界。「提拉里」（Tiralli）即提洛羅（Tirolo）地區，是但丁時代剛形成的一個封建小邦。「那道……阿爾卑斯山……」指萊提科阿爾卑斯山（Alpi Retiche）橫亙在提洛羅城堡以北的那一段，這段山脈位於梅拉諾（Merano）附近，距離加爾達湖相當遠，詩中說湖在「山腳下」，只是指明它的方位。

19 「加爾達」指加爾達湖以東地區；卡牟尼卡谷（Val Camonica）指加爾達湖以西地區；「平寧」（Pennino）和「亞平寧」（Apennino）在中世紀指阿爾卑斯山或這一山脈的某一段，這裡指加爾達湖以北的平寧阿爾卑斯山（ALpi Pennine，拉丁文 Alpes Apenninae），不指縱貫義大利半島南北的亞平寧山脈。

20 對於這個位在湖心的地方，注釋家有三種不同的解釋：有的認為是指修士島（isola dei Frati），今名萊奇島（isola Lechi），島上小教堂由特蘭托（Trento）、布里西亞（Brescia）和維洛納（Verona）這三個主教區共管；有的認為是指堪比奧內（Campione）地方，這個地方也是上述三個主教區的交界處；有的認為是指詩人理想中位於湖中心、三個主教區交界的地方，這個地方不是陸地，而是水上；第三種解釋似乎較確切，因為萊奇島和堪比奧內地方都不在湖中央，與詩中所說的情況不符合。

21 戈維爾諾洛（Governolo）是一個市鎮，敏喬（Mincio）河從加爾達湖流出後，在距離這個市鎮兩公里處流入波河。

22 意即因為水少，而成為瘟疫流行的地方。

23 統治曼圖阿城的封建主卡薩羅迪（Casalodi）伯爵為人昏庸，因聽從庇納蒙忒（Pinamonte）的勸告，放逐了許多貴族，樹敵太多，因而在對平民黨的鬥爭中陷於孤立無援境地；庇納蒙忒依靠平民黨的支持，在一二七二年趕走卡薩羅迪，奪得政權，統治曼圖阿城直到一二九一年。他掌權後放逐了所有貴族，並且殺死許多人，導致城裡居民大大減少。

24 意即所有有關曼圖阿城起源的其他說法，對我而言，都如同燒盡的木炭一樣毫無用處，沒有任何作用。

25 此人名叫歐利皮魯斯（Euripylus），能透過觀察鳥類的飛翔，預知未來。見《埃涅阿斯紀》卷二。

26 指希臘大軍渡海討伐特洛伊時，成年男子統統出征，只剩搖籃裡的男嬰留在國內。

27 卡爾卡斯（Calchas）是隨希臘大軍出征的特洛伊占卜家，他預言了圍攻特洛伊會是一場曠日持久的戰爭。奧利斯（Aulis）是希臘港口，遠征特洛伊的希臘軍隊在此港登船。「共同指出砍斷第一條纜繩的時間」意即共同推算出艦隻起航的良辰吉時。

28 指《埃涅阿斯紀》。但丁將風格高華的詩篇都稱為悲劇。「在某處」指卷二第一一四至一一九行；但這幾行詩只敘述希臘奸細西農（Sinon）欺騙特洛伊人，說希臘人在造木馬時遇上狂風暴雨，因而驚慌失措，「就派歐利皮魯斯去求阿波羅的神諭」，並沒有說他是卜人，並和卡爾卡斯共同算出啟航的吉利時刻。

29 邁克爾·司各特（Michael Scott, 1175-1232）是蘇格蘭人，曾從阿拉伯文轉譯出亞里斯多德的哲學著作，並在神聖羅馬皇帝腓特烈二世的宮中服務多年。相傳他會施行妖術邪法，並能預知未來。

30 圭多·波納提（Guido Bonatti）是義大利福爾里（Forlì）人，做過皇帝腓特烈二世及阿佐利諾·達·羅馬諾（見第十二章注25）、圭多·達·蒙泰菲爾特羅（Guido da Montefeltro）等人的私人占星師，死於十三世紀末年。

31 阿茲頓忒（Asdente）是義大利巴馬城裡的鞋匠，以能預言未來而馳名；他是十三世紀後半葉的人，但丁在《筵席》第四篇第十六章曾輕蔑地提到他。歷史家薩林貝奈（Salimbene）說他名叫本維努托（Benvenuto），綽號阿茲頓忒（無牙），因為實際上恰恰相反，他的牙很大，而且參差不齊。

32 意即當初他要是一直只做鞋匠，死後就不至於墜入地獄了。

33 指形形色色的女巫，她們用藥草炮製春藥，以蠟或其他材料製成人形，用火燒或針扎來害人。

34 意即月亮已經在南、北兩半球共同的地平線上，將沒入西班牙塞維亞（Sevilla）城附近海中。但丁用「該隱和他的荊棘」指月亮，因為在民間傳說中，月亮上的陰影是該隱背著一捆荊棘。此時正是春分時節，月落大約在早上六點，所以這裡表示的時間是剛過早上六點。

35 指但丁在幽暗森林中「那樣悲慘可憐地度過的夜裡」，即一三〇〇年四月八日耶穌受難日前一夜。

36 第一章並沒有講到但丁在那座森林中曾借助滿月的光輝。這句話可能意味著：月光乃人的知識之光的象徵，這種光雖是神的真理的微弱反射，但因為其光源的力量，仍能使人受益。

第二十一章

我們就這樣邊談論與我的《喜劇》[1]無關的事，邊從一座橋朝另一座[2]走去；到了橋頂，我們止步看著惡囊的另一道裂縫[3]，和另一片無用的哭啼[4]；我發現那裡昏黑得令人驚奇[5]。

猶如威尼斯人的船廠[6]在冬天熬著黏糊的瀝青，來塗抹已損壞的船隻，因為船已無法出航——代替航海這項工作，有的人正為自己造新船，有的正用麻屑填塞航行多次的船隻的兩側縫隙；有的正在船頭、有的正在船尾釘著釘子；有的正在造船槳，有的正在製船索；有的正在縫補前桅的帆，有的正在縫補主桅的帆——同樣的，這底下的壕溝裡並非以火，而是憑神工正熬製的濃稠瀝青[7]，處處黏滿堤岸內壁。我看到瀝青，但沒見到當中有什麼，只看見沸騰而起的氣泡，看到瀝青全都脹起，繼而收縮，復又落下。

我正目不轉睛俯看那裡，我的嚮導說：「當心！當心！」一邊說邊將我從我所站之處拉向他身邊。於是，我就像一個急於看清必須躲避的東西的人，突然驚恐氣餒，因而邊看邊又急忙逃離，我轉身一看：只見我們身後有一個黑鬼順著石橋跑了上來。啊，他的面目多麼獰惡呀！他張著翅膀，腳步輕快如飛，來勢何其凶惡啊！一個罪人雙臀壓在他那又尖又高的肩膀上，他緊緊抓著那罪人的踝骨[8]。

他從我們所站的橋上說：「馬拉勃朗卡[9]們，你們看，這是聖齊塔的行政長官之一[10]。你們將他放

他們用一百多把鐵叉將他叉住後，說：「這裡，你得在掩蔽下跳舞，
你要是能撈，可以偷偷撈上一把。」

到那下面去吧，因為我還要回那城去[11]，這種人在那兒可多了：那裡除了邦杜羅[12]以外，每個人都是貪污犯；為了錢，那裡會把『否』說成『是』[13]。」他將那罪人扔下，隨即轉身順著石橋走了；就連被放開去追賊的猛犬跑得也沒那麼快。

那個罪人沉了下去，復又浮了上來，被瀝青弄得很髒[14]。但隱蔽在橋下的眾鬼卒喝聲道：「這裡可不是擺出『聖顏』的地方[15]！在這裡游泳和在塞爾丘河[16]可不一樣！所以，要是不想嘗嘗挨我們叉的滋味，就別在瀝青漿面露出頭來。」

他們用一百多把鐵叉將他叉住後，說：「這裡，你得在掩蔽下跳舞[17]，你要是能撈，可以偷偷撈上一把[18]。」這作法和厨師讓下手用肉鈎將肉浸入鍋中，不讓它浮起來沒有兩樣。

和善的老師對我說：「為了不讓人看見你在這兒，你且蹲在岩石後面，讓自己有點遮擋；無論他們對我有何暴行，你都別怕，因為這種爭吵我遇過一次[19]，知道這類事情是什麼情況。」

於是，他走過橋頭；當他到達第六道堤岸[20]上時，神色需要鎮定。如同一群狗竄出來，朝一個走到哪兒一站定，便隨即就地乞討的可憐乞丐撲上去時那般凶猛和狂暴，這些鬼卒從橋下跑了出來，將鐵叉統統對準他；但他喝斥道：「你們誰都別逞凶！在拿鐵叉叉我之前，先讓你們當中一個過來聽我說，回頭再商量叉我吧。」他們全都喊：「讓馬拉科達去[21]！」於是，有一個邁開腳步——其餘的都站著不動——來到他跟前，說：「這對他有什麼用？」我的老師說：「馬拉科達，莫非你以為，沒有神意和上天庇佑，我越得過你們的所有障礙，如你所見安然地來到這裡？放行吧，因為天意要我指引另一個人走這條荒野路。」他的氣焰頓時低落，不由得將鐵叉在腳邊放下，對其他鬼卒說：「現在不要傷他。」

他喝斥道：「你們誰都別逞凶！在拿鐵叉叉我之前，先讓你們當中一個過來聽我說，回頭再商量叉我吧。」

我的嚮導對我說：「你一直蹲伏在石橋的岩石之間，現在，平安回我這兒來吧。」於是我邁開腳步，急速來到他跟前；所有鬼卒全都朝前衝來，我生怕他們不守約定；我見過那些根據誓約退出卡波羅納[22]的步兵，發現自己置身在那麼多敵人之間，因而生出這種恐懼。我全身緊緊靠攏我的嚮導，一直注視著眾鬼卒不懷好意的神態。他們將鐵叉放低[23]，其中一個對另一個說：「我在他臀部[24]捅一下如何？」大家回說：「行，你就捅他一下吧。」但正和我的嚮導談判的那個鬼卒火速轉過身說：「安靜，安靜，斯卡密琉涅[25]！」

然後對我們說：「順著這座巉岩[26]再往前走是不可能的，因為第六座拱橋已完全破碎，落在溝底[27]。如果你們還是想往前走，就順著這道堤岸走吧；附近有另一座巉岩可通行[28]。到昨天，比此刻靠後五小時的那個時辰，這條路就已經斷了一千二百六十六年了[29]。我差遣這些手下過去，查看是否有人露出身子；你們就和他們一起走吧，因為他們不會傷害你們。」

他開始說：「阿利奇諾，你過來，還有你，卡爾卡勃利納；你也來吧，卡尼阿佐；讓巴爾巴利洽帶領這十個人。讓利比科科也來，還有德拉吉尼亞佐，長獠牙的奇利阿托以及格拉菲亞卡內，法爾法賴羅和瘋狂的盧比堪忒[30]。你們繞著沸騰的瀝青巡查一遭；把這兩人護送到另一座巉岩，那座巉岩完好無損，橫跨在那些壕溝上。」

「哎呀，老師，我看到的是什麼？」我說，「我懇求你，如果你知道怎麼走，我們就不要他們護送，自己走吧；因為，就我來說，我是不要求護送的。要是你像平常那樣注意，豈沒見到他們磨牙切齒、眼神露出行凶的意圖？」他對我說：「我希望你別害怕；他們要磨牙就磨吧，因為他們對那些被煮的不幸者就是這麼做。」

他們轉身向左邊的堤上走去[31]，但每個鬼卒都先向他們的首領伸出舌頭，用牙咬緊，以為信號[32]，而他就把自己的屁股當做喇叭[33]。

---

1 《喜劇》是《神曲》原來的名稱（參看第十六章注24）。

2 意即從第四道壕溝的橋走到第五道壕溝的橋。

3 指第五道壕溝。

4 地獄裡的刑罰是永恆的，啼哭無法使它減輕。

5 因為熬著瀝青而顯得特別昏黑。

6 威尼斯船廠是當時歐洲最重要的船廠之一，創建於一一〇四年，一三〇三至〇四年間擴建，方圓約兩英里，周圍有高牆環繞，上面建有雉堞和塔樓。

7 這個比喻用威尼斯船廠裡熬著瀝青比擬第五道壕溝裡熬著瀝青的情景，是《神曲》中最長、最著名的比喻之一。比喻的前一部分除了說到船廠裡熬著瀝青之外，還對眾工匠繁忙的勞動作出具體而生動的描寫。注釋家有的讚美它體現了詩人豐富的想像和非凡的寫實才能，有的則指責它脫離了本題，另生枝節。

克羅齊（Benedetto Croce）在《但丁的詩 *La Poesia di Dante*》中指出，《神曲》裡的比喻有三種類型：一種是說明性的，例如藉中世紀城堡的城壕和護城河上的橋為比喻，說明地獄裡「惡囊」的地形和構造；一種是將想說明的情況表達得更鮮明、生動的比喻，例如用老裁縫皺著眉頭凝視針眼穿針，比擬鬼魂凝眸注視但丁和維吉爾的情景；還有一種比喻則超出比喻的範圍，自成一首小詩，例如此處威尼斯船廠的比喻。

美國但丁學者辛格爾頓在他的英譯本《神曲》的注釋中指出：「這個比喻不像一些注釋家所認為的那樣，是另生枝節或充作裝飾，而是有加深第六行詩裡已存在的懸念和驚奇之情的作用。第一部分寫出威尼斯船廠中滾沸的瀝青周遭繁忙的勞動場面。第二部分並無與此相比配的東西，除了沸騰的瀝青外什麼都沒有。比喻的兩部分不相對應，這一點是整個比喻最有效力的特點；以此顯示出的驚人差別，讓讀者的眼睛得以仔細觀察『黏糊糊的瀝青』和『它冒出的黏性氣泡』。」這些解釋都很有啟發性。

8 有些注釋家認為，黑鬼將罪人扛來的方式是罪人兩腿分開、跨在他的肩膀上。波斯科-雷吉奧反對這種解釋，指出詩中「肩膀」是用單數，意味黑鬼是用一邊的肩膀扛著罪人，而罪人臉朝外，頭和半個身子都朝下，在黑鬼背上耷拉著，兩腿並在一起，伸到前面，被黑鬼緊緊抓著。這種方式，正如早期注釋家本維努托·達·伊牟拉指出的，就像「屠戶將待宰的牲畜扛到屠宰場去剝皮和出售」一樣。

9 「馬拉勃朗卡」（Malabranca）意思為「惡爪」，指鬼卒們手上的爪子和手裡的叉。這是第五惡囊中的眾鬼卒的共同名稱，在此之外他們還各有自己獨特的名稱。

10 聖齊塔（Santa Zita, 1218-1272）生前是一名信仰虔誠的女僕，死後被盧卡城的市民尊為聖者；這裡以她的名字來指盧卡。「行政官」原文為 anziani（元老），職權相當於佛羅倫斯的「priori」；盧卡的行政官共有十名，被鬼卒抓來的亡靈是其中之一，詩中沒有提及他的姓名，但十四世紀注釋家圭多·達·庇薩（Guido da Pisa）認為此人是馬爾提諾·波塔優（Martino Bottaio），後來的注釋家考證出此人死於一三〇〇年四月九日（聖星期六），正是但丁和維吉爾到達地獄第五惡囊的時間。此人既然死於此時，剛被鬼卒抓進地獄，詩中又說他是「聖齊塔的行政長官之一」，就算不提及姓名，盧卡的讀者也會知道他是誰。有的注釋家，例如薩佩紐和買卡羅內則認為，但丁在詩中沒說這個亡靈的姓名，是因為他諷刺的並不限於某一個人，而是針對盧卡的全體當權派，這些當權派不僅犯有買賣官職之罪，而且屬於黑黨，極為敵視佛羅倫斯白黨流亡者，竟於一三〇九年下令將他們驅逐出去。

11 鬼卒前去盧卡將犯貪污罪的亡靈直接捉進地獄，這與第三章稱說所有入地獄的亡靈都會先在阿刻隆河岸集合的說法並不相符。

12 這裡用了反語嘲諷，此人其實是犯買賣官職罪最嚴重的人。邦杜羅·達提（Bonturo Dati）是十四世紀初盧卡民眾黨的首領，很有權威。一三〇八年將貴族驅逐出去之後，此人便自我吹噓已將前任行政官買賣官職的歪風清除乾淨，實際上卻幾乎包攬了這種骯髒交易。一三一三年後流亡到佛羅倫斯，一三二四年還在世，是活著就被詩人寫成入地獄的人物。

13 指選舉行政官投票表決、做出決議時，透過賄賂就能顛倒是非黑白，讓不稱職者當選，使有道德、有才能者受排斥。

14 原文是convolto。對於這個詞所指的姿勢，注釋家有不同解釋：「蜷縮成一團」，「脊背彎曲著」，「臀部朝上」，「身子顛倒過來」（被扔下去頭朝下，現正在瀝青中露出頭來）；戴爾．隆格指出，這個詞在早期義大利語中的含義是「弄髒」或「玷污」，這裡指被瀝青弄髒。

15 原文是「Qui non ha loco il Santo Volto!」直譯是「這裡聖顏可沒有地方啊！」這是鬼卒們為了嘲笑被扔進瀝青的亡靈而說的一句瀆神的話，但含義比較模糊，引起注釋家們不同的解釋。「聖顏」是指盧卡的聖馬丁教堂中一尊拜占庭式耶穌被釘上十字架的黑木雕像，相傳其面部是神手雕成，因此名為「聖顏」。盧卡人對這尊雕像異常崇敬，常常向它祈禱，尤其是在遭遇苦難時。有些注釋家認為，亡靈的脊背彎曲著、露出瀝青表面，很像祈禱的姿勢，因此鬼卒用這句話諷刺他，意思是說：「禮拜聖顏在這兒是沒用的！」或者「這裡沒有供奉聖顏！」另一些注釋家則認為，亡靈是頭朝下被扔進瀝青裡，浮上來時，露出的頭被瀝青染成黑色，活像盧卡教堂中的聖顏，鬼卒因而用這句瀆神的話嘲笑他。根據巴爾比的解釋，這句話的意思是：「這裡不要展出聖顏，這裡不要露出頭來」；波斯科—雷吉奧注釋本也指出，這句話顯然是說：被罰打入地獄的罪人露出遭瀝青染黑的臉，如同在盧卡展出聖顏。譯文採取這種解釋。

16 塞爾丘（Serchio）河在盧卡附近，盧卡人每逢夏天都會在這條河裡游泳。鬼卒們用這句惡毒的玩笑話，警告剛被扔進瀝青裡的罪人。

17 「在掩蔽下」指在瀝青的遮蓋下；「跳舞」是嘲諷的比喻，指亡靈在滾沸的瀝青漿中痛得身子亂抽動。

18 意即如同他在世上時，一有機會就會撈一把一樣。

19 指維吉爾曾經下到第九層地獄的科奇土斯冰湖邊（參看第九章注7）。

20 指第五惡囊和第六惡囊之間的堤岸。

21 「馬拉科達」（Malacoda）含義為「惡尾」，是鬼卒頭目的名字。

22 卡波羅納（Caprona）是比薩境內的一座城堡。以佛羅倫斯及盧卡軍隊為主力的貴爾弗黨聯軍曾圍攻這座城堡，守軍被圍困八天後，在敵方答應保證其生命安全的條件下，於一二九八年八月六日投降。但丁以佛羅倫斯騎兵戰士的身分參加了這次戰役。

23 意即做出準備刺殺的架勢。

24 「臀部」原文為groppone，是謔詞，含義為「下背部」。

25 斯卡密琉涅（Scarmiglione）是企圖用鐵叉叉刺但丁的鬼卒。

26 「巉岩」是指像車輻般在第八層地獄裡伸展，形成一行行橫跨在各惡囊上的拱橋的巨大岩石。

27 指橫跨在第六惡囊上的拱橋。

28 馬拉科達用這句謊話欺騙維吉爾和但丁。事實上，所有橫跨第六惡囊的拱橋都已坍塌，無法通過。

29 「昨天」指公元一三〇〇年四月八日耶穌受難日（復活節前的星期五）；「現在」指馬拉科達對維吉爾說話的時間，據推算，這是四月九日早晨七點鐘。拱橋是耶穌被釘死在十字架上時發生的地震震塌的。耶穌是三十四歲時死的，也就是死於公元三十四年，下距但丁虛構的地獄之行時間（公元一三〇〇年）恰恰是一千二百六十六年。《新約．路加福音》認為耶穌死的時刻是正午，因此比早晨七點「晚五小時」。

30 但丁為這些鬼卒取了離奇古怪的名字，這些名字可能都有一定含義，但不像馬拉科達的那樣明顯。

31 「左邊」指橋左邊，「堤上」指第五和第六惡囊之間的堤上。

32 對於這個古怪信號的用意，注釋家們提出不同的解釋。萬戴里認為，鬼卒們做出這種庸俗又滑稽的舉動，是為了向首領巴爾巴利洽示意他們已做好準備，他可以發出出動的信號了。這種解釋似乎最符合詩中描寫的情況。

33 注釋家沒有直言指出這句詩是指什麼。萬戴里說：「巴爾巴利洽以難登大雅之堂，但和他及他的小隊相稱的方式發出信號，一聽到這種和他們相稱的信號，小隊就出動了。」波斯科、雷吉奧說：「這個不能登大雅之堂的信號，為這齣地獄裡的喜劇第一部分作出和它相稱的結束。」根據原文措詞和兩家的評注，可以斷定這句詩是指巴爾巴利洽放了一個響屁，作為號令小隊出發的信號。這樣的寫法是不是有傷大雅？萬戴里說：「這裡的措詞雖是粗話，但很有效：任何將文筆色調沖淡的寫法在這裡都不合宜，都是假裝正經，會和但丁的精神、藝術的真實性背道而馳。」義大利作家迪諾．普洛文薩爾（Dino Provenzal, 1877-1972）說：「如同所有偉大的藝術家，但丁不避寫人性和生活的卑下部分；他以巧妙的寥寥數筆，就將庸俗事物以恰當的詞語描繪出來。」

第二十二章

我曾見過騎兵拔營，發動進攻，舉行檢閱，有時為保全自己而退卻[1]；啊，阿雷佐人哪，我曾見過輕騎深入你們境內偵察[2]，見過騎兵發起襲擊，進行假戰[3]和單騎比武；這些場合裡，發布命令有時用喇叭，有時用鐘[4]，有時用城堡使用的信號[5]，既用本國的，也用外國的東西[6]；但我從未見過騎兵或步兵開拔，或者以陸地或星辰作為方向標誌[7]的船隻起航時，用這樣奇異的笛子發信號。

我們和那十個鬼卒同行：哎呀，凶惡的夥伴哪！不過，在教堂裡就與聖徒同在，在酒店就和酒鬼在一起嘛[8]。我的注意力完全集中於瀝青，想看盡這個惡囊和在當中被燒著的人的情況。

如同海豚用拱形脊背向水手發出信號，要他們努力保全船隻[9]，有的罪人為了減輕痛苦，也不時這麼露出脊背，不到電光一閃的工夫，又將背隱藏起來。猶如青蛙趴在溝水邊只露出嘴鼻，將腳和身體其他部分全藏起來，那些罪人也到處都是如此；但是當巴爾巴利洽走近時，他們便又縮進沸騰的瀝青裡。

我看見──至今我仍心有餘悸──一個罪人還待在那裡，正如有時一隻青蛙留了下來，另一隻卻飛快跳走一樣。距離他最近的格拉菲亞卡內鈎住他被瀝青黏在一起的頭髮，將他提起；在我看來，他活像是一隻水獺[10]。我已經知道所有鬼卒的名字，早先，他們在被挑選出來時，我就仔細觀察了他們的相貌；後來，他們互相呼喚時，我又留心聽他們喊了什麼[11]。「喂，盧比堪忒，你絕對要用爪子抓住他，

鑄成這錯誤的那鬼卒最是悔恨，因此跳了起來喊道：「你被捉住了。」

剝他的皮。」那些被詛咒的傢伙齊聲喊道。

我說：「我的老師啊，如果可以，還請你瞭解一下，那個落在他敵人手裡的不幸之人是誰吧。」我的嚮導走到他身邊，問他來自何方。他答說：「我生在那伐爾王國[12]。母親將我送進一個貴族家裡為奴，因為她嫁了個浪子生下了我，那人毀了自己和自己的家產[13]。後來，我成了善良的國王忒巴爾多[14]的家臣；我在那裡幹起買賣官職的勾當，因而在這滾燙的瀝青裡受罰。」

那個像野豬般、嘴兩邊都露出長牙的鬼卒奇利阿托令他覺得，只用一支長牙就能剝開他的皮。現在他可是如老鼠來到惡貓中間；巴爾巴利洽用兩臂圈住他，說：「你們都往後站，由我在他背後圈著他[15]。」隨後，他轉過臉向著我的老師說：「要是想從他口裡多知道些什麼，就在別人幹掉他之前繼續問吧。」於是，我的嚮導說：「那麼，告訴我，在瀝青下的其他罪人當中，你可知有誰是義大利人？」他說：「我才剛離開一個，他是他們的鄰人[16]。我巴不得還和他同受瀝青的遮蓋，那麼我就不怕爪和鈎了！」利比科科說：「我們忍耐不住了。」隨後以鈎子鈎住他的一隻胳膊，一扯就扯掉了臂上一塊肌肉。德拉吉尼亞佐也往下一叉，叉中他的兩腿。看到如此情況，他們的隊長轉身向著周圍怒目而視。

當他們又稍微靜下之後，我的嚮導便毫不遲延地問那個仍看著自己傷口的罪人：「你說，你不幸離開了那個人來到岸上。那個人是誰？」他答說：「他是化募修士郭彌塔，加盧拉總督，所有詐術的器皿[17]。他主人的仇敵在他手裡，他對待他們的辦法使得他們個個都稱讚他[18]。正如他所說，他拿到錢後就輕易放了他們；在他的其他職務中，他也不是個小小的貪污者、而是最大的。羅格道羅省的總督堂・米凱爾・臧凱[19]和他聚在一起，他們的舌頭談起薩丁尼亞島上的事可從不疲倦。唉呀，你們看，那另一個正在磨牙；我本想繼續說下去，但我怕他正準備給我撓癢癢[20]呢。」那位大司令[21]轉身對那個眼珠子骨碌打轉、正要出手攻擊的鬼卒法爾法賴羅說：「你滾開，惡鳥！」

那受驚的罪人重新說道：「你們要是想看到托斯卡那人或倫巴底人，或是聽聽他們說什麼，我就喚當中幾個過來；不過要讓馬拉勃朗卡們[22]站遠一點，免得這些人害怕他們的報復；我坐在原地不動，雖然這兒就我一個，但我一吹口哨就會喚來七個，因為我們要是有誰露出來，誰就這麼做，這是我們的習慣[23]。」卡尼阿佐一聽這話，便翹起鼻子和嘴巴搖頭說：「聽聽他為跳下去逃走而想出的狡計吧[24]！」對此，那個詭計多端的人答說：「我設法讓我的夥伴們受苦，我還真是狡猾[25]。」阿利奇諾再也忍不住了[26]，他反對其他鬼卒的意見，對他說：「你要是跳下去，我不會跑著追你，而是會展開翅膀飛到那瀝青面上。我們都離開這堤岸高處，用堤岸做掩護，看你一個人是否比得過我們大家[27]。」

啊，讀者呀，你要聽到新奇有趣的劇了：他們個個都將眼睛轉向堤岸另一邊，原本最不肯這麼做的那個鬼卒，卻是最先這麼做的[28]。那伐爾人選著好時機，腳掌在地上一蹬，馬上跳了下去，從他們的司令手中逃走。眼見這情況，鬼卒們個個無不悔恨自己的過錯，但鑄成這錯誤的那鬼卒[29]最是悔恨，因此跳了起來喊道：「你被捉住了。」但這對他沒有什麼用：因為翅膀的速度超不過恐怖[30]；這一個沉了下去，那一個將胸脯往上一翻就飛走了[31]。猶如獵鷹飛近時，野鴨突然潛入水中，獵鷹又惱怒又頹喪地飛回空中。卡爾卡勃利納對於受到愚弄非常氣憤，飛著去追阿利奇諾，巴不得罪人逃脫了，好和他打一架[32]；那個貪污者才剛沉沒不見，他就將爪子轉向自己的夥伴，在壕溝上空和他扭在一起。但對方實在是一隻成熟的鷹[33]，狠狠抓住他，他們倆便一起墜進沸騰瀝青池的中心。他們倆頓時燙得鬆了手，但飛

但對方實在是一隻成熟的鷹，狠狠抓住他，他們倆便一起墜進沸騰瀝青池的中心。

不起來，因為翅膀已被瀝青牢牢黏住。巴爾巴利洽和他麾下的鬼卒都很難過，便派其中四名帶著鐵叉飛往對岸，他們由此或彼迅速飛降至指定處，將鈎子伸向那兩個被黏住、皮下的肉已燒壞的鬼卒。我們就在他們陷入混亂時離開了他們。

1　因為但丁參加過一二八九年六月的堪帕爾迪諾之戰，以及同年八月攻打卡波洛納城堡的戰鬥。

2　指佛羅倫斯貴爾弗軍對阿雷佐進行的戰役，以阿雷佐吉伯林軍在堪帕爾迪諾戰敗而告終。

3　「假戰」指隊與隊之間比武。

4　中世紀義大利城邦在作戰時，會將鐘放在戰車上，以鐘響發布號令，指揮行軍。

5　中世紀城堡白天會以旗幟或煙作為警報信號，夜間則用火。

6　指外籍傭兵所引進，或其他國家所使用的發布號令工具。

7　「水手航行時會依據兩個標誌：一是陸地，如果能看到陸地，他們便以遠遠望見的山作為標誌前進……而在海上看不見陸地時，就以北極星為標誌航行」（布蒂的注釋）。

8　這是當時流行的諺語，注釋家托拉卡（Torraca）還從《圓桌 *Tavola Rotonda*》一書中發現類似的諺語：「商人們有商店，酒徒們有酒店，賭徒們有牌桌，各得其所。」

9　這是古老的傳說，中世紀的著作中也有記載，例如帕薩萬提（Passanti）的《真誠悔罪通鑒 *Specchio di vera penitenza*》中說：「海豚游上海面靠近船隻，就是風暴即將到來的預兆。」

10 詩人所寫的是水獺被人以魚叉從水裡叉上來的形象：牠兩腿懸空，全身滑溜黑毛濕淋淋地貼在身上，用水獺比擬那個被格拉菲亞卡內以鐵叉提起來、渾身沾滿瀝青的罪人，可謂惟妙惟肖。

11 這幾句說明了但丁為何會知道格拉菲亞卡內和其他鬼卒的名字。

12 **那伐爾**（Navarre）王國位於現今法國西南角和西班牙北部，大部分領土在庇里牛斯山以南。詩中沒有提到這個罪人的姓名。早期注釋家說此人名叫錢保羅（Ciampolo）或簡保羅（Giampolo），但除了他在詩中的自述之外，生平事跡不詳。

13 **意即傾家蕩產，自殺身亡。**

14 **指忒巴爾多**（Tebaldo）二世。他原是香檳（Champagne）伯爵，稱忒巴爾多五世，一二五三年做了那伐爾國王，稱忒巴爾多二世，死於一二七〇年。本維努托・達・伊牟拉說：「他是個非常正直、仁慈的人，超過任何其他的那伐爾國王。」

15 **那伐爾人渾身沾滿瀝青**，所以巴爾巴利洽從他背後用雙臂圈住他，而不接觸他的身體。

16 **意即他是薩丁尼亞人**，薩丁尼亞島在義大利半島旁，所以說他是義大利人的鄰人。

17 **化募修士郭彌塔**（Fra Gomita）是薩丁尼亞人；薩丁尼亞島當時是受比薩統治，分成四省，加盧拉（Gallura）是其中之一，位在此島東北部。尼諾・維斯康提（Nino Visconti，此人與但丁相識，將在《煉獄篇》第八章中出現）任加盧拉總督時（1275-1296），委任郭彌塔為總督代表。詩中「所有詐術的器皿」一語套用了《聖經》中「我所揀選的器皿」一語，但賦予貶義，藉此說明郭彌塔為人奸詐，詭計多端。

18 早期佛羅倫斯無名氏（Antonimo fiorentino）的注釋說，加盧拉總督尼諾「捉住他的敵人後，將人交給郭彌塔看管。這些人都很富有，於是給了郭彌塔許多錢；一天夜裡，郭彌塔打開牢房放了他們，佯稱他們是自己逃走的；但最後總督看出郭彌塔變得相當富裕，追查真相後發現他有罪，遂將他處以絞刑」。「他對待他們的辦法使得他們個個都稱讚他」，意即讓他們都很滿意，因為獲得自由。

19 **堂・米凱爾・臧凱**（donno Michel Zanche）據說是薩丁尼亞島西北部的羅戈多羅（Logodoro）省的總督，以神聖羅馬皇帝腓特烈二世的兒子薩丁尼亞王恩佐（Enzo）的名義統治該省。關於他的生平事跡，早期注釋家有種種說法，但皆未經歷史文獻證實。據無名氏的注釋，尼諾・維斯康提將郭彌塔關進牢裡之後，就派了米凱爾・臧凱接替他的職務。米凱爾・臧凱就任之後立刻接收某些財產，貪污受賄的行為還比郭彌塔更惡劣。

20 **「撓癢癢」**是下流話，含義為狠狠地抓或打。

21 「大司令」（gran proposto）指巴爾巴利洽。這裡刻意使用高雅的詞 proposto（拉丁文 propositus）來嘲諷他的無能。

22 見第二十一章注9。

23 這段話的大意是：罪人當中，無論誰露出瀝青表面，都要觀察動靜，如果沒有被鬼卒看見的危險，就以口哨為信號，喚別的罪人露出來。「七個」在這裡是不定數，意指「幾個」或「許多」。「這是我們的習慣」，這句話是真話嗎？看來大概也是一句謊言，但合乎情理，貌似真實，容易哄騙鬼卒，讓他們中計。

24 卡尼阿佐是唯一能識破那伐爾人企圖逃跑詭計的鬼卒。「鼻子和嘴巴」原文是 muso，指狗、羊、狐等動物的口鼻部，鬼卒的名字是卡尼阿佐（Cagnazzo），含義是又大又醜的狗，詩中用 muso 一詞來指卡尼阿佐的鼻子和嘴巴，非常恰當。

25 這是那伐爾人針對卡尼阿佐揭穿了他企圖耍詐逃跑，因而假意用自我嘲諷的口氣所說的反話，大意是：「我設計把我的夥伴們誘出來，讓他們挨鬼卒們的鐵叉，受這種比扔在瀝青裡熬煮更大的懲罰，我可真是太惡毒啦。」

26 意即抑制不住自己的好勝心，巴不得向那伐爾人提出挑戰。

27 惡囊地帶的地勢是由外向內傾斜，阿利奇諾建議離開的「堤岸高處」，指當時鬼卒們所站的地方，也就是靠第五惡囊的瀝青池的一側。「用堤岸做掩護」意即退到堤岸另一側，即靠第六惡囊的一側，這一側的地勢較低，鬼卒們退到這裡，對面較高的那一側便成為一道屏障，使得那些聽到那伐爾人的口哨聲就露出瀝青表面的罪人們不至於看見他們。這麼一來，在阿利奇諾向那伐爾人挑戰的速度比賽中，那伐爾人就在空間距離上占了這道堤岸全部寬度的優勢，他站在堤岸邊緣，只要一跳就扎進瀝青池裡去了。阿利奇諾萬萬沒有想到這一點，他自以為人多勢眾，大家又有翅膀能飛，那伐爾人絕對不可能逃脫。

28 意即鬼卒們都把眼睛轉過去，準備退到堤岸另一邊，原本卡尼阿佐最反對退到堤岸另一邊，卻是第一個這麼做的。現實生活中也有這種心理現象：最晚才將事情想通的人，做起事來往往最是積極。

29 指阿利奇諾，他讓大家離開堤岸高處，導致那伐爾人趁機逃掉。

30 意即阿利奇諾雖然飛得很快，但恐懼感促使那伐爾人跑得比他飛得還快。

31 這裡以簡潔有力的筆觸描寫出阿利奇諾頭朝下飛近瀝青表面，看到那伐爾人已沒入瀝青當中，而他再也抓不到他時急速轉身向上飛起的情景。

32 卡爾卡勃利納希望那伐爾人能夠成功逃脫，好以此為藉口，和阿利奇諾打架洩憤。

33 「成熟的鷹」指捉來時已經是長成的鷹，這要比從巢中捉來的雛鷹和剛能飛的幼鷹更難馴養，但也更加凶猛矯捷。

第二十三章

我們沉默、孤獨、沒有同伴，繼續走去，一個在前，一個在後，如同方濟各會修士走路一樣[1]。方才那場爭鬥讓我想起伊索在其寓言中講述的蛙與鼠[2]；因為，若是仔細比較這兩件事的開端與結局，就會覺得「mo」和「issa」都不比它們相似[3]。正如一個想法會從另一個想法湧出，另一個想法從方才這個想法繼而生出，令我起初的恐懼倍增[4]。我想到那些鬼卒是因為我們才遭愚弄，我相信，受到如此傷害和嘲弄，會讓他們十分惱怒。要是怒氣加諸他們的惡意，他們會向我們追來，會比狗對牠咬住的小兔還更凶殘。

我已經怕得毛髮直豎，邊注意著後面邊說：「老師，你要不要立刻將你和我藏起來，我害怕那些馬拉勃朗卡。他們已經在後面追過來，我彷彿已經聽到了。」他說：「如果我是一面鏡子，我攝入你的外貌，都不會快過接受你的內心面貌[5]。你的思想如今已進入我的思想，帶有同樣的態度和面貌，使得我將兩者構成一個主意[6]。倘若右邊的斜坡能讓我們下到另一個惡囊[7]，就能逃脫我們料想的追逐。」

他還沒說完他的主意，我就看到一眾鬼卒已展翅飛到離我們不遠處，趕來捉拿我們。嚮導立刻將我抱起，如同母親被人聲喧嚷驚醒，赫見身邊燃起的火焰，抱起兒子就逃，對孩子比對自己還更關心，甚至顧不得稍微停下穿上內衣[8]；他從堅硬的堤岸最高處順著那圍成另一惡囊那側的石坡滑下去。就連

他的腳才剛蹬著溝底，他們就已在我們頭頂上的堤岸最高處。

引自渠道、轉動陸上磨坊水車輪的流水趨近輪子葉片時，也沒有我老師滑下溝沿那麼快[9]；他懷裡抱著我，像是他的兒子，而非他的同伴。他的腳才剛蹬著溝底，他們就已在我們頭頂上的堤岸最高處；但是我們無須害怕，因為崇高天意注定他們看守第五壕溝，使得他們統統無法離開那裡。

我們發現溝底有一群色彩鮮明的人[10]邁著十分緩慢的腳步繞著圈子走去，邊走邊哭，模樣疲憊不堪。他們身披克呂尼修道院為僧侶所製的那種帶風帽斗篷，風帽低低垂至眼前[11]。斗篷外面鍍金，亮得教人目眩；但內裡完全是鉛，重得出奇[12]，相形之下，腓特烈要罪犯穿上的鉛衣等於是以草製成[13]。啊，永遠令人疲憊不堪的外衣呀！

我們仍如常朝左轉，與他們一起走去，同時注視他們悲慘的哭泣；但那些疲憊的人由於重負在身，走得非常緩慢，我們每走一步，都遇到新同伴[14]。因此，我對我的嚮導說：「還請注意找出世人可能知其事跡或名姓的人吧，這麼走去的同時，也看向四周吧。」後來，有一個靈魂聽出我的托斯卡那口音，在我們背後喊道：「在這昏暗空氣中跑得那麼快的人，請停下腳步吧！或許你會從我這裡聽到你想問的事情。」聽到這番話，我的嚮導便轉身對我說：「你等等他，然後按他的步伐前進。」我於是站住，看見兩個人臉上顯露心裡急於趕到我跟前的神情，然而重負和窄路[15]迫使他們走得極為緩慢。

他們來到我跟前，對我斜眼凝視[16]了好一會兒，一語不發，隨後轉過身去，彼此面對面說：「這個人看來喉嚨直動，似乎是活人[17]；他們若是死人，憑什麼特權可不穿沉重的法衣？」接著他們就對我說：「啊，托斯卡那人，你來到這悲慘的偽善者隊伍裡，莫不屑透露你是什麼人吧。」我對他們說：「我在美麗的亞諾河畔的大城裡[18]生長，我並未離開我生來就有的肉體。但你們是誰？我看到如此傷心

他們身披克呂尼修道院為僧侶所製的那種帶風帽斗篷，風帽低低垂至眼前。

的淚水沿著你們的面頰滴下，你們身上那閃閃發光的是什麼刑具？」其中一人回答我說：「這些橙黃的斗篷是以極厚的鉛製成，重得將秤杆壓得咯吱作響[19]。我們是快活修士[20]和波隆那人；我叫卡塔拉諾，他叫羅戴林格[21]，我們一同被你的城市請去維持和平，那原本通常只會選一個人去[22]；我們如何維持，在加爾丁格四周還看得出來[23]。」我開始說：「啊，你們的禍……[24]」但我沒再說下去，因為一個如被釘十字架般、被三個橛子釘在地上的人[25]吸引了我的目光。他一見到我，便全身扭動，吹鬍子嘆氣[26]；卡塔拉諾修士意識到這情況[27]，對我說：「你正注視被釘住的那人曾勸告法利賽人，稱說為了百姓，必須讓一個人去受酷刑[28]。他像你所見的那樣，赤身露體橫躺地上，誰走過，都要令他感覺到身體有多重[29]。他的岳父[30]也在這道溝裡承受同樣的酷刑，還有其他參加公會的人，這次公會是猶太人苦難的種子[31]。」接著，我看見維吉爾對這個在永久放逐中、像被釘十字架般如此可恥地橫躺在地的人面露驚奇神色[32]。隨後，他向修士這麼說：「假如許可你們說，希望你們不嫌麻煩，告訴我們，右邊是否有個豁口，讓我們倆能從那兒走出這裡，而無須由一些黑天使[33]將我們從這溝底救出。」修士於是答道：「離這裡比你希望的更近，有一塊岩石從巨大的圍牆伸出去，橫跨在所有陰森的壕溝上，只是這條壕溝上的岩石已斷，不再橫跨壕溝兩岸；你們可從那些在堤岸下形成斜坡，在溝底聚成堆的廢墟攀登上去。」我的嚮導低頭站了片刻，隨後說：「在那邊鈎那些罪人的鬼卒[34]沒如實告訴我們這情況。」修士說：「我從前在波隆那曾聽人說過，魔鬼有諸多罪惡，據說其一就是：他是個說謊者，而且是謊言之父[35]。」於是，我的嚮導邁開大步走開，臉色因惱怒而略顯陰沉；隨後，我便離開了那些身披重負的亡魂，跟隨敬愛之人的足跡前行。

你正注視被釘住的那人曾勸告法利賽人，稱說為了百姓，必須讓一個人去受酷刑。

1 據佛羅倫斯無名氏的注釋，聖方濟各會修士在走路時，習慣讓有權威者走在前，其他人跟在後。

2 公元前六世紀的希臘作家伊索的《寓言》在中世紀有多種拉丁文本，當中以安格利庫斯（Gualterius Anglicus）的《伊索書 *Liber Esopi*》最為流行；詩中所指的是當中這則：「一隻老鼠請求青蛙幫助牠過一條水溝；青蛙懷著惡意假惺惺答應了，牠將老鼠的一條腿綁在自己的一條腿上，打算游到半途時自己鑽進水中，將老鼠淹死。就在青蛙正要實現這個惡意的詭計時，一隻老鷹瞥見老鼠在水面上，便飛下來抓住老鼠；結果，那隻和老鼠綁在一起的青蛙也被拖走。」

3 「mo」和「issa」是早期義大利語，含義都是「現在」。「方才那場爭鬥」指鬼卒的爭鬥。卡爾卡勃利納飛過去，看似是要幫助阿利奇諾，實則懷著惡意，正如同寓言中青蛙對老鼠那樣。結果，這兩個鬼卒都掉進沸騰的瀝青裡，正如同青蛙和老鼠都被老鷹捉去。詩中用 mo 和 issa 這兩個同義詞，比擬鬼卒爭鬥和蛙鼠寓言開端和結局的相似程度。

4 意即從鬼卒爭鬥和蛙鼠寓言的開端和結局十分相似，聯想到下句所說的思想顧慮。「起初的恐懼」指但丁在馬拉科達命令鬼卒護送他和維吉爾時心生的恐懼感。

5 「鏡子」原文是 piombato vetro，指塗上鉛的玻璃。全句大意是：如果我是一面鏡子，那麼我照見你外貌的速度，都不會比照見你的思想感情更快。

6 大意是：你的思想此刻已和我的思想相融和，因為你我的想法都源於對大禍即將臨頭的恐懼，態度和面貌上沒有什麼差別，因而促使我拿定主意：逃走。

7 兩位詩人順著第五和第六惡囊之間的堤岸往左走，他們右邊的斜坡就是這道堤岸靠第六惡囊那一側的斜坡，這個斜坡如果不是太陡，他們就能安全下到第六惡囊。

8 這個比喻是超出比擬範圍、自成小抒情詩的那類比喻（見克羅齊所著《但丁的詩》），它強調維吉爾對但丁的親切關懷。

9 「陸上磨坊」建在河流附近陸地，透過渠道引水做為動力，和設置在河中大船或木筏上，直接以河中流水做為動力的「水上磨坊」不同。為了增強水力，「陸上磨坊」的引水渠道建得坡度相當陡，好讓水從高處流下，因而流速逐漸加快，接近輪上的葉片時，流得就最快。

10 這群是偽善者的靈魂，他們穿著鍍金的斗篷，因而顯得「色彩鮮明」。

11 克呂尼（Clugni）修道院是法國勃艮第省的著名修道院，其中的修士屬於本篤會，號稱克呂尼派修士，他們會穿帶有寬大風帽的長袖斗篷。

12 偽善者在地獄裡仍保持在人間時虛偽的謙卑態度。斗篷外面鍍金，說明他們是虛有其表的正人君子，內裡是鉛，說明他們的罪惡被善良的外表掩蓋。詩中對偽善者的描寫，是受《新約・馬太福音》第二十三章中耶穌的話的啟發：「你們這假冒為善的文士和法利賽人有禍了，因為你們好像粉飾的墳墓，外面好看，裡面卻裝滿了死人的骨頭和一切污穢。你們也是如此，在人前，外面顯出公義來，裡面都裝滿假善和不法的事。」偽善者的靈魂穿著克呂尼派修士樣式的斗篷，眼睛向下，緩步而行，就像宗教節日裡僧侶列隊行進，這都說明詩中鞭撻的對象主要是偽善的僧侶和教士，這些人暗中在社會和政治上作惡多端，危害極大。

13 據拉納的注釋，神聖羅馬皇帝腓特烈二世常用如此酷刑懲罰背叛他的人：他差人為罪犯造出一件可遮蓋其全身、厚約一英寸的鉛衣，將人放進一口鍋內，給他穿上這件鉛衣，而後在鍋底下生火。鉛遇熱會熔化，將罪犯的皮肉層層燙掉，最後連鉛帶人全熔化成液體。這種說法並無歷史文獻可考，或許是教會和貴爾弗黨編造出來的，但流傳甚廣，連但丁也信以為真。

14 意即每走一步，都發現旁邊又是另一些偽善者的靈魂。

15 第十九章中曾提及惡囊的底部很狹窄，第六惡囊裡，由於偽善者的亡魂眾多，又都披著肥大笨重的鉛斗篷，路因而就顯得更窄了。

16 這兩個亡魂站在但丁旁邊，戴著低垂到眼睛前的沉重鉛質風帽，難以轉頭面對但丁，只好斜眼看他。牟米利亞諾指出，「……這也是偽善者的眼神，具有畫像般的鮮明性。」

17 「喉嚨直動」意味但丁不停在呼吸，說明了他是活人，

18 指佛羅倫斯。

19 意即沉重的鉛斗篷壓得偽善者的亡魂不住呻吟，正如過重的東西壓得秤杆咯吱作響。根據辛格爾頓的注釋，這裡所說的是橫梁正中有豎杆支承、兩端掛著兩個等重秤盤的秤，這種秤與人的形體相似，尤其像人的脖子和雙肩。正如同這些罪人穿著沉重的鉛斗篷，這種秤要是秤了過重的東西，就會咯吱作響，橫梁和豎杆的接合點尤其會發出如此響聲，這個接合點在比喻中就相當於罪人的脖子。

20 「快活修士」是聖馬利亞騎士團成員的諢名，這個教團創組於一二六〇年頃，隔年經教皇烏爾班四世批准；它以調解黨派爭端、保護弱者不受強暴欺壓為宗旨；由於教團戒律不嚴，准許成員結婚，住在自己家裡，大眾因而為他們起了「快活修士」的綽號。起初教團成員還能伸張正義，但不久後即變質，使得快活修士這個稱號，一如注釋家托拉卡所說的那樣，「成為享樂者和偽善者的同義詞」。

21 卡塔拉諾（Catalano）生於一二一〇年頃，家族姓馬拉沃爾提（Malavolti），是貴爾弗黨；羅戴林格（Loderingo）也出生在一二一〇

年頃，家族姓安達洛（Andalò），是吉伯林黨；這二人生平有許多共同點：一二六〇年頃，他們在波隆那一同創建了聖馬利亞騎士團；一二六五年一同擔任波隆那最高行政長官；一二六六年一同擔任佛羅倫斯最高行政長官（詩中所說的即指此事，詳情見注22）；一二六七年又一同擔任波隆那最高行政長官；後來，都在倫扎諾（Ronzano）修道院退隱。

22 一二六六年，西西里王曼夫烈德在本尼凡托之戰兵敗陣亡後，佛羅倫斯當權的吉伯林黨恐慌、沮喪，貴爾弗黨人心振奮，企圖恢復自己的權勢，兩黨的矛盾日益激化。在這危急的形勢下，教皇克萊孟四世設法讓卡塔拉諾和羅戴林格獲選為佛羅倫斯的最高行政長官，表面上為了調解黨爭，維持和平；這通常只會選任一名最高行政長官，但這次選出兩名，一來是因為這兩人都是以調解爭端為宗旨的聖馬利亞騎士成員，一二六五年擔任波隆那最高行政長官時，曾調解當地的貴爾弗和吉伯林兩黨的衝突，二來是因為他們一個是貴爾弗黨人，一個是吉伯林黨人，具有代表性，他們共同掌權，就好似組成聯合政府；只是，教皇真正的目的是要驅逐吉伯林黨，讓貴爾弗黨執政。他們起初還秉公辦事，不偏不倚，為促進兩黨和解，設立了三十六名好人會議，但不久後就改弦易轍，暗中支持貴爾弗黨擴充勢力。市民群眾在貴爾弗黨的挑動下起而暴動，結果，吉伯林貴族遭到放逐，他們的首領家產被沒收，房屋被毀。根據以上事實，詩中將他們二人作為假冒為善的典型。

23 「加爾丁格」（Gardingo）本來是倫巴底人統治佛羅倫斯時一座城防碉堡的名稱，後來泛指碉堡周圍的地方。吉伯林黨首領烏伯爾蒂（Uberti）家族的房屋就在那裡，經過這次暴動被毀，廢墟依然存在，是這兩個快活修士假冒為善的見證。

24 譯文中的「禍」原文是mali，這個詞也有「苦」的含義；由於詩人沒將這句話說完，乍看很難斷定他究竟是要譴責這兩人生前引起的禍亂，還是要對他們現在所受的苦表示憐憫。但是，聯繫上下文細讀，就會發現，誠如薩佩紐所說的，但丁這句話只不過對於兩個偽善者而言是模稜兩可的，他們可能捉摸不定它命意何在；但對詩中情境本身來說，並無所謂的模稜兩可。在但丁心裡，這句話只能是一頓責罵的開端。如此解釋符合但丁的性格，因為他熱愛家鄉，對兩個在佛羅倫斯引起禍亂的人，根本談不到憐憫之情。

25 此人是大祭司該亞法，他用偽善的話誘勸法利賽人害死耶穌（見注28）。當初他和同夥在世上使耶穌被釘死於十字架上，如今他們在地獄裡永遠被三個橛子（小木樁）釘在地上，兩個釘著他兩隻手，一個釘著他交叉的雙腳，如同耶穌被三個釘子釘著一般。

26 被一個活人看見受這種刑罰，他引以為恥，又害怕此人將他受苦的情況傳到人間，因而惱羞成怒，做出如此動作。

27 卡塔拉諾因為但丁的話中斷了，又看到該亞法做出那樣的動作，因而意識到但丁的注意力已完全集中在那罪人身上。

28 見《新約．約翰福音》第十一章：「那些來看馬利亞的猶太人，見了耶穌所做的事，就多有信他的，但其中也有去見法利賽人的，將耶穌所做的事告訴他們。祭司長和法利賽人聚集公會，說：『這人行好些神跡，我們怎麼辦呢？若這樣由著他，人人都要信他，羅馬人也要來奪我們的土地和我們的百姓。』內中有一個人，名叫該亞法，本年做大祭司，對他們說：『你們不知道什麼，獨不想一個人替百姓死，免得通國滅亡，就是你們的益處。』……從那日起，他們就商議要殺耶穌。」

29 路本來就狹窄，該亞法又橫躺在那裡擋路，披著沉重鉛斗篷的靈魂都得踩過他的身體慢慢走過去。許多注釋家指出，詩人對這種刑罰的構思，是受《舊約．以賽亞書》第五十一章中的啟發：「我必將這杯子遞在苦待你的人手中，他們曾對你說：『你屈身，由我們踐踏過去吧。』你便以背為地，好像街市，任人經過。」其他偽善者的靈魂都穿著沉重的鉛斗篷，該亞法和他的同夥卻赤身露體，如此就加重了他們被眾靈魂踩過時的痛苦。

30 該亞法的岳父名叫亞那，關於他，《新約．約翰福音》第十八章中這麼說：「那隊兵和千夫長並猶太人的差役就拿住耶穌，把他捆綁了，先帶到亞那面前，因為亞那是本年做大祭司的該亞法的岳父，這該亞法就是從前向猶太人發議論說，一個人替百姓死是有益的那位。」

31 「這次公會」指祭司長和法利賽人聚集的公會（見注28）。會後，他們便用計殺害耶穌，使他被釘十字架而死。「猶太人苦難的種子」指公元一世紀七十年代羅馬統治者對猶太人進行軍事鎮壓，耶路撒冷被毀，猶太人被迫離開巴勒斯坦，流浪各地。詩中認為這是他們殺害耶穌的罪行產生的惡果。

32 「在永久放逐中」指陷於萬劫不復的境地，在地獄中受苦，永世不能升天國。「如此可恥地」指身子被其他靈魂踩踏走過去。維吉爾現出驚奇神情的原因不明。多數注釋家認為，維吉爾初次下到深層地獄時，該亞法還沒入地獄，維吉爾因為沒見過他而感到驚奇。但他為什麼對其他上次也未見過的人不驚奇呢？也有人認為，詩中指的是對該亞法所受刑罰的特殊形式感到驚奇；維吉爾死於耶穌被釘死十字架上之前，不知道該亞法之所以遭受這種刑罰的理由。這種說法似乎說得通。

33 「黑天使」指鬼卒。「不必」的原文是 costringer，字意是「強迫」，因為遊地獄是天意決定的，因此在必要時可迫使鬼卒前來幫助。

34 指馬拉科達。他先前騙了維吉爾，謊稱附近有一座石橋完好無損，其實所有橫跨第六惡囊的石橋全都已在耶穌死時發生的大地震中坍塌。這次地震獨獨震垮偽善者受苦處的所有石橋，可能意味上天對這種罪人特別震怒，在這種罪人當中，對耶穌之死負有罪責的該亞法和其同夥，注定要受特殊方式的懲罰。

35 參看《新約．約翰福音》第八章中耶穌關於魔鬼的話：「他……不守真理，因他心裡沒有真理，他說謊是出於自己，因他本來是說謊的，也是說謊之人的父。」

第二十四章

在新年開始後的那段時期，當太陽在寶瓶宮溫暖她的頭髮，黑夜已漸趨與白晝相等，當霜在地上描摹她白姐姐的形象，但她的筆鋒不能持久時[1]，缺乏飼料的農人起身一看，只見田野盡是一片白茫茫；他因而朝大腿一拍[2]，回到屋內，來回踱步，唉聲嘆氣，像個不知如何是好的可憐人；他接著又走出門，赫見頃刻間世界面貌已變，重獲希望，便拿起牧杖，趕羊群出去吃草。我也是這樣。當我看到我的老師臉色如此陰沉，令我心生惶恐，但隨後同樣也是藥到病除；因為，在我們來到那座斷橋時，我的嚮導轉身對著我，臉上帶著我在山腳下[3]初次見到他時的那種和藹表情。他先是仔細看了那廢墟，心裡琢磨一下後便展臂抱住我[4]。如同一個人在行動之際也估量著，似乎總有預先準備般，他在推著我朝一塊巨岩頂上爬去時，已在看著另一塊，並說：「你之後就爬上那一塊，但要先試試，看它是否牢靠，承受得住你。」這路可不適合穿斗篷的人走，因為他雖然輕[5]，我又被他推著，我們也幾乎無法從一塊岩石爬上另一塊。若非這堤岸的斜坡比另一道堤岸的短些[6]，我不知道他如何，但我反正會累垮。不過由於整個惡囊都朝著那口最低之井[7]的井口傾斜，所以每條壕溝的地勢必然是一邊高一邊低；我們爬了又爬，終於爬到最後一塊石頭斷裂之處[8]。爬上去時，我的肺已喘不過氣，再也無法前行，於是一抵達就坐了下來。

在這極其殘酷凶惡的巨蛇群中，有許多赤身露體、驚恐萬狀的人在奔竄。

「你現在應該甩掉懶惰，」我的老師說，「因為坐在羽毛上或躺在被子裡是不會成名的。無聲無息消磨了一生的人，在世上所留的痕跡就如同空中雲煙，水上浮沫；所以，起身吧；用精神克服氣喘吧，如果不和沉重的肉體一同倒下，精神是戰無不勝的[9]。我們還得爬上更長的階梯[10]；單單離開這些人是不夠的。你若是明白我的意思，那就動起來，讓自己得益吧[11]。」於是，我站了起來，裝做自己肺裡的氣息比我感受到的更充足，說：「走吧，因為我堅強又無畏。」

我們取道走上石橋。這座橋崎嶇、狹窄、難行，遠比先走過的那座更陡。我邊走邊說話，只為了別顯得疲憊不堪。因為聽到我說話，另一條壕溝裡傳來一種不成詞句的聲音。雖然我已來到橫跨那條壕溝的拱橋頂上，卻不知那聲音說的是什麼，但說者似乎在走動。我低頭往下望，卻因為一團漆黑，我這活人的肉眼望不見溝底；因此我說：「老師，請你走上另一道環形堤岸，讓我們從這如牆般的橋頭下去吧[12]，因為我從這裡聽又聽不懂，往下看也什麼都看不清。」他說：「對你，我別無答覆，只有照辦，因為正當的請求應以沉默的行動去滿足。」

我們從連接第八道堤岸的橋頭下了橋，接著，壕溝就展現在我眼前：我看到當中有駭人的一大群巨蛇，其種類形態如此千奇百怪，至今回想起來，還讓我畏懼得血液都要凝滯。讓多沙漠的利比亞[13]莫再自誇！因為它雖產生凱利德里、雅庫里、法雷埃、沁克里和安菲斯貝納，再加上全衣索比亞或紅海沿岸，也未曾生出如此眾多、這麼凶惡的瘟蟲[14]。

在這極其殘酷凶惡的巨蛇群中，有許多赤身露體、驚恐萬狀的人在奔竄，他們毫無找到洞穴或雞血石[15]的希望。他們的雙手倒背著遭蛇纏住，蛇將尾和頭順著他們的腰伸過去，在他們身前打成結。

看哪！一條蛇朝一個靠近我們這道堤岸的人猛然一跳，就刺穿了他的頸肩相接處。還不到寫完o或l的工夫[16]，那人就著火燒了起來，不得不頹倒下去，徹底化為灰燼；這麼燒毀在地後，那骨灰頓時又自行聚合，恢復原形。這就像偉大的聖哲們所說，鳳凰活到近五百歲時死去，而後以這種方式再生；牠一生不食草類或五穀，只飲乳香和荳蔻的脂滴，松香和沒藥是牠最後的裹屍布[17]。

如同一個跌倒之人不知怎麼跌倒，不知是因為魔鬼的力量將他拉倒在地，還是其他閉塞令人失去知覺[18]，他起身時定睛四顧，由於受到極大痛苦，完全陷於迷茫狀態，一面張望，一面嘆息；那罪人起身之後也是這樣。啊，神的力量，降下如此打擊作為懲罰，是多麼嚴厲呀！

我的嚮導隨後問他是誰。對此，他答說：「不久之前，我從托斯卡那墜落到這殘酷的食道裡[19]。我是騾子，就和騾子一樣，喜愛獸的生活，而不喜人的生活；我是萬尼・符契，是獸，皮斯托亞是配得上我住的窩[20]。」我對我的嚮導說：「告訴他別溜走，問他是什麼罪將他推到這下層，因為我看到的他，是個易動怒的血腥之人[21]。」聽了這話，那罪人沒有佯裝沒聽見，而是將心和臉正對著我，現出陰鬱的羞恥神色[22]，隨後說：「被你逮到我身在這悲慘之地，比我從人世間被捉走時更令我痛苦[23]。我不能拒答你的提問；我被放到這等深層之處，因為我是偷盜聖器室裡精美收藏的賊，這個罪名曾誤加在另一個人的頭上[24]。但是，為了不讓你因為看見我在這裡而稱心如意，要是你走得出這幽冥世界，那麼就張開兩耳聽我說吧：先是皮斯托亞放逐了黑黨因而人口減少，隨後，佛羅倫斯更換了它的人和體制[25]。瑪爾斯從瑪格拉河谷引來被烏雲包圍的火氣；接著，將在皮切諾原野上的猛烈暴風雨中交戰；結果，火氣將要猛力撕破雲層，使得白黨個個都被它擊傷[26]。我說這番話，就是為了讓你痛心。」

1 太陽在寶瓶宮約是在陽曆一月二十一日至二月二十一日之間，此時晝漸長，夜漸短，到了春分那天（三月二十日或二十一日），晝夜就等長了。「溫暖她的頭髮」指陽光越來越暖和。「她的白姐姐」指雪，這裡將霜擬人化，「在地上描摹她白姐姐的形象」指地上的降霜一片白茫茫，就好似雪。「她的筆鋒不能持久」指她所用的鵝毛筆筆尖不久就禿了，意即日出後不久，霜就融化消失了。

2 表示絕望或懊喪，因為農人以為夜裡下了雪，無法將羊群趕到野外牧放，而家裡又沒有飼料可餵羊。

3 意即維吉爾臉上的和藹神情，讓但丁的惶恐心情頓時得到安慰，就如同那農人見到霜已消散，大地恢復原貌，便立刻轉憂為喜。「在山腳下」指第一章提及的小山山腳下。克羅齊指出，這個長達二十一行的比喻屬於超出比擬範圍、自成小抒情詩的那種類型。

4 顯然是從背後抱住但丁。

5 可能指那些穿著肥大、沉重鉛衣的罪人，或泛指穿著又肥又長的外衣的人。由於維吉爾是靈魂，沒有肉體，因此說「他輕」。

6 意即靠裡的那道（也就是第六和第七惡囊之間的那道）堤岸斜坡，比靠外的那道（也就是第五和第六惡囊之間的那道）還短些。

7 「那口最低的井」指第十八章注2所說的井；井底構成第九層地獄，也就是最下層地獄，因此說是最低的井。

8 指斷橋橋頭的堤岸上。

9 「精神」指自由意志的力量，這種力量能克服所有障礙。

10 有些注釋家認為，這是指但丁和維吉爾遊過地獄後，還得從地心上到地面重見天日（「重見群星」）；有的則認為，是指他們還得攀登煉獄所在的淨罪山的各層平臺，到達山頂的地上樂園。波斯科—雷吉奧的注釋本認為兼指二者，這個說法比較全面，因為兩位詩人要走完這兩段路程之後，才算走完地獄和煉獄之行的全程。

11 「這些人」指偽善者和所有其他罪人。意即除了去惡之外，還要滌罪，才能得救，而這需要長期的堅苦努力。「明白我的意思」意即明白維吉爾話中的道德寓意。「讓自己得益」意即獲得力量和勇氣，繼續前進。

12 「另一道環形堤岸」指第七和第八惡囊之間的堤岸；「從如牆般的橋頭」說明這座石橋的坡度特別陡。

13 在古代希臘地理學著作中，利比亞是指埃及以外的北部非洲，這地方後來成為羅馬帝國的一部分。根據古代神話傳說，利比亞沙漠多毒蛇，因為珀耳修斯殺死蛇髮女妖梅杜莎之後，她的血就滴落在那裡，化成各種不同的蛇（見《變形記》卷四）。

14 這些蛇名顯然源自《法爾薩利亞》卷九：「凱利德里 chelidri」是爬行蹤跡會冒煙的蛇；「雅庫里 iaculi」是能飛的蛇；「法雷埃

faree」是爬行時尾巴能劃出一道溝的蛇；「沁克里 cencri」是永遠走直線的蛇；「安菲斯貝納 anfisibena」是雙頭蛇。古代衣索比亞是指非洲東北部紅海以西的大片土地，包括現今埃及南部、蘇丹東部和衣索比亞北部，「紅海沿岸一帶地方」指阿拉伯沙漠，相傳這些都是多蛇的地帶。

15 中世紀的寶石藏家認為雞血石有神奇效能，能治毒蛇咬傷，使人隱身。

16 佛羅倫斯無名氏注釋家說：「o和l這兩個字母一筆就能寫成；所以寫得比其他字母都快。」

17 「偉大的聖哲們」指偉大的詩人和學者，例如奧維德、普林尼等人。詩中根據的可能是奧維德《變形記》卷十五中的描述：「但是唯有一隻鳥，牠自己生自己，生出就不再變樣。亞述人稱牠為鳳凰。牠不吃五穀菜蔬，只吃香脂和香草。也許你們都知道，這種鳥活到五百歲，就會在棕櫚樹梢上用腳爪和乾淨的嘴為自己築巢，在巢上堆起桂皮、光潤的甘松穗子、碎肉桂和黃色的沒藥。牠就朝上一坐，在香氣繚繞之中結束壽命。據說，從這父體會生出一隻小鳳凰，也活五百歲。」

18 指癲癇病患者。關於發病原因，詩中提出兩種解釋，一是因為患者著了魔，這是當時常人的說法；二是因為患者血管內充滿濁氣，閉塞了心臟到腦的通路，導致生命的氣息流通受到阻礙，這是中世紀醫者的解釋。

19 「降落」原文是 piovvi，通常用於雨，這裡作為隱喻，表示這個罪人一死，靈魂就猛然墮入第八層地獄的第七惡囊。「殘酷的食道」指第七惡囊，它像猛獸的食道般吞噬罪人。

20 萬尼．符契（Vanni Fucci）是皮斯托亞貴族符丘．德．拉扎利（Fuccio de' Lazzari）的私生子，因此他說自己是「騾子」，意即雜種（騾是馬與驢雜交而生）。此人性情凶暴而好鬥，在皮斯托亞貴爾弗黨始於一二八八年的內訌中，作為黑黨分子對白黨進行殘酷鬥爭，並且大肆搶掠。一二九二年，他加入佛羅倫斯軍隊對比薩作戰，但丁或許是在那時見到他。一二九五年二月，在藐視法庭、拒不受審的情況下，被判犯下殺人罪和搶劫罪；他怙惡不悛，同年八月又放火燒毀白黨的房屋，搶掠財物。此後事跡不詳，從詩中敘述看來，他大概死於一三〇〇年三月之前不久。萬尼．符契自稱為「獸」，據佛羅倫斯無名氏的注釋，「獸」是人們給他取的諢名，因為他性情極端野蠻殘忍。「皮斯托亞是配得上我住的窩」，因為那裡有許多惡人。

21 「易動怒的血腥之人」意即好鬥、好殺人的人。但丁知道萬尼．符契是這樣的人，認為他死後理應入地獄第七層（犯暴力罪者受苦處），而不是第八層（犯欺詐罪者受苦處），因此請維吉爾問他是犯了什麼罪，才在第八層地獄的第七惡囊裡受懲罰。

22 「將心和臉正對著我」，化用《埃涅阿斯紀》卷十一，意即凝神注視我。「現出陰鬱的羞恥臉色」意即因為惱羞成怒而漲紅了臉。萬尼．符契在回答維吉爾時坦率說出自己「是騾子」，「是獸」，「喜愛獸的生活」，是為了強調自己的暴行，藉此掩蓋他所犯的盜竊罪。

當他發現自己已被但丁識破，只好坦白自己的盜竊罪時，臉上不由得現出上述表情。

23 意即被你當場看到因為犯下盜竊罪而在這第七惡囊裡受懲罰，這讓我感受到的痛苦比死的痛苦還大。常人都將死視為是最大的苦，萬尼・符契也不例外；但他極端狂妄，突然被一個在政治上處於敵對陣營的人（但丁當時和白黨站在一起）發現自己犯了盜竊罪，自然認為這是莫大恥辱，而這種恥辱讓他覺得比死還更痛苦。

24 大約在一二九三年最初幾個月，萬尼・符契夥同公證人萬尼・德拉・蒙納（Vanni della Monna）等人，竊取了皮斯托亞聖芝諾（San Zeno）大教堂當中的聖雅各聖器室裡的珍貴聖器收藏。當時有幾名嫌疑犯被逮，其中有一個名叫蘭庇諾（Rampino）的幾乎被處死。「這個罪名曾誤加在另一人頭上」大概就是指這個人。幸而後來捉到真正的罪犯之一：公證人萬尼・德拉・蒙納。他對自己的罪行坦承不諱，並且揭發了同夥，於一二九六年被處絞刑。那時萬尼・符契大概已畏罪潛逃。

25 這是萬尼・符契對但丁作出的幸災樂禍的預言。「先是皮斯托亞因為放逐黑黨而人口減少」指一三〇一年五月皮斯托亞白黨在佛羅倫斯白黨的援助下，取得勝利，將黑黨驅逐出去；「隨後，佛羅倫斯就更換它的人和體制」指佛羅倫斯政權改變，黑白兩黨的命運顛倒過來：原本是白黨掌權，一三〇一年十一月四日法國瓦洛瓦伯爵查理奉教皇命令率軍隊來到佛羅倫斯後，遭逐的黑黨首領寇爾索・竇那蒂（Corso Donati）和黨羽捲土重來，在查理的支持下戰勝了白黨，政權轉而落入黑黨手中，一三〇二年初，白黨遭到放逐。

26 如同《神曲》中的其他預言，這幾行詩運用了隱喻，文字比較晦澀。「瑪爾斯」是羅馬神話中的戰神，這裡象徵戰爭。「火氣」原文是 vapor（氣），根據各家注釋，指 vapore igneo（火氣），這是中世紀氣象學名詞，現在稱為「雷電」；火氣在空氣中被「水氣」（vapore acqueo，指雲）包圍，和水氣搏鬥，衝破包圍圈發出光就是閃電，發出聲音就是雷。火氣或雷電在這裡是指牟洛埃羅・瑪拉斯庇納（Moroello Malaspina）侯爵，他在一二八八年統帥佛羅倫斯貴爾弗軍對阿雷佐吉伯林軍作戰，從一三〇一年到一三一二年間經常為托斯卡那各地的黑黨上陣殺敵。「瑪格拉河谷」（Val di Magra）泛指他的封地盧尼地區（Lunigiana）；「被烏雲包圍」指被白黨軍隊包圍；「皮切諾原野」（Campo Piceno）泛指皮斯托亞境內，這個地名源於對古羅馬歷史學家薩盧斯提烏斯（Gaius Sallustius Crispus）的《卡提利那暴亂記 *De coniuratione Catilinae*》中一段的誤解；「猛烈的暴風雨」意義雙關，比擬戰鬥的激烈。這段預言是指哪一場戰役，注釋家有兩種不同說法：有的認為指牟洛埃羅・瑪拉斯庇納率領盧卡和佛羅倫斯黑黨聯軍圍攻皮斯托亞的塞拉瓦勒（Serravalle）城堡，一三〇二年五月攻克；有的認為指他在指揮佛羅倫斯和盧卡聯軍圍攻皮斯托亞城，一三〇六年四月占領該城；自從一三〇二年佛羅倫斯白黨被放逐以來，皮斯托亞一直是白黨在托斯卡那的唯一據點，它的投降就意味白黨勢力的消滅。後一種說法的弱點在於但丁那時已將白黨流亡者視為「邪惡、愚蠢的夥伴」，脫離了他們，不再關心白黨的命運；前一種說法似乎比較符合詩中所寫的具體情景。

第二十五章

那個賊一說完，便舉起雙手，作出污辱人的手勢[1]，喊道：「接受吧，上帝，因為這是對準你的！」從這時起，蛇就是我的朋友[2]，因為當下就有一條蛇纏住他的脖子，似乎在說：「我不讓你再說了。」另一條纏住他的雙臂，又將他捆住，在前面緊緊打成結，讓他的雙臂完全無法動彈[3]。啊，皮斯托亞，皮斯托亞，既然你為惡更甚你的先祖[4]，你何不決定讓自己化為灰燼，不再存在呢？我走過地獄各層黑暗的圈子，從未見過對上帝如此傲慢的鬼魂，連那個從底比斯城牆上摔落的人[5]也沒這樣。那個賊逃走了，沒再多說什麼。我瞥見一個怒容滿面的肯陶爾走來，喊道：「他在哪兒，那個無法無天的東西在哪兒？」我不相信近海的沼澤地[6]有從他的臀到他人形開始之處[7]那麼多的蛇。他的後頸肩膀上[8]蟠著一條翅翼展開的龍；牠碰見誰，就噴火燒誰。我的老師說：「這是卡庫斯，他在阿汶提努斯的山岩下屢屢造出一片血湖。他沒和他的兄弟走同一條路，因為他故弄狡詐，盜走他附近的一大群牛；惡行最終止於海克力士的狼牙棒下；海克力士或許打了他百下，但他感覺不到十下[9]。」

他正這麼說著，瞧，那肯陶爾跑了過去，我們底下[10]來了三個鬼魂，我和我的嚮導都沒有覺察，直到他們大聲喊道：「你們是誰？」我們的談話因而中止，而後專心注意他們。我不認識他們；但正如偶爾發生的那樣，一個碰巧不得不提及另一個的名字，說：「錢法在哪兒？[11]」我因此伸直食指，放在下巴和鼻子之間[12]，好讓我的嚮導注意。

讀者呀，你現在若是遲遲不信我隨後所述，那也不足為奇，因為就連我親眼見到，也幾乎無法置信。當我繼續凝眸注視他們時，瞧，一條六腳蛇跳到了一個鬼魂面前，將他完全纏住[13]。牠用中間的腳抱住他的腹部，前腳抓住他的雙臂，然後用牙咬住他的兩頰[14]，後腳伸到他的大腿上，尾巴擱在他的大腿間，再朝上勾伸到他的後腰處。即便常春藤纏繞樹上，也不如這可怕的爬蟲將其肢體纏在此人肢體上那麼緊。接著，他們就好似熱蠟那般黏在一起，顏色互相混合，現在兩者的顏色都已不若先前：正如紙在燃燒之前，紙上有一種昏黃顏色朝上移動，仍不是黑色，而白色已經消失[15]。另外兩個鬼魂[16]在一旁看著，都喊道：「哎喲，阿涅爾，你變成什麼樣子了！瞧，你現在既不是兩個身子、也不是一個身子啦！」如今，兩顆頭已變成一個，同時，我們看到兩個面孔的形象各自消失，混合成一個面孔。四個長條的東西形成了兩臂[17]；大腿連同小腿、肚腹和胸脯都變成了我們從沒見過的肢體。那地方本有的形態盡數消失：這變態的形體似乎兩個都像，卻又哪個都不是[18]；牠就呈現如此形狀，慢步走開。

如同在伏天酷暑的鞭笞下，蜥蜴從一處籬笆移轉到另一處，若是從路上穿過，便迅如閃電，一條色如胡椒末般鉛黑，眼裡冒著怒火的小蛇[19]朝另外兩個鬼魂的腹部撲去時也是這樣；牠刺穿了其中一個鬼魂身上那人類最初吸收養分之處[20]，隨後便倒了下去，攤開身體躺在他面前。被刺穿的那人看著牠，但不發一語，而且腳跟立定不動，直打呵欠，好似睡魔或熱病正在侵襲。他盯著蛇，蛇也盯著他；一個從傷口、另一個從嘴裡猛烈地冒出煙來，而煙遇合在一起。就讓盧卡努斯今後莫再提及可憐的薩貝盧斯和納席底烏斯的故事[21]，等著聽我現在要講的吧。就讓奧維德莫再講述卡德摩斯和阿瑞圖薩的故事[22]，因

「哎喲，阿涅爾，你變成什麼樣子了！瞧，你現在既不是兩個身子、也不是一個身子啦！」

為，若說他在詩中讓前者變成了蛇，後者變成了泉，我也不嫉妒他；因為他從來沒有描寫過兩種自然物這麼面對面地變形，讓雙方的靈魂都肯互換形體[23]。這兩種自然物一起依著這樣的程序彼此相應地變著形：蛇將尾巴分裂成叉狀，受傷的鬼魂則將兩腳合而為一。兩隻小腿和大腿各自緊緊黏連，緊密到頃刻間接合處就看不出任何痕跡。蛇岔裂開來的尾巴呈現出對方身上消失的形狀，牠的皮變得柔軟，而對方的皮變得堅硬。我看到他的雙臂縮進了腋窩內，蛇的兩腳原本很短，現在漸漸增長，他的兩臂縮短多少，牠的兩腳就增長多少。接著，牠的兩隻後腳繞在一起，變成人所隱藏的器官[24]，而那個可憐蟲將他那個器官伸展成了兩隻腳[25]。

當那股煙以新的顏色遮蓋兩方，使一方長出頭髮、另一方頭髮褪盡時，一個就站了起來，另一個便倒了下去；但他們並未因此移動邪惡的目光，在這種目光中，雙方正在變換嘴臉[26]。那個站著的將嘴臉往太陽穴收縮，由於縮進該處的材料過剩，原來沒有耳朵的面頰遂長出耳朵；沒有縮進去、留在原處的材料就變成了臉上的鼻子，而且將嘴唇增厚到適當程度[27]。那個躺著的則是拉長了嘴臉，耳朵縮進腦袋裡，好似蝸牛將觸角縮入殼內；他原本完整、適於說話的舌頭此時分裂成兩片，而那一個本是叉狀的舌頭則聚攏在一起；煙停止了。已變成爬行動物的鬼魂發出嘶嘶響聲，順著溝底逃走，另一個在它後面說著話，朝牠啐唾沫[28]。接著，他便將新長成的肩膀轉過去，對著牠，向第三個鬼魂說：「我願卜奧索就像我過去那樣，沿著這條路爬著跑[29]。」

這就是我見到第七惡囊裡渣滓變形和相互變形的情況[30]；如果我的筆寫得有點雜亂，且讓題材的新奇在此作為原諒我的理由吧。儘管我有些眼花撩亂，心神恍惚，但其餘那兩個鬼魂也沒能偷偷逃掉，我還是明確認出了瘸子普喬[31]，他是先前那三個夥伴中唯一沒有變形的；另一個鬼魂就是那個使你，加維勒呀，哭起來的人[32]。

1　是指將拇指插在食指及中指之間，象徵性交的猥褻手勢。對人伸出或舉起做出這種手勢的拳頭，就表示侮辱對方。注釋家托瑪塞奧說，托斯卡那的普拉托（Prato）地區有一條法律規定，任何人向耶穌或聖母瑪利亞像做出這種手勢……都必須繳納罰金十里拉，否則要受鞭笞。

2　因為蛇纏住了萬尼・符契，懲罰並制止他的瀆神行為。

3　在他化為灰燼之前，蛇曾纏住他（見第二十四章），現在又再纏住他，是為了不讓他再說出瀆神的話，做出辱神的猥褻手勢。

4　公元前六十三年，羅馬政治家卡提利那（Catilina）被政敵西塞羅擊敗，戰死在現今皮斯托亞附近。相傳他的殘部建立起皮斯托亞城，是皮斯托亞人的祖先。維拉尼在《編年史》卷一第三十二章說：「皮斯托亞人在內戰和對外作戰時，過去曾是、如今仍是凶猛殘忍的戰士，這不足為奇，因為他們正是卡提利那和他那支被切斷的敗軍殘部的後裔。」這個傳說並無歷史根據，顯然是當時城市和黨派之間的仇恨產物。但丁對皮斯托亞的咒罵，當然是出於對萬尼・符契盜竊聖器和瀆神罪行的義憤，但也與城市、黨派之間的仇恨有關，因為萬尼・符契正是皮斯托亞黑黨的死硬派，而但丁當時是站在佛羅倫斯白黨那邊。

5　指七將攻底比斯故事當中的七將之一卡帕紐斯（見第十四章注10）。

6　指托斯卡那近海的沼澤地，早期的注釋家布蒂說，那一帶「蛇非常多，瓦達（Vade）地方有一座美麗的修道院，據說由於蛇多，因而無人居住」。

7　肯陶爾是半人半馬的怪物（見第十二章注13）。「臀部」指馬形下身的臀部；「人形開始處」指馬形下身的前肢以上。

8 據佛羅倫斯無名氏注釋，這部位是指「兩肩在脖頸底下的脊背上形成的凹陷處」。

9 據《埃涅阿斯紀》卷八中的描述，卡庫斯（Cacus）「是個面貌醜惡、半人半妖的怪物」，住在羅馬七山之一的阿汶提努斯山（Aventinus）的洞穴裡，那裡「地上常流淌著牠剛殺死之人的熱血」。他是伏爾坎的兒子，「走起路來……嘴裡吐出黑火」。他施展詭計從英雄海克力士的牛群裡偷走四頭公牛和四頭牛犢，「為了不讓牛的蹄跡洩露去向，他拽著牛尾將牛拉回洞裡，好像牛是朝反方向走去。他將牛藏在陰暗的洞裡，誰要來找牛，也看不到任何可將他引向山洞的標記」。但是，「一隻母牛從大山洞裡發出吼叫，和外面的牛群相呼應」，海克力士因而找到了卡庫斯的巢穴，抓住這個偷牛賊，「將他擠成一團，抱住他不放，掐住他的頭頸，直到他雙眼凸出，喉頭乾涸，失去血色」。

但丁詩中所寫的卡庫斯，主要取材自維吉爾史詩中的描述，但他別出心裁，將史詩中半人半妖的卡庫斯改成半人半馬的肯陶爾；在史詩中，卡庫斯口吐黑火，但丁筆下的卡庫斯嘴裡不吐火，而是他背上的龍嘴裡會噴火；卡庫斯在史詩中是被海克力士掐死的，在但丁詩中則是死於海克力士的狼牙棒下，但丁在這一點上採用了奧維德《歲時記 *Fasti*》卷一中的說法。

「他沒和他的兄弟們走一條路」是指其他的肯陶爾都在地獄第七層裡的弗列格通河畔，監視那些對他人施加暴力，因而在沸騰血水中受苦的鬼魂（見第十二章）。卡庫斯則因為施詭計偷走海克力士的牛，犯了盜竊罪，而被放在第八層地獄的第七惡囊裡。

「他連十下也沒覺到」，意即還沒打到第十下，他就死了。

10 指兩位詩人所站的堤岸下面。

11 錢法（Cianfa）是佛羅倫斯貴族，屬竇那蒂家族，生年不詳，死於一二八三年和一二八九年之間。一位早期注釋家說，「他愛好偷牲畜，搶商店，將錢櫃倒空」。

12 這個非常自然的手勢，正如注釋家布蒂所說，「好像給嘴上閂似的」，向人示意別說話；但丁一聽到錢法的名字，就知道這些鬼魂是佛羅倫斯人，因此向維吉爾做出這個手勢，示意他沉默，注意看他們的動靜。

13 這條六腳蛇正是錢法變成的，由於他變成了蛇，那三個鬼魂因此不知他的去向。被這條蛇纏住的是三個鬼魂之一，名叫阿涅埃羅（Agnello）。早期注釋家認為他就是屬佛羅倫斯勃魯奈萊斯齊（Brunelleschi）家族的阿涅埃羅。此人最初參加白黨，後來轉為黑黨。佛羅倫斯無名氏注釋家說，「他甚至兒時就常偷光他父母錢袋裡的錢，後來常偷光商店的錢櫃，還偷別的東西。成年之後，他常扮成乞丐，還留起老人似的鬍子，闖進別人家裡偷竊。」

14 從詩中描述可想見，蛇大概是將頭轉向一側，嘴在阿涅埃羅臉上大張，好用毒牙咬住他的兩頰。

15 佛羅倫斯無名氏的注釋說：「蛇和鬼魂，鬼魂和蛇的顏色相混合，形成了第三種顏色。」但丁用生活中白紙被火剛燒起時，失去了白色，顏色變成昏黃，但還未變焦發黑的現象作為比喻，比擬蛇和鬼魂身體變色的進程。

16 這兩個鬼魂一個名叫卜奧索（Buoso）（詳見注29），一個名叫普喬（Puccio）（詳見注31）。

17 「四個長條的東西」指鬼魂的兩臂和蛇的兩隻前腳；人和爬蟲的這四個肢體形成了新的變態形體的兩臂。

18 意即這個變態的形體既像人又像蛇，但也既非人又非蛇，是一種沒有適當名稱的怪物。

19 這條有四隻腳的小蛇，是佛羅倫斯人弗蘭齊斯科·德·卡瓦爾堪提（Francesco de' Cavalcanti）（詳見注32）。注釋家對形容小蛇的定語「acceso」的含義提出不同解釋：有的是照字面意義「燃燒的」理解，認為這條小蛇是火蛇或吐火的蛇；有的以詩中只說蛇口中冒煙、並無吐火為由反駁此說，認為應照這個詞的轉義解釋成冒著怒火的蛇，也就是說，蛇在跳出來咬人時，眼裡冒著怒火。

20 這個鬼魂是佛羅倫斯人卜奧索。「人類最初吸收營養之處」指肚臍，因為肚臍是胚胎吸取營養的通道。

21 薩貝盧斯（Sabellus）和納席底烏斯（Nasidius），這兩人都是加圖部隊裡的兵士，他們在利比亞沙漠中各被一種毒蛇咬傷，前者身體潰爛，化為膿水肉泥而死；後者身體腫脹得撐破鎧甲，爆開成了一堆碎骨爛肉而死（見盧卡努斯的史詩《法爾薩利亞》卷九）。

22 卡德摩斯（Cadmus）是底比斯城邦的創建者，因為殺了戰神瑪爾斯的蛇，受到懲罰變成了蛇（見《變形記》卷四）。阿瑞圖薩（Arethusa）是一位水仙，她在河裡洗澡時，被河神阿爾弗斯（Alpheus）看見；他愛上了她，跑去追她；月神狄安娜遂將她變成阿瑞圖薩泉，但阿爾弗斯還是繼續追，河水和泉水終於匯合（見《變形記》卷五）。

23 義大利文 natura 的複數 nature 指萬物，也就是大自然產生的所有東西；詩中「due nature」指人和蛇，這裡勉強譯為「兩種自然物」。但丁並不嫉妒奧維德的藝術才能，因為奧維德在《變形記》中根本沒有寫出像這裡所描寫的這種不可思議的事：人和蛇兩個不同種類的生物並不互相接觸，而是面對面地各自變成對方的形狀。形狀，原文是「forme」（forma 的複數），而作為經院哲學名詞，forma 指的是靈魂，人類的靈魂是理性的靈魂（anima razionale），與蛇類的靈魂不同，所以人是人，而不是蛇，他的肉體具有人形而不呈蛇形；「雙方的靈魂都肯互換形體」意即儘管人的靈魂和蛇的靈魂本質不同，但在神的意志支配下，一反事物的自然法則，竟然變換成對方的形體。

奧維德所寫的卡德摩斯變成蛇的故事和阿瑞圖薩變成泉的故事，都是個體變形。但丁在這裡所寫的，是人與蛇雙方形體互相轉化，這種描寫獨出心裁，為拉丁詩人難以想像，因此但丁對他們的藝術成就並無嫉妒。

24 指陰莖。

25 「可憐蟲」指卜奧索的鬼魂，他的陰莖伸了出去，一分為二，形成蛇的兩隻後腳。

26 「一個」指弗蘭齊斯科．德．卡瓦爾堪提，他先是蛇，現在大致變成了人，站了起來；「另一個」指卜奧索，他先是人，現在倒了下去，不久就要變成蛇。

「目光」原文是lucerne，含義是燈（複數），這裡指眼睛，因為「眼睛就是身上的燈」（見《新約．馬太福音》第六章）；「並不因此移動他們邪惡的目光」意即他們仍然互相凝視；他們的目光之所以是「邪惡的」，因為都是入了地獄的人；互相凝視的同時，他們各自仍在完成蛇面變人面、人面變蛇面的轉化。

27 意即加厚到呈現出人類嘴唇的形狀。

28 說話和啐唾沫是人類獨有的動作，蛇逃走時會發出嘶嘶響聲，但丁用極為簡練的筆觸精準寫出了人和蛇變形後的特徵。弗蘭齊斯科．德．卡瓦爾堪提的鬼魂從蛇變成人之後，朝由人變成蛇的卜奧索的鬼魂吐口水，表示輕蔑。注釋家托拉卡則認為，啐唾沫是一種避邪防禍的舉動，因為中世紀有一種迷信，認為人的唾液對蛇有毒，啐唾沫可驅蛇，預防遭咬。前者的解釋比較符合詩中情況。

29 這是弗蘭齊斯科．德．卡瓦爾堪提看到卜奧索變成了蛇，在地上爬行時，感到稱心如意、幸災樂禍而說的話，因為他對卜奧索懷有宿怨；他是小蛇時，眼冒怒火攻擊卜奧索，刺穿他的肚臍，也是出於這個宿怨。卜奧索是佛羅倫斯人，注釋家對他的家族姓氏說法不一致，有的認為他屬阿巴蒂（Abati）家族，有的認為他屬竇那蒂家族，後者的論據比較充足。他的具體盜竊罪行不詳。大約死於一二八五年前後。

30 「渣滓」指第七惡囊裡的犯盜竊罪者，因為這些人統統是社會渣滓。「變形」指萬尼．符契、阿涅埃羅和錢法的個體變形；「相互變形」指弗蘭齊斯科和卜奧索二人形體的互相轉化。

31 瘸子普喬（Puccio Sciancato）屬佛羅倫斯的加利蓋（Galigai）家族，是吉伯林黨人，一二六八年遭到放逐，一二八〇年和其他吉伯林黨人一起和貴爾弗黨簽訂和平條約。他雖然和其他犯盜竊罪者一起被放在第七惡囊裡，但沒有變形，因為有一個抄本的注釋說「他是個有禮貌的賊，……白天偷，晚上不偷，被人看見也滿不在乎」。

32 「另一個鬼魂」指弗蘭齊斯科．德．卡瓦爾堪提，綽號斜眼兒（Guercio），屬佛羅倫斯卡瓦爾堪提家族。他被加維勒（Gaville）市鎮的居民殺害後，族人為了復仇，殺死許多加維勒人，因此說加維勒為他的死帶來的災難一直在哭泣。

第二十六章

得意吧，佛羅倫斯，既然你如此偉大，以至於在海上和陸上鼓翼飛翔[1]，你的名字還傳遍全地獄！我在盜賊之間發現五個是你顯貴的市民[2]，這給我帶了恥辱，你也不會因此得到莫大光榮。但是，凌晨的夢若是靈驗，你不久後就要遭受普拉托及其他城市渴望你蒙受的災殃[3]。倘若災殃已經發生，也不算太早，既然災禍必至，那寧可它早日發生！因為我越老，對我的打擊就越沉重[4]。

我們離開那裡，我的嚮導沿著那些突出的岩石先前供我們下去的臺階，重新上去，並將我也拉了上去[5]；我們踏上孤寂的路途，走過石橋的尖石和圓石當中，腳沒有手的幫助就寸步難行。當時我感到悲痛，現在回想起所見情景，復又感到悲痛[6]，並且比往常更約束自己的天才，好使之不至於背離美德的指導而奔馳[7]；如此一來，倘若照命的吉星或更美好的事物賦予我如此天資，我便不會把它喪失[8]。

正如普照世界者藏起他的面孔、不讓人看見的那個時間最短的季節[9]，當蒼蠅讓位給蚊子的時分[10]，在小山上休息的農民看見底下那道或許是他採收葡萄和耕地的山溝裡[11]有無數螢火蟲閃閃發光：我一來到能望見溝底的地方，就看見第八條壕溝裡處處閃爍著團團火焰，其數量之多，就像那些螢火蟲。如同由熊為他報仇的那人見到以利亞的戰車離開時，拉車的駿馬挺立朝天空駛去，由於他的目光跟不上，他看不到別的，只看見一團火焰如一朵小雲彩般飄然騰升[12]；那些火焰個個也都像那樣，沿著食

「那些火焰裡皆是鬼魂，每個鬼魂都被燒著他的火焰裹覆。」

道般的壕溝在移動，因為團團火焰無一露出它盜竊的東西，而每團火焰都偷了一個罪人[13]。

我站在橋上傾身探看，看得如此入神，若不是先抓住岩塊，即使無人推我，我也會掉落下去。見我這麼凝神注視，我的嚮導便說：「那些火焰裡皆是鬼魂，每個鬼魂都被燒著他的火焰裹覆。」「我的老師啊，」我答說，「聽了你的話，我更是肯定無疑；但我已想到那是這麼回事，而且想這樣對你說：朝這裡過來的那團火焰，頂端分成兩岔，就像是從厄忒俄克勒斯和他弟弟一同火葬的柴薪堆上升起的那般[14]，那裡面是誰？」他答說：「在那火裡受苦的是尤利西斯和狄俄墨得斯，他們就這樣一起受懲，正如他們當初一起令神震怒[15]；他們在火中為施用木馬伏兵之計而痛苦呻吟[16]，這一計為羅馬人高貴的祖先從那裡出逃開了大門[17]。他們在那火裡為施用詭計致使戴伊達密婭死後依然哀悼阿基里斯而受苦[18]，他們在那火中還為盜走雅典娜神像受懲[19]。」我說：「如果他們在那火焰裡能說話，老師，我誠懇且再次請求你，願我的請求相等於千次，莫拒絕讓我等待那團有角的火焰過來：你看，我因為盼著，還正彎身望著它呢。」他對我說：「你的請求值得稱許，因此我接受；但你當緘口不言，由我來說，因為我已瞭解你的願望；而且，由於他們是希臘人，或許還會不屑聽你說話[20]。」

當那團火焰來到我的嚮導認為時間和地點便於說話之處，我聽見他這麼說：「啊，同在一團火焰裡的兩位幽魂哪，倘若我生前有功於你們，倘若我在世上寫出高華的詩篇[21]，對你們有或多或少功勞，那就莫走開；且讓你們其中一位述說，他是往何處去時迷路而死[22]。」那團古老火焰較大的角[23]開始搖曳，而且颯颯作響，有如被風吹動；接著，那火尖就像說話的舌頭，來回動了起來，發出聲音說：「離開將我強留在彼時仍未被埃涅阿斯命名為卡耶塔那地方附近十多年之久的喀耳刻[24]之後，我對吾兒的慈愛、對老父的孝心，以及會令珀涅羅珀喜悅的應有恩愛，都戰勝不了我渴望去閱歷世界，體驗人類罪惡及美德的激情[25]；但我只是乘著一艘船，帶著那一小群沒有離棄我的同伴，起航駛向深且遼闊的海[26]。遠至西班牙，直到摩洛哥，兩邊海岸我都見到了，還見到薩丁尼亞島和被這個海環繞的其他島嶼[27]。當我們到達海克力士立起他的界碑、不讓人繼續前進的那道狹窄海峽時[28]，我和眾夥伴都已老邁遲鈍。右邊，我離開了塞維亞，另一邊，我已離開休達[29]。『弟兄們哪，』我說，『你們經歷千萬種危險，到達了西方，如今，我們殘餘的生命已如此短暫，切莫不願利用餘生去認識太陽背後的無人世界[30]。仔細想想你們的來源吧：你們生來不是為了像獸一般活著，而是為了追求美德及知識[31]。』我用這段簡短的話促使夥伴們急切渴望出發，即使隨後我想阻止他們，也都阻止不了；清晨時分，掉轉船尾[32]，我們將船槳充作翅膀，作出這如飛翔般的瘋狂航行，航向經常偏向左邊[33]。黑夜已看到另一極和那裡的所有星辰，我們的北極星卻低到已露不出海面[34]。這次艱險的航程自從啟航後，普照下界的月光已經亮過五次，暗了五次[35]，彼時遠處有一座山隱約出現在我們前面，我覺得它高得出奇，生平從未見過那麼高的山。我們歡喜雀躍，然而歡樂頃刻化為悲哀；因為從新陸地上吹來一陣旋風，打在船頭。那風令船連同海水旋轉了三次；第四次，正如另一位所樂見的[36]，便使船尾翹起，船頭沉下，直至大海將我們吞沒。」

1 意即你的名聲遠揚。佛羅倫斯在十三世紀時工商業和銀行業已相當發達，其商人遍及西歐和地中海沿岸城市，經濟勢力日益強大，因此滋生出驕傲自滿感。當地最高行政官的政務宮的西牆上有一二五五年的拉丁文銘文：「她統治海、陸和全世界。」但丁當然見過這句銘文。詩中的諷刺可能與這句自我吹噓的狂妄之語有關。

2 但丁在第七惡囊裡遇到的五個犯下盜竊罪的佛羅倫斯市民，都出身自貴族世家或上層社會的家族。

3 古代和中世紀歐洲都有迷信，認為凌晨的夢境預示的是即將發生的事，最為靈驗（但丁自己在《煉獄篇》第九章也這麼說）。詩人在此假托在凌晨的夢中見到惡貫滿盈的佛羅倫斯即將遭受天譴，發生災禍。

普拉托是個小城市，位在佛羅倫斯西北約十六公里處，當時隸屬於佛羅倫斯。「其他城市」指托斯卡那境內的其他城市，如比薩、阿雷佐等。詩中說的災禍究竟指什麼，難以確定。有的注釋家認為是指一三〇九年普拉托反抗佛羅倫斯，將黑黨驅逐出去；有的認為「普拉托」不是指普拉托城，而是樞機主教尼古拉．達．普拉托（Niccolò da Prato），他在一三〇四年奉教皇之命前去調解佛羅倫斯的黨派爭端，結果徹底失敗，憤怒離開當地，並宣布褫奪佛羅倫斯人的教權，把他們驅逐出教會。當年，亞諾河上的卡拉亞（Carraia）木橋就因節日時聚集橋上的觀眾過多，突然斷裂，造成許多人落水溺斃；之後不久，市中心又發生大火，燒毀了一千七百多座宮殿、塔樓和房屋，使得大批寶物和商品化為灰燼。當時一般人都認為這些災禍全是因為受到教會詛咒所致。

4 注釋家們對這句詩提出截然不同的解釋：早期的但丁學家認為，其大意是說，要是上天遲遲不實現對佛羅倫斯的懲罰，那麼詩人越年老，就越覺得痛心；這種解釋強調但丁渴望上天懲罰佛羅倫斯的罪惡；現代但丁學家傅比尼（Fubini）的看法與此相反，他說：「正義的懲罰來得越晚，詩人就越是痛苦，他看到懲罰是必要的，而且也希望它來，但他畢竟是這城市的兒子，當懲罰到來時，他越年老，對他的打擊也就越大。」如此解釋闡明了但丁作為道德家和愛國者的矛盾心理，比較符合但丁的性格，為大多數現代注釋家接受。

5 前一章提到，但丁和維吉爾為了看清楚第七惡囊裡的情景，從天然橋上往下走到堤上；現在，他們循原路重新回到上面去。

6 詩人不先說明看到什麼情景，只說當時感到悲痛，而如今回想所見仍感悲痛，這種寫法令讀者產生懸念，急於知道下文如何。

7 在第八惡囊裡受苦的是出謀劃策為惡之人。這些人聰明過人，但沒將天賦才智用於正途，反而濫用於為非作歹，因而死後要在地獄裡受火刑懲罰。但丁回想起自己所見情景，聯結到自己的情況，意識到既然自己也有極高的天賦，那麼就必須常以理性嚴加約束，使天賦才情用於正道，不誤入歧途，因為正如竇維蒂奧在《神曲研究》中所說，「但丁在被放逐時期成為宮廷中人，一位政治談判家……對於他而言，出詭計和設騙局是有可能成為一種職業罪，一種行業惡習。」

8 「照命的吉星」在這裡指雙子座。但丁誕生時，太陽在雙子宮（見《天國篇》第二十二章），根據占星學家的說法，這個星座的人注定生來就有天才。「更美好的事物」指神的恩惠。「不會把它喪失」意即不至於因為濫用而將它給毀掉。

9 意即在晝長夜短的夏季。

10 意即在黃昏時分。

11 注釋家羅西（Rossi）指出：「使用『或許』一詞產生了繪畫般的效果；在半明半暗的黃昏時分，那個農民從高處看不清楚哪些是自己的耕地，哪些是別人家的。」辛格爾頓指出：「耕地通常在春天，收葡萄在秋天。現在是夏季，這兩種勞作之間正好有一段休息時間。」所以詩中用「他採收葡萄和耕地」來形容山溝，與「在小山上休息」相呼應。

12 「由熊為他報仇的那人」指先知以利沙（Elisha）：「以利沙從那裡上伯特利去。正上去的時候，有些童子從城裡出來，戲笑他說，禿頭的上去吧，禿頭的上去吧。他回頭看見，就奉耶和華的名咒詛他們。於是，有兩個母熊從林中出來，撕裂他們中間四十二個童子。」（見《舊約．列王紀下》第二章）

先知以利亞（Elijha）是以利沙的導師，「他們正走著說話，忽有火車火馬將二人隔開，以利亞就乘旋風升天去了。以利沙看見，就呼叫說，我父啊，我父啊，以色列的戰車馬兵啊。以後不再見他了」（見《舊約．列王紀下》第二章）。但丁根據這段簡單的敘述，想像出詩中美妙的比喻，這個源於《舊約》的比喻和前一個取材自實際生活的比喻形成了鮮明對照，產生將敘述引向悠遠的過去時代的作用，鋪陳出古代傳說中的尤利西斯即將出現。

13 溝底較上部狹窄，因此用「食道」比擬。「它盜竊的東西」指火焰包藏的罪人；「偷了一個罪人」意即火裡藏著一個罪人，好像賊將偷走的東西藏起來，不讓人看見。

14 但丁看到頂端分成兩岔的火焰後，想起古希臘傳說中厄忒俄克勒斯和波呂尼刻斯兄弟二人的故事：他們是殺父娶母的底比斯國王伊底帕斯的孿生子。他們長大後，強迫伊底帕斯退位離開底比斯。伊底帕斯遂向諸神祈求，讓這兄弟倆永遠彼此仇視。他們約定逐年輪流執政，但厄忒俄克勒斯任期滿後卻拒不讓位。波呂尼刻斯於是請求阿爾各斯（Argos）國王協助他奪回王位，因而發生七將攻底比斯的戰爭。這兄弟倆在對打時同歸於盡，屍體被人放在同一堆柴上火化，升起的火焰一分為二，表明他們死後仍然互相仇視。斯塔提烏斯的《底比斯戰紀》第十二卷和盧卡努斯的《法爾薩利亞》卷一都有關於這情景的描寫，但丁詩中這個比喻可能就源於這兩部史詩中的描寫。

15 尤利西斯是荷馬史詩《奧德賽》中主人公奧德賽的拉丁化名字。他以足智多謀著稱，是特洛伊戰爭中的希臘英雄之一；狄俄墨得斯（Diomedes）也是特洛伊戰爭中的希臘名將，他們共同犯下了詩中列舉的種種欺詐罪，引起諸神震怒，死後同在地獄遭受火刑懲罰。

16 希臘人圍攻特洛伊城九年不下，後來尤利西斯獻策木馬計，將一批勇士和精兵藏進一隻巨大無比的特製木馬中，而後佯裝撤兵，留下木馬，並且派出名叫西農的奸細去詐降。此人騙特洛伊人說，希臘人之所以造了這匹龐大的木馬，是為了要為尤利西斯和狄俄墨得斯盜取雅典娜神像和褻瀆神靈的罪行贖罪（參看注19），如果特洛伊人將木馬運進城裡，就能徹底打垮希臘人。特洛伊人信以為真，便將木馬運進城內。入夜後，藏身木馬中的伏兵便跳出來打開城門，與攻城的大軍裡應外合，占領了特洛伊。

17 「羅馬人高貴的祖先」指埃涅阿斯。這句詩大意是：木馬計導致特洛伊城陷落，埃涅阿斯因此帶著父親和兒子逃往他鄉，最後建立了羅馬。

18 希臘英雄阿基里斯兒時，有預言家說特洛伊城注定要被希臘人毀滅，但是要征服特洛伊，阿基里斯非得參戰不可。他的母親知道他會死於這場戰爭，便將他扮成女孩，送往斯庫洛斯島（Scyros）國王的宮中。阿基里斯長大後和國王的女兒戴伊達密婭（Deidamia）相愛，使她生了一個兒子。由於他是要征服特洛伊不可或缺的人物，希臘聯軍統帥便派尤利西斯和狄俄墨得斯前去邀請他參戰。俊美的阿基里斯混在公主及侍女之間，他們二人認不出來。尤利西斯於是心生一計，將一矛一盾放在屋內，然後命令隨從吹起軍號。少女們無不聞聲倉皇奔逃，只有阿基里斯不但沒走，還拿起矛和盾，於是被識破偽裝。最後在他們的勸說下，阿基里斯同意去參戰。他離開斯庫洛斯島後，戴伊達密婭悲痛而死（事見史詩《阿基里斯紀 *Achilleid*》卷一、卷二）。她的鬼魂在林勃中仍為他傷心（見《煉獄篇》第二十二章）。由於維吉爾自己也在林勃中，因此可能直接聽過她講起阿基里斯的事。

19 相傳，特洛伊城內的雅典娜神像，是眾神之父朱比特（即宙斯）賜給建城者伊路斯作為守護神供奉的。特洛伊城的安全興旺全仰賴這尊神像的存在。因此，狄俄墨得斯和尤利西斯「摸到特洛伊城堡高處雅典娜的神廟，殺死守衛，將對特洛伊生死攸關的雅典娜神像卸了下來」，偷出城去（見《埃涅阿斯紀》卷二）。

20 希臘人因為創造出燦爛的文明，向來非常高傲，目空一切，因此這兩位英雄可能不屑與中世紀人但丁交談；維吉爾因為是羅馬詩人，思想文化和他們比較接近，由他出面去問，他們比較容易同意。

21 「高華的詩篇」指《埃涅阿斯紀》，其中也敘述了尤利西斯和狄俄墨得斯的一些事跡。

22 荷馬史詩《奧德賽》最後說到奧德賽返鄉後，殺掉了期間向他的妻子求婚的人們，與父親、妻兒團圓為止，但沒有說到他死在何處，只是卷十一在敘述他遊歷陰間時，預言家泰瑞西阿的鬼魂曾對他說：「在你用陰謀或利劍當眾將你家裡的求婚子弟殺掉後，你就挑選一把好用的船槳，到外地遊歷，直到你找到那個部族，他們不知有海，不知有彩繪的船和作為船隻雙翼的長槳，也不知道有鹽的食物……而後你可以回家……你的老年將過得舒暢，溫柔的死亡將從海上降臨……我告訴你的一切都將實現。」這裡雖說到奧德賽要去外地遊歷，以及他的老年生活和死亡，但是但丁不識希臘文，不能讀《奧德賽》，據但丁學家考證，他也未曾讀過以拉丁文寫出的荷馬史詩故事梗概，因此在寫作時不可能從這些書中得到啟發。納爾迪在《但丁與中世紀文化 *Dante e la cutura medievale*》一書中指出，但丁在構思尤利西斯的遠遊和死亡時，可能是受到熱那亞人維瓦爾迪（Vavaldi）兄弟航海事件的啟發。他們在一二九一年穿過直布羅陀海峽西行，企圖探尋通往印度的新航路，但一去便再無消息。這個論斷極具說服力，因為維瓦爾迪兄弟的遠航大西洋比哥倫布還早二百年，是一件激動人心的壯舉。

23 詩人用「antica 古老的」形容火焰，一來是因為尤利西斯和狄俄墨得斯的靈魂落入地獄已有千百年之久，二來，這個形容詞能有將要講的故事情節推到遙遠的古代，讓尤利西斯的形象染上神奇色彩的效果。「較大的角」指藏著尤利西斯的那一隻角，因為他的名聲高過狄俄墨得斯。

24 喀耳刻（Circe）是希臘神話中日神赫利俄斯的女兒，能用巫術將人變成動物。尤利西斯漂流到她居住的島上後，她將他留置在島上同居一年多，之後才放他離開（見《奧德賽》卷十）。喀耳刻所住的海島名為埃亞依（Aeaea），在維吉爾時代名叫刻爾卡岬（Circaeum Promontorium），也就是現在的齊爾切奧山（monte Circeo / Circello），這座山在該埃塔（Gaeta）灣北面；該埃塔是那不勒斯西北方約四十五英里處的海港，古名卡耶塔（Caieta），埃涅阿斯的乳母卡耶塔就死於此地，並且葬在這裡，埃涅阿斯為了紀念她，便以她的名字作為此地的名稱（見《埃涅阿斯紀》卷七）；尤利西斯被喀耳刻留置在島上，是埃涅阿斯來到卡耶塔（該埃塔）港以前的事，那時當然還沒有這個地名。

25 尤利西斯的兒子名叫鐵拉馬庫斯（Telemachus），而他的父親名叫拉爾特斯（Laertes）。珀涅羅珀（Penelope）是他的妻子，在丈夫遠征特洛伊和漂流海上的期間對他始終忠貞不渝，所以他理應對她表示恩愛，使她喜悅。就一般人來說，對兒子的慈愛，對父親的孝心和對妻子的恩愛，會促使長期在外漂流的人急於回家，但在尤利西斯心中，認識世界的欲望遠比這些感情強烈，以至於他不肯還鄉與家人團聚，而是毅然決然冒險遠航去閱歷「太陽背後的無人世界」。從這一點來看，但丁塑造的尤利西斯形象已具有文藝復興時期人物的特徵。

26 指地中海西半部，比東半部的愛琴海和愛奧尼亞海遼闊。

27 指西西里島、科西嘉島、巴利阿里群島等。

28 「狹窄的海峽」指直布羅陀海峽。「他的界碑」指海峽兩岸的懸崖，位在北岸的名為卡爾培（Calpe），南岸的是阿比拉（Abyla），相傳這兩座懸崖原本是一座山，但被海克力士分成兩半作為界碑，標明這裡已是世界盡頭，不讓人繼續往前行，世人因此將這兩座懸崖稱為「海克力士之柱」。

29 西班牙城市塞維亞並不臨海，這裡泛指塞維亞地區，這個地區對由東往西航行穿過海峽的船而言，是在右邊岸上；休達是臨海的北非城市，與直布羅陀城隔著海南北相對，對於由東往西航行的船來說，是在左邊岸上；休達的地理位置比塞維亞靠東，船會先離開休達，後離開塞維亞，因此離開前者動詞用了過去完成式，離開後者動詞用過去式。

30 「到達了西方」指到達彼時世人所知的世界的極西方。譯文「殘餘的生命」中，「生命」原文是 vigilia dei sensi，直譯為「感官醒著的時候」，指生命而言，由於生命和感官活動分不開，也因為醒意味著活動；生的對立面是死，也就是感官長眠不醒。

31 「太陽背後」原文為 di retro a sol，注釋家對此有兩種不同解釋：一般認為是指船順著太陽運行的方向由東往西航行，但這與詩中所講的情況不同。尤利西斯要認識的「無人世界」是南半球，在《神曲》的地理中，耶路撒冷是北半球中心，極東是印度的恆河，極西是直布羅陀海峽，北半球為陸半球，南半球為水半球，完全被海洋覆蓋，只有高峻無比的煉獄山聳立在海洋中，作為南半球中心與耶路撒冷遙遙相對，自古以來，還沒有人到過那裡。尤利西斯既然要去南半球，過了直布羅陀海峽以後，就不應一直向西航行，而應折向西南方。帕利阿羅提出另一種解釋，他認為「太陽背後」不是指船的航向，而是指南半球的方位，因為當太陽高懸中天時，在北半球的人看來，南半球是在太陽背後。這種解釋能自圓其說。

32 尤利西斯提醒夥伴們想想自己是人，作為萬物之靈，生來就有心智和理性，能夠認識世界，而不是像獸類那樣渾渾噩噩，醉生夢死，所以應該明白人生的目的在於追求美德和知識。

33 「清晨時分」原文是 nel mattino。注釋家一般都將 nel mattino 理解為向著東方，指船尾轉向東方。托拉卡認為這種說法不合理，因為尤利西斯的船由東往西航行，船尾本來就向著東方，他要前往南半球，過了海峽之後就不應一直向正西行駛，而是必須將船尾轉向東北、朝西南方航行，因此在這裡並不是說明船的航向，而是說明起航時間是清晨時分。

「瘋狂航行」是尤利西斯回想起船沉人盡的悲劇，意識到不該越過海克力士標出的界限，闖進上天劃定的禁區後，對這次遠航所下的斷語。「航向經常偏向左邊」指出過了海峽之後，他的船航向越來越偏西南方，最後變為向東南方航行，因為唯有如此，他才能來到與耶路撒冷遙遙相對的煉獄山所在的海域。就詩中所說的來看，他的航向似乎和一四八六年葡萄牙人迪亞斯（Bartolomeu Dias, 1450-1500）沿非洲海岸航行的方向大致相同。

34 表明船已經過了赤道；「另一極」指南極。

35 表明已經航行了大約五個月。

36 「另一位」指上帝，因為祂不許世人來到煉獄山。

第二十七章

由於不再說話，那團火焰已直豎起來，穩定不動，在和善的詩人許可下[1]離我們而去；那時，隨後而至的另一團火焰促使我們將眼睛轉而注視它的尖頂，因為那兒發出一種雜亂的聲音。正如西西里的公牛（它的初吼正來自以其工具造出它的那人的哭聲，這是公正的）常借受害者的聲音吼叫，所以它雖是黃銅製成，卻彷彿被痛苦刺穿；同樣地，由於起初並無通道或出口可從火焰中發出，罪人悲慘的話遂變成火焰自身的言語[2]。但是，當那些話從火焰尖頂找到出口，使得焰尖如同舌頭在這些話通過時那樣顫動起來之後，我們便聽見他說：「啊，你呀，我的聲音是對你發的。剛才你用倫巴底方言說：『現在離開吧，我不再催你說話了[3]』，雖然我也許來得遲了些，但請別厭煩，留下來和我說話；你看，我並不厭煩，儘管我在燃燒著呢！你若是才剛離開我從那兒帶來我這所有罪過的可愛義大利國土，墮入這幽冥世界，那麼還請告訴我，羅馬涅人現在是在和平還是戰爭中，因為我是烏爾比諾和台伯河發源處的山脈間那地區山裡的人[4]。」

我還在俯身注視，我的嚮導手肘朝我肋部推了一下：「你來說吧，因為這個是義大利人。」我已準備好回答，便毫不遲延說道：「在底下隱身不見的靈魂哪，你的羅馬涅在它的暴君心中，不論現在還是過去，時時刻刻皆處於戰爭狀態；但我剛才離開那裡時，並無公開的戰爭[5]。拉溫納現在就和多年來一樣：達・波倫塔的鷹棲伏在上保護著它，同時也以翅膀遮蓋切爾維亞[6]。曾經蒙受長期圍困，使得法國人變成血淋淋屍堆的那座城，又處於綠爪的控制下[7]。殘酷處置了蒙塔涅的維盧喬家族老惡犬和小惡犬，在牠們慣常肆虐之處，將自己的牙當成鑽子用[8]。那隻從夏到冬就轉變陣營、住在白色獸窩裡的小獅子，統治著拉摩內河畔的城市和桑特爾諾河畔的城市[9]。如同坐落在平原和山巒之間，那座一側被薩維奧河沖洗的城市就活在專制和自由之間[10]。現在，請告訴我們你是誰；你可別比別人[11]更不願意說，如此，你的名字就能留傳下去。」

那團火焰以它的方式咆哮一會兒後，焰尖便搖搖晃晃，發出這樣的氣息[12]：「假如我相信我是在回答一個終將返回世間的人，這團火焰就會靜下，不再搖曳；但是既然真如我所聞，向來無人能從這深淵中生還，我也就不怕名譽掃地來回答你[13]。我是武人，後來當了束繩的修士[14]，我確信這樣束上繩子便能贖罪；要不是那個大祭司[15]的緣故——願他遭殃！——我的信念必然會完全實現，正是他將我拖回我原本的罪惡當中；他如何又為何做出此事，願你聽我明說。在我身為母親賦予我的骨肉形式[16]時，我的行為不像獅子，而像狐狸。我通曉各種陰謀詭計，而且運用巧妙，名聲甚至遠傳天涯海角。當我發現自己已到每個人都該落帆捲纜的年歲[17]，過去曾令我喜歡的事，那時已令我憎惡。經過悔罪和懺悔，我當了修士；唉，我真不幸啊！這麼做原本會有效果的，無奈新法利賽人的王在拉泰蘭附近進行戰爭[18]，不是對撒拉森人，也不是對猶太人[19]，因為他的敵人各個都是基督徒，無一曾去攻占阿克，也無一曾在蘇丹的國土經商[20]。他不顧自身至高無上的地位和聖職，也不顧我身上那條曾經常使繫者消瘦的繩子[21]，卻如君士坦丁召希拉提山洞中的席爾維斯特羅去為他治療麻瘋病，視我為醫生，召我去醫治他的狂妄熱病[22]。他要我出謀劃策，但我保持沉默，因為他的話就像醉漢之語。於是，他又說：『你莫生疑懼，我此刻就赦免你的罪，指導我如何將佩內斯特里諾夷為平地吧[23]。你知道我是能鎖上和開啟天國之門的，因為我有兩把鑰匙；對於這兩把鑰匙，我的前任者並不珍惜[24]。』這時，他強而有力的論據迫使我覺得沉默比獻計更壞[25]，便說：『父親哪，既然你洗除我現在必然要陷入的那種罪，那麼，長許諾、短守約的策略會令你在崇高寶座上得勝[26]。』後來，聖方濟各在我死後來接我[27]，但是黑基路伯[28]當中的一個對他說：『別把他帶走，別讓我吃虧。他得下來，來到我的走卒隊裡，因為他獻策了那條詭計，從彼時起，直到現在，我時時刻刻都準備要揪住他的頭髮；因為不悔罪之人不能赦免，也不可能在悔罪的同時卻也想犯罪，這是自相矛盾，無法成立。』我真不幸啊！當他抓住我對我說：『你也許沒料到我是個邏輯學家吧！』我多麼為之震顫啊[29]！他把我帶到米諾斯那裡，米諾斯將尾巴在堅硬的脊背上繞了八遭[30]，盛怒之下咬了咬尾巴說：『此人該去受賊火焚燒的罪人當中[31]。』於是，我就在你現在看到我的地方，穿著這樣的服裝[32]，懷著悲痛的心情走著。」

當他這麼說完，那團火焰便彎了下去，搖蕩著它的尖端，慘然離去。

我和我的嚮導繼續前行，沿著岩石一直走上另一座拱橋。這座拱橋橫跨在一條壕溝上，而背負製造分裂罪的罪責者，都在這條壕溝當中償還罪債[33]。

1 維吉爾允許尤利西斯離開的話，見本章注3。

2 「西西里的公牛」指雅典工匠佩里勞斯（Perilaus）所造的銅牛。這是一種殘酷的刑具，將罪犯關進銅牛體內，而後在牛肚下方生火，將人活活烤死。因為結構巧妙，牛身裡受刑者遭火烤的慘叫聲會變成牛吼聲從牛口傳出。佩利路斯將這個刑具獻給西西里島上的暴君法拉里斯（Phalaris，570 BC-554 BC 在位）。法拉利斯差人先將這名工匠關進去試驗看看，結果，佩里勞斯成了被自己發明的銅牛活活烤死的第一人。詩人認為他作法自斃，活該如此。

詩中用銅牛被燒紅後受刑者的慘叫聲變成牛吼聲為比喻，比擬火焰中的罪人悲痛的話，起初聽來亂哄哄的，好似火被風吹動時發出的響聲。

3 這兩句話是維吉爾對尤利西斯所說的原話，由於維吉爾是倫巴底人，他的話中因此帶有倫巴底方言。在中世紀，倫巴底亞泛指義大利北部的廣大地區，包括羅馬涅（Romagna）在內，從火焰中對維吉爾說話的鬼魂是羅馬涅人圭多．達．蒙泰菲爾特羅（Guido da Montefeltro），因此他聽得出維吉爾對尤利西斯說的話裡有倫巴底方言。

4 「山脈」指亞平寧山脈，台伯河就發源於其中的科羅那羅山（Monte Coronaro）腳下。「那個地區的山裡」指蒙泰菲爾特羅伯爵領地（Contea di Montefeltro），圭多是那地方的封建主，詩中雖然始終未提他的姓名，但敘述的事實足以證明是指他。

5 根據但丁的定義，「暴君」是那些「非為公眾利益執行公法，而是以公法為自己謀求私利者」（《帝制論》卷三第四章）。這裡是指當時在義大利北方城市內部的鬥爭中取得政權的家族代表或黨派首領，其性質和身分就類似古代希臘城邦的僭主。「我剛才離開那裡時」指一三〇〇年春天，也就是但丁虛構遊歷地獄的時間。「並無公開的戰爭」，因為經過二十五年接連不斷的戰爭後，羅馬涅各城及暴君們在一二九九年四月簽訂了普遍和「永久的」和平條約。

6 「多年來」指拉溫納自從一二七〇年以來，就在達．波倫塔（Da Polenta）家族的統治下。一三〇〇年，弗蘭齊斯嘉．達．里米尼（見第五章）的父親老圭多．達．波倫塔執掌政權，他的孫子小圭多（Guido Novello）非常景仰但丁，於是但丁最後便在他的邀請下定居拉溫納，完成了《神曲》最後的篇章。達．波倫塔家族的紋章圖案是一隻鷹，據拉納說是黃底紅鷹，據本維努托（Benvenuto）說，這隻鷹一半是銀白色襯藍底，一半是紅色襯黃底。切爾維亞（Cervia）位在拉溫納東南，是亞得里亞海濱小城市，因鹽業相當富庶，曾隸屬拉溫納。

7 指羅馬涅中部的城市福爾里（Forlì），當時掌握在吉伯林黨手中，教皇馬丁四世派法國人尚·代普（Jean d'Eppes）率領教廷和那不勒斯安茹王朝聯軍進攻羅馬涅的吉伯林黨，從一二八一年到八三年間長期圍困福爾里，當時的守城將領就是圭多·達·蒙泰菲爾特羅（但丁對火焰中的鬼魂述說此事時，還不知道這鬼魂就是他）。一二八二年五月一日，圭多指揮守軍突圍出擊，擊潰敵軍主力，而後回擊攻進城內的法國騎兵，「使法國人變成血淋淋的屍堆」。這個戰績顯示出了圭多卓越的軍事才能。「又處於綠爪控制下」指福爾里處在奧爾德拉菲（Ordelaffi）家族統治下，這個家族的紋章是黃底綠獅；「綠爪」就是指綠獅的爪子。從一二九六年起，斯卡爾佩塔·德·奧爾德拉菲（Scarpetta degli Ordelaffi）就掌握福爾里的政權，一三〇三年，他被選為佛羅倫斯白黨流亡者的領袖，但丁是在福爾里和他相識。

8 這裡講的是里米尼城的情況。「老惡犬」指馬拉台斯塔·達·維盧喬（Malatesta da Verrucchio），他是弗蘭齊斯嘉的丈夫簡喬托和她的情人保羅的父親。他的家族從蒙泰菲爾特羅遷移到維盧喬堡，這個地名便成為其家族的姓氏。馬拉台斯塔在一二九五年打敗以蒙塔涅·德·帕爾奇塔提（Montagna de'Parcitati）為首的吉伯林黨，成為里米尼的統治者。「小惡犬」是指他的兒子馬拉台斯提諾（Malatestino，意即小馬拉台斯塔）。「殘酷虐待蒙塔涅」指馬拉台斯塔俘虜了蒙塔涅後，將他囚禁起來，最後背信棄義地在獄中殺了他。據說，他把蒙塔涅交給自己的兒子馬拉台斯提諾看管。「後來，父親問他如何對待蒙塔涅，他答說：『我的老爺，他被看守得非常好，雖然他離海很近，但就算想跳海淹死自己也是不可能的。』幾番查問都得到同樣的回答之後，馬拉台斯塔終於說：『我看，你不知道怎麼看守他。』馬拉台斯提諾聽懂了，於是殺掉了蒙塔涅和另外幾個人」（引自本維努托的注釋）。「它們慣常肆虐之處」指里米尼。「將自己的牙當鑽子用」意即老惡犬和小惡犬用牙狠狠咬人；詩中以此比擬馬拉台斯塔和馬拉台斯提諾父子在里米尼和其他受其管轄的地方實行殘酷統治。

9 「小獅子」指馬吉納爾多·帕格尼·達·蘇希亞那（Maghinardo Pagani da Susiana），此人死於一三〇二年，他的家族是吉伯林黨，紋章是銀白底藍獅。他統治拉摩內（Lamone）河畔的城市法恩扎（Faenza）和桑特爾諾（Santerno）河畔的伊牟拉（Imola）。他在羅馬涅支持吉伯林黨，但幼年喪父的他兒時曾受過佛羅倫斯政府的監護之恩，始終與佛羅倫斯的貴爾弗黨同一陣線。因此，早期注釋家都將他「轉變陣營」解釋成他「在羅馬涅是吉伯林黨，在托斯卡那是貴爾弗黨」。對於「從夏天到冬天」的解釋則有分歧：拉納和本維努托從地理意義上理解，認為夏天指托斯卡那，因為它方位靠南，接近炎熱地帶，冬天指羅馬涅，因為它方位靠北，接近寒冷地帶。這種解釋失於穿鑿附會。布蒂和佛羅倫斯無名氏則從時間意義上理解，認為這句話的意思是：馬吉納爾多常從一個季節到另一個季節轉變陣營，站到另一個黨派去。現代注釋家大都認為，但丁用這句誇張的諷刺話來說明馬吉納爾多在政治上的反復無常，在羅馬涅各派系、各集團的紛爭中，忽而站在這一方，忽又站在那一方。這種解釋比較確切。

10 指位於福爾里和里米尼之間的切塞納（Cesena）。這座城市位在亞平寧山餘脈北麓的平原上，薩維奧（Savio）河沿西側從南流向北。它在政體上是個自治城市，但並未真正實行自治，而是由圭多・達・蒙泰菲爾特羅的堂兄弟嘉拉索（Galasso）掌權，以人民首領（Capitano del popolo）和市長（*podestà*）的身分進行統治，但他並非壓迫人民的殘酷暴君，所以切塞納比詩中提及的其他城市享有更多的自由。

11 「別人」在這裡指誰？對此有兩種不同的解釋：早期注釋家和大多數的現代注釋家認為是指但丁自己，在當時的語言用法上，altri或altrui（別人）用來指io（我），是一種不自我突顯、客氣的表達方式。但丁的意思是說，既然我已樂意回答你所問的情況，希望你也同樣樂意告訴我你是誰，好讓你的名字長久留存世間。但有些注釋家認為「別人」是指但丁遇見的其他鬼魂，他們都很樂意回答但丁的問題，但丁希望眼前這個鬼魂也同樣樂意回答。前一種解釋更符合詩中情境。

12 「以自己的方式咆哮」意即發出火焰獨特的響聲。「氣息」意即言語。台拉契尼（Terracini）指出，這三句詩寫出了圭多的靈魂回答但丁時猶豫不決的神態。

13 圭多的靈魂在火焰中看不見但丁是活人，以為自己是在對一個剛入地獄的靈魂說話。深層地獄裡的罪人因為罪孽深重，絕大多數都不願意被認出，讓世人得知自己的情況。圭多也是這樣。

14 圭多・達・蒙泰菲爾特羅是羅馬涅吉伯林黨首領，綽號「狐狸」，維拉尼在《編年史》卷七第八十章中說他是「他那個時代義大利最精明、最優秀的軍人」。生於一二二〇年左右，一二六八年，任霍亨斯陶芬朝末代皇帝康拉丁的代表，一二七五年統率羅馬涅吉伯林黨和遭放逐的波隆那及佛羅倫斯吉伯林黨聯軍，擊敗了馬拉台斯塔・達・維盧喬（見注8）統率的波隆那貴爾弗軍，同年又在切塞納附近擊敗貴爾弗軍，占領切塞納和切爾維亞。一二八二年，指揮守軍抗擊尚・代普所率領的教廷和安茹王朝聯軍對福爾里的長期圍攻，使得敵人傷亡慘重（見注7），次年福爾里市民向教皇屈服，將圭多驅逐出境。一二八六年，圭多自己也向新教皇屈服，與教會和解，但被流放到皮埃蒙特。一二八九年，他離開流放地，被推舉為比薩吉伯林軍司令對佛羅倫斯作戰。教皇為懲罰他違反禁令的行為，宣布開除他及其家族的教籍。在圭多的指揮下，比薩吉伯林軍獲得數次勝利。一二九二年，他自立為烏爾比諾城主，打退馬拉台斯提諾多次對該城的進攻。不久後，他再次與教會和解，一二九六年成為方濟各會修士，一二九八年死於阿西西修道院。「束繩的修士」即方濟各會修士，因為這一派的修士腰間都繫著一條象徵修道和悔罪的繩子。

15 「大祭司」指教皇波尼法斯八世。

16 「母親給予我的骨肉」指圭多的肉體，「我」是圭多的靈魂說話時自稱。「形式」在此是經院哲學名詞，經院哲學家將理性靈魂（anima razionale）稱為人「肉體的形式」，也就是說，它是肉體的能動性、有生命力的因素，人活著時，靈肉結合，死後則靈肉分離，靈魂便不再是肉體的形式，因此，這句的意思即是我活著的時候。

17 「落帆捲纜的時候」指老年。但丁在《筵席》第四篇第二十八章中說：「正如良好的水手走近港口時，將帆落下，以適當的駕駛方式進港；我們同樣也該將我們的世俗活動之帆落下，全心全意皈依上帝，讓自己能完全寧靜和平地進入那港口。」他還說：「我們極高貴的義大利人圭多．蒙泰菲爾特羅」就是這樣，他「落下世俗活動之帆，在老年皈依宗教，將所有世俗樂事和工作盡數丟開。」這裡和在詩中一樣用「落帆」的時候來指老年，並將這個比喻用在同一人物身上，但丁在《筵席》中稱圭多為極高貴的義大利人，肯定他在晚年悔罪自新，皈依宗教，不問世事；但在《神曲》中則改變了對他的看法，將他放在深層地獄，顯然是因為但丁日後才知道圭多為教皇出謀劃策，重犯舊罪的事。

18 「新法利賽人之王」指教皇波尼法斯八世。「新法利賽人」指所有卑劣的教士和僧侶，這些人和《聖經》中陷害耶穌的偽善法利賽人一樣，在宗教的外衣底下掩藏自己的罪行。

「在拉泰蘭附近進行戰爭」意即在基督教中心羅馬作戰，因為拉泰蘭宮當時是教皇的宮廷。這裡所說的戰爭，是指波尼法斯八世在一二九七年對羅馬科倫納（Colonna）家族進行的鬥爭，這個家族拒不承認策肋定五世退位（見第三章注11）有效，因而也不承認波尼法斯當選教皇合法。波尼法斯對科倫納家族宣布破門律，開除其教籍，限他們在十天內降服，他們逃避到帕勒斯特里納（Palestrina）城堡（即詩中所說的佩內斯特里諾城堡）內，抵抗了一年半之久。

19 「撒拉森人」（Saracen）指信奉伊斯蘭教的阿拉伯人。這句話說明了波尼法斯進行的鬥爭並不是對基督教的敵人穆斯林和猶太教信徒。

20 「阿克」（Acre）是巴勒斯坦的臨海城市，十字軍東侵時曾被基督徒侵占，由耶路撒冷聖約翰騎士團管轄。這座城市在基督教徒手中達百年之久，是基督教在巴勒斯坦的最後堡壘，一二九一年被薩拉森人攻克。參加過圍攻阿克的人當然就是站到異教徒那一邊，成為基督教的叛徒。「蘇丹的國土」指埃及馬木路克蘇丹統治的地區。阿克陷落的消息傳到羅馬後，教皇尼古拉四世立即試圖組織十字軍以奪回此城，並宣布禁止基督教徒與埃及蘇丹統治的地區進行貿易，違禁者一律開除教籍。

21 「至高無上的地位」指教皇作為教會領袖的地位。「聖職」指教皇作為僧侶的職位。「那條曾經常使繫者消瘦的繩子」指方濟各會修士腰間所繫著的繩子，修士們因為禁欲悔罪，身體消瘦；「曾經常」原文是 solea，為過去未完成時態，在這裡帶有諷刺意味，言外之意就是說，這是從前的情況，如今教會已經腐敗，修士們貪圖享樂，不再真心修道了。

22 據中世紀傳說，羅馬皇帝君士坦丁（306-337 在位）迫害基督教徒，因而罹患麻風病。他在夜裡夢見聖彼得和聖保羅告訴他，去找在索拉克忒（Soracte）山（即詩中所說的希拉提〔Siratti〕山）中洞穴躲避迫害的教皇席爾維斯特羅（Silvestro）一世找來，就能治好他的病。他於是派人去找。找到後，席爾維斯特羅一為他施行洗禮，他的病便立刻痊癒。索拉克忒山在羅馬城北，距離羅馬約三十六公里。波尼法斯的「狂妄熱病」指他為人狂妄，懷有極大的權力欲和野心，企圖打敗所有敵人。

23 「佩內斯特里諾」（Penestrino），即今帕勒斯特里納鎮，位於羅馬東南方一座陡峭小山上，距離羅馬約三十公里。科倫納家族在這座城堡中抵抗教皇軍的長期圍攻，直到一二九八年九月，教皇實行大赦後才投降。

24 據說，聖彼得作為基督在人間的代表和首任教皇，掌有天國之門的鑰匙。《新約．馬太福音》第十六章中耶穌對聖彼得說：「我要把天國的鑰匙給你，凡你在地上所捆綁的，在天上也要捆綁，凡你在地上所釋放的，在天上也要釋放。」也就是說，聖彼得握有決定人的靈魂能否得救的權力，歷代教皇作為他的繼承者，也都有這種權利。詩中所說的「兩把鑰匙」，一把是開啟天國之門的，象徵赦罪、使人得救的權力，一把是關上天國之門的，象徵開除教籍，使人不能得救的權力。中世紀歷史上有不少教皇都利用這種神權作威作福。

「我的前任」指教皇策肋定五世，他在加冕後不到四個月就退位，波尼法斯八世用偽善和譏誚的口吻說，這表明策肋定五世並不珍惜這兩把鑰匙象徵的權力。然而策肋定退位其實是受到波尼法斯本人（當時還是樞機主教）的慫恿，波尼法斯為了實現自己做教皇的野心，因而出此一舉。

25 教皇以基督授予的權力作為論據來說服圭多，圭多覺得教皇的論據強而有力，因為他作為方濟各會修士，受到入會誓約的約束，必須服從教皇。此外，波尼法斯的話也暗示了威脅之意，圭多覺得，自己要是再不答應，勢必會激怒教皇，遭受開除教籍的懲罰。因此，他認為，拒絕教皇的要求，後果會比再犯策劃陰謀詭計之罪更為嚴重。

26 圭多對教皇貢獻的計策是「長許諾、短守約」，也就是說，要多答應敵方所提的條件，但要少履行諾言。「在崇高的寶座上勝利」意即取得對敵人科倫納家族的勝利，進而讓自己的教皇職位得到承認和鞏固。波尼法斯八世採納了圭多的計策，答應寬恕科倫納家族，恢復他們的地位和職位。他們信以為真，交出了帕勒斯特里納城堡，並向教皇投降。但波尼法斯八世事後公然背信棄義，將帕勒斯特里納夷為平地，並且繼續迫害科倫納家族。

27 聖方濟各前來接引圭多的靈魂進天國，因為圭多是束繩的修士。

28 神學家將天使分成了九級，基路伯（Cherubim）是其中的第二級。阿奎那在《神學大全》第一卷中說：「釋義是知識淵博。」詩中所說的「黑」，是指因追隨撒旦反抗上帝而墮入地獄變成魔鬼的天使，他們變質後仍保有一部分知識，所以這個黑基路伯能運用形式邏輯中的矛盾律和聖方濟各說理，抓住圭多時，居然也以邏輯學家自詡。

29 「震顫」意即猛然覺悟。圭多現在才意識到，自己相信波尼法斯所許諾、欺騙性的赦罪，根本就是錯誤。他知道對他的指責確實有根據；他獻了奸計，又始終沒有懺悔（辛格爾頓的注釋）。

30 表示判決圭多的靈魂入第八層地獄。

31 意即讓圭多的靈魂墮入第八惡囊，去受火焰焚燒的懲罰。「賊火」（見第二十六章注13）。

32 意即被火焰包圍著。

33 「岩石」指第八惡囊上的石橋。「另一座拱橋」指第九惡囊上的拱橋。「在這條壕溝裡償還罪債」意即在世間散布不和的種子、製造分裂者，死後靈魂將在第九惡囊中受懲。

第二十八章

即使用不受束縛的語言[1]，而且經過多次敘述[2]，又有誰能將我現在所見的血和創傷說得詳盡？任何人的舌頭都必然失敗，因為我們的言語和記憶容納不下這麼多事物。

即使所有過往在飽受命運擺布的普里亞[3]土地上，或因特洛伊人之故[4]，或因那次據記事無誤的李維烏斯所言、繳獲那麼多戒指的長期戰爭[5]之故，而經受流血痛苦的人，連同那些為抵抗羅伯托．圭斯卡爾多[6]而慘遭痛擊的人，還有那些屍骨仍堆在阿普里亞人個個臨陣叛變的切普拉諾地方[7]，和老阿拉爾多不用武器便戰勝的塔利亞科佐[8]附近，即使這些人全數集合在一起，暴露出被刺穿、遭斬斷的肢體，那景象也絕對不及第九惡囊的悲慘可怖[9]。

我看見一個軀體從下巴直到放屁處都被劈開的鬼魂，就連桶底掉了中板或側板[10]的木桶，肯定也沒有他的傷口張得那麼寬。他的腸子垂到兩腿之間；心、肝、脾、肺以及那個將嚥下的東西變成屎糞的髒口袋[11]全都露出來。我定睛注視他時，他望著我，扯開自己的胸膛說：「你看我怎麼把自己撕開！你看穆罕默德被砍得多麼嚴重[12]！在我前面哭著走的是阿里，他的臉從下巴直到額髮處全被劈開[13]。你在這裡看到的所有鬼魂，生前全是散播不和及製造分裂之人[14]，所以全都被這樣劈開。這裡，在我們後面[15]有一個鬼卒將我們殘酷地劈開，每逢我們沿著這條悲慘的路繞完一圈之後，他便復又將刀刃施加於我們

他望著我，扯開自己的胸膛說：「你看我怎麼把自己撕開！」

身上，因為傷口在我們又走到他身邊之前就已癒合。但是，你是誰？站在這石橋上眺望，也許是想延遲去受依你坦白的罪行而獲判的刑罰？」我的老師答說：「死還沒臨到他頭上，他也不是因為犯了什麼罪而來受苦；這為的是讓他獲得完整經歷[16]，由我這已死之人負責引導他來到下界，遊歷層層地獄。此事就像我在對你說話一樣真實。」

有一百多個鬼魂聽見他所言，驚訝得忘了所受的苦刑，在壕溝裡站住看我。

「那麼，請你這或許不久後就要見到太陽的人告訴多里奇諾修士，他要是不想很快就在我之後來到此地，就要多儲備糧食，以免遭雪圍困，給諾瓦臘人帶來他們別無可能輕易取得的勝利[17]。」穆罕默德抬起一隻腳要走時，對我說了這番話，隨後就將那腳放平在地，拔步而去[18]。

另有一個喉嚨被刺穿、鼻子直至眉毛底下全被削去、僅剩一隻耳朵的鬼魂和其他鬼魂一起站住，驚訝地注視，在其他鬼魂開口之前，先張開外呈一片紅色的喉管[19]說道：「啊，你這不是因罪而來受懲的人哪，除非相貌太相似，讓我錯認，我在地上的義大利國曾見過你，願你有朝一日能回去見到那片地勢從維切利到瑪爾卡勃逐漸傾斜的美好平原，請你記住彼埃爾．達．美第奇那[20]吧。還請告訴法諾最優秀的兩人，圭多先生和安喬萊羅：除非這裡的預見錯誤，否則他們將因一個殘酷暴君的背信棄義，而遭人從船上扔出去，淹死在卡托利卡附近[21]。涅普圖努斯在塞浦路斯和馬略卡之間從未見過此等罪行，不論是海盜還是阿爾戈斯人犯下的[22]。那個只以一眼看的背信棄義者占據那座城市，和我同在此處的某人曾寧可自己從未見過該城[23]，這個背信棄義之人將邀他們前去和他會談，接著就會幹出那勾當，讓他們無須為了浮卡臘的風祈禱或許願[24]。」我對他說：「如果你要我將你的消息帶到世間，那就向我指出且說

「請你記住彼埃爾・達・美第奇那吧！」

明，那個悔恨見過那城的人是誰。」於是，他將手放在一名同伴的下巴上，掰開他的嘴，喊道：「就是他，他無法說話：他被放逐後曾斷言，遲延對於有準備者總是致命的危害，以這句話消除了凱撒的心中疑慮[25]。」啊，當初說話那麼大膽的庫利奧，如今舌頭卻從喉嚨連根被割掉，在我看來，神情多麼驚恐啊！

一個被砍去雙手的鬼魂在昏黑空氣中舉起兩隻殘臂，滴落的血弄髒了他的臉，他喊道：「你也會記得莫斯卡吧！他曾說：『事情一下手就有結果[26]』，這話正是托斯卡那人禍亂的種子[27]。」我給他加上這句：「還使你的家族滅亡[28]。」聽了這話，他痛上加痛[29]，像是悲痛得發狂之人那樣走了。

但我仍留在原地觀察那隊鬼魂，看到了一件沒有別的證據、我連說都害怕的事[30]；但良心為我壯膽，它是讓人在自覺問心無愧的鎧甲保護下變得勇敢的好伴侶。我確實看到了，而且現在似乎還看得到一個無頭軀幹就像那群悽慘鬼魂中其他的罪人一樣走著；他揪著頭上的頭髮，提著割下的頭，像手提著燈籠般將之擺動！那顆頭注視著我們，說：「哎唉！」他將自己為自己做成了燈，他們是二而一，一而二；這怎麼可能，只有制定出如此刑罰者知道[31]。當他走到橋正下方時，他高高舉起提著頭的手臂，好讓他的話在我們聽來近一些；這些話是：「活著來看已死之人的你，現在看一看我所受的酷刑吧，看有沒有什麼刑罰像這樣重！為了讓你能帶回我的消息，你要知道，我就是貝爾特朗．德．鮑恩，那個向幼王進讒言者[32]。我讓他們父子變為仇敵，就算亞希多弗藉著惡意挑撥，也未在押沙龍和大衛之間造成更大的仇恨[33]。因為我離間了有血緣關係之人，於是如今提著自己的腦袋，哎唉！落得它和軀幹中的根源[34]分離。報應的法則就這樣在我身上實現[35]。」

他揪著頭上的頭髮，提著割下的頭，像手提著燈籠般將之擺動！那顆頭注視著我們，說：「哎唉！」

1 指散文，因為散文不受格律束縛。

2 意即經過反覆修改、補充，讓敘述更加詳細明確。

3 「普里亞」（Puglia）古名阿普里亞（Apulia），是義大利半島東南部一省，在中世紀泛指義大利半島南部地區。這個地區歷史上有過多次戰爭，慘遭兵燹，因此詩中說它「飽受命運擺布」。

4 指羅馬人對薩姆尼烏姆（Samnium）部落聯盟進行的戰爭（343BC- 290BC），以及對希臘移民城市塔連土姆（Tarentum）及厄皮魯斯王皮魯斯進行的戰爭（280BC-272BC）。「特洛伊人」在這裡是指羅馬人，因為相傳他們是埃涅阿斯和跟隨他來到義大利的特洛伊人的後裔。

5 指第二次布匿戰爭（218BC-202BC）。公元前二一六年六月，迦太基軍與羅馬軍決戰於康奈（Canne），迦太基統帥漢尼拔以劣勢兵力採取兩翼包抄的戰術擊潰羅馬軍，殲滅五萬四千人，俘虜一萬八千人。據古羅馬歷史家李維烏斯（Livius）的《羅馬史》卷二十三第四章記載，迦太基人從陣亡的羅馬將士手指上掠奪了大量金戒指，「為了證明如此重大的勝利，他（漢尼拔）下令將金戒指統統倒在元老院門口。金戒指堆成了那麼大一堆，據某些歷史家說，計量時，足有三個半摩狄烏斯（modius是古羅馬計量名稱，約合九千零九十二公升）之多，流行的說法認為並不超過一摩狄烏斯，這種說法更接近事實」。

6 指為了阻止羅伯托・圭斯卡爾多（Ruberto Guiscardo）征服普里亞而進行的戰鬥。公元十一世紀前半，普里亞隸屬東羅馬帝國（拜占庭帝國）。羅伯托・圭斯卡爾多（這個詞是羅伯托的綽號，意即「狡猾的人」）是諾曼第公國的騎士，他來到義大利南部，擊敗了東羅馬人，奪去阿普里亞和卡拉勃里亞（Calabria），成為那不勒斯王國和諾曼王朝的開創者。但丁在《天國篇》將他的靈魂放在木星天。

7 指本尼凡托之戰。公元一二六六年，法國安茹伯爵查理一世入侵西西里王國，西西里王曼夫烈德命令普里亞貴族把守教皇領地和西西里王國交界處的切普拉諾（Ceprano）鎮，因為當地利黎（Liri）河上的橋是通往西西里王國的交通孔道。但這些普里亞將領臨陣背叛國王，放任敵軍過橋，不加阻擊，致使敵人侵入國境，占領了戰略要地，曼夫烈德被迫退到本尼凡托，後在決戰中陣亡。正如注釋家本維努托和塞拉瓦勒（Serravalle）所說，但丁在詩中提到切普拉諾，是將它「作為本尼凡托之戰的關鍵地區，不是作為這一戰役的戰場」。詩中所說的「他們的屍骨依然堆積在……切普拉諾……」指這一戰役中陣亡的將士。

8 指一二六八年的塔利亞科佐（Tagliacozzo）之戰。曼夫烈德戰死後，西西里王國為查理所奪。曼夫烈德的侄子康拉丁（Corradino）

企圖從查理手中奪回應由自己繼承的西西里王位，率軍從德國來到義大利。查理準備同康拉丁作戰時，湊巧法國足智多謀的老將艾拉爾·德·瓦雷利（Érard de Valéry），也就是詩中所說的老阿拉爾多（Alardo），從聖地返國途經義大利，他遂向查理獻計，將後備軍布置在陣後，待機出擊，查理採納了他的計策。兩軍在義大利中部的塔利亞科佐鎮剛一交戰時，康拉丁的軍隊擊敗了查理的軍隊，但在追擊敗軍時，隊伍零亂分散，反遭敵方後備軍襲擊，傷亡慘重，潰不成軍，康拉丁被敵人俘虜，在那不勒斯遇害。「老阿拉爾多不用武器就戰勝」指的是他用計謀克敵制勝。

9 為了讓讀者對第九惡囊裡的罪人肢體殘缺的慘狀得到更明確的深刻印象，但丁使用了這個假定性的比喻：即使能將歷來義大利南方重要戰爭中所有的傷亡將士全數聚集起來，也比不上這個惡囊裡的景象之悲慘、可怖。許多注釋家指出，但丁在使用這個比喻時，大概是受本章末尾會提到的抒情詩人貝爾特朗·德·鮑恩（見注35）的《哭幼王之死》這首詩的啟發。詩中說：「假如將這悲慘世間歷來聽得的所有悲痛、哭泣、煩惱、痛苦、不幸和苦難全數合在一起，和這位英國幼王之死相比，似乎都還微不足道。」

10 木桶底由三塊木板構成，中間的一塊大致呈長方形，旁邊兩塊呈月牙形。

11 「心、肝、脾、肺」原文是集合名詞 Corata，但這個名詞指涉的不包括腎，所以不能譯成「五臟」。

12 穆罕默德（560-633）是伊斯蘭教的創始人，但丁身為中世紀的虔誠基督徒，囿於宗教偏見，將穆罕默德的靈魂放在地獄裡。但為什麼不是作為異端放在第六層地獄裡，而是作為製造分裂者放在這裡？對此，注釋家有不同的解釋。有的認為，這是因為中世紀相傳穆罕默德本是基督教徒，後來背叛了基督教，另創新教，甚至說他曾是樞機主教，希望成為教皇但沒有當選，因而懷恨在心，另立宗派，製造了分裂。薩佩紐認為，但丁之所以將穆罕默德列入製造分裂者，是因為他創立伊斯蘭教分裂了人類社會，阻礙基督教傳遍世界成為全人類的宗教。這種說法比較可信，因為伊斯蘭教興起後，陸續占領了敘利亞、聖地巴勒斯坦、埃及和迤西的地中海沿岸地帶，並且渡海征服了西班牙、西西里島和薩丁尼亞島，使得基督教的領域縮小許多。

13 阿里（約 600-661）是穆罕默德的堂弟和女婿，公元六五六年當選為第四任哈里發（意即安拉使者的繼承人），六六一年被暗殺。有的注釋家認為，因為他創立了什葉派，在伊斯蘭教內部造成分裂，所以詩中將他作為製造分裂者放在第九惡囊。另一些注釋家認為，阿里從下巴直到額部被砍裂，是對穆罕默德從下巴直到小腹被砍裂的情況的一種補充，表明阿里忠於穆罕默德的教導，繼續進行他的宗教分裂活動。

14 「散播不和」指在人與人之間挑撥離間，「製造分裂」指在宗教方面製造分裂。

15 「這裡，在我們後面」指在第九惡囊中的一個地方，這隊鬼魂已經從那裡走過，但丁和維吉爾因為距離遠，看不見這個地方。

16 意即使他瞭解地獄裡惡與罰的全面情況。

17 這番話是穆罕默德作為預言對但丁說的。歷史事實是：一二六〇年左右，巴馬（Parma）人哲拉德・塞加烈里（Gerardo Segarelli）創立了使徒兄弟派（Setta degli Apostolici），主張財產共有，反對教會腐化，遭到教皇迫害，一三〇〇年被捕，被以異端罪處火刑。方濟各會僧侶出身的多里奇諾（Dolcino）和做過修女的瑪格麗特（Margherita）成為他的繼承者，異端運動發展成為農民起義。一三〇四年，起義在皮埃蒙特地區爆發。敵人指控多里奇諾宣傳異端邪說，主張財產及婦女共有，但是為多里奇諾作傳的學者馬利奧提（Mariotti）說，他只是企圖改革教會，消滅教士的世俗權力。一三〇五年，教皇克萊孟五世宣布組織十字軍討伐。一三〇六年，多里奇諾率領部下退入諾瓦臘（Novara）和維切利（Vercelli）之間的山中。冬季奇寒，大雪封山，又受敵人圍困，糧食斷絕，餓死者甚眾，戰鬥力削弱，一三〇七年，多里奇諾和瑪格麗特被俘，不久後被處火刑。由於多里奇諾是使徒兄弟派的首領，犯了分裂教會的罪行，但丁在詩中借穆罕默德之口，預言他死後靈魂將墮入第九惡囊裡受苦。「他要是不想很快就在我之後來到此地」意即如果他不願很快就戰敗被殺，靈魂入地獄和穆罕默德一起受懲罰。「諾瓦臘人」指諾瓦臘人組成的圍剿的軍隊；有的注釋家認為是指領導這次十字軍的諾瓦臘主教，但據當時記載，主要負責討伐者是維切利主教。「給諾瓦臘人帶來他們別無可能輕易取得的勝利」意即若非大雪封山，糧食斷絕，多里奇諾的士卒被饑餓所迫，諾瓦臘人的圍剿是不可能輕易得勝的。

18 穆罕默德說這番話時，已抬起一隻腳來要走，這隻腳一直抬著，只有腳後跟觸地，話說完了才將腳放平，邁出已開始的一步。

19 意即話不從口中、而直接從被刺穿的喉管發出；喉管外部完全被血染紅。

20 指波河平原。維切利是皮埃蒙特地區的城市。瑪爾卡勃（Marcabò）是威尼斯為了保護商船沿波河與拉溫納及斐拉拉進行貿易，而在普利瑪羅（Primaro）港的波河入海處築起的一座城堡，一三〇九年被拉溫納的封建主拆毀。詩中用波河上游和入海處的兩個地點來指波河流域。

彼埃爾・達・美第奇那（Piero da Medicina）生平事跡不詳。美第奇那這地方位在伊牟拉和波倫亞之間。早期注釋家本維努托・達・伊牟拉就是這個地區的人，他的話比較可靠。據他說，美第奇那從前是一塊領地，曾有城堡，由當地貴族統治，彼埃爾屬於這個家族。但丁曾去過領主的宮廷，受到隆重禮遇。彼埃爾大概是在這個場合見過他。本維努托說，彼埃爾「是個惡意的搬弄是非者，透過欺詐和無恥行為曾經顯赫一時，而且因此致富」。

21 圭多・戴爾・卡塞羅（Guido del Cassero）和安喬萊羅・迪・卡里尼阿諾（Angiolello di Carginano）是里米尼以南的濱海城市法諾（Fano）

的兩位貴族，彼此屬對立的黨派。「殘酷暴君」指里米尼的統治者馬拉台斯提諾（見第二十七章注8）。彼埃爾．達．美第奇那預言，為了實現占領法諾城的野心，這個暴君將邀請圭多和安喬萊羅前來亞得里亞海濱的卡托利卡（Cattolica）城會談，這兩人在途中將被馬拉台斯提諾派去的人從船上扔進海裡淹死。

22 涅普圖努斯（Neptunus）是羅馬神話中的海神。塞浦路斯島在地中海東部，馬略卡島在地中海西部，詩中用兩島之間的海域來指整個地中海。「海盜」在此是指中世紀出沒地中海海域的撒拉森海盜。「阿爾戈斯人」指希臘人（阿爾戈斯 Argos 是希臘南部城市，特洛伊戰爭中希臘統帥阿卡曼農王的都城，《埃涅阿斯紀》中用它泛指希臘）。古代常有希臘人在地中海海域進行擄掠。

23 「只以一眼看的背信棄義者」指馬拉台斯提諾，因為他瞎了一眼，綽號獨眼。他是簡喬托和保羅的異母兄弟，第二十七章已提及他的殘酷。「占據著那座城市」指他是里米尼的封建主。「某一個和我同在這裡的人」是指下面提到的庫利奧，他在里米尼附近犯下入地獄的罪行，因而悔恨自己見過這座城市。

24 「浮卡臘」（Focara）岬在卡托利卡和佩扎羅之間，這裡風暴猛烈，又無港灣，航行非常危險，船隻經過時，水手都要祈禱許願，避免翻船；彼埃爾用冷嘲的口吻預言，圭多和安喬萊羅不必這樣做，因為他們終究是要被馬拉台斯提諾派去的人扔進海裡淹死的。

25 此人是古羅馬政客小庫利奧（Curio），他起初擁護龐培，因而當選為護民官，後來卻被凱撒收買，利用職權反對原先的朋友。龐培與凱撒最後分裂，他被驅逐出羅馬，與凱撒會合。據盧卡努斯的《法爾薩利亞》卷一的敘述，他用「遲延對於有準備者總是致命的危害」這句話，促使凱撒渡過盧比孔（Rubicone）河，進軍羅馬，結果爆發了內戰。所以但丁將他作為散布不和者，放在第九惡囊。庫利奧悔恨自己見過里米尼，因為與其罪行分不開的盧比孔河就在里米尼附近。

26 莫斯卡．德．朗貝爾提慫恿阿米戴伊（Amidei）家族殺死龐戴爾蒙特．德．龐戴爾蒙提（Buondelmonte de'Buondelmonti），導致佛羅倫斯市民分裂成貴爾弗和吉伯林兩派。據維拉尼說，公元一二一五年，龐戴爾蒙特本來已和阿米戴伊家族的一名少女訂婚，卻在竇那蒂家族某位婦女的勸說下，改娶她美麗的女兒。這件事激怒了阿米戴伊家族，他們和其他貴族共議要對龐戴爾蒙特報復。「大家正討論該用什麼方式進攻，是打他、還是讓他流血時，莫斯卡說了這句壞話：「事情一下手就有結果」——也就是說，要把他殺了。後來眾人果然照辦……殺死龐戴爾蒙特這件事遂成為佛羅倫斯的貴爾弗和吉伯林兩黨派不幸鬥爭的根由和開始。雖然貴族們早先就已因教會和皇帝之間的糾紛和爭吵，分別加入這兩個黨派，但這位龐戴爾蒙特先生之死，更使得佛羅倫斯所有的顯貴家族和其他市民統統分成兩派……」（《編年史》卷五第三十八章）。戴爾．隆格（Del Lungo）對莫斯卡這句壞話做出最透徹的解釋：「事情做了是無可挽回的；它有了一個結局，達到了一個目的，得到了一種效果。乾脆將龐戴爾蒙特殺死，不要對後果如何考慮過多。要緊的是讓他死。」

27 因為貴爾弗和吉伯林兩黨的鬥爭從佛羅倫斯傳到了托斯卡那的其他城市，產生嚴重惡果。

28 因為一二五八年他的家族和其他吉伯林家族一起遭到流放，一二六八年，這個家族不論男女老幼，一律被宣布為反叛，一二八〇年幾乎從佛羅倫斯歷史上徹底消失。莫斯卡是但丁在第三層地獄裡向恰科詢問下落的五個佛羅倫斯人之一（見第六章注16），他們是「將聰明才智用於做好事的人」。因此，但丁說這句話究竟是為了反擊，還是出於憐憫之情，注釋家對於這個問題是有爭議的。

29 有的注釋家認為「痛上加痛」是指受苦刑懲罰的痛苦，再加上獲悉家族滅亡的痛苦；有的則認為是指悔恨自己的話在托斯卡那人之間引起無窮的禍亂，又為自己家族滅亡而痛心。

30 「沒有別的證據」意即「除了說：『我親眼見過』以外，拿不出別的證據」（巴爾比的解釋）。「連說都害怕」意即事情太過離奇，我根本連說都不敢，因為怕人家說我是憑空捏造。

31 他將自身一部分（割下的頭，連同頭上的眼睛）當作燈，為自己照明引路；「他們是二而一，一而二」意即頭和軀幹是一個人的身體一分為二，但又是合二而一、作為一個整體在行動著；也就是說，這個身首分離的人還像活人一樣行走，怎麼能有如此奇跡，只有上帝知道。

32 貝爾特朗・德・鮑恩（Bertran de Born, 1140-1215）是佩里高爾（Périgord）郡和奧特孚爾（Hautefort）城堡的領主（佩里高爾郡在現今法國西南部，當時隸屬英國金雀花王朝），原是軍人，後來出家做修士，一二一五年死於修道院內。他是最早且最著名的普羅旺斯抒情詩人之一，但丁在《論俗語》第二卷中稱他為善詠戰爭的詩人，在《筵席》第四篇中更讚美他的慷慨大方；他是英國國王亨利二世的陪臣，因為亨利原是阿奎丹（Aquitaine）公爵，而貝爾特朗的領地就在阿奎丹公國領域內。「幼王」是指國王的長子亨利親王，因為他父親曾為他加冕兩次。據傳貝爾特朗曾煽動亨利親王背叛父親，因此但丁將他放進地獄。但這件事在史書和貝爾特朗的詩歌中都找不到證據，只是早期普羅旺斯文傳說中說英國國王痛恨貝爾特朗，認為貝爾特朗是他兒子邪惡的謀士，是引起他們父子之間衝突的禍首。

33 基羅人亞希多弗（Ahithophel）原是以色列王大衛的謀士，後來，大衛的兒子押沙龍（Absalom）背叛大衛，大衛被迫逃遁，亞希多弗給押沙龍出謀劃策追殺大衛，計謀挫敗後，他自縊而死（見《舊約・撒母耳記》下第十五章至第十七章）。

34 「在軀幹中的根源」指軀幹的脊髓，根據亞里斯多德的學說，脊髓是人腦之根。

35 意即我犯了離間人家骨肉的罪行，因而相應地受到身首分離的懲罰。

第二十九章

眾多的人和奇異的創傷令我淚眼模糊，我很想停留在那裡哭一場。但維吉爾說：「你還在注視什麼？你的目光為何仍在下面那些肢體殘缺的悲慘陰魂之間停留？你在其他惡囊並沒有這麼做；如果你認為能將他們逐一細數，且想想這山谷繞一圈有二十二英里[1]吧。況且，月亮已在我們腳下[2]；現在我們獲允可停留的時間已經很短，在你已見到的之外，還有別的需要看。」我隨後回說：「如果你已想到我注視的原因，或許會允許我停留。」

在此同時，我的嚮導已朝前走去，我跟在他身後作出如此回答，隨後又說：「在我方才凝眸注視的那條溝裡，我相信我一個親族的陰魂正在為那種要在底下付出如此重大代價的罪行而哭泣[3]。」接著，我的老師說：「此後心思莫分散在他身上。注意別的，就讓他待在那裡吧；因為我看見他在橋腳下，手指著你，威脅姿態極其凶惡，還聽見人們叫他傑利．戴爾．貝洛[4]。彼時你正全神貫注在生前擁有奧特浮爾城堡的那人[5]身上，沒有看向那邊，直到他離開那裡。」我說：「啊，我的嚮導，對於他的橫死，共同蒙受恥辱的人還無一為他報仇[6]，這令他憤慨；我認為，他因此沒和我說話就走了；也正因為如此，令我對他更感憐憫[7]。」

我們這麼說著，便來到石橋上能最先看見另一道山谷之處；若是有更多的光，便可直直探見谷底。

「你還在注視什麼？你的目光為何仍在下面那些肢體殘缺的悲慘陰魂之間停留？」

此處情景就是那樣，這裡的臭氣就如同肢體腐爛散發出的那般。

當我們來到馬勒勃爾介的最後一處修道院上，能看見其中的世俗修士時[8]，奇異可怖的叫苦聲猶如箭般射中我，引起我的憐憫[9]；我因而捂上耳朵。設想在七月和九月間，瓦爾第洽納、馬萊姆瑪和薩丁島[10]醫院裡的病人全數聚集在一條溝裡，會是何種痛苦景象，此處情景就是那樣，這裡的臭氣就如同肢體腐爛散發出的那般。我們下到這漫長岩石的最後一道堤岸[11]，仍是向左轉，我俯視溝底，看得更為清楚，在那裡，崇高上帝的使女，萬無一失的正義女神，正在處罰她在這裡記錄下來的造假者[12]。

我相信，當瘴氣瀰漫致使埃癸那島上所有動物、甚至小蠕蟲全數死盡，據詩人確信無疑地說，而後古代人又從蟻族中重新生出[13]，埃癸那居民當時統統患病的情景，其悽慘也不會勝過那幽谷裡東一堆、西一堆的鬼魂病懨懨的景象[14]。這些鬼魂有的趴伏在地，有的肩靠在另一個的肩上併坐，有的沿著那條悽慘的道路爬行。我們看著那些站不起身的病人，聽他們說話，默不做聲地徐步走去。

我看見兩個互相靠著坐在那裡，好似兩只平鍋在火上互相撐著[15]，他們從頭到腳痂痕斑斑；由於別無辦法消解奇癢，他們不停用指甲在自己身上狠命地抓，我從沒見過哪個被主人等著的馬僮，或不願熬夜的馬夫用馬梳這麼迅猛地刷馬[16]；他們的指甲搔落身上的創痂，好似廚刀刮下鯉魚或其他鱗片更大的魚身鱗片一樣。

我的嚮導對著其中一個說：「啊，你剝下自己的皮，有時還將手指充作鉗子[17]，願你的指甲能永遠供你這麼使用。告訴我，這裡當中有沒有義大利人。」其中一個哭著答道：「你看，我們倆在這裡受懲罰到嚴重破了相。我們都是義大利人，但你這個向我們打聽的人，你又是誰？」我的嚮導說：「我是同這個活人一起走下一層又一層的斷岩，讓他來看地獄的。」這兩人於是不再彼此相靠，而是顫抖著[18]轉身面向我，而間接聽到他說話的其他鬼魂亦然。和善的老師緊緊朝我靠來：「你要說什麼，就對他們說吧。」於是我遵照他的意思：「願你們在第一世界[19]的名聲不會消失於人心，而能長存。告訴我你們是誰，又是什麼地方的人吧；莫因身受骯髒噁心的刑罰，就害怕對我明說[20]。」其中一個說：「我是阿雷佐人。錫耶納人阿爾伯羅差人將我扔進火裡燒死。不過我來到這裡，並不是因為犯了要讓我被燒死的罪。我的確曾對他開玩笑說：『我能凌空飛行。』他雖好奇，卻也昏愚，要我傳授他如此技術；只因我沒能讓他成為代達羅斯，他就讓那個視他為子的人燒死我[21]。然而，判斷絕不會有誤的米諾斯卻判我進到這十個惡囊的最後一個，因為我在陽間施行了煉金術[22]。」

我對詩人說：「這世上難道有人如錫耶納人那般虛榮浮華？法蘭西人肯定也都遠遠不及他們[23]。」另一個生癩病者聽了之後答說[24]：「除了知道節約用錢的斯特里卡[25]，在這類種子生根的花園裡最先想出丁香奢侈用途的尼科洛[26]；還有除了阿沙諾人卡洽在當中揮霍掉他的葡萄園和大森林[27]、阿巴利亞托在其中顯現他的明智[28]的那個俱樂部[29]。不過，為了讓你知道是誰這麼跟著你反對錫耶納人，你就定睛看看我吧。我的臉孔會明確回答你：你會看得出，我是以煉金術造假金屬的卡波喬[30]的亡魂；如果我沒有錯認你是誰，你一定想得起來，我是何等善於模仿自然的巧猴兒[31]。」

他們從頭到腳痂痕斑斑；由於別無辦法消解奇癢，他們不停用指甲在自己身上狠命地抓。

1 這裡明確指出第九惡囊周圍二十二英里（約合三十五點四公里），下一章會明確指出第十惡囊周圍十一英里。有人曾企圖以這些數據推算出整個地獄有多大，但這是鑽牛角尖且毫無意義的。但丁舉出這些具體數字，目的在於加強詩中對地獄描寫的真實感，讓人讀時有如身臨其境。

2 托拉卡指出：「《地獄篇》中，時辰都採月亮、而不用太陽的方位標明。」牟米利亞諾認為，這是因為「月亮是夜間的星體，因此形象不會破壞地獄渾然一體的幽暗氣氛」。詩中「月亮已在我們腳下」這句話說明月亮已在南半球正中的煉獄山上空。但丁在幽暗森林中徘徊的那一晚，月亮已經圓了（參看第二十章注34和末尾），也就是說，那是個望日（月圓那天，陰曆每月十五日）。每逢望日，月亮傍晚出現在地平線上，半夜時分升至中天，次日中午到達南半球的中天，也就是煉獄山上空，這對下到地獄深層的兩位詩人而言，正是他們的腳下。但月圓之夜在兩天以前，望日過後，月亮的運行每天比太陽約遲五十分鐘，當月亮運行到南半球的中天時，太陽越過子午線已近兩個小時，所以詩中所指時間是下午一點至兩點之間。

3 「那種要在底下付出如此重大代價的罪行而哭泣」是指要在第九惡囊裡受苦刑懲罰的散播不和及製造分裂罪者。「哭泣」在此是抵罪之意。

4 傑利．戴爾．貝洛（Geri del Bello，意即「貝洛之子傑利」）是但丁他父親的堂兄弟，生平事跡不詳，只有一二六六年和一二七六年兩件檔案曾提到他。一二八〇年，他因鬥毆傷人被普拉托法庭缺席審判。關於傑利被殺害的事，但丁的兩個兒子提供的資料最可靠。雅各波說，他好挑撥離間，散播不和，最後因此被殺。彼埃特羅說，他是被佛羅倫斯的薩凱蒂（Sacchetti）家族中一個名叫勃羅達約（Bradaio）的人所殺；後來，他的侄子們殺了薩凱蒂家族的一個人為他報仇。據注釋家考證，報仇的事發生在他死後三十年，大約在一三一〇年。阿利吉耶里和薩凱蒂兩家族之間的仇恨極深，遲至一三四二年才和解。阿利吉耶里家族一方是由但丁的異母弟弟出面作為保證人，他代表兩個侄子及其餘族人簽署了和解協定。

5 指奧特孚爾城堡的領主貝爾特朗．德．鮑恩（見第二十八章注32）。

6 「共同蒙受恥辱的人」指同一家族的人。在但丁的時代，私人報仇是一種受法律保障的權利，同時也是受害者所有親屬的責任和義務。

7 但丁體會到，傑利除了遭受苦刑懲罰的痛苦之外，內心又為無人為他報仇而憤恨，因而「對他更加憐憫」。這表明但丁的家族觀念很重，家族恥辱在他心中是沉重負擔。

8 「馬勒勃爾介」是十個惡囊的總稱，「最後一處修道院」指第十惡囊，「其中的世俗修士」指惡囊當中的罪人。這個隱喻並無嘲諷意味，因為原文 chiostra 含意是「圈起來的地方」，轉意是「修道院」，用來比擬惡囊非常恰當；既然將惡囊比做修道院，接著將當中的罪人比做「世俗修士」也就相當自然：罪人在惡囊中受懲罰，就猶如修士在修道院中實行苦行懺悔。「最後一處修道院上面」指第十惡囊的石橋上。

9 這兩行詩若直譯是：「種種奇異的叫苦聲如箭一般射中我，箭頭是憐憫製成的」。大意是：猶如鐵製的箭頭射傷人體，如箭一般的叫苦聲以憐憫製成的箭頭射中但丁的心，也就是說，引起他的憐憫。

10 「瓦爾第洽納」（Valdichiana）意即洽納（Chiana）河流域，位在阿雷佐、科爾托納（Cortona）、丘西（Chiusi）和蒙泰普爾洽諾（Montepulciano）之間，因為洽納河的水流緩慢，淤積成為沼澤地帶；「馬萊姆瑪」（Maremma）指托斯卡那的近海沼澤地，薩丁尼亞島上也有很多沼澤地，因此這三個地方在但丁時代都是瘧疾最流行的地區。

11 「漫長的岩石」指橫跨各惡囊兩岸那一連串天然石橋。「最後一道堤岸」指最靠裡的那道堤岸，是第八層地獄的邊沿。

12 這裡將「正義」擬人化，作為執行上帝旨意絕無錯誤的天使。「在這裡記錄下來的」，指在陽間記錄下來的罪行，因為墮入地獄的鬼魂其罪行都是生前在世間犯下的。《新約．啟示錄》第二十章說：「我又看見死了的人，無論大小，都站在寶座前；案卷展開了；並且另有一卷展開，就是生命冊；死了的人都憑著這些案卷所記載的，照他們所行的受審判。」詩中將「造假者」分為四類：造假金屬者（煉金術士）、假冒他人者、偽造錢幣者、發假誓者。

13 埃癸那（Egina）島是希臘的小島，位在雅典西南，因傳說中水仙埃癸那（Aegina）住在島上而得名。「據詩人確信無疑地說」，是指奧維德在《變形記》卷七中的敘述：眾神之王朱比特迷戀水仙埃癸那，引起天后朱諾的嫉妒，於是她降下瘟疫，讓埃癸那島上的人和動物死盡，唯獨國王埃阿科斯（Aeacus）倖存。倖存的國王看見一大隊螞蟻往一棵橡樹上爬，數量多得驚人，於是祈求朱比特賜給他多如螞蟻的臣民。朱比特聞聲答應了他的請求，便將螞蟻變成人，於是埃阿科斯就將這些新的臣民稱做「密耳彌多涅斯」（Murmidónes，意即「蟻人」）。

14 「東一堆、西一堆」的「堆」字，原文是 biche，本指田中豎放曬晾的禾束一個挨著一個堆成的垛。用這個農收時節常見的場景形容鬼魂三三兩兩彼此靠著、有氣無力的情景，異常貼切且生動。

15 人們常將兩只平鍋傾斜放在爐灶上，彼此互相支撐，好在火上少占地方。這是日常生活、尤其是窮人家中常見的景象，一經詩人捕捉住，就成為奇妙的比喻，將那兩個鬼魂背靠背坐在地上的姿態呈現得惟妙惟肖。不僅如此，這個樸素的比喻還帶來一種新的寫實格調，為隨後細膩刻劃鬼魂搔癢的情況開了路。

16 這個比喻中的細節「被主人等著」和「不願意熬夜」非常重要，因為主人等著上馬，馬僮就得趕快刷馬；馬夫睡意正濃，又不得不將馬刷完，因此狠命地刷；前者從客觀方面、後者從主觀方面說明迅速、猛列刷馬的動機。

17 「剝下自己的皮」原文意思是「剝去你的鎧甲」。詩中採用這個動詞，生動寫出這個鬼魂為了消解奇癢，因而像剝掉鎧甲甲片似地抓下身上的瘡痂。「充作鉗子用」意即使出更大的氣力將瘡痂抓下來。

18 對於這兩個鬼魂為什麼顫抖，注釋家有不同的解釋：有的認為是因為他們看到但丁竟是活人而吃驚，有的則認為是因為他們沒再互相靠著，試圖挺身坐起，但體力卻不支所致。

19 指人世間。

20 這兩個惡人受生癩病的懲罰，癩是一種惡疾，令人厭惡，所以這種刑罰讓他們不願說出自己的姓名和家鄉。

21 這個阿雷佐人名叫葛利孚里諾（Griffolino），是著名的煉金者，據注釋家考證，他於一二五八年在波隆那加入托斯卡那人會（Società dei Toschi），一二七二年前被打成異端，遭處火刑而死。錫耶納人阿爾伯羅（Albero）是出身富裕的貴族，但頭腦簡單。葛利孚里諾和他為友，是為了騙取他的錢。有一天，他對阿爾伯羅開玩笑稱說自己能像鳥一樣凌空飛行。阿爾伯羅信以為真，便要求葛利孚里諾教他飛行技術，結果當然沒成功（「沒有使他成為代達羅斯」——希臘神話中製造飛翼、凌空飛行的巧匠，見第十七章注22），阿爾伯羅大怒，於是指控他是異端和術士，而阿爾伯羅的保護人（「那個視他為子的人」）錫耶納主教於是將他判處火刑活活燒死。「不過我來到這裡，並不是因為犯了要讓我被燒死的罪」，意即我入地獄並不是因為我是異端，而是因為我是煉金者。煉金術在中世紀分為兩種：一種是合法煉金術（alchimia lecita），也就是力尋最佳方式從礦物中提煉出貴金屬（金、銀）；令一種是造假煉金術（alchimia sofistica），也就是製造假金屬。後者是非法的有罪行為，而葛利孚里諾生前所做的煉金術就是這種。

22 這裡將人間的法庭判決與米諾斯的判決對比：葛利孚里諾生前誤被人間法庭以異端和術士罪名判處火刑，但他真正的罪行是施行造假的煉金術，這種罪行逃不出天道懲罰；米諾斯的判決體現天道的公正，不可能有錯。

23 阿爾伯羅妄想飛行一事，引起但丁對錫耶納人之愚妄的譴責。德國學者巴塞爾曼（Bassermann）在《但丁在義大利的行蹤》中說：「過度愛好華美外表，輕率信賴自己的力量，是但丁指摘的錫耶納人的兩種特性。」並且指出，本章中提到的阿爾伯羅妄想凌空飛行，以及錫耶納的「浪子俱樂部」，都與這兩種特性有連帶關係。

「高盧人（法蘭西人）是自古以來最浮華的人。凱撒常這麼說；如今這已為事實證明……他們頸上帶著項圈，手腕帶著鐲子，穿著尖鞋和短衣……以及其他浮華無用的東西」（本維努托的注釋）。

24 另一個罪人聽到但丁說錫耶納人是浮華的人之後，為了證實但丁的說法，便以嘲諷口吻列舉出斯特里卡等四個錫耶納人作為浮華的典型。

25 斯特里卡（Stricca）是巴爾達斯特里卡（Baldastricca）的縮寫。據注釋家說，此人可能是曾兩度擔任波隆那最高行政官的喬萬尼·德·薩林貝尼（Giovanni de' Salimbeni）的兒子：「父親為他留下豐厚遺產，他卻幹了一些瘋狂的勾當和惡劣蠢事，導致傾家蕩產」；「他鋪張浪費，他的俱樂部取名為浪子俱樂部」（拉納的注釋）。詩中說他「知道節約用錢」是以反話嘲諷。

26 尼科洛（Niccolò）是斯特里卡的兄弟。注釋家拉納說，「他慷慨大方，揮霍無度，是那個俱樂部的成員，他是第一個想出在烤野雞和鷓鴣時，將丁香塞進野雞和鷓鴣肚裡去烤的人。」當時的丁香是來自遙遠東方的香料，價錢高昂，尼科洛用丁香來調味已是奢侈之舉，但根據本維努托說，他甚至直接拿丁香當成炭去烤野味，這充分證明尼科洛確實是個十足的敗家子。「在這類種子生根的花園裡」指在錫耶納，當地的人講求珍饈美味，尼科洛想出丁香的奢侈用途，容易在當地獲得採用。

27 阿沙諾（Asciano）是錫耶納東南方的小城鎮。卡洽（Caccia）是特羅瓦托·德·沙棱吉（Trovato degli Scialenghi）的兒子，他在浪子俱樂部中大吃大喝，因而敗掉了自己擁有的葡萄園和大森林。

28 阿巴利亞托（Abbagliato，意思是「頭昏眼花的人」）是巴托羅麥約·德·弗卡切埃利（Bartolommeo dei Folcacchieri）的諢名。此人也是浪子俱樂部的成員，曾在錫耶納擔任要職，而且做過托斯卡那貴爾弗聯盟的首領，死於一三〇〇年。詩中說他在浪子俱樂部中顯示出他的明智，顯然是反話嘲諷他窮奢極侈的生活。

29 指前面提到的「浪子俱樂部」，是十三世紀後半由十二個錫耶納的富家子弟組成、以吃喝玩樂為宗旨的小團體。成員除了本章提到的這四人，還包括在第七層地獄受苦的拉諾（見第十三章注20）。據注釋家本維努托說，他們租下一處豪宅，每月聚會一或兩次，舉行盛大宴會招待所有來到錫耶納的名人，還贈送厚禮給這些貴客。他們以宴會中的各種稀奇珍饈美味而自豪，每次宴會結束後，就將金銀餐具和桌上飾品從窗戶扔出去。這個俱樂部兩年就揮霍掉了二十一萬六千弗洛林金幣。

30 卡波喬（Capocchio）是佛羅倫斯人（也有一說是錫耶納人），據無名氏的注釋說，他和但丁相識，因為他們曾一起求學。據本維努托說，他心靈手巧。有一天，他在自己的指甲上畫出基督受難全圖，剛好但丁來了，問他在做什麼，他趕忙用舌頭舔掉這件苦心畫成的作品。一二九三年，他因犯製造假金屬罪在錫耶納被處火刑。

31 猴子是善於模仿的動物。「自然的巧猴兒」意即善於模仿自然的人，「自然」在此是指人和事物。據無名氏的注釋說，卡波喬就像宮廷中的戲子，能隨意模仿任何人和事物，而且活靈活現，惟妙惟肖。後來他開始仿造各種金屬，就像過去模仿各種人。

第三十章

當朱諾如她不止一次表示過的那樣，因塞墨勒之故，而對底比斯的王族發怒時，阿塔瑪斯變得如此瘋狂，瞥見妻子雙手各抱一個兒子走來，他喊道：「將網張開，讓我來捕捉過路的母獅和小獅吧。」接著，他伸出無情的爪，抓住那個名叫雷阿爾庫斯的兒子，將他甩到一塊岩石上，而她便抱著另一個兒子投海而死[1]。當時運女神將特洛伊人無不敢為的狂妄氣焰轉下去，使國王和王國一起覆滅時，悲哀、悽慘、淪為戰俘的赫卡柏眼見波呂克塞娜被殺，這位悲傷的婦人又發現她的波呂多洛斯陳屍海灘，她發了瘋，像狗那般狺狺狂吠起來，悲痛使得她精神錯亂到這等程度[2]。

但是，底比斯或特洛伊的瘋人無一攻擊任何對象、殺傷野獸或是傷人肢體，有如我所見的兩個慘白裸體陰魂那樣殘忍。他們跑著亂咬人，如同豬從豬圈放出時一樣[3]。其中一個來到卡波喬跟前，以牙咬住他的頸子拖著他，使得他的肚腹蹭著堅硬的溝底在移動。那個阿雷佐人留在那兒顫抖著[4]對我說：「那個惡鬼是強尼．斯基奇[5]，他就那樣瘋狂走著，折磨別人。」我對他說：「但願另一個惡鬼不會用牙咬住你。在她還沒離開之前，請費心告訴我她是誰。」他對我說：「那是罪大惡極的密耳拉的遠古陰魂，她對她父親的愛逾越了正當。她假扮成另一人的模樣與他苟合[6]，正如已走到那邊的另一個鬼魂的作為；那人為了撈到牲口中的女王，膽敢冒充卜奧索．竇那蒂立下遺囑，讓遺囑具有合法形式[7]。」

「那個惡鬼是強尼·斯基奇，他就那樣瘋狂走著，折磨別人。」

當我注視的這兩個瘋狂的鬼魂走過去之後，我將目光轉向去看其他不幸生在世上者[8]。我看到一個鬼魂，只要從腹股溝處截去呈叉狀的人體部位，他的形狀就像一把魯特琴[9]。令人身體沉重的水腫病由於體液消化不良，肢體因而比例失調，面部和腹部極不相稱，這種病使得他一直張著嘴，像消耗熱患者，嘴唇一片朝下撇著，另一片往上翹起[10]。

他對我們說：「啊，我不解為何在這悲慘世界卻不受懲罰的人哪，你們注意看亞當師傅[11]的慘境吧；生前，我想要的我有很多[12]，如今，唉！我渴望一滴水！從卡森提諾青翠的小山裡流下，傾注亞諾河裡，讓渠徑清涼濕潤的條條小溪，一直歷歷在目，而且這並非徒然，因為那景象令我感覺渴燥，遠遠甚於這令我面容消瘦的病[13]。那懲罰我的嚴峻正義，利用我犯罪的地方，使我的嘆息更加急促[14]。羅梅納就在那裡，我曾在那裡偽造鑄有施洗者聖像的錢幣[15]；因為此事，我將自己被焚毀的肉體留在了世上。但是，要是我能在這裡看到圭多、亞歷山鐸或是他們弟弟的卑鄙靈魂，我是不會為了要見到勃蘭達泉而放棄看到他們的[16]。那些繞著圈子走的發瘋鬼魂所言若是屬實，他們其中一個已經在這裡了[17]；只是我四肢無法動彈，說這些又有何用？假如我身體還靈便得讓我猶能百年移動一寸，我早就啟程沿這條路去到那些肢體變形的人之間找他了，雖然這壕溝繞一圈有十一英里[18]，寬度不少於半英里。因為他們，我才在那樣的家族當中；他們引誘我去鑄造含有三開合金的弗洛林[19]。」我對他說：「那兩個緊挨著躺在你右邊，身上像濕手在冬天冒出熱氣的不幸之人[20]是誰？」他答道：「我落到這個堤岸陡峭的壕溝裡時，就看見他們在這裡了。他們從那時起就一直沒動過，我想他們永遠不會動。一個是那個誣告約瑟的奸詐女人[21]，另一是特洛伊奸詐的希臘人西農[22]。他們因為急性熱病，發出強烈臭氣[23]。」兩人之一或許是因為被他這樣無禮指出名字而發怒[24]，便出拳捶打他腫得硬邦邦的肚皮。肚皮發出鼓般聲響；亞當師傅則用胳膊撞他的臉，這一撞似乎也不比那一拳輕，而且對他說：「雖然我肢體沉重，無法動彈，可我還有胳膊能應付這種需要。」那人一聽就回說：「你受火刑時，胳膊可沒這麼靈便，但鑄錢時卻有，而且還更靈便呢。」患水腫病者說：「關於這件事，你說的是實話；但你在特洛伊被人盤問時，可不是這麼誠實的見證人。」西農說：「我要是說了假話，你也造了假幣嘛。我在這裡是因為犯了一起罪行，你在這裡可是因為犯了比其他惡鬼都還多的罪[25]！」肚子腫脹的那人說：「發假誓的，你記住那匹馬吧，願此事全世界人盡皆知，對你是一種苦刑[26]！」那個希臘人說：「願你渴得舌裂，臭水令你肚子鼓得如同你眼前有一道圍籬[27]，希望那對你是一種苦刑！」接著，那個造假幣者說：「你的熱病就這樣一如往常令你的嘴破裂；因為，若說我渴，體液使得我身體腫脹，你也在發燒頭痛嘛；要你去舔納西瑟斯的鏡子[28]，你也是不必人家多說請你去的。」

我全神貫注聽著他們對話，老師對我說：「你就儘管看吧，再看下去，我就要和你爭吵了！」一聽他對我怒聲說道，我轉向他，羞愧萬分，這羞愧之情至今仍在我記憶中迴旋。如同一個人夢見有害之事，夢中希望自己是在做夢，好似那夢並不是夢，而渴望它真是個夢，我的情況也是如此。我想為自己辯白，卻又說不出話，實則卻一直在為自己辯白，卻沒意識到自己就正在這麼做[29]。老師說：「小於你感到的羞愧能洗刷大於你所犯的過錯，因此，你就徹底解除內疚的重負吧。萬一時運又將你帶到像這樣爭吵的地方，要想起我總在你身旁[30]：因為想聽這種爭吵，即是卑鄙的願望。」

「那是罪大惡極的密耳拉的遠古陰魂，她對她父親的愛逾越了正當。」

1 塞墨勒（Semele）是底比斯王卡德摩斯的女兒，眾神之王朱比特愛上了她，使她生下酒神巴克斯。朱比特的妻子朱諾出於嫉妒和憤恨，為了報復，變作塞墨勒的老乳母，勸她請求朱比特在她面前現出天神的形象。朱比特雖知此舉會有危險，但還是勉強答應。當他作為天神出現在她面前時，她因此慘被雷殛，化為灰燼（事見奧維德《變形記》卷三）。阿塔瑪斯（Athamas）是俄爾科美努斯王，他遵從朱諾的命令和涅菲勒結婚，但暗中又和塞墨勒的妹妹伊諾（Ino）相愛，讓她生了兩個兒子，一個叫雷阿爾庫斯（Learchus），一個叫梅利克爾塔（Melicertes）。不僅如此，伊諾還撫養她姊姊塞墨勒和朱比特的兒子巴克斯。因而震怒的朱諾為了洩憤，於是讓阿塔瑪斯發了瘋，當他看到伊諾和兩個兒子時，誤認為是一隻母獅和兩隻小獅，遂抓起雷阿爾庫斯，將孩子甩到岩石撞得腦漿迸裂，眼見此景悲痛絕望的伊諾也發了瘋，抱著梅利克爾塔登上懸崖投海自盡（事見奧維德《變形記》卷四）。

2 「特洛伊人無不敢為的狂妄氣焰」表現在特洛伊王拉俄墨東雇用海神波塞頓為他建造城堡，雇用太陽神阿波羅為他牧牛，服役期滿後還膽敢不給他們工資；特洛伊王子帕里斯膽敢拐走斯巴達王墨涅勞斯的妻子海倫，引起特洛伊戰爭。「時運女神」將他們的「狂妄氣焰轉下去」意即令他們國勢衰落（「轉下去」指將象徵運氣的輪子轉下去）。「使國王和王國一起覆滅」指特洛伊被攻破後，普利阿姆斯和他的國家同歸於盡。普利阿姆斯的王后赫卡柏（Hecuba）和女兒波呂克塞娜（Polyxena）成為俘虜，在前去希臘的途中，波呂克塞娜被殺，以祭阿基里斯的亡魂，而寄養在特剌刻（Thraca）國王宮裡的最小兒子波呂多洛斯（Polydorus），也因為遭國王謀害，屍體被海浪沖到海灘上。赫卡柏悲憤交集，因而發了瘋，像狗那樣叫了起來（事見奧維德《變形記》卷十三）

3 「底比斯的瘋人」指阿塔瑪斯，「殺傷野獸」指他發瘋，誤將兒子雷阿爾庫斯當成小獅子甩到岩石上。「特洛伊的瘋人」指赫卡柏，「傷人的肢體」指她在盛怒下將殺害她兒子的特剌刻王的眼珠和眼眶徒手挖了出來（事見奧維德《變形記》卷十三）。「豬從圈裡被放出來」指豬剛被放出圈時餓得見了東西就咬。

4 「阿雷佐人」指煉金家葛利乎里諾（見第二十九章注21）。他之所以「顫慄著」，是因為和他彼此靠著、坐在那裡的卡波喬才剛被那個陰魂咬住頸子拖走，自己倖免於難，心有餘悸，也因為害怕被另一個陰魂咬住拖走。

5 強尼·斯基奇（Gianni Schicchi）是佛羅倫斯人，和但丁的詩友圭多·卡瓦爾堪提同族，死於一二八〇年前。他善於模仿他人的聲音和動作。據佛羅倫斯無名氏的注釋，卜奧索·竇那蒂（Buoso Donati）病死後，他的兒子西蒙奈（Simone）祕不發喪，惟恐他生前立下遺囑將財產分贈與人，於是將自己這心事告訴了強尼．斯基奇，請求幫助。強尼．斯基奇要西蒙奈請公證人來到家中作證，稱說父親病重，要立遺囑，屆時就由他模仿死者的聲音，按西蒙奈的願望立下假遺囑。西蒙奈照辦。但強尼．斯基奇在遺囑中加上了「把我的騾子（這是托斯卡那全區最好的騾子）贈與強尼．斯基奇」和「把鄰居某人欠我的一百弗洛林贈與強尼．斯基奇」這兩句話，從中撈了一筆橫財。西蒙奈吃了悶虧，但也無可奈何。強尼．斯基奇由於假裝別人，偽造遺囑，死後靈魂因而在第十惡囊中受到患狂犬病的懲罰（根據雷吉奧的注釋）。有些早期注釋則認為，在比喻中朱諾懲罰阿塔瑪斯是使他發瘋，因此，強尼．斯基奇所受的懲罰也應該是發瘋。

6 密耳拉（Mirrha）是塞浦路斯王喀倪剌斯（Cinyras）的女兒，她對自己的父親產生有違倫常的愛，在乳母的協助下，趁母親不在時在夜裡喬裝進了他的房間，達到目的，事後被喀倪剌斯察覺，要殺死她，她逃往阿拉伯，變成一棵沒藥樹（見《變形記》卷十）。密耳拉是古代神話傳說中的人物，因此詩中說她是「古老的陰魂」。她犯了亂倫罪，本應和犯邪淫罪者一起在第二層地獄裡受苦，但詩人將她放在這裡，因為她假裝成另一個女人，用欺騙遂行她罪惡的目的。

7 「牲口中的女王」指卜奧索．竇那蒂的騾子；「使它具有合法的形式」指強尼．斯基奇要西蒙奈請公證人前來作證。

8 意即在地獄裡受苦的罪人（參看第五章注3），這裡指犯偽造錢幣罪者的鬼魂，他們所受的懲罰是患水腫病。

9 這個犯偽造錢幣罪者是亞當師傅（詳見注11）。「人體呈叉狀的部分」指兩腿。魯特琴是一種西方古樂器，形狀與東方的琵琶相似。患水腫病者腹部浮腫，頭部和頸部消瘦，只要從腹股溝截去雙腿，形狀就像這種樂器。

10 這幾句詩涉及中世紀醫學有關水腫病的病理，注釋家多引用喬爾達諾．達．比薩（Giordano da Pisa）的這段話說明：「水腫病患者吃喝得越來越多，那些體液就統統腐敗，變成壞的黏液，因此，他吃得越多，喝得越多，病就越重，浮腫就越厲害，他就更加口渴。」（黏液是古生理學所稱的四種體液之一）「消耗熱患者」即肺病熱患者。

11 亞當師傅（Maestro Adamo）姓氏不詳，早期注釋家說，他的籍貫是布里西亞（Brescia），但據現代學者考證，他是英國人，一二七〇年僑居波隆那，是羅梅納（Romena）城堡的封建主圭多伯爵家的密友。據雷吉奧推斷，布里西亞可能是他來波隆那之前住過的城市。早期注釋家說，圭多伯爵家慫恿他偽造當時已在歐洲各地流通的佛羅倫斯貨幣金弗洛林。有一天，他來到佛羅倫斯，在花自己偽造的錢幣時，被人查出是偽幣，結果佛羅倫斯政府下令將他活活燒死，這是一二八一年的事。

12 「想要的東西」主要指金錢，措詞含有愛錢入迷之意。

13 卡森提諾（Casentino）是托斯卡那亞平寧山脈和亞諾河上游一帶風景優美的地區，當時受圭多伯爵家族統治。許多小溪發源於此，流入亞諾河。這些小溪的形象在他墮入地獄受苦後仍時常浮現在他腦海，他想到溪流所經之處清涼濕潤，覺得這比所患的水腫病更令他乾渴得要命。

14 意即以嚴峻的法度懲罰他，透過他對自己犯罪地點的記憶，使他的痛苦變本加厲。「嘆息更加急促」是因為回想起自己犯罪的地點，和那裡的清涼溪流，因而更加焦渴所致。

15 意即羅梅納城堡就在卡森提諾，他在這座城堡偽造弗洛林金幣，這種金幣一面鑄有百合花圖案的城徽，另一面鑄著守護聖徒施洗禮者聖約翰像。

16 羅梅納城堡領主圭多一世有四個兒子：圭多二世、亞歷山鐸（Alessandro）、阿吉諾弗（Aghinolfo）和伊德伯蘭迪諾（Ildebrandino）。詩中提及前兩個的名字，「他們的弟弟」可能指阿吉諾弗，也可能指伊德伯蘭迪諾。

勃蘭達泉（Fonte Branda）在何處，有兩種說法。早期注釋家一致認為，這是錫耶納的名泉，因為它在曾屬勃蘭第（Brandi）家族的土地上，故名勃蘭達泉。據文獻記載，羅梅納城堡附近也有一泉與此同名，但現已枯竭，此泉距離亞當師傅犯罪的地點比錫耶納的泉近得多，所以許多現代注釋家認為這是詩中所指的泉。但是提到此泉的文獻年份較晚，所有的早期注釋家，包括來自卡森提諾的蘭迪諾（Landino）在內，都未曾提到此泉；因此，雷吉奧認為，那大概是後來卡森提諾的居民用但丁詩中的泉名為此泉命名加以附會的。

亞當師傅痛恨圭多伯爵兄弟慫恿他偽造錢幣，導致他墮入地獄受苦，因此他幸災樂禍，一旦能看到他們也在地獄裡受苦，他才稱願。雖然他身患水腫病渴得要命，不過，就算能喝上勃蘭達泉的水來解渴，他也不肯為此放棄目睹仇人入地獄的樂趣。

17 「繞著圈子走的發瘋鬼魂」指犯佯裝他人罪者的鬼魂，他們在第十惡囊當中繞來繞去，所以能將他們從一些鬼魂口中聽得的消息傳給另一些鬼魂。「他們當中的一個已經在這裡面」指圭多二世，他於一二九二年死去，靈魂已經在第十惡囊。一三〇〇年（但丁虛構的遊地獄的時間）圭多的弟弟們還活著。

18 意即第十惡囊圓周為十一英里，恰恰是第九惡囊圓周的一半（參看第二十九章注1）

19 「這樣的家族」指犯偽造錢幣罪的人。托拉卡指出：「亞當師傅也許是用『我』（io）這個代詞最多的罪人（譯者按：義大利語動詞變位能明確表示出人稱，除非加重語氣，否則一般不用代詞），在十三行詩裡就用了十次。他一開口就先說出自己的頭銜和名字，顯示自命不凡：因此他對自己的『慘境』的憤怒和對於自己『在這樣的家族中』感到的悲哀，也都更加劇烈。」

「開」（carato）是黃金的純度單位，純金的標準為二十四開（也就是現在常說的24K）。據維拉尼說，一二五二年佛羅倫斯「開始鑄造二十四開純金的優質錢幣，這種錢幣叫做金弗洛林」（《編年史》卷六第五十三章）。關於亞當師傅偽造的金弗洛林，無名氏的注釋說：這些錢幣「分量足，但成色不佳，因為僅是二十一開金，並非二十四開金。另外三開是銅或某種別的金屬」。

20 他們因為患急性熱病發燒出汗，汗水蒸發而渾身冒著熱氣。

21 埃及法老的內臣，護衛長波提乏（Putifarre）買下雅各和拉結的兒子約瑟做奴僕，對他非常信任，派他管理家務。約瑟生得秀雅俊美，波提乏的妻子因此愛上他，要和他同寢，約瑟不從，她惱羞成怒下反向丈夫誣賴約瑟調戲她，說要和她同寢。她的謊言激怒了波提乏，便將約瑟打入監獄（事見《舊約．創世記》第三十九章）。

22 西農是希臘奸細。當希臘將領設下木馬計，留下打造的木馬，全軍撤離，隱蔽在泰涅多斯島的海灘上時，西農故意讓自己遭特洛伊人俘虜，謊稱自己被希臘人遺棄，以聲淚俱下的謊言博得特洛伊人的憐憫，將他鬆綁。他騙特洛伊人說，特洛伊人若是將木馬拉進城內，戰事必將大勝。特洛伊人信以為真，結果中了奸計，城破國亡（事見《埃涅阿斯紀》卷二）。詩中說他是「特洛伊的奸詐希臘人」，因為他假裝成特洛伊的朋友：國王普利阿姆斯受其花言巧語欺騙，對他說：「不管你是誰，現在希臘人已撤退，忘了他們吧。你是我們自己人了。」（出處同上）

23 喬達爾諾．達．比薩說：「血脈中的熱病是嚴重的熱病，這種熱病叫做急性熱病。」「臭氣」原文是 leppo。布蒂說：「leppo 含義是燃燒油脂所生的惡臭，比如鍋子或平鍋燒熱時。」

24 指西農。他聽到亞當師傅說他是特洛伊的奸詐希臘人，觸動了他的痛處，因而發怒。

25 意即鑄造多少偽幣，就犯了多少罪。

26 亞當師傅罵西農是「發假誓的」，是指他對普利阿姆斯發假誓：「那個騙人的老手，詭計多端的希臘人西農，將解脫捆綁的雙手高舉向天，手心朝上說道：『永恆的星火，不可玷污的神靈，神壇，可詛咒的、沒殺死我的刀斧，作為犧牲箍在我頭上的彩帶，你們都來替我作見證吧。』」（見《埃涅阿斯紀》卷二）「那馬」指木馬計中的木馬。「全世界人盡皆知此事」，因為《埃涅阿斯紀》中有詳細的敘述，流傳極為廣泛，令他留下千古罵名，這對他來說是極大的痛苦。

27 意即擋住視線，看不見前面。

28 據希臘神話，納西瑟斯（Narcissus）是個美少年，仙女厄科（Echo）愛上了他，但他對她非常冷淡，她為此心傷，日益消瘦，最後只剩下聲音。為了懲罰納西瑟斯的無情，復仇女神便讓他在池邊飲水時顧影自憐，最後也憔悴而死（見《變形記》卷三）。因此，「納西瑟斯的鏡子」指水。

29 意即猶如一個人做了惡夢，夢見不幸的事，心想：「這只是夢才好！」他希望那是夢，那也的確是夢。同樣的，但丁聽到維吉爾怒斥自己竟在聽亞當師傅和西農鬥嘴，因而心生羞愧慌亂，想為自己辯白，由於心慌意亂又找不到合適的話，在自恨無法為自己辯白的同時，其實已一直不自覺在為自己辯白。因為他雖然默默無言，滿面羞慚的表情就足以說明他已知錯。但丁利用這個源於實際生活的貼切比喻，明確表達出自己當時複雜的心理矛盾和狀態。

30 意即你要是再遇到人家這樣爭吵，要想到我一直在你旁邊，時時刻刻都準備要警告你，責備你。

第三十一章

同一條舌頭先是刺傷我，使我兩頰染上紅色，隨後就為我提供了藥[1]；我聽說，阿基里斯和他父親的長矛也是如此，常先令人受傷，隨後就為人治好創傷[2]。

我們轉身背向悲慘的山谷，默默無言橫穿環繞山谷的堤岸。這裡不像夜晚那麼黑，也不似白晝那樣亮，我們的目光因此看不遠；但我聽見號角聲，異常響亮，令所有雷鳴皆顯得微弱；它朝著與其相反的方向繼續傳來，將我的眼睛完全引向一個地方。慘敗之後，查理大帝喪失他神聖的後衛時，羅蘭吹出的號角聲都沒有這般可怕[3]。我朝那裡望了不久，似乎就看到許多高聳碉樓；於是我說：「老師，告訴我，那是什麼城堡？」他對我說：「你在黑暗中望向太遠的目標，因而在想像中生出了錯覺。等你走到那裡就會明白，你視覺受距離欺騙的程度有多大；所以，快點走吧。」他隨後親切地拉住我的手：「在我們繼續前行之前，為了讓事實不至於令你過於驚愕，要知道，那些並非碉樓，而是巨人，他們全都沿著井穴周圍的堤岸站著，肚臍之下完全在井穴當中[4]。」

如同視覺在霧消散時逐漸辨識出瀰漫空中的霧氣所遮蔽的東西，當我漸漸走近井穴邊緣，目光穿透濃厚昏黑的空氣望去時，我的錯覺消失，恐懼也就增加了；因為，如同蒙泰雷喬尼的環形圍牆上碉樓林立[5]，那些可怕巨人的半身形成了聳立在井穴周圍堤岸上的碉樓；直到如今，打雷時，朱比特還從天上

「愚蠢的鬼魂，你還是吹你的號角吧，受到怒氣或其他激情觸動時，就以它發洩吧！」

威懾他們[6]。

我已看出其中一人的臉孔、肩膀、胸膛、肚子大部分和沿兩肋垂下的雙臂。自然已不再產生這種動物，瑪爾斯因而失去這樣的號令執行者[7]，她這麼做著實正確。雖然她不後悔生出象和鯨[8]，明察事理者都認為她在此事上更公正，考慮更周詳，因為如果心靈的機能加上惡意和力量，人類便無法防禦[9]。巨人的面孔在我看來大如羅馬聖彼得大教堂的松毬[10]，其他骨骼也與面孔相稱；所以，如圍裙般遮住他下身的那道堤岸上所露出的上半身那麼高，即使三個弗里西亞人也無法誇口稱說搆得著他的頭髮[11]；因為我看到他的身體從人們扣上斗篷扣子的地方往下足足有三十拃那麼長[12]。

「Rafèl maì amècche zabì alm[13]」，那張不適於唱更甜蜜詩篇的凶惡的嘴開始這麼喊叫[14]。我的嚮導對他說：「愚蠢的鬼魂，你還是吹你的號角吧，受到怒氣或其他激情觸動時，就以它發洩吧！啊，頭腦混亂的鬼魂哪，你在脖子上摸一摸，就會找到那條綁住它的皮帶，你看，它就斜掛在你的大胸上。」隨後他對我說：「他揭露了他自己[15]；他就是寧錄，因為他的邪念，世上用的語言不只一種。我們不要理他，對他說話也是白說，因為他什麼語言都不懂，一如誰都不懂他的語言。」於是，我們向左轉，繼續前行，走了一箭之地便看到第二個巨人，比那個更兇、大得更多。我不知道誰是將他捆住的工匠，但他右臂在後、左臂在前，脖子處往下被一條鎖鏈緊緊綁著，這條鎖鏈纏繞在他露出的身體上竟有五道之多。我的嚮導說：「這個狂妄的巨人曾想試試自己的力量，對抗至高無上的朱比特，因而得到如此報酬。他名叫厄菲阿爾特斯，在巨人令眾神害怕那時，他曾作出巨大努力[16]。彼時揮動的兩臂，如今再也動不了。」

「這個狂妄的巨人曾想試試自己的力量，對抗至高無上的朱比特，因而得到如此報酬。」

我對他說：「如果可能，我希望親眼看到碩大無朋的布里阿留斯[17]。」他答說：「你在這附近可見到安泰俄斯。他會說話，而且沒被綁著，他會將我們放到一切罪惡之底去[18]。你想看的那個離此處甚遠，他就像跟前這個一樣被綁著，形體也相像，只是面貌更為凶惡。」

厄菲阿爾特斯一聽這話，立即搖動他的身軀[19]，再強烈的地震也都未曾將碉樓震得如此厲害。那時，我比任何時候都怕死，要是我沒看到他身上的鎖鏈，光是驚嚇就能將我嚇死。於是，我再往前走，來到安泰俄斯跟前，他露出井穴之外的身體，不計頭部，就有五阿拉[20]。「啊，你呀，你曾將捕獲的一千頭獅子運到漢尼拔和其軍隊敗退時讓西庇阿成為光榮繼承者的那道幸運河谷[21]，倘若你當初參加你兄弟進行的那場大戰，似乎還有人相信，大地的兒子們是會得勝的[22]：放我們到底下那被寒冰封閉的科奇土斯湖去吧！莫不屑為之。莫使我們去找提替俄斯[23]或提佛烏斯[24]：此人能讓人得到此處所渴望的東西[25]；所以，你就彎下身子吧，可別撅起嘴巴[26]。他還能在世間恢復你的名譽，因為他仍活著，若是天恩不在時間未到之前便召喚他，他還有望活上許久[27]。」我的老師這麼說。那巨人連忙伸出他曾令海克力士感受到巨大握力的雙手[28]抱住我的嚮導。維吉爾感覺自己被那兩隻手抱住時便對我說：「你過來，我好抱住你。」隨後就使他和我合成了一捆。如同從傾斜的一面仰望卡里森達斜塔，當一片浮雲朝著和傾斜方向相反的方向飄過塔上，覺得那塔似乎就要倒下似地[29]，我注意看著安泰俄斯彎身時，也有同樣的感覺。那一瞬間如此可怕，我真想改走另一條路。但他輕輕將我們放到那吞沒了盧奇菲羅和猶大的地獄底層[30]，他沒有就這麼彎身停留在那兒，而是如船豎起桅杆般挺起身子。

但他輕輕將我們放到那吞沒了盧奇菲羅和猶大的地獄底層。

1 意即維吉爾的責備令但丁羞愧而臉紅，隨後，他的安慰又消除了但丁的羞愧情緒。

2 意即但丁從奧維德的詩（如《變形記》卷十三）中得知，阿基里斯繼承自他父親佩琉斯（Peleus）的長矛具有神奇功效，刺傷人後，再一刺即能讓傷口癒合。與但丁同時期的義大利抒情詩人常用佩琉斯的長矛比喻所愛的女性的目光和吻，既能造成愛的創傷，又能將之醫治。

3 公元七七八年，法蘭克王國的國王查理（後來加冕為「羅馬人皇帝」，史稱查理大帝）征伐被阿拉伯人占領的西班牙未果，撤退途中，在通過庇里牛斯山的昂賽瓦峽谷（Roncesvalles）時遭到襲擊，幾乎全軍覆沒，後衛隊的指揮官羅蘭戰死，後來成為法國史詩《羅蘭之歌 *La Chanson de Roland*》的主人公。詩中第十三節這麼描述羅蘭在萬分危急時吹起號角，向查理王求援：「羅蘭將號角置於嘴上，拚命地吹，大力將把之吹響，山高，聲音遠震，三十里外都聽得到回聲，查理王和其所有同伴全都聽見了。」

4 希臘神話中有巨人的故事，《聖經》中（如《舊約．創世記》第六章）也說到遠古時代有巨人存在。但丁放在這裡的巨人，有的源於希臘神話，有的出自《聖經》。「井穴周圍的堤岸」指豎井的井壁。這些巨人大概是站在井底的科奇土斯冰湖邊的一種臺階上，沒有站在湖裡被凍住。

5 蒙泰雷喬尼（Monteréggioni）是一座堅固的城堡，位在錫耶納西北方約十四公里處的小山上，建於一二一三年；一二六〇年和一二七〇年這段期間，四周又加建了長約半公里的圍牆，牆上有十四座約二十米高的碉樓。

6 據古代神話傳說，巨人族企圖篡奪朱比特的神位，因而進攻奧林帕斯山；朱比特在英雄海克力士的協助下擊敗了巨人（見《變形記》卷一）。至今朱比特還用雷聲震懾他們，足見他們的凶猛。

7 意即使得戰神瑪爾斯再也沒有這樣的龐然大物可作為戰士。

8 意即自然界不再產生巨人之後，還是繼續產生出大象和鯨魚這般的巨大生物。

9 「心靈的機能」是指理性。象和鯨的軀體雖大，但無理性，因此無法危害人類；但巨人和人類一樣具有理性，身軀和力氣則遠遠超過人類，而且生性凶惡，人類因此抵禦不了他們。倘若自然界仍繼續產生出巨人，那麼人類勢必會滅絕。

10 這個青銅製的大松毬在古時原是人造噴泉裝置的一部分，從層層鱗片上朝外噴水；公元五世紀末、六世紀初時，這顆銅松毬被移到了舊聖彼得大教堂前院，現在梵蒂岡的「松球庭院」內，頂部已殘破，高約四公尺，但丁看到它時，大概比現在高一些。

11 弗里西亞人屬日耳曼族，生活在今日的荷蘭及德國西北部，身材異常高大。三個弗里西亞大漢從他的腰部處疊加起來，都搆不著他的頭髮，可想見這個巨人是多麼可怕的龐然大物。

12 意即他上半身從頸部到腰部長約七公尺，若按比例估計，全身高度不下二十五公尺。

13 說出這句話的巨人名叫寧錄（Nimrod），「他為世上英雄之首。他在耶和華面前是個英勇的獵戶」（《舊約．創世記》第十章），詩中根據這話，描寫他胸前掛著號角，但《聖經》中沒有說他是巨人。後來，聖奧古斯丁（Augustine of Hippo）在《論上帝之城 *De civitate Dei contra paganos*》一書中提到寧錄時，說他是巨人。但丁或許正是根據他的說法。

據《舊約．創世記》第十一章中所說，起初，世間人類的口音言語都是一樣的。他們來到示拿地的平原後，就開始建造一座城和一座塔頂通天的塔，以傳揚他們的名，免得他們分散各地。耶和華說：「看哪，他們成為一樣的人民，都是一樣的言語，如今既做起這事來，以後他們要做的事，就沒有不成就的了。」於是，祂變亂了他們的口音，讓他們的言語彼此不通，結果他們被迫停工，繼而分散各地。「因為耶和華在那裡變亂天下人的言語，使眾人分散在全地上，所以那城名叫巴別。」巴別（Babele）即巴比倫。相傳寧錄是巴比倫的第一代國王，中世紀人因此就認為巴別塔是他計劃建造的。

關於寧錄所說的「Rafèl maì amècche zabì almi」，早期注釋家本維努托說，「這些詞是沒有意義的。……它們在這裡不過是用來表明他的語言任何人都不懂，由於他的狂妄，使得世上語言分為許多種。這就是作者的命意……」布蒂也說：「這些詞沒有意義。誰要說它具有某種含義，就等於說作者自相矛盾。」

14 「詩篇」指話、言語。「不適於唱更甜蜜的詩篇」顯然是嘲諷話。

15 原文是 s'accusa（告發自己）。意即他嘴裡喊出、無人懂得的言語和他身上所掛的號角，表明他正是寧錄。

16 據希臘神話，厄菲阿爾特斯（Ephialtes）和他的兄弟是巨人阿洛尤斯（Aloeus）和伊菲美狄亞（Iphimedia）的兒子（實際是海神波塞冬誘奸伊菲美狄亞所生）。他們兒時就力大無窮，敢與眾神交戰，將俄薩（Osso）山摞在珀利翁（Pelion）山上，作為雲梯，進攻奧林帕斯山。《埃涅阿斯紀》卷六提到埃涅阿斯在遊歷冥界時見到他們：「在這裡，我也曾見到阿洛尤斯的兩個兒子的巨大身軀，他們曾衝進天宮，想用手將蒼穹扯落，將朱比特從他至高無上的統治地位推翻。」賀拉斯在《歌集》第三卷第四首中也提及他們：「那兄弟二人力圖將珀利翁山放在林木蔭翳的奧林帕斯山上，為朱比特帶來巨大的恐怖。」「他作出了巨大的努力」指他用力搬山。

17 布里阿留斯（Briareus）也就是希臘神話中的百頭巨人埃該翁（Aegaeon）。維吉爾在《埃涅阿斯紀》卷十說他有一百隻手臂和五十顆頭：「據說埃該翁有百臂百手，他的五十張嘴、五十胸膛都能噴火，他能以五十面一色的盾牌，操五十柄寶劍，抵擋朱比特的雷霆。」

18 安泰俄斯（Antaeus）是海神和大地的兒子，力大無比，喜愛逼人和他角力，然後將人殺死。只要身體不離地，也就是說，不離開他的母親，他就能所向無敵。和他搏鬥的海克力士發現他力量的來源，於是在對打時將他舉到空中，脫離地面，成功殺死了他。「他會說話」，指他會說人聽得懂的話。「沒有被捆綁著」，因為他出生得晚，沒有參加巨人族進攻奧林帕斯山之戰。「一切罪惡之底」指地獄最下部，即第九層地獄，在那裡受苦的都是罪大惡極的人。

19 指他因為狂妄自大，聽到維吉爾說布里阿留斯面貌還比他更凶惡，便氣得渾身發抖。

20 佛羅倫斯無名氏的注釋：「阿拉（alla）是佛蘭德爾的長度單位……約合二勃拉喬（braccio）半。」勃拉喬是佛羅倫斯的長度單位，約合六十公分。五阿拉就等於七公尺半。

21 指突尼斯中北部扎瑪（Zama）附近的巴格拉達斯（Bagradas）河谷。公元前二〇二年，羅馬大將西庇阿 (Publius Cornelius Scipio Africanus) 在扎瑪之戰徹底擊敗迦太基大將漢尼拔。「使西庇阿成為光榮的繼承者」，指扎瑪之戰讓他獲得「亞非利加的西庇阿」這個光榮的稱號。「捕獲的一千頭獅子」一千是不定數，指捕獲許多頭獅子。安泰俄斯住在巴格拉達斯河谷的洞穴裡，以捕獲的獅子為食（見《法爾薩利亞》卷四）。「幸運的河谷」（fortunata valle），據雷吉奧的解釋，意即這個河谷為巨人安泰俄斯所居，又是西庇阿獲得歷史性勝利的見證，因而是幸運的；但也可以如第二十八章中「飽受命運擺布的土地」（fortunata terra）那樣，理解為「飽經滄桑的河谷」。

22 意即要是安泰俄斯參加了其他巨人進攻奧林帕斯山的那場戰爭，巨人族是會戰勝眾神的。「大地的兒子們」指巨人們。「有人還相信」指盧卡努斯在《法爾薩利亞》卷四中的話：「她（大地）寬待了眾天神，沒將安泰俄斯用於弗萊格拉戰場上。」維吉爾說這些稱讚安泰俄斯的話，是為了博取他的好感，好讓他答應將他們放到底下的最後一層地獄。

23 提替俄斯（Tityus）是神話中的巨人，他企圖強姦阿波羅和狄安娜的母親拉托娜（Latona），被他們兄妹倆殺死，在冥界受懲罰。「他是萬物之母的大地撫養大的，他的身體足足占滿九畝地」（見《埃涅阿斯紀》卷六）。

24 提佛烏斯（Typhoeus）是神話中的吐火巨人，在進攻奧林帕斯山時被朱比特以雷擊斃，埋在埃特納火山下。

25 意即但丁能使地獄裡的人在世上留名。

26 表示拒絕。

27 人的自然壽命是七十歲，「不在時間未到之前」，意即不在七十歲以前。但丁當時正「在人生的中途」（三十五歲），如果上天能讓他盡其天年，他還能再活三十五年。

28 指海克力士在和安泰俄斯搏鬥，被他緊緊抓住時，感受到了他的手勁確實很大。參看《法爾薩利亞》卷四中的描寫：「他們手和手緊緊抓住，臂和臂緊緊抱住……海克力士停了下來，對如此可怕的力量大吃一驚。」

29 卡里森達（Carisenda）斜塔是波隆那兩座斜塔當中較小的那一座，建於一一一〇年，現高四十七點五公尺。但丁見到這座塔時，要比現在高些，因為塔頂在十四世紀後已殘破。這座塔的傾斜度很大，當浮雲飄來時，站在塔下的人仰望會產生錯覺，好像雲靜止、而塔向雲靠去，眼看就要倒塌似的。但丁以此為比喻，說明自己在注意看著巨人彎身時那一瞬間的感受。

30 指第九層地獄的科奇土斯冰湖。「吞沒」意即被凍結在冰湖裡。盧奇菲羅（即魔王撒旦）和猶大因為罪大惡極，都墮入地獄最下層受懲罰。

第三十二章

如果我有粗獷刺耳的詩韻，適於描寫這被其他各層的岩石壓在上面的陰慘洞穴，我就能更充分表達出我所構思的結晶[1]；然而我無此詩韻，著手描寫時，不免心懷畏怯；因為描寫全宇宙之底[2]並非兒戲之事，也不是叫媽媽和爸爸的舌頭所能勝任[3]。但願那些協助安菲翁築起底比斯圍牆的女神[4]幫助我的詩句，讓我的敘述不至於違背事實。

啊，你們這些比所有人更不幸生下的[5]，你們這些遭懲處在此受苦的罪人，你們當初在世上時，倒不如是隻綿羊或山羊[6]！當我們下到這闃黑的井裡，站在比巨人腳下還低得多的地方，而我仍在仰望四周高牆時[7]，我聽見有人對我說：「你走路可得留神：注意腳可別踩在疲憊不堪、可憐的兄弟們[8]頭上。」我隨即轉身，只見面前和腳下是一面湖，因為嚴寒，湖面看似是玻璃，而不像水[9]。奧地利的多瑙河或遠方寒空下的頓河[10]，河道入冬也未曾結過這麼厚的堅冰；因為即使坦貝爾尼契山[11]或庇埃特拉帕納峰[12]倒在這片冰上，就連邊上都不會發出咯吱響聲[13]。就像在農村姑娘經常夢見拾穗的季節[14]，青蛙趴在水中露出嘴鼻呱呱叫著，那些悲哀的鬼魂凍得發青，直到顯露愧色之處的人身[15]都在冰裡，牙齒打顫，叫聲如鸛。每個鬼魂都面朝下[16]，他們的嘴為寒冷、眼睛為內心悲哀提供了證明[17]。

「你走路可得留神：注意腳可別踩在疲憊不堪、可憐的兄弟們頭上。」

我望向四周，日光隨後轉向腳下，看見兩個罪人彼此緊緊挨著，頭髮都糾纏在一起。我說：「你們這兩個胸膛彼此貼近的人，告訴我，你們是誰？」他們將頸子向上一彎；當他們抬起頭面對我時，原本只是裡面濕漉漉的眼睛這時淚水奪眶而出，一直流至唇上，嚴寒使得眼中餘淚凍結，又將眼睛緊緊封住[18]。就算鐵條將木板同木板箍住也沒那麼緊。接著，他們開始像兩隻山羊彼此互撞[19]，沖天怒氣壓倒了兩人。

一個凍掉了兩只耳朵的鬼魂臉仍然朝下，說：「你為何像照鏡子般一直注視我們[20]？如果你想知道這兩人是誰，畢森喬河流經的山谷曾屬他們的父親阿貝爾托所有，也曾屬於他們[21]。他們是一母所生。你找遍整個該隱環，也找不到任何比他們更該凍結在冰裡的鬼魂：就連亞瑟王親手一刺、就刺穿了他胸膛和影子的那個人[22]，連佛卡夏[23]，連這個擋著我、讓我無法再往遠處看的人都包括在內。此人名叫薩索爾．馬斯凱洛尼；如果你是托斯卡那人，現在你一定知道他是誰[24]。為了免得你又逼我回答，要知道，我就是卡密施庸．德．帕齊[25]，我正等著卡爾利諾來開脫我的罪責[26]。」

接著，我看到一千張凍得發紫的臉孔[27]；因而如今一看到結冰的渡口，我就會發抖，爾後也將永遠如此[28]。

當我們正走向所有重力的集中點[29]，我一直在永恆的酷寒中顫抖著，不知是天意抑或命運注定，或是機緣巧合，在走過眾多頭顱之間時，我重重踩在了一顆頭顱的臉上。他哭著責罵我：「你為什麼踩我？若你不是前來加重對蒙塔培爾蒂事件的報復[30]，那麼你為何傷害我？」我說：「我的老師，請在這裡等我，我好去消除我對這個人的疑問；之後，你要我走多快都行。」我的嚮導於是停步。我對那個仍

「你一定得說出你的名字，否則我就讓你這上面的頭髮不留分毫。」

在惡狠狠咒罵著的人說：「你是誰，怎麼這樣罵人？」他回說：「你又是誰，走過安特諾爾環[31]，還這樣踢人面頰，我要是活人，也未免太重了。」我的回答是：「我是活人。你若是想揚名，我就將你的名字放在其他記錄[32]之間。這對你而言可能是件愜意的事。」他對我說：「我希望的正好相反。離開吧，別再糾纏我，因為你根本不懂在這深淵裡如何說諂媚奉承話[33]。」隨後，我揪住他後頸上的頭髮：「你一定得說出你的名字，否則我就讓你這上面的頭髮不留分毫。」他接著對我說：「即便你拔光我的頭髮，我也不告訴你我是誰。即便你在我的頭上踩跺千下，我也不會向你暴露我是誰[34]。」

我已將他的頭髮繞拽在手上，而且不只拔去一綹，他像狗似地叫著，眼睛直向下看，這時，另一個鬼魂喊道：「鮑卡，你怎麼啦？難道你的牙格格打顫還不夠，還非得像狗叫不可？你是著了什麼魔？」我說：「萬惡的反叛，現在不需要你多說了；因為我要將你的真實消息帶回去，讓你遺臭萬年。」他回說：「滾，你愛怎麼說就怎麼說吧；但是，要是你走得出這地方，可別不提那個方才那麼饒舌的人。他因為受了法國人的銀子賄賂而在這裡受懲。你可以說：『我在罪人乘涼的地方看到杜埃拉家族的那個人[35]。』如果有人問你此外還有誰，那麼，你旁邊就是被佛羅倫斯給割斷咽喉，屬於貝凱利亞家族的那個人[36]。我想，再往前些，就是強尼·德·索爾達涅利[37]和甘尼侖[38]，以及在居民睡著時打開了法恩札城門的泰巴戴羅[39]。」

當我們離開他，再往前走時，我看到兩個鬼魂凍結在一個冰窟窿裡，彼此貼得那麼近，近到一個人的頭成了另一人的帽子；上面那個的牙咬著下面那個的腦袋和頸子相接處，就像人餓了啃食麵包那樣；他狠狠啃著那人的腦殼和其他部分，模樣和盛怒的泰鐸斯咬了梅納利普斯的太陽穴[40]並無不同。我說：

上面那個的牙咬著下面那個的腦袋和頸子相接處，就像人餓了時啃食麵包那樣。

「啊，你以這野獸般的舉動表達你對所食之人的仇恨，就在這條件下告訴我你仇恨的原因吧：你對他的控訴若是有理，待我得知你是誰和他的罪行，要是我說話的舌頭不乾枯，我還能在世上報償你。」[41]

1 「陰慘的洞穴」指第九層地獄，由於是地獄最底層，因此「被其他各層的岩石壓在上面」。「我所構思的結晶」指但丁在地獄歷程中所見的第九層地獄情景。詩的大意是：這一層地獄異常陰慘可怖，只有用音調粗獷、刺耳的詩句，才能充分描繪其中情景。

2 「全宇宙之底」指第九層地獄。因為地球在托勒密天文體系中是宇宙的中心，根據但丁的想像，這一層地獄直通地心，因此可說是全宇宙的中心或「全宇宙之底」。

3 注釋家對這句詩有不同的解釋。有的認為，大意是說，不能試圖以日常用語和通俗語言描寫這層地獄的情景，因為但丁在《論俗語》中明確指出，「媽媽」和「爸爸」這類詞，不可出現在風格高華的詩篇。有的認為，大意是說，描寫這一層地獄的情景，不是才學幼稚淺薄的人能勝任的，非得有很高的詩才和藝術造詣不可。後者解釋比較恰當，因為詩人覺得描寫第九層地獄是非常困難的事，才向詩神祈求幫助。

4 指希臘神話中掌管文藝、音樂、天文等九位女神，統稱繆斯。安菲翁（Amphion）是宙斯和底比斯國王之女安提俄珀（Antiope）的私生子，善奏豎琴。他在建築底比斯城的圍牆時得到繆斯幫助，奏出的琴聲異常甜美，將山上的石頭全都吸引了下來，自動砌成城牆。賀拉斯的《詩藝》和斯塔提烏斯的《底比斯戰紀》第十卷都提到了這個故事。

5 「你們」指在第九層地獄裡受苦的犯叛變罪者，他們所犯的罪比其他罪更為深重，因此也比其他罪人更不如別生在世上，因為，如此一來，他們就不至於在這層地獄受懲罰（參看第五章注3）。

6 綿羊和山羊是獸類，獸類無理性和心智，因此不可能犯罪。如果這些人生在世上不是人，而是獸，就不會因為犯罪而墮入地獄。上句說他們不如不生下來好，這句說他們生下來是人不如是獸好，目的都在於強調他們的罪孽極端深重。

7 「下到這闃黑的井裡」，指井底由科奇土斯冰湖構成的第九層地獄。「站在比巨人腳下還低得多的地方」，據注釋家推測，是因為這裡的地勢微微向中心傾斜，巨人是站在冰湖邊的臺階或斜坡上，將他們放在冰上的。「高牆」指井壁。

8 這裡對但丁說話的人是誰？注釋家對此眾說紛紜，莫衷一是。多數認為是後面描寫的那兩個彼此緊靠的鬼魂之一。但因為二者前後相距很遠，中間還插入許多行描寫冰湖及罪人情況的詩句，有的注釋家不同意這種說法，認為對但丁說話的是冰湖上的某個罪人。對於「兄弟們」的含義，注釋家也有不同解釋。有的認為是指那兩個鬼魂自己，因為他們生前確實是兄弟。反對此說者指出，雖然是親兄弟，但他們是互相殘殺而死的，根本談不上兄弟之情，認為「兄弟們」在此是泛指所有在該隱環受苦的鬼魂。有人反駁說，該隱環中的鬼魂全都是犯謀殺親屬罪者，彼此之間當然也不可能有同情心，甚至親如兄弟。多數注釋家認為，這句話是為了引起但丁的注意和同情，大意是說：「我們這些罪人也都是人，都是你的同類和兄弟，你可千萬別踩我們的頭啊！」

9 指科奇土斯湖，它在《埃涅阿斯紀》中本是陰間的一條河，但丁將它改為湖（參看第十四章注24、25、26）。魔王盧奇菲羅的翅膀搧起的陰風使得湖水凍成堅冰，象徵犯叛變罪者心腸之硬和冷酷，他們因為生前做出傷天害理、滅絕人性的事，死後便相應地在寒冰地獄受懲。

10 指冰天雪地的俄國。

11 這個山名究竟指哪座山，尚無定論。據早期佛羅倫斯無名氏的注釋：「此山乃斯拉伐尼亞的一座山，非常高峻，完全由岩石構成，幾乎沒有土壤，看起來就是一整塊巨岩。」許多現代注釋家都同意此說，認為這座山就是托瓦爾尼克（Tovarnik）附近的弗盧斯卡山（Fruska Gora）。托拉卡反對此說，認為坦貝爾尼契就是坦布拉（Tambura）山，古名斯坦貝爾里凱（Stamberlicche），和坦貝爾尼契諧音，而且此山與詩中和它一併提到的庇埃特拉帕納峰（見注12）同屬於阿普阿納阿爾卑斯山脈，但丁在構思時，從一座高山聯想到屬同一山脈的另一座高山，是很可能。這種說法比較可信。

12 庇埃特拉帕納峰（Pietrapana）拉丁文名 Petra Apuana，意即「阿普阿尼人的石頭」（阿普阿尼人是古代居住在此山峰附近的部落），屬托斯卡那西北角的阿普阿納阿爾卑斯山脈，是托斯卡那最高的山峰。

13 湖中冰邊都比較薄，春天時融化得早，容易破裂。這句意在強調科奇土斯湖所結的冰異常堅固。

14 指初夏收割麥子的時節。

15 指臉，因為人感覺羞慚時會臉紅。科奇土斯湖分為四個區域，形如四個同心圓，一環套著一環，這裡是從外往內數的第一環，名該隱環，生前犯了謀殺親屬罪者的靈魂都在這裡受苦。他們的身體直到脖子處完全凍結在冰裡。

16 該隱環裡的鬼魂都低著頭、臉朝下，這種姿勢使得他們在哭泣時一些淚水得以奪眶而出，不至於完全凍結在眼眶裡，他們的痛苦因而能借助哭泣而減輕幾分。這是他們的狀況和其他各環的鬼魂不同之處。

17 意即牙齒打顫證明他們感到寒冷，眼中含淚證明他們的內心悲哀。

18 那兩個鬼魂本來臉朝下，眼裡含的淚落到了冰上，這時，他們抬起頭仰面望著但丁，一部分淚水自然流到了嘴唇上，一部分就停留在眼眶內凍成冰，將眼睛封上，讓他們什麼都看不見。他們除了受寒冰凍結之苦外，還加上因眼中淚水成冰的視而不見之苦，因此怒不可遏，便用頭互相撞擊。

19 詩中沒有明說，但是我們可從這個比喻想見，這兩個鬼魂是面對面站在冰裡，彼此身子雖然挨得很近，卻力圖要分開，否則他們不可能像山羊般用頭互撞。

20 托拉卡對這句詩作出細緻的解釋：「結冰的湖看似是一面巨大的鏡子，鬼魂身子在冰湖中，站著看他們的人就得像照鏡子似地將眼睛低下。」雷吉奧則認為，既然眾鬼魂臉都朝著下面，但丁大概是在看著他們的臉反映在冰上的倒影；這個罪人大概也從冰上倒影看到但丁正在注視凍結在冰裡的鬼魂們。

21 畢森喬（Bisenzio）河沿著同名的河谷朝普拉托流去，在佛羅倫斯以西約十七公里的錫涅（Signa）鎮注入亞諾河。佛羅倫斯貴族阿貝爾托·德·阿爾貝提（Alberto degli Alberti）伯爵在畢森喬河流域擁有許多城堡，臨死時將九成家產給了兩個兒子亞歷山鐸（Alessandro）和谷利埃摩（Guglielmo），但另一個兒子拿波倫內（Napoleone）只分得一成。詩中所說的這兩個鬼魂就是拿波倫內和亞歷山鐸。前者是吉伯林黨，後者是貴爾弗黨，在政治上處於敵對地位，遺產糾紛更令他們結下深仇大恨。一二五九年，拿波倫內強占了本屬亞歷山鐸的曼勾納（Mangona）城堡，後來因為佛羅倫斯政府出面干涉，才被迫將城堡還給原主。一二七九年，經樞機主教拉提諾（Latino）從中調解，兄弟倆人才立誓講和，但不久後就又開始明爭暗鬥，最終在一二八六年手足相殘而死。

22 指亞瑟王的外甥摩德瑞德（Mordred），他企圖殺亞瑟王奪取王位。交戰時，他被「國王一矛刺穿胸膛，矛一拔出，日光就穿透傷口，從他身子這一邊照到了另一邊，使他的影子上出現一個破洞」（佛羅倫斯無名氏的注釋）。事見中世紀法語傳奇《湖上的朗斯洛》。

23 佛卡夏（Forcaccia）是皮斯托亞貴族萬尼·德·坎切里埃利（Vanni dei Cancellieri）的綽號。坎切里埃利家族分成黑白兩黨，萬尼屬白黨，而且派性很強。他妻子娘家某個親戚被他屬於黑黨的自家族人的兒子戴托（Detto di Sinibaldo）殺死。為了替被害者報仇，他殺死了戴托。

24 薩索爾·馬斯凱洛尼（Sassol Mascheroni）是佛羅倫斯貴族，為了謀取遺產，殺害親屬，罪行暴露後被人放進布滿釘子的木桶內，滾動著遊街示眾，然後被斬首。」這個事件人盡皆知，全托斯卡那地區紛紛談論此事，所以作者說：『如果你是托斯卡那人，現在你就一定知道他是誰了。』（佛羅倫斯無名氏的注釋）

25 此人全名是阿貝爾托·卡密施庸·德·帕齊（Alberto Camiscion dei Pazzi），屬世居亞諾河上游的帕齊家族。因為他和親戚烏伯爾提諾（Ubertino）共同領有幾座城堡，卡密施庸心想，只要這親戚一死，自己就能獨占這些城堡。於是他騎著馬，持刀從背後襲擊，給了烏伯爾提諾幾刀，最後將人殺死了」（佛羅倫斯無名氏的注釋）。

26 卡爾利諾（Carlino）是卡密施庸的族人，在政治上屬白黨。一三〇二年，佛羅倫斯黑黨圍攻亞諾河流域的皮安特拉維涅（Piantravigne）城堡，卡爾利諾率領六十名騎士和眾多步兵，為白黨流亡者據險固守。但後來他接受黑黨的賄賂，裡應外合，城堡終於陷落；白黨流亡者有的因而被殺，有的成為俘虜。這事件發生在一三〇二年七月十五日，比但丁虛構的地獄之行晚了兩年。卡密施庸預言，卡爾利諾死後將因出賣同黨罪而墮入地獄，這是政治上的叛變，比他所犯的謀害親屬罪嚴重得多。因此他說：「我正等著卡爾利諾來開脫我的罪責。」也就是說，他希望罪惡滔天的卡爾利諾來到地獄後，會讓自己的罪相形之下顯得輕一點。

27 科奇土斯冰湖中的四個區域之間並無明顯界限，區別只在於冰中凍結的罪人姿態不同。詩人在這裡用「接著」這個副詞巧妙點出從第一環走進了第二環。這裡的鬼魂不像該隱環裡的那樣臉朝下，所以但丁能看見他們凍得發紫的臉。「一千」在這裡作為不定數用，意即「成千上萬」。

28 「結冰的渡口」泛指須要從上面走過去的冰層。那成千上萬凍得發紫的臉讓但丁留下了無比深刻的印象，以至於返回陽間後，只要見到結成冰的池水，就回想起地獄裡冰湖上的情景。至於為什麼發抖，有的注釋家認為是因為寒冷，有的則認為是因為恐懼。

29 指地球的中心，「重力」指地球引力。地球的中心也是第九層地獄的中心。

30 但丁一聽這話，立刻想到在蒙塔培爾蒂戰役中，鮑卡·德·阿巴蒂（Bocca degli Abati）的叛變行為，懷疑這個鬼魂就是鮑卡。蒙塔培爾蒂村坐落在錫耶納以東數公里的一座小山上，臨近阿爾比亞河（參看第十章注23），是一二六〇年九月四日錫耶納和佛羅倫斯吉伯林黨聯軍與佛羅倫斯貴爾弗黨交戰的戰場。戰鬥開始時，站在貴爾弗黨那邊的鮑卡一劍砍斷了自家掌戰旗者的手，騎士和士卒們看到戰旗落地，陣勢大亂，結果貴爾弗黨潰不成軍。在吉伯林黨掌權期間，鮑卡依附於吉伯林黨，但在一二六六年貴爾弗黨捲土重來後遭到放逐。

31 安特諾爾環（Atenora）是冰湖的第二環，名稱源於特洛伊名將安特諾爾（Antenor）。安特諾爾在荷馬史詩《伊利亞德》中是一個明智的人物，主張將海倫送回去給希臘人，以結束戰爭。但在中世紀傳說中，他反而變成了賣國賊，將保佑特洛伊的雅典娜神像交給了希臘人；希臘大軍攻城時，他用燈籠為敵軍打信號，並且打開木馬放出其中伏兵，讓敵軍裡應外合，攻下特洛伊。因此，十二世紀的法文《特洛伊傳奇》中稱他為「叛徒猶大」和「老猶大」。但丁根據這個傳說，將他的名字作為賣國賊和出賣同黨的叛徒在地獄裡受苦之處的名稱。

32 這句詩的大意是：假如我是活人，你踢我未免也踢得太重了吧，對這種傷害我一定會報復，無奈我是被凍結在冰湖裡的鬼魂，動彈不得。照此理解，但丁答話「我是活人」就和鬼魂的話「假如我是活人」針鋒相對，異常尖銳，使得這場對話帶有強烈的戲劇感。

33 意即我寧可被世人忘掉。你想用幫我們揚名的甜言蜜語來討好，是枉費心機，因為對第九層地獄裡的罪人來說，揚名就意味讓他們遺臭萬年。

34 注釋家一般都認為這意思是：我也不會抬起頭，讓你看見我的臉，認出我是誰。但這裡的鬼魂並不像該隱環的鬼魂那樣臉朝下，而是朝前，但丁一腳就踢在他臉上，顯然已經瞥見他的臉孔。不僅如此，蒙塔培爾蒂之戰發生在但丁誕生前五年，但丁也從未見過鮑卡，就算想從容貌認出他是誰，也是絕對不可能的。因此這種說法無法成立。

35 鮑卡憤恨這個鬼魂多嘴說出了他的名字，便對他報復，揭露他的家族和叛黨罪行。此人名叫卜奧索（Buoso），屬杜埃拉（Duera）家族，是科萊摩納（Cremona）的封建主和吉伯林黨首領。一二六五年，法國安茹伯爵查理進軍義大利去攻打西西里王國，西西里王曼夫烈德發給卜奧索軍餉，命令他出兵阻擊，擋住法軍的去路。但是他「受了法國人的銀子賄賂」，沒執行命令，使得敵軍得以長驅直入。一二六六年本尼凡托之戰後，他被驅逐出科萊摩納，一二八六年返回，被貴爾弗黨下獄。「在罪人們乘涼的地方」是一句嘲諷十足的話，意即在科奇土斯冰湖。

36 指帕維亞人泰掃羅·德·貝凱利亞（Tesauro dei Beccheria），家族屬吉伯林黨。他曾任瓦隆勃婁薩（Vallombrosa）修道院院長和教皇駐托斯卡那使節。一二五八年吉伯林黨被驅逐出佛羅倫斯之後，他被控勾結敵方，密謀使吉伯林黨捲土重來，結果被以叛國罪遭佛羅倫斯人斬首（他雖然原籍帕維亞，但早已成為佛羅倫斯市民）。

37 強尼·德·索達涅利（Gianni dei Soldanieri）是佛羅倫斯貴族，一二六六年，曼夫烈德在本尼凡托之戰陣亡後，佛羅倫斯平民暴動反對吉伯林黨政府。他的家族屬吉伯林黨，但他卻站在平民一邊，作為首領反對吉伯林黨。歷史學家維拉尼指出，他的動機是要擴充自己的勢力（見《編年史》卷七），但又稱讚他為過去時代偉大的佛羅倫斯人之一，認為他和傑利·戴爾·貝洛（見第二十九章注

4）、但丁等人都是對佛羅倫斯有功但受到不公正待遇的市民（見《編年史》卷十二）。

38 甘尼侖（Ganelon）是《羅蘭之歌》中的反面人物。查理大帝在西班牙對阿拉伯人作戰，沙拉古索國王馬西理遣使投降，甘尼侖奉命去和馬西理議定投降條件，但他被敵人收買，向馬西理獻計，在查理大帝班師回國時襲擊他的後衛部隊，結果，大將羅蘭和兩萬精兵全部因而英勇犧牲（參看第三十一章注3）。甘尼侖和安特諾爾的名字在中世紀已經成為叛徒的別名。

39 泰巴戴羅（Tebaldello）是法恩札的贊勃拉西（Zambrasi）家族的成員，屬吉伯林黨。由於遭到一些流亡到法恩札、屬波隆那吉伯林黨的蘭伯塔齊家族成員嘲笑，懷恨在心，為了報復，他竟在一二八〇年十一月十三日夜裡打開城門，讓波隆那屬貴爾弗黨的杰勒美伊（Geremei）家族占領自己的家鄉法恩札。兩年後，在貴爾弗黨進攻孚爾里時，被圭多．達．蒙泰菲爾特羅擊敗時被殺。

40 泰鐸斯（Tydeus）是圍攻底比斯的七將之一，在和底比斯將領梅納利普斯（Menalippus）交戰時受了致命傷，臨死前奮勇殺死了對方，並要戰友將梅納利普斯的首級遞給他，他隨後狠狠咬開腦殼，吞食了梅納利普斯的部分腦髓（事見《底比斯戰紀》第八卷）。

41 「報償你」意即揭發你仇人的罪行，以報答你回答我。這句話表明但丁對自己的詩篇不朽懷有堅定信念，大意是：要是我的舌頭，也就是我的話、我的詩不消不滅，我能在世上為你昭雪，而我的詩是永世常存的。

第三十三章

那罪人從野獸般啃噬的食物上抬起嘴，在已由後方咬壞的腦殼的頭髮上蹭了蹭，然後說：「你要我重述那場絕望的苦難，在我開口之前，只要回想起來，這場苦難就已令我的心絞痛欲絕。然而，我的話語若是要成為一顆會令我啃噬的叛變者結出臭名之果的種子，那麼，你將看到我邊說邊哭。我不知道你是誰，也不知你如何下到這裡；但是當我聽到你的口音，我覺得你確實是佛羅倫斯人。要知道，我就是烏格利諾伯爵，這一個正是大主教盧吉埃里[1]。現在，我要告訴你，為何我對他而言是這樣的鄰人[2]。由於他施用陰謀詭計，我因為相信他而被捕，而後遭處死，這些都不必說[3]；但你將聽到你不可能聽過的事，那就是我死得有多慘，你將知道他是否害苦了我。

「那個因我而名為『餓塔』，爾後還有別人被關進去的牢籠[4]，有一個狹小的窗洞，在那窗洞孔隙讓我見到幾次月光後，我做了那場撕破我未來面紗的惡夢[5]。

「我夢見此人作為獵隊首領和主人，正朝那座讓比薩人望不見盧卡的山上追獵狼和小狼。他已調遣瓜蘭迪、席斯蒙迪和蘭弗朗奇，帶著精瘦、急切、經過訓練的獵狗作為先鋒[6]。跑了一陣子後，父親和兒子們似乎都疲憊了，我似乎看到牠們肚腹兩邊都已被利齒撕裂[7]。

「我在天明之前醒來時，聽見和我同在的兒子們在睡夢中哭著要麵包[8]。你若是想到我心已預感到

「我極力鎮靜，為的是不讓他們更加悲痛。」

的事卻仍無悲痛，那你可真是冷酷無情；你若是沒哭，那麼你向來是為了什麼才哭[9]？

「他們已經醒來，平常送飯時間就快到了，我們都因為自己的夢而恐懼不安[10]；我聽見可怕的塔牢底下的門已釘上；於是，我看著我兒子們的臉，一語不發[11]。我沒有哭，我的心就這麼化成了石頭[12]。他們直哭，我的小安塞爾摩說：『父親，你這樣看著！你怎麼了[13]？』我沒有為此落淚，那一整天，我沒有答話，後來夜裡也沒有，直到另一天太陽出現世上。當一絲微弱光線射進悲慘的牢獄，我從他們四人臉上看到自己的面容時，我悲痛得咬起自己的雙手[14]；他們以為我這麼做是受食欲所驅，頓時起身說：『父親，要是你吃掉我們，我們的痛苦會少得多：你給我們穿上這可憐的肉體之衣，你就將它剝去吧[15]！』我極力鎮靜，為的是不讓他們更加悲痛。那一天和隔日，我們一直沉默無言[16]。冷酷的大地啊，你為何不裂開[17]？到了第四天，伽多直挺挺地倒在我腳下，他說：『我的父親哪，你怎麼不幫我？』他就死在那兒了[18]；就像你現在看見我一樣[19]，我看見那三個在第五和第六天之間一一倒下；那時我已失明，遂在他們身上摸索，在他們死後叫了他們兩天。後來，飢餓的力量就比悲痛更強大[20]。」

說完這番話，他便斜著眼、復又以牙咬住那顆不幸的腦殼[21]；那牙咬在頭骨上，就如狗牙那般厲害。

啊，比薩，你是說Si的美麗國土[22]之人的恥辱！既然你的鄰居[23]遲遲不去懲罰你，那就讓卡普拉亞和格爾勾納[24]移動，在亞諾河口構成堤壩，讓河水將你的居民統統淹死吧！因為烏格利諾伯爵即便有出賣你城堡的名聲，你也不該讓他的兒子們受到此等折磨[25]。你這新的底比斯呀，烏圭喬涅、勃利伽塔，以及這一章前面提及的另外那兩個，由於年齡幼小，都是無辜的呀[26]。

伽多直挺挺地倒在我腳下，他說：「我的父親哪，你怎麼不幫我？」

我們再往前走，來到寒冰殘酷地將另一群人封住之處，這些人沒有低著頭，而是全數仰面朝天[27]。在那裡，哭本身就不容許他們哭出來。悲哀發現眼睛上有障礙，便轉往內心，使得痛苦增加；因為最初的淚水凝成了冰疙瘩，像水晶面甲般將眉毛底下的眼窩完全填滿[28]。

我的臉雖然已凍得像長繭之處失去所有感覺，這時卻覺得似乎有風吹來；因此我說：「我的老師，這風是誰搧起的？這底下不是所有蒸氣都已消失了嗎[29]？」他對我說：「你不久後就會去到那裡，在那兒，你會看到吹下這陣風的原因，就會回答你這個提問。」

這時，冰層裡那些悲慘鬼魂的其中一個向我們喊道：「喂，被指定到最後一環的殘酷亡魂，幫我去掉我臉上堅硬的面紗，好讓我在眼淚又凍結之前稍微發洩一下充塞我心中的悲哀吧[30]。」我對他說：「如果要我幫你，那就告訴我你是誰；如果我不為你解除障礙，那就讓我到冰底去[31]。」於是，他答說：「我是阿爾伯利格修士，是提供罪惡之園的水果的那個人[32]，由於我給了別人無花果，因而就在這裡接受椰棗[33]。」我對他說：「哦，難道你已經死了[34]？」他對我說：「我的肉體在世上情況如何，我不得而知。這托勒密環裡的罪人享有如此特權：他的靈魂常在阿特洛波斯讓它離開之前，就已落到這裡[35]。為了讓你更樂意從我臉上剝去這層玻璃般的眼淚，我要告訴你：靈魂剛一犯下如我那樣的叛賣罪，肉體就會被惡鬼奪去，而這惡鬼此後就一直主宰那肉身，直到人壽數已盡。他的靈魂就墜入這樣的井裡[36]；這裡，這個在我背後過冬[37]的靈魂，或許他的肉體至今還在世上呢。如果你才剛下來，那必然知道他：他就是勃朗卡·多利亞先生，自從被這麼禁閉之後，時間已過多年[38]。」我對他說：「我想你是在騙我，因為勃朗卡·多利亞還未死，他還在吃喝、睡覺、穿衣。」他說：「米凱爾·臧凱在還沒去

「後來，飢餓的力量就比悲痛更強大。」

到上面那條熬著黏糊瀝青、由馬拉勃朗卡們看守的壕溝[39]之前，這個人就是讓魔鬼留在他的肉體內在代替他，一個與他共同犯下叛賣罪的近親也是如此[40]。現在，你把手伸過來，打開我的眼睛吧。」我沒有打開他的眼睛；對他無禮即是有禮[41]。

啊，熱那亞人，你們這些遠離一切美好風俗、充滿所有惡習的人哪，你們怎麼不從世上滅絕？因為我發現你們當中一個和羅馬涅窮凶極惡的鬼魂[42]在一起，此人由於罪行，靈魂已沉在科奇土斯湖裡，肉身卻仍活在世上。

1 多諾拉提科（Donoratico）伯爵烏格利諾（Ugolino），約於一二二〇年生於顯赫的德拉．蓋拉爾戴斯卡（Della Gherardesca）貴族之家，該家族在比薩沿海地帶和薩丁尼亞島上擁有許多領地。比薩是傳統的吉伯林城邦，這個家族也是傳統的吉伯林家族，但是，當烏格利諾見到貴爾弗黨的勢力在托斯卡那占了上風後，便背叛了吉伯林黨，在一二七五年和他的女婿——貴爾弗黨首領喬凡尼．維斯康提（Giovanni Visconti）密謀要讓貴爾弗黨在比薩掌權。陰謀敗露之後，烏格利諾遭到流放。一二七六年，在佛羅倫斯等貴爾弗城邦的支援下，他和外孫尼諾．維斯康提（Nino Visconti）一起返回比薩。不久後，烏格利諾就建立起威信。一二八四年，他率領艦隊對熱那亞作戰，在美洛利亞（Meloria）海戰中敗陣。戰後，熱那亞和盧卡及佛羅倫斯結成同盟，嚴重威脅到比薩。在這個危急時刻，由於烏格利諾具有政治才能，又便於和各個敵對的貴爾弗城邦進行談判，因此當選為比薩最高行政官。一二八五年，為了分化敵人，解除家鄉所受的威脅，他將幾座城堡分別割讓給盧卡和佛羅倫斯。同年，他讓外孫尼諾．維斯康提和他共同執政，以加強自己的勢力，但二人不久後就有了分歧。一二八八年，同熱那亞簽訂和約，戰俘被遣回比薩後，以大主教盧吉埃里（Ruggieri）為首的吉伯林黨重新壯大，很可能再掌政權。在這種形勢下，烏格利諾見風轉舵，暗中與盧吉埃里達成協議，計劃趕走外孫尼諾。在盧吉埃里採取行動之前，烏格利諾先退避到自己的莊園，佯裝自己與此事無關。尼諾見形勢危急，向外祖父求援遭到拒絕後，便被迫逃往他鄉。結果，盧吉埃里出任最高行政官之後，便立即稱說有事要議，請烏格利諾回城。烏格利諾信以為真，接受了約請。但他進城後，受到盧吉埃里挑動的市民群起反對烏格利諾，指控他出賣城堡，於是將他和他的兒孫一起都被關進塔牢，讓他們活活餓死（一二八九年二月）。

盧吉埃里大主教俗姓烏巴爾狄尼（Ubaldini），是犯異端罪的樞機主教奧塔維亞諾（見第十章注32）的侄子，一二七八年被任命為比薩大主教。他在趕走尼諾、出賣烏格利諾之後，執掌大權。但他無法抵擋尼諾所率領的貴爾弗黨流亡者的武裝進攻，因此被迫辭去最高行政官之職。由於殘害烏格利諾和貴爾弗黨人，他受到教皇尼古拉六世嚴厲斥責，被判終身監禁。之後，教皇之死使得他免於身受囹圄。他死於一二九五年。

2　意即這樣凶狠的鄰人。德．桑克蒂斯指出，「鄰人」一詞通常讓人聯想到人與人之間的團結、友愛，但在烏格利諾口中，這卻是惡毒的譏刺。

3　「因為相信他而被捕」，說明盧吉埃里設下圈套逮捕烏格利諾是背信棄義的行為。「這些都不必說」，因為烏格利諾和尼諾曾多次和佛羅倫斯有直接的政治聯繫，作為佛羅倫斯市民，但丁必然知道發生在比薩的這起重大政治事件經過。但他不可能知道烏格利諾在塔牢裡活活餓死的詳情，被害者得要親口追述，才能讓詩人到世間為他伸冤。

4　指瓜蘭迪家族的塔牢。由於烏格利諾餓死在那塔中，那塔牢後來便被稱為「餓塔」。

5　「烏格利諾被關在獄裡，微光從小孔透進來，他佇立在小孔旁；月亮就是他的鐘，他用它來計算坐牢的月數」（德．桑克蒂斯）。據中世紀的迷信說法，人在黎明時所做的夢最是靈驗，會預示即將發生的事。烏格利諾從看到月光的次數知道自己已被囚禁若干個月後，在黎明時做了一場惡夢，夢中情景象徵他和他孩子們的苦難。

6　夢中的打獵場景象徵比薩的吉伯林黨對烏格利諾和他兒孫的迫害。盧吉埃里大主教作為獵隊隊長和主人，象徵他在政治上身為吉伯林黨的首領。「狼和小狼」，指烏格利諾和他的孩子們。瓜蘭迪（Gualandi）、席斯蒙迪（Sismondi）和蘭弗朗奇（Lanfranchi）這比薩的三大吉伯林家族，在大主教鼓動下，也聯合反對烏格利諾伯爵。「獵狗」象徵平民，他們也被煽動去攻擊烏格利諾。正如一般夢境，這場夢中的圍獵也有具體地點：「那座讓比薩人望不見盧卡的山」，這座山名為聖朱利亞諾（San Giuliano）山，位在比薩東北方，是盧卡和比薩兩城邦之間的界山。由於這兩座城市相距不遠，要是沒有這座山，彼此就能互相望見。獵隊往這座山上追獵那隻狼和牠的小狼們，表示烏格利諾企圖逃往盧卡，因為那是貴爾弗黨掌權的城市。

7 「父親和兒子們」指狼和小狼們。「他眼睛看到的是動物，但心靈恍惚覺得那是他自己和他的兒子們，於是對那隻狼和那些小狼用上人際之間的稱謂，將牠們說成『父親和兒子們』」（德．桑克蒂斯）。「他們肚子兩邊都被尖利的牙齒撕裂了」預示他們將被敵人殘酷處死。

8 其實和他同遭囚禁的是兩個兒子和兩個孫子。詩中為何說成都是他的兒子？注釋家對此提出不同的解釋：卡西尼（Casini）認為，「figliuoli」（兒子們）在家人親暱的談話中也可用以稱呼孫子。薩佩紐認為詩中使用這個詞，是因為烏格利諾在複述不幸的遭遇時，出於父親對孩子的疼愛，將兒子和孫子完全等同起來，在他心裡統統是「兒子」。「在睡夢中哭著要麵包」暗示他們做了同樣的不祥之夢，大概都夢見食物斷絕，饑餓難忍。

9 「我心已預感到的事」指烏格利諾想到自己的夢中情景，以及孩子在睡夢中要麵包的哭叫，預感到他們就要活活餓死了。他認為這是慘絕人寰的苦難，讓人一想到就會傷心落淚。

10 每個人都因為做了惡夢，生怕夢中的事會應驗。

11 「這一看，將父親和兒子們誰都沒說出的夢，以及送飯時間和釘門聲音全都默默連在一起了。」（牟米利亞諾）

12 此時，他已變成「絕望的雕像」（德．桑克蒂斯）。「烏格利諾的悲痛，一直到孩子全都死去，都是沉默、不落淚的。作為唯一跟這場悲劇的可怕程度相稱的表現，這種沉默顯得悲壯而偉大，如此沉默要到悲劇終結時才被打破」（牟米利亞諾）。

13 小安塞爾摩（Anselmuccio）是烏格利諾的孫子，也是四個孩子當中最小的，當時大約十四、五歲（詩中將他們全寫得比實際年齡小些）。安塞爾摩雖是烏格利諾的孫子，但因為父母不在眼前，便將祖父看成父親，對他說出那句令人心酸的天真問話。「小安塞爾摩既無法解釋、也無法說明那種看的方式：『這樣』也就是說『以這樣不平常、不普通的方式』。『你怎麼啦？』孩子問道。傷心慘目之處完全在於意識到那默默無言的看的方式和那聲淚俱下的天真問話：『你怎麼啦？』」（德．桑克蒂斯）

14 陽光已普照大地，塔牢內卻只有一線微光射進，他看到四個孩子削瘦憔悴的面容，想到自己必然也是。面對孩子的苦難，他極為痛心，卻又愛莫能助，出於悲憤和絕望，因而狠咬自己的手。

15 這兩句話的隱喻，意即我們的肉體是你給我們的，你就把它收回吧。

16 指塔牢的門釘上之後的第二和第三天。

17 烏格利諾怨恨大地冷酷無情，「因為那時它若是將他們吞沒，他們就不至於遭受這更為慘痛的折磨：各自目睹別人死去，父親目睹他們一個個死去。」（波斯科）這句話是烏格利諾再次中斷了述說，面對但丁發出的悲憤感嘆。《埃涅阿斯紀》卷十當中也有類似的話：圖爾努斯在危難中說：「大地為何不裂開一道將我吞沒的深溝？」

18 伽多（Gaddo）是與烏格利諾囚禁在一起的兩個兒子之一，當時已是成年人。他倒在父親腳下，臨死前極其自然地向父親喊道：父親哪，你怎麼不幫助垂死的兒子？說完後就斷了氣。伽多的話很像耶穌在十字架上臨死前所說的話：「我的上帝，我的上帝，為什麼離棄我？」（《新約．馬太福音》第二十八章）

19 強調他所目睹的悲慘情景的真實性。

20 這句詩意義不甚明確，引起注釋家的爭論。幾乎所有早期注釋家都認為含義是：後來，我不是因為悲痛、而是飢餓而死的。這種說法已為多數現代注釋家接受。但也有一些人提出另一種解釋：在就快餓死時，烏格利諾終究吃了已死孩子們的肉，以延長自己的生命。這種說法受到法國但丁學家貝扎爾（Pézard）駁斥。因為，正如他一針見血地指出，這一章的目的在於引起讀者的憐憫心，而非恐怖感。

21 在述說孩子餓死的過程時，烏格利諾內心對敵人的仇恨被他對孩子的疼愛和悲痛之情壓倒，說完後，那仇恨的火焰又重新燃起，使得他「斜著眼」咬住盧吉埃里的腦殼，如同猛犬咬住捕獲的獵物時怒目斜視，防備其他野獸前來搶奪的模樣。

22 但丁在《論俗語》中根據各語種使用的肯定副詞，將拉丁系語言分為OC語（普羅旺斯語）、Oïl語（法語）和Sì語（義大利語）。Sì意即「是的」。「說Sì的美麗國土」指義大利。

23 指和比薩敵對的城市，尤其是盧卡和佛羅倫斯。

24 卡普拉亞（Capraia）和格爾勾納（Gorgona）是兩座利古里亞海中的小島，位於厄爾巴島西北，從地圖上看來距離亞諾河口不算近，但能從比薩附近的山上望見，而且方位恰恰是在河口。

25 從詩中語氣看來，但丁似乎認為，烏格利諾伯爵為了拯救比薩而將一些城堡割讓給盧卡和佛羅倫斯，此舉不能算是賣國罪行；他在安特諾爾環受苦，是因為背叛了吉伯林黨，或者因為和外孫尼諾共同執政後卻暗中與盧吉埃里勾結，出賣了尼諾。雖然烏格利諾犯了出賣城堡的罪，也理應只懲罰他本人，而不應株連兒孫，使得他們活活餓死。

26 底比斯是充滿血腥內訌和暴行的古希臘城市。比薩的情況就類似古代的底比斯，詩中因而稱它為「新的底比斯」。烏圭喬涅（Uguiccione）是烏格利諾最小的兒子，當時年齡還小。勃利伽塔（il Brigata）是烏格利諾的外孫尼諾的綽號。尼諾的名字出現在一二七二年的文獻上，一二八八年被捕下獄時，大概已是成年人。「另外那兩個」指伽多和小安塞爾摩。為了強調這四個人是清白無辜的，詩中把他們統統寫成青少年。

但丁出於詩人的強烈正義感和人道精神，對這場慘絕人寰的悲劇義憤填膺，不禁對比薩發出偏激、可怕的詛咒：願上天移動海島堵塞亞諾河口，令河水淹死比薩所有市民。這個詛咒頗有《舊約．創世記》中上帝震怒，降下天火毀滅索多瑪和蛾摩拉兩個惡貫滿盈城市的意味。喬叟《坎特伯雷故事》中僧侶的故事敘述的也是烏格利諾伯爵餓死獄中的慘劇，但出於藝術原因，省去了對比薩的詛咒，相較於但丁的敘述就顯得稍遜一籌。

27 這是冰湖的第三環，名托勒密環（Tolomea），是犯了出賣賓客罪者的靈魂受懲罰的地方。這兩句詩說明了這些罪人既不像該隱環的罪人那樣臉朝下，也不像安特諾爾環的罪人那樣臉朝前。

28 對這些罪人而言，哭本身就讓他們哭不出來了，因為他們仰著臉，眼淚一流出便立刻結成冰，封住眼瞼，淚水再也淌不出來，無法發洩的悲哀便回歸內心，使得痛苦變本加厲。

「面甲」是頭盔的前部，用以保護眼睛和臉，可移動，戴著它也能看見東西，因此用它比擬這些罪人的淚水在眼窩裡結成的冰是恰當的。

29 根據中世紀的氣象學看法，風是日光照射讓土地中的濕氣蒸發出來所形成。既然地獄裡沒有日照能讓地中濕氣蒸發出來變為風，那怎麼會有風呢？所以但丁相當訝異。但他在第五章中曾講到「地獄裡永不停止的狂飈」席捲著鬼魂們迅猛奔馳，這似乎前後不一致。

30 這個鬼魂以為但丁和維吉爾是因為犯下殘酷的叛變罪，而被指定要來第四環受苦的亡魂，便求他們為他剝去眼淚結成的冰，好讓他能哭一哭，稍稍發洩內心悲哀。「堅硬的面紗」即面甲。

31 「那就讓我到冰底去」，意即：讓我到科奇土斯冰湖的中心去，因為冰湖的冰層朝內傾斜，「冰底」便是指最低處，也就是冰湖中央和地獄底層。這句話聽起來似乎是賭咒，保證會幫助那個罪人，其實是用來騙他說出姓名，因為但丁反正就要去地獄底層。

32 阿爾伯利格（Alberigo）屬法恩札的曼夫雷蒂（Manfredi）家族，是貴爾弗黨的首領之一，一二六七年成為快活修士會修士，為爭奪法恩札的統治權，與族人曼夫雷多（Manfredo）和他兒子阿柏蓋托（Alberghetto）發生內訌，激烈爭吵之際，挨了阿柏蓋托一個耳光。他對這次受辱懷恨在心，經過調停後表面上表示寬恕對方，暗地裡卻處心積慮策劃報復。一二八五年五月二日，他佯言要和曼夫雷多父子言歸於好，便在自家別墅設宴，邀請他們參加。就在宴會即將結束之際，他喊：「端上水果！」一聽到這個信號，藏身掛毯後的親屬和眾家丁霎時全跳出來，將客人殺死。此後，當時的人就常用「阿爾伯利格的水果」來指暗算謀殺。「罪惡之園的水果」，意即罪惡之園裡結的水果，因為那是背信棄義殺害賓客的信號。

33 意即我犯了重罪，不得不受更重的懲罰，因為椰棗產於西亞和北非，要比義大利土產的無花果來得貴重。阿爾伯利格在上句話裡用「罪惡之園的水果」影射他的殺人信號，在這句裡繼續以果子為隱喻，來指罪與罰的輕重。

34 阿爾伯利格用「端上水果」為信號殺害賓客的事件傳布甚廣，但丁一聽到鬼魂的話，便斷定他正是那個罪人，而且知道他其實還沒死，因此大感驚訝（阿爾伯利格卒年不可考，但一三〇〇年但丁遊地獄時，還在人世）。

35 托勒密環即冰湖的第三環。這個名稱或許源於《瑪喀比傳 *Maccabees*》上卷所說的大祭司西門．瑪喀比的女婿、耶利科（Jericho）地方的行政長官托勒密（Prolomee）。他為了讓自己成為整個地區的統治者，便趁西門和兩個兒子來到耶利科的機會，設宴款待他們，卻在宴會上背信棄義地將人殺死。另一說認為，這名稱源於埃及國王托勒密十二世，他令人刺死失敗後避走埃及的羅馬大將龐培。

「享有如此特權」顯然是一句含有嘲諷意味的話。

「阿特洛波斯」（Atropos）是希臘神話中司管命運的三女神之一。每當世上有一個凡人出生時，女神克羅托（Clotho）便會將一定數量的紗線纏繞在女神拉刻西斯（Lachesis）的繞線杆上紡起來；而她所紡的線長便是那人的壽命長度，待大限一到，女神阿特洛波斯就會剪斷其生命線，使之死亡。「在阿特洛波斯讓它離開之前」，意即在罪人未死以前。

36 指構造就像井一樣的第九層地獄。

37 多數注釋家認為，「過冬」（verna）指鬼魂在冰湖裡過著永恆的冬天。但托拉卡指出，動詞 vernare 除了這個含意之外，也指鳥兒在春天唱歌，而且第三十二章中也說，鬼魂們凍得「牙齒打顫，叫聲如鸛」；阿爾伯利格修士是個刻薄的人，不惜自我嘲諷，對他人當然就更不留情了，因此，verna 出自他的口中可能意在嘲諷那個鬼魂挨凍的慘狀，將他牙齒打顫的聲音說成是在「奏樂」。

38 勃朗卡．多利亞（Branca Doria）出身於熱那亞著名的吉伯林貴族之家，大約生於一二三三年，曾在薩丁尼亞島上擔任官職。他是羅戈多羅總督米凱爾．臧凱（見第二十二章注19）的女婿，據佛羅倫斯無名氏的注釋說，他陰謀奪取羅戈多羅省的統治權，於是邀請岳父到他的城堡裡吃飯，最後差人當場將他和隨從統統殺死。這起事件大約發生在一二七五年，也有人說大約在一二九〇年。

「被這麼禁閉」指被凍結在冰湖裡；「時間已過多年」指從他犯下殺害賓客罪那天到一三〇〇年但丁遊地獄時。

39 「馬拉勃朗卡們」是第五惡囊中的所有鬼卒共同的名稱（見第二十一章注9）。他們看守的壕溝即第五惡囊。犯貪污罪的米凱爾．臧凱被殺後，靈魂還沒來到這條壕溝受苦，勃朗卡．多利亞的靈魂就已經先墮入科奇土斯冰湖裡，而肉體則被一個魔鬼主宰著，行屍走肉地繼續活在世上；據文獻證明，他幾乎常住在薩丁尼亞島上，一三二五年，和他的兒子們同被放逐，卒年不詳。

40 指他的侄子作為他殺害米凱爾・臧凱的幫兇，受到同樣的懲罰：靈魂先入地獄，肉體還活在人間。

41 布蒂解釋說：「給他打開眼睛，根據但丁的說法，是違背上帝公正原則的舉動，那是莫大的無禮，所以不做這件事就是有禮。」

42 「你們當中的一個」指勃朗卡・多利亞；「羅馬涅窮凶極惡的鬼魂」指阿爾伯利格修士。

第三十四章

「*Vexilla regis prodeunt inferni*，向著我們而來[1]。」我的老師說，「所以你就朝前望吧，看你是否能看得出他。」猶如濃霧升起或夜色降臨我們這半球時，一個風磨正轉動的風車出現在遠處，那時，我好像看到一個這樣的龐然大物[2]；接著，我就因為有風，退到了我的嚮導背後，因為那裡別無避風之處[3]。

我已經來到那個地方，現在我寫詩描繪此處時，心中猶有餘悸；那地方的所有鬼魂全身皆被冰層覆蓋，透過冰層看來，就好似玻璃中的麥稈[4]。他們有的躺著，有的頭朝上，有的腳朝上直立著，有的身體彎曲到臉都搆著了腳，就像一張弓[5]。

當我們已往前走了一段路，我的老師覺得方便指出那原本容貌如此之美的造物[6]讓我看時，他便從我面前閃過，讓我站住：「你看，那就是狄斯；你看，這就是你必須以大無畏精神武裝自己的地方[7]。」讀者呀，莫問我那時變得多麼冰冷和喑啞，這些我都不描寫，因為所有詞語都會顯得不足。我既沒有死，也沒有活著；如果你有點兒才智，那麼現在自己想想，死與生皆被剝奪，那時我成了什麼狀態[8]。

悲哀之國的皇帝半胸以上露在冰層之外；與其說巨人的身材比得上他的手臂，毋寧說我的身材比

「你看，那就是狄斯；你看，這就是你必須以大無畏精神武裝自己的地方。」

得上巨人：現在你能想見，全身要和這一部分相稱，那該有多麼高大[9]。倘若他原本那樣美，如同現在這樣醜，還揚眉反抗他的創造者，那麼他成為所有苦難的來源也是理所當然[10]。啊，當我見到他頭上有三張臉，那對我是何等驚奇之事[11]！一個面孔在前，是紅色的；另外那兩個和這個相連結，位在肩膀正中的上方，它們在冠毛生長處彼此相連[12]。那右邊的顏色介於白與黃之間；左邊的就像尼羅河上游處人們的面孔[13]。每張面孔下面都伸出兩只和這樣的鳥相稱的大翅膀：我從沒見過海船船帆有這麼大。那翅膀上不見羽毛，而是如蝙蝠的翅膀[14]；他搖動各片翅膀，就有三股風從那兒吹來，令科奇土斯湖全結了冰。他六隻眼睛哭著，淚水和帶血的唾液便沿著三個下巴滴下[15]。那每張嘴裡都嚙嚼著一個罪人，就像用打麻器粉碎麻莖，就這樣讓三個罪人受著苦刑[16]。對於前面那個來說[17]，比起被爪子抓，被牙齒嚙咬還是微不足道的，因為他背上有時被抓得完全沒了皮。

我的老師說：「那上面那個頭在嘴裡、腿在外面亂動、受到最大刑罰的是加略人猶大[18]。頭朝下的另外那兩個當中，那個垂在黑臉的嘴裡的是布魯圖斯：你看他在那裡如何扭動身子，一言不發[19]！那一個則是卡修斯，他看起來肢體如此健壯[20]。然而夜晚又回來了[21]，現在我們也該走了，因為我們已看完全部。」

我依他的意思抱住他的脖子，他看準時間和部位，在各片翅膀張得夠大之際，爬上毛茸茸的脅部，抓住一簇又一簇的毛，從濃密的毛和凝凍的冰層之間下去[22]。當我們到達大腿向外彎曲、恰恰形成臀部隆起處時，我的嚮導氣喘吁吁、吃力地將頭和腿掉轉過來，如同向上爬的人那般抓住他的毛，我以為我們又要回到地獄裡[23]。

我的老師像個疲憊不堪的人，氣喘吁吁地說：「你可要抱緊了，因為我們必須沿著這樣的階梯離開這萬惡淵藪。」後來，他穿過一處岩洞走出去，將我放在洞穴邊沿坐下，隨後就朝我邁出穩練的一步[24]。

我抬起眼睛，以為會看到盧奇菲羅，一如我離開他時那樣，卻看到他兩腿在上伸著；我那時是否苦於百思莫解，就讓那些不明白我已越過那中心點的愚昧無知之人去推想吧[25]。

我的老師說：「站起來吧：因為路途遙遠，道路難行，太陽已經回到第三時的一半了[26]。」

我們所在之處不是什麼宮廷大廳，而是一個天然地窖，地面高低不平，光線缺乏。我站起來後說：「我的老師啊，在我離開這個深淵[27]之前，請為我稍微解說，讓我擺脫心中疑團吧。冰在哪裡？他怎麼這樣身子倒插著？太陽怎麼在這麼短的時間內就已從黃昏轉到早晨[28]？」他對我說：「我在地心那一邊抓著那洞穿世界的惡蟲的毛，爬到牠身上，你還以為你現在仍在那一邊呢。在我沿著他的身體而下時，你一直是在那一邊；當我掉轉身子，你也就越過了吸引各方重量的那個中心點[29]。此刻你已來到天球這半球下面，這半球正對著籠罩大片陸地的那半球，那個生來無罪、生平也無罪的人，在那半球的天頂下被殺死[30]。你的腳踏在一個小小的圓形地面上，這個圓形地面形成猶大環的另一面[31]。那裡是黃昏，這裡便是早晨[32]；那個以他的毛為我們做梯子的，還和原先一樣固定在那裡[33]。他從天上掉下，落到了這邊，原先這裡露出的陸地因為怕他，而將海作為面紗，去到了我們那半球[34]。或許是為了躲避他，出現在這邊的那塊陸地就在這兒留下了這個空處，向上湧起[35]。」

下面那兒有一個地方，那地方距離別西卜和他的墳墓的長度相等[36]，我們發現這個地方不是因為看

我的嚮導和我開始沿著那條隱密的道路返回光明世界，連片刻都不想休息便往上攀登。

我們從那兒走出去，好重見群星。

到它，而是因為聽到一條小河的水聲，這條小河河道曲折迂迴，坡度不大，從它侵蝕出的石穴中流到那裡。我的嚮導和我開始沿著那條隱密的道路返回光明世界，連片刻都不想休息便往上攀登，他在前而我在後，直上到我透過一個圓洞見到一些羅列天上的美麗東西[37]。我們從那兒走出去，好重見群星[38]。

1 意為「地獄之王的旗幟正在前進」，這句拉丁文原文的前三個詞，是一首著名的讚美詩的第一行。這首讚美詩是法國普瓦提埃（Poitiers）主教孚圖納圖斯（Fortunatus）為迎接耶穌受難十字架的殘餘從君士坦丁堡運來（公元五九六）而寫的，後來為天主教會採用，在舉行耶穌受難日、十字架發現節和讚揚節宗教儀式時都會唱這首詩歌。詩中 Vexilla regis（國王的旗幟）指十字架，它是天國之王的旗幟；但丁加上 inferni（地獄的）一詞，將意思改變為地獄之王的旗幟，以指盧奇菲羅的六隻翅膀。本章開端用了拉丁文來寫地獄之王，顯得氣魄莊嚴，令人望而生畏。「向著我們而來」字面意思是：盧奇菲羅的旗幟向著我們行進，其實是說：我們走近了盧奇菲羅，因為盧奇菲羅是固定在地球中心不動的。

2 「我們這半球」指北半球。但丁在昏暗的地獄底層望見碩大無比的盧奇菲羅擺動著翅膀，矗立在冰湖中央，就好像大霧中或黃昏時，一座轉動著風磨的風車隱隱約約從遠處出現。這個比喻十分貼切，因為風車是巨大的機械裝置，有寬闊的扇葉作為動力，和盧奇菲羅這個龐然大物擺動翅膀搧風讓科奇土斯湖結冰非常相像，遠處的風車在大霧或暮色中呈現朦朧的輪廓，和盧奇菲羅矗立在昏暗的地獄底層，從遠處望去隱約可見，也很類似。

3 「避風之處」原文為 grotta，有的注釋家按一般的意義解釋為「洞穴」；有的則理解為「岩石」；波雷納指出，這個詞的另一含義是為植物擋風防凍而建的牆，這裡泛指避風處。

4 「那個地方」指冰湖的第四環，也就是冰湖中心，是犯了出賣恩人罪者的鬼魂受苦之處。出賣恩人是最大的罪，所以這些鬼魂受最重的刑罰，全身被冰封，永遠不得動彈。

5 鬼魂在冰層中的姿勢不同，大概表示罪與罰的程度不同，不過詩中對此並未具體說明，我們無法確定某種姿勢是表明對某種恩人犯下某種程度的罪行。

6 指盧奇菲羅，他在背叛上帝之前，曾是天使當中最美者。

7 「狄斯」是羅馬神話中的冥界之王，但丁將他等同於基督教的地獄之王，在第十一章和第十二章中已經用他來指盧奇菲羅。「你須以大無畏精神武裝自己」意即你已經來到猶大環，即將看到盧奇菲羅可怕的形象，還得抓著他的身軀下到地心，走出地獄，所以非得鼓起最大的勇氣不可。

8 「冰冷和喑啞」意即嚇得渾身冰冷，因為恐懼而說不出話來。「我既沒有死，也沒有活著」和「死與生皆被剝奪」都指但丁在看到盧奇菲羅的恐怖相時，身心頓時陷入的不可思議狀態。

9 「悲哀之國的皇帝」即地獄之王盧奇菲羅。詩中對他身形的說法，都在強調他的高大無比。

10 盧奇菲羅原是帶光的六翼天使，也就是《聖經》中所謂「明亮之星，早晨之子」（見《舊約．以賽亞書》第十四章）。神學家波納溫圖拉（Bonaventura）說：「他名叫盧奇菲羅，因為他比其他天使更明亮。」他被上帝創造成最美的天使，理當感戴上帝，然而他的美卻滋長了驕傲，他心裡想道：「……我要高舉我的寶座在上帝眾星以上……我要與至上者同等……」（見《舊約．以賽亞書》第十四章）。這種驕傲情緒使得他對上帝發動叛亂，結果墮入地獄，變為魔鬼。「揚起眉毛」是他傲氣的表現。既然他對上帝忘恩負義，發動叛亂，自然就成為世人所有苦難的來源。因此聖奧古斯丁說：「世上一切苦難皆源於他的惡意。」

11 一個頭上長著三張臉，象徵魔鬼的三位一體性作為神的三位一體性的對立面。三位一體的神的屬性是力量、智慧和愛，魔鬼的三個面孔象徵與此相反的三種屬性：無力、無知和憎恨。

12 意即旁邊那兩張臉在兩個肩膀正中的上方，都和中間那張臉相連，彼此又在頭部後面沿著正中的一條線相銜接，這條線的終點是枕骨，一些動物（如公雞）的冠毛就長在那地方。

13 「來自尼羅河上游地方的人」指面目黧黑的衣索比亞人。盧奇菲羅的淡黃面孔象徵虛弱無力，黑面孔象徵愚昧無知，紅面孔象徵憎恨。

14 蝙蝠翅膀有皮質的膜和黑褐色細毛，宗教畫中的魔鬼翅膀都被畫成這樣，但丁在詩中也將魔鬼描寫成具有這樣的翅膀，但他塑造的魔王形象頭上沒有角，臀部也沒有尾巴，又和繪畫及其他文學作品中魔王的形象不同。

15 盧奇菲羅之所以哭，是因為痛苦悲哀，也因為對神鬥爭失敗，無力繼續反抗，因而怒火中燒所致。「帶血的唾液」指唾液帶有被他嚼著的那三個罪人的血。

16 「打麻器」亦名麻梳，是一種木製工具，用以粉碎大麻和亞麻莖，將紡織纖維和木質纖維分開。盧奇菲羅從天使變為魔王後，被罰在地獄裡充當懲罰三個最大罪人的工具。「這個明喻和動詞 dirompea（粉碎）用在一起，似乎讓人聽得見那三個罪人的骨頭被盧奇菲羅的牙齒咬碎的聲音」（引自路易吉・溫圖里《但丁詩中的明喻》）。

17 「前面那個」指前面那個紅臉的嘴裡咬著的罪人猶大。

18 「那上面那個」同樣指猶大，這句話是維吉爾指給但丁看時說的，因為盧奇菲羅異常高大，所以讓但丁往上看。猶大出賣耶穌，罪大惡極，被判處最重的刑罰：頭在魔王嘴裡，身軀被牙咬碎，皮被爪剝光。

19 布魯圖斯（Marcus Junius Brutus）是羅馬政治家，約生於公元前八十五年。內戰爆發（公元前四十九）後，站在龐培那一邊反對凱撒。龐培失敗後，布魯圖斯得到凱撒的寬恕和信任，被授予阿爾卑斯山南省總督之職，兩年後又被推舉為執政官。他雖然受到凱撒的恩惠，但他為了保持元老貴族的統治，反對凱撒的軍事獨裁，於是聯合了卡修斯，陰謀刺死了凱撒（公元前四十四年三月十五日）。公元前四十二年秋，凱撒的後繼者安東尼和屋大維進兵希臘，與布魯圖斯和卡修斯在馬其頓的腓力比（Philippi）附近交戰，布魯圖斯兵敗自殺。

但丁認為，羅馬帝國是天意為保障人類享受現世生活的幸福而建立起來的，凱撒是帝國的始皇帝，布魯圖斯背叛了他，將他刺死，是獲罪於天，理應受最重的懲罰。布魯圖斯被咬得粉身碎骨，都忍著劇痛，一言不發，顯示了他頑強的叛逆者性格。

20 卡修斯（Gaius Cassius Longinus）是古羅馬將領，內戰爆發時擔任平民保民官，參加了元老貴族黨。凱撒進軍義大利，勢如破竹，卡修斯隨龐培和元老貴族倉皇逃出義大利。龐培在法爾薩利亞之戰敗績後，卡修斯投降凱撒。凱撒不僅寬恕了他，而且推舉他為執政官，並答應次年任命他為敘利亞總督。卡修斯雖然受到凱撒的恩惠，卻還是以他為仇敵，暗中組織反對派陰謀刺死了他；布魯圖斯也是在卡修斯的勸說下參加這起暗殺行動的。凱撒死後，卡修斯離開羅馬前去敘利亞，公元前四十二年秋，在腓力比附近與布魯圖斯一同迎戰安東尼和屋大維。兵敗後，命令一名獲釋的奴隸結束了自己的生命。

詩中說「他看起來肢體那樣健壯」。有些注釋家指出這與事實不符，因為據羅馬帝國時期的傳記作家普魯塔克（Plutarchos）在《希臘羅馬名人比較列傳》中說，卡修斯瘦弱蒼白；他們認為但丁混淆了刺死凱撒的卡修斯・朗吉努斯和西塞羅在《對卡提利那的控告辭》中所提到的盧丘斯·卡修斯弄混了。雷吉奧駁斥此說，指出但丁當然沒讀過普魯塔克的《列傳》，但也無法確定他是否讀過西塞羅的《對卡提利那的控告辭》，況且，其中形容盧丘斯·卡修斯的拉丁文 adipes（肥胖）這個詞，和但丁詩中形容卡修斯·朗吉努斯的義大利文 membruto（肢體健壯）這個詞意義根本不同。他認為，但丁根據的可能是我們不知道的史料，也可能是憑藉想像力將卡修斯勾畫成肢體健壯的人，和性格冷靜頑強的布魯圖斯對稱。

21 詩中關於猶大環的描述到此結束。牟米利亞諾指出，這區域是整個地獄當中唯一絕對靜默的地方，不僅盧奇菲羅默不做聲，而且他口中嚼著的三個罪人和所有被懲罰的陰魂也全都如此。這區域也是全地獄中最陰森鬼氣之處，甚至是唯一絕對被鬼氣籠罩的地方。惟有這裡生命已經全然熄滅。

「夜晚又回來了」，意即北半球現在已是黃昏時分，也就是一三〇〇年四月九日下午六點鐘（復活節前夕）。但丁遊地獄是從四月八日黃昏時分開始，到這時結束，總共用了二十四小時。

22 維吉爾趁魔王的翅膀張得夠大的時機爬上他的脅部，為的是不被翅膀打到。「抓住一簇又一簇的毛」下去，如同下陡峭的山坡時揪住一叢又一叢的灌木。「從濃密的毛和凝凍的冰層之間下去」也就是說，從盧奇菲羅毛茸茸的身軀和科奇土斯湖冰層之間的空隙中下去。

23 盧奇菲羅頭朝前、從天上墜入地獄，上半身在北半球，下半身在南半球，臀部隆起處恰恰在地球中心。維吉爾沿著他的身體下到他臀部隆起處時，必須掉過頭來往上爬，才能離開地獄，前去南半球。根據古代的錯誤理論，地球引力在地心處最大，維吉爾要將頭腿掉轉，得克服地心引力的巨大阻力，因而很吃力，累得喘吁吁。當時但丁趴在維吉爾背上，雙手環抱住他的脖子，當然會感覺到他掉頭，但緊接著他似乎又在往上爬，所以以為他們又要回地獄去。

24 大意是：維吉爾掉過頭來，在盧奇菲羅和岩石間的狹窄空隙中，沿著盧奇菲羅的身體繼續爬去，爬到岩石上有一道裂縫構成一個洞穴之處，再利用這個洞穴從狹窄的空隙中出去；他先將但丁放在洞穴邊沿上坐下，隨後離開盧奇菲羅的身體，一個穩練的箭步就邁到了但丁跟前。

25 因為但丁以為維吉爾在背著他返回地獄，而且維吉爾似乎已朝盧奇菲羅頭部的方向往回爬了一段，所以但丁坐在洞穴邊緣仰視盧奇菲羅時，以為會看到他像自己離開他時那樣頭朝上站在那裡。但是越過地心，維吉爾就掉過頭來一直朝著盧奇菲羅的腿部爬去，現在這個方向就是上。但丁不知道此時已經越過了地心，以為自己還在北半球，就轉了向，看到盧奇菲羅「兩腿在上伸著」，因而覺得莫名其妙。「那個中心點」指地心。

26 「路途遙遠，道路難行」指維吉爾和但丁須取道一條狹窄曲折的小路，從地心走到南半球煉獄山麓的地面，路程約和遊地獄的路程一樣遠。

「太陽已經回到第三時的一半了」指那時已是南半球時間上午七點半。原來教會為了按時禱告，將白天的十二個小時劃分為四部分：即第三時（terza）、第六時（sesta）、第九時（nona）和晚禱時（vespro）。第三時指春分和秋分時節日出後的前三個小時，即六點鐘到九點鐘，所以「第三時的一半」就是七點半鐘。

在地獄裡，維吉爾從來不用太陽、而是用黑夜和月亮來說明時間；現在已經離開地獄，越過地心，來到了天球南半球之下，這時他才首度用太陽來說明時間。

27 指地獄。但丁此時認為自己還沒離開地獄。

28 因為維吉爾在要沿著盧奇菲羅的身體下去時曾說：「夜晚又回來了」，現在剛過了一會兒又說：「太陽已經回到第三時的一半了」，所以但丁產生了這個疑問。

29 「洞穿世界的惡蟲」，指盧奇菲羅。「洞穿世界」，指他的身體穿過地心，一半在北半球地下，一半在南半球地下。《聖經》中常用「蟲」來指撒旦（例如：《舊約．以賽亞書》第六十六章，《新約．馬可福音》第九章）。「吸引各方面重量的那個中心點」，指地球的中心，也是全宇宙的中心，根據亞里斯多德的學說，乃是萬有引力的中心。

30 「天球這半球」原文是l'emisperio（這半球），這裡顯然是指天球南半球，而不是指地球南半球。「正對著籠蓋大片陸地的那半球」指天球南半球正對著天球北半球，天球北半球下面就是人類居住的、有大片陸地的北半球，天球北半球的天頂下是耶路撒冷，耶穌基督在那裡被釘死在十字架上，他是「生來無罪、生平也無罪的人」。「生來無罪」指他作為上帝的兒子生下來無原罪，「生平也無罪」指他生活在世上時，也無任何罪行，因為在神的意志中是不可有罪的（見托馬斯．阿奎那的《神學大全》第一卷）。

31 「猶大環」（Giudecca）是科奇土斯冰湖最靠內的第四環，得名於出賣耶穌的叛徒猶大。維吉爾告訴但丁：你現在腳踏在一個小小的圓形地面上，這個圓形地面的位置就相當於地心那邊的猶大環，所以現在你看不見冰層了。這是對他第一個問題的回答。

32 「那裡」指北半球，「這裡」指南半球。兩地時間相差十二小時。這是對他第三個問題的回答。

33 意即盧奇菲羅還和你初見到他時一樣固定在那裡，沒有將頭和腳顛倒過來。這是對他第二個問題的回答。

34 但丁根據《聖經》中（《舊約．以賽亞書》第十四章、《新約．路加福音》第十章和《新約．啟示錄》第十二章）關於盧奇菲羅從天上墜落地獄的話，運用想像力創造出這個神話：當盧奇菲羅從天上朝南半球「這邊」墜落時，原本那裡海面露出的陸地，因為害怕他落到自己上面，便沉入海裡（「把海作為面紗」），轉移到了我們所居住的北半球。

35 出現在南半球「這邊」的那塊陸地（指煉獄山），當初「或許」是為了避免和這個罪大惡極者接觸，因而留下這個空處，也就是我們目前所在的這個向上湧起，露出海面的地窖。

36 「下面那裡」是但丁在虛構的地獄、煉獄、天國之行結束後，寫《神曲》敘述旅行的經歷時，從北半球的角度說的，指的就是但丁站在那裡聽維吉爾解答問題、述說盧奇菲羅從天上墜落地獄的後果之處。「別西卜」（Belzebù）是魔王的另一個名字（見《新約．馬太福音》第十二章、《新約．馬可福音》第三章、《新約．路加福音》第十一章）。「別西卜和他的墳墓」指上面所說的那個「空處」，也就是但丁和維吉爾所在的那個「洞穴」或「地窖」。「這地方距離別西卜和他的墳墓的長度相等」意即這個地方在「洞穴」或「地窖」的盡頭。

37 意即見到天上的一些星辰。

38 《神曲》三部曲都以「群星」結束，表示嚮往光明之意。

經典文學

神曲 I. 地獄篇

La Divina Commedia : Inferno

作者	但丁・阿利吉耶里 Dante Alighieri
譯者	田德望
副社長	陳瀅如
總編輯	戴偉傑
編輯	林家任
行銷	陳雅雯、張詠晶、趙鴻祐
封面設計	井十二設計研究室
排版	宸遠彩藝有限公司
印刷	通南彩色印刷股份有限公司
出版	木馬文化事業股份有限公司
發行	遠足文化事業股份有限公司（讀書共和國出版集團）
地址	231 新北市新店區民權路 108-4 號 8 樓
電話	(02) 2218 1417
傳真	(02) 8667 1891
客服專線	0800 221 029
信箱	service@bookrep.com.tw
法律顧問	華洋法律事務所 蘇文生律師
出版日期	2025 年 8 月 4 日
定價	1480 元

（全書共 I. 地獄篇 II. 煉獄篇 III. 天國篇三冊，不分售）

ISBN	978-626-314-828-4（紙本）
	978-626-314-829-1（EPU）
	978-626-314-830-7（PDF）

本書譯文由中國北京人民文學出版社授權使用。
原文依 Umberto Bosco 與 Giovanni Reggio 合注本，參考 Sapegno 等注釋本譯出
This edition is published by arrangement with 北京人民文學出版社 through CA-LINK International LLC

國家圖書館出版品預行編目

神曲 / 但丁 . 阿利吉耶里 (Dante Alighieri) 著 ; 田德望譯 . –
新北市 : 木馬文化事業股份有限公司出版 : 遠足文化事業
股份有限公司發行 , 2025.08
1016 面 ; 14.8 X 21 公分
譯自 : La Divina Commedia.
ISBN 978-626-314-828-4(平裝)

877.51 114005253

Dante Alighieri

I. 但丁與佛羅倫斯

但丁與佛羅倫斯圖

La commedia illumina Firenze, 1465

一四六五年，佛羅倫斯市政府為紀念但丁誕辰二百周年，委託畫家米凱利諾在聖母百花大教堂左側廊道繪製此作。畫面中央，但丁身穿紅袍，頭戴桂冠，手持《神曲》，表現其作為先知詩人的形象。背景左側可見地獄場景，一群靈魂正被引導進入地獄門。在中央可見煉獄層層向上的高山，七段階梯依次象徵各個淨化階段，頂上樹林則是伊甸園，寓意救贖。右側是文藝復興時期的佛羅倫斯景觀，透過明光照亮城市，象徵《神曲》的指引與啟迪作用。天空則以濃淡不同的藍色，表達出天國的各個境界。

這幅畫融合了地獄、煉獄、天堂、佛羅倫斯城及但丁聖像等元素於一體，是十五世紀但丁形象和《神曲》視覺化的經典畫作。畫面底下的拉丁文銘文寫著：「他吟詠了天堂、中界與地獄的法庭，以詩人之眼掃視萬物；學識淵博的但丁來到這裡，佛羅倫斯常以他的睿智與虔誠視之為父。」

292 × 232 cm ｜布面蛋彩畫
佛羅倫斯｜聖母百花大教堂｜ Firenze, Santa Maria del Fior
多梅尼科・迪・米凱利諾（Domenico di Michelino, 1417-1494）繪

QVI COELVM CECINIT MEDIVMQVE IMVMQVE TRIBVNAL LVSTRAVITQVE ANIMO CVNCTA POETA SVO DOCTVS ADEST DANTES SVA QVEM FLORENTIA SAEPE
SENSIT CONSILIIS AC PIETATE PATREM NIL POTVIT TANTO MORS SAEVA NOCERE POETAE QVEM VIVVM VIRTVS CARMEN IMAGO FACIT

03

但丁與貝雅特麗齊

Dante and Beatrice, 1883

這幅畫的靈感取材自但丁在其一二九四年的自傳《新生》中描述他對貝雅特麗齊的愛慕之情。但丁假裝被其他女人吸引，以掩飾自己對她的愛。這幅畫描繪出貝雅特麗齊耳聞到與此有關的流言蜚語後，拒絕與但丁說話的事件。畫面上，三名女子走過佛羅倫斯的天主聖三一橋（Ponte Santa Trinita）。穿著白色連身裙的貝雅特麗齊走在她朋友身邊，她的女僕則緊跟在後。

為了完整重現中世紀建築和街景的歷史準確性，霍勒戴在作畫前曾於一八八一年親赴佛羅倫斯進行文獻考察和現場調查。他發現，十三世紀時，位於亞諾河北岸、介於背景中的老橋（Ponte Vecchio）和聖三一橋之間的倫加諾街（Lungarno）曾鋪設磚塊，而且附近有商店；這些細節在這幅畫中都有精準呈現。他還發現老橋在一二三五年的一場洪水中被摧毀，在一二八五年至一二九〇年間重建，因此畫中可見老橋被鷹架覆蓋。

203 × 142 cm ｜油畫

利物浦｜沃克美術館｜ Liverpool, Walker Art Gallery

亨利・霍勒戴（Henry Holiday, 1839-1927）繪

II. 凱塔尼的《神曲》宇宙圖

出身羅馬的貴族家庭，同時也是政治家、雕塑家與詩學研究者米開朗基羅・凱塔尼（Michelangelo Caetani, 1804-1882），在一八五五年製作出六幅地圖，以科學化的地形和地圖插圖方式，具體描繪出《神曲》中地獄、煉獄與天國的空間概念，視覺化呈現出《神曲》的多層宇宙，為十九世紀理解但丁哲學架構提供了重要圖像，也彰顯文藝復興以降、跨學科結合藝術與學術研究的風潮。這裡選用的是一八七二年出版的彩色石印版本。

1 ·《神曲》整體宇宙系統
Figura Universal della Divina Commedia

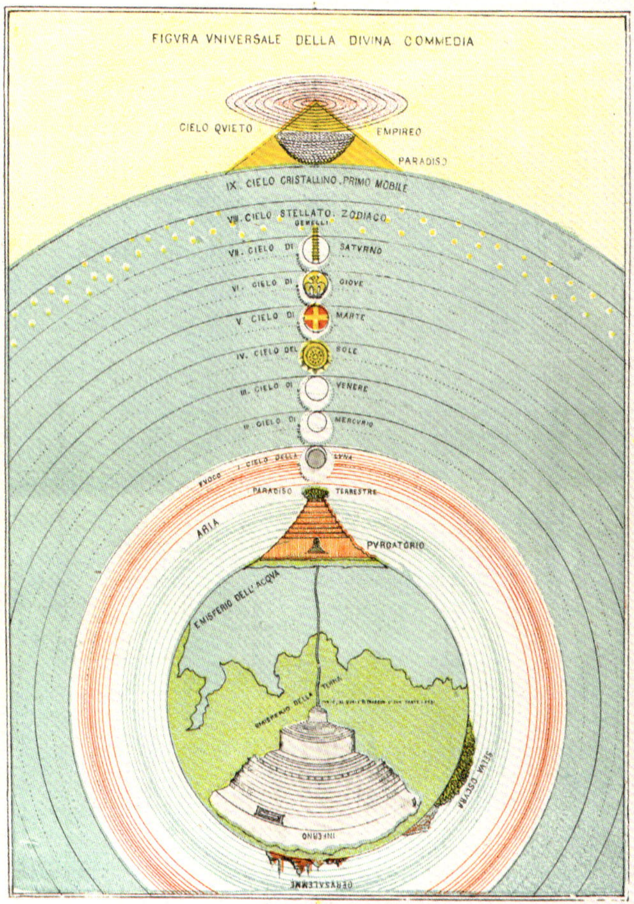

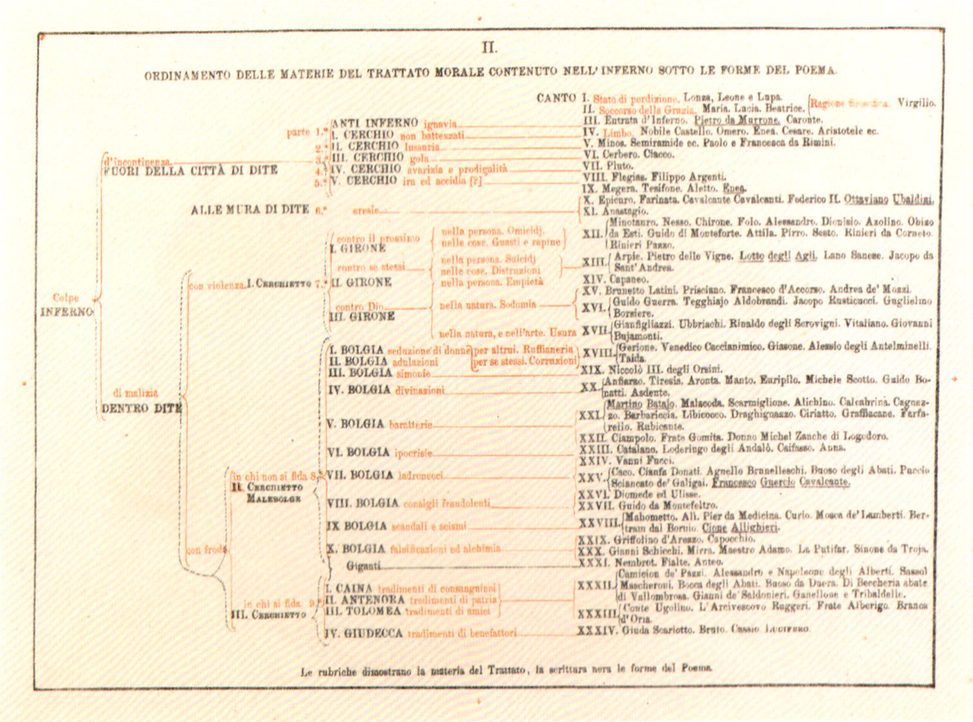

2．地獄篇中出現人物與道德意涵

Ordimento elle Materie Del Tratto Morale Contenuto nell'Inferno sotto le Forme del Poema

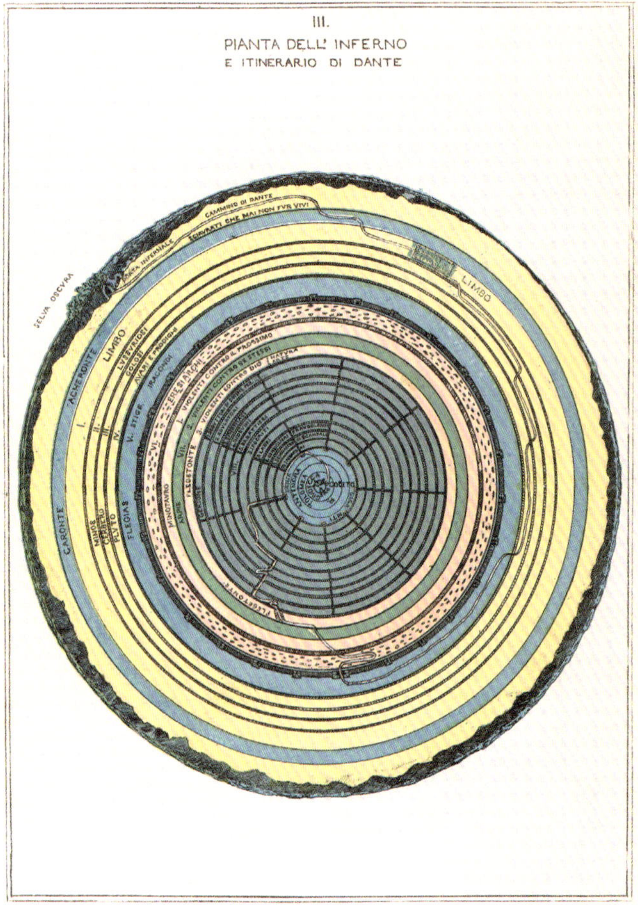

3・地獄平面圖

Pianta dell'Inferno

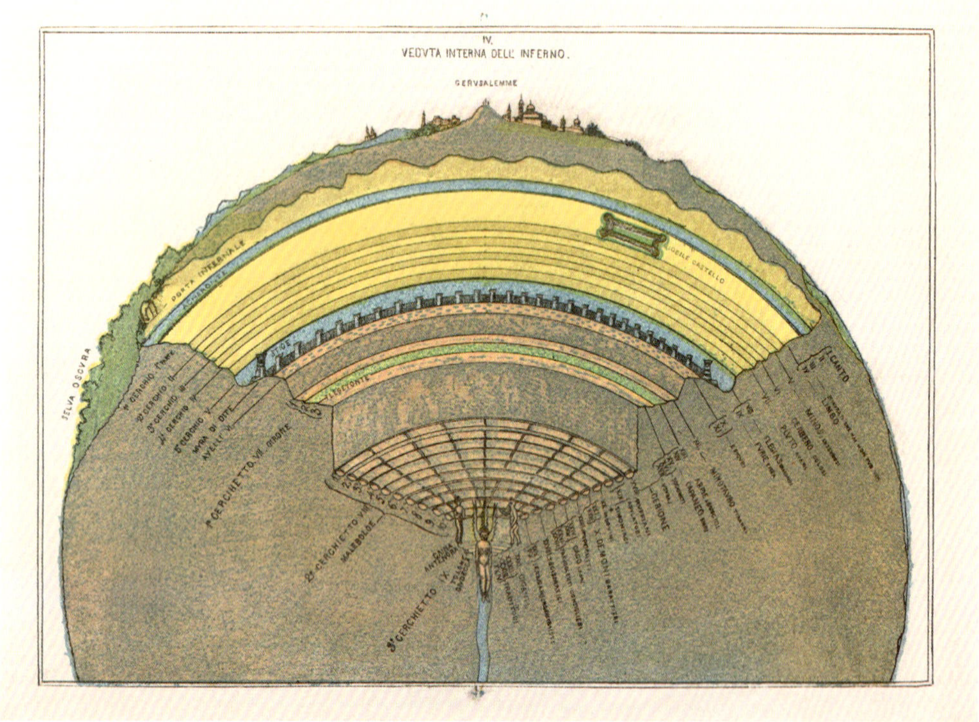

4 · 地獄剖面圖

Veduta Interna dell' Inferno

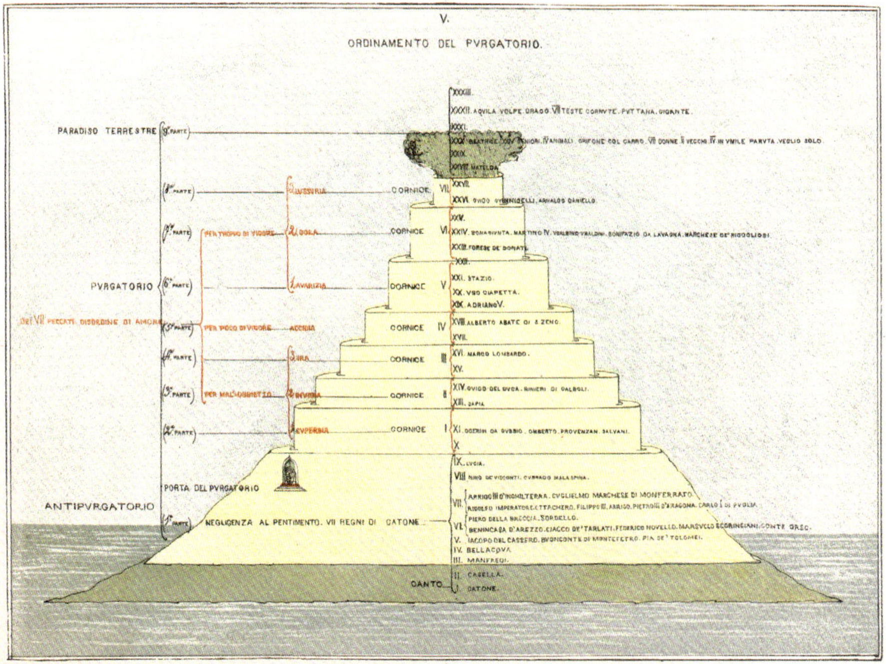

5・煉獄的階層結構

Ordinamento del Purgatorio

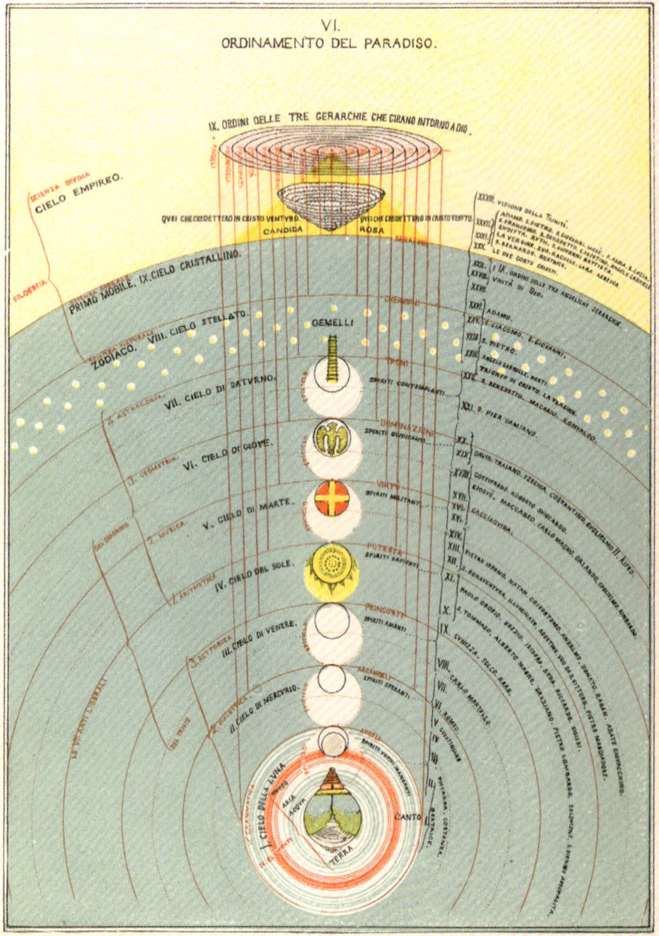

6 · 天國的秩序排列
Ordinamento del Paradiso

III. 波提切利的地獄

波提切利在這幅小小的圖中，細膩描繪出但丁筆下地獄的九層結構。構圖呈倒錐狀向下收束，清晰描繪出每一圈的懲罰內容，非常細緻，堪稱早期「地獄結構圖」的藝術巔峰。

47 × 33 cm ｜筆墨、銀尖筆與淡水彩上色
梵蒂岡｜宗座圖書館｜ Bibliotheca Apostolica Vaticana
山德羅・波提切利（Sandro Botticelli, 1445-1510）繪

IV.《神曲》三名畫

但丁與維吉爾
Dante et Virgil, 1850

這幅畫描繪的是《地獄篇》第三十章中，但丁與維吉爾在地獄第八圈觀察煉金術師卡波喬與身份冒名者強尼・斯基奇互鬥的場景。前景中，斯基奇咬住卡波喬的脖子，全身肌肉和姿勢誇張。畫面左側，身穿白衣、頭戴桂冠的維吉爾，和身著紅色服裝的但丁沉浸在黑暗中，正注視著互鬥的兩人。他們身後有一個展開翅膀的鬼卒正在咧嘴獰笑，在黑暗的背景中更顯陰森。

225 × 280 cm｜布面油畫
巴黎｜奧賽美術館｜ Paris, Musée d'Orsay
威廉・阿道夫・布格羅（William-Adolphe Bouguereau, 1825-1905）繪

但丁之舟

La Barque de Dante, 1822

這幅畫描繪出《地獄篇》第八章中的場景。在鉛灰色的煙霧和熊熊燃燒的狄斯城背景下，但丁與維吉爾正搭乘冥河之船橫渡斯提克斯，周圍滿是受懲罰的靈魂在水中掙扎、哀號，畫面充滿混亂與痛苦氛圍。

德拉克洛瓦的畫面營造和配色堪稱一絕，但丁頭巾的鮮紅色與身後燃燒的火焰交相輝映，令人毛骨悚然，更與船夫弗列居阿斯周圍翻騰的藍色布巾形成鮮明對比。而法國藝評家勃朗（Charles Blanc, 1813-1882）更形容維吉爾斗篷上的一抹白色，是「黑暗中的偉大覺醒，暴風雨中的一道閃光」。

246 × 196cm｜布面油畫

巴黎｜羅浮宮｜ Paris , Musée du Louvre

歐仁・德拉克洛瓦（Eugène Delacroix, 1798-1863）繪

弗蘭齊斯嘉與保羅的幽魂現形

Les ombres de Francesca da Rimini et de Paolo Malatesta apparaissent à Dante et à Virgile, 1855

在《地獄篇》第五章中，但丁與維吉爾在地獄第二圈裡遇見弗蘭齊斯嘉・達・里米尼與保羅的靈魂。這一對男女因情而死，靈魂在永恆的風暴中翻攪、受苦。

這幅畫描繪出兩人魂魄在風暴中盤旋，構圖情感強烈，被認為是謝弗最傑出的作品。仔細看，弗蘭齊斯嘉的左肩胛骨周圍和保羅的右胸上，依稀可見一道劍痕。

239 × 171 cm ｜布面油畫

巴黎｜羅浮宮｜ Paris, Musée du Louvre

阿里・謝弗（Ary Scheffer, 1795-1858）繪

V. 威廉・布雷克「重構」的神曲世界

威廉・布雷克（William Blake, 1757-1827）是浪漫主義時期的英國詩人、畫家、版畫家，擅長融合文字與圖像，常被視為先驅的「視覺詩人」。布雷克具有極強的宗教與神祕主義傾向，自成一套宇宙觀，在西方藝術史上是個奇特的人物。一八二四年，時年六十七歲的布雷克受出版商約翰・林內爾（John Linnell, 1792-1882）委託，為《神曲》創作插圖。林內爾本身也是一位畫家，年輕時就相當崇拜布雷克，因此希望布雷克能以自己的風格詮釋這部人類文學經典。

布雷克原計畫為《神曲》三篇各製作蝕刻版畫插圖，他在正式創作前先完成了一百零二幅草圖，以及大多未完成的水彩稿，蝕刻版畫最終僅完成七幅。在這些畫中，布雷克採用他特有的神祕象徵風格，融合了古典構圖與其個人神學視野，創造出了獨特的《神曲》場景。特別的是，布雷克雖然為但丁作畫，卻也批評但丁。他經常重新建構但丁筆下的場景，不完全忠於文字，而是加入其個人的神學批判或靈性理解。例如，他畫筆下表現的撒旦，不是原文中巨大且恐怖的形象，而是一種「悲傷且扭曲」的存在，反映的是人性墮落。

布雷克崇敬但丁的文學地位，但不完全認同但丁的世界觀。在神學觀點上，但丁崇敬天主教，重視罪與懲罰；布雷克則重視個人神祕主義，強調自由與救贖。在政治觀上，但丁支持秩序與帝國；布雷克則反對壓迫制度與教會權威。對於地獄，但丁認為地獄懲罰有嚴厲的等級之別；布雷克則認為地獄反映的是個人內在的心靈狀態，更偏象徵性。布雷克曾說：「但丁在地獄裡而不自知。」這樣的看法也反映出他認為但丁的道德觀太過老舊僵硬，等於是在幫助權力結構合理化懲罰與壓迫。

布雷克一八二七年過世時，仍未完成《神曲》所有插畫。據說，他在臨終時仍持筆作畫，眼神「盯著天堂」。這批作品草稿後來由出資委託的林內爾收藏，但歷經多時，目前已散存於英國、美國、澳洲等地。和著名的多雷版蝕刻版畫插圖不同，布雷克這批為《神曲》所作的插畫前置稿，充分展現出了浪漫主義時期對中世紀經典的特殊詮釋，既是布雷克藉著圖像對但丁神學提出的挑戰，也是詩人對詩人的跨時空回應。

但丁逃離三惡獸

Dante running from the three beasts

「你要逃離這荒涼之處，就須走另一條路，
因為這隻迫使你大聲呼救的野獸不讓人從牠這條路通過，而是極力阻擋，將人弄死；
牠的本性窮凶惡極，永遠滿足不了自己的貪慾，
得食之後，飢餓還更勝先前。」
——《地獄篇／第一章》

53 × 37 cm
澳洲墨爾本｜維多利亞國立美術館
Melbourne, National Gallery of Victoria

維吉爾的任務

The Mission of Virgil

「為了解除你的這個恐懼，我要告訴你我為何而來，
當初是聽到什麼，才對你心生憐憫。
我在那些懸空的靈魂之間，一位享天國之福的美麗聖女來叫我，我連忙請她吩咐。」
—— 《地獄篇／第二章》

36 × 52 cm
英國｜伯明罕博物館及美術館
Brimingham, Museums and Art Gallery

HELL Canto 2

但丁與維吉爾入森林
Dante and Virgil penetrating the forest

「他一動身，我就跟著走上艱難、荒野的道路。」
——《地獄篇／第二章》

53 × 37cm
英國倫敦｜泰德美術館
London, Tate Collection

HELL Canto 2

地獄之門

The inscription over Hell-Gate

「這裡必須丟掉一切疑懼，這裡必須清除所有畏怯。
我們已來到我向你說過的地方，你將看到那些失去心智之善的悲慘之人。」
——《地獄篇／第三章》

37 × 53cm
英國倫敦｜泰德美術館
London, Tate Collection

Leave every Hope you who in Enter
WB
HELL Canto 3

亡靈待渡阿刻隆河

The Vestibule of Hell and the souls mustering to cross the Acheron

「老師，現在請讓我知道這些是什麼人，
依我藉這微弱的光所見，
他們似乎急著渡河，是什麼規律使他們這樣。」
——《地獄篇／第三章》

37 × 53cm
澳洲墨爾本｜維多利亞國立美術館
Melbourne, National Gallery of Victoria

HELL Canto 3

米諾斯
Minos

「那裡站著可怕的米諾斯，齜牙咆哮著。
他在入口審查罪行，作出判决，將尾巴繞在自己身上，表示如何發落亡魂，勒令他們下去。
我是說，當不幸生在世上的人的靈魂來到他面前，便供出一切罪行。」
——《地獄篇／第五章》

53 × 37cm
澳洲墨爾本｜維多利亞國立美術館
Melbourne, National Gallery of Victoria

HELL Canto 5
WB

地獄第二圈：邪淫罪者

The Circle of Lustful

「地獄裡永無歇止的狂飈猛力席捲群魂飄蕩，
刮得他們旋轉、翻滾，互相碰撞，痛苦萬分。
每逢刮到斷層懸崖前，他們就在那裡喊叫、痛哭、哀號，就在那裡詛咒神的力量。」
——《地獄篇／第五章》

52 × 37cm
英國｜伯明罕博物館及美術館
Brimingham, Museums and Art Gallery

HELL Canto 5

地獄第三圈：貪食罪者

The Circle of Gluttons

「現在我已在第三圈，這裡下著永恆、可憎、寒冷、沉重的雨；
降雨的規則和雨的性質一成不變。
大顆的冰雹、黑水和雪從昏暗的天空傾瀉而下；
這些東西落到地上，使地面發出臭味。」
——《地獄篇／第六章》

53 × 37cm
美國麻州｜哈佛藝術博物館
Harvard University Art Museums

地獄之犬克爾柏路斯

Cerberus

「牠四肢百骸無不緊張顫動。
我的嚮導張開雙手，抓起滿把泥土扔進牠的食管內。
正如狺狺狂吠求食的狗咬到食物後便安靜下來，因為牠只顧拚命吞下食物。」
——《地獄篇／第六章》

53 × 37cm
澳洲墨爾本｜維多利亞國立美術館
Melbourne, National Gallery of Victoria

HELL Canto 6

普魯托
Plutus

「『住口，該死的狼！讓你的怒火在心中將你自己燒毀吧。
我們並非無緣無故來到這深淵當中：
這是天上的旨意，米迦勒曾在那裡懲罰那狂妄的叛亂。』
如同桅杆一斷，被風吹脹的帆相互纏結而落下那般，那殘酷的野獸一聽這話便倒在地上。」
——《地獄篇／第七章》

37 × 53cm
英國倫敦｜泰德美術館
London, Tate Collection

時運女神

The Goddess of Fortune

「託付給時運女神、人類互相爭奪的錢財，乃是轉瞬的騙人之物；
因為，月天之下現有和已有的所有黃金，都無法讓這些疲憊不堪的靈魂中的一個得到安息。」
——《地獄篇／第七章》

37 × 53cm
澳洲墨爾本｜維多利亞國立美術館
Melbourne, National Gallery of Victoria

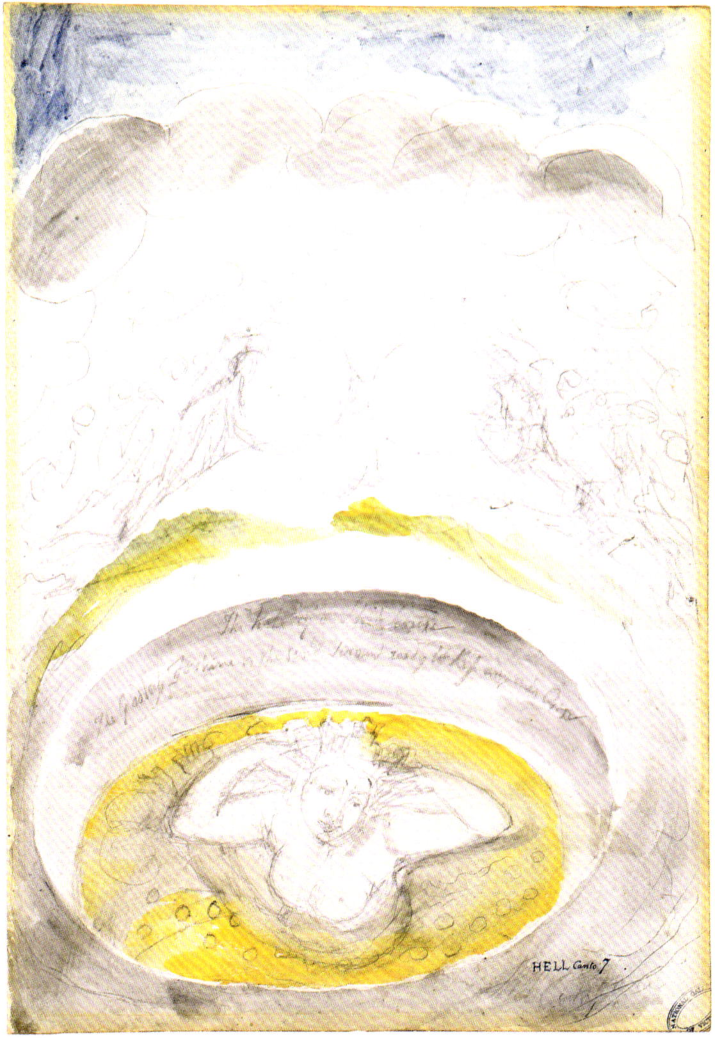
HELL Canto 7

斯提克斯惡沼裡的亡靈互鬥

The Styx the ireful sinners fighting

「我站著凝眸注視，只見沼澤裡盡是沾滿污泥的人，個個赤身裸體，怒容滿面。
他們不僅用手，還用頭、胸膛、兩腳互相毆打踢撞，
互相以牙齒將對方的身軀一塊塊咬下。」
—— 《地獄篇／第七章》

37 × 53cm
澳洲墨爾本｜維多利亞國立美術館
Melbourne, National Gallery of Victoria

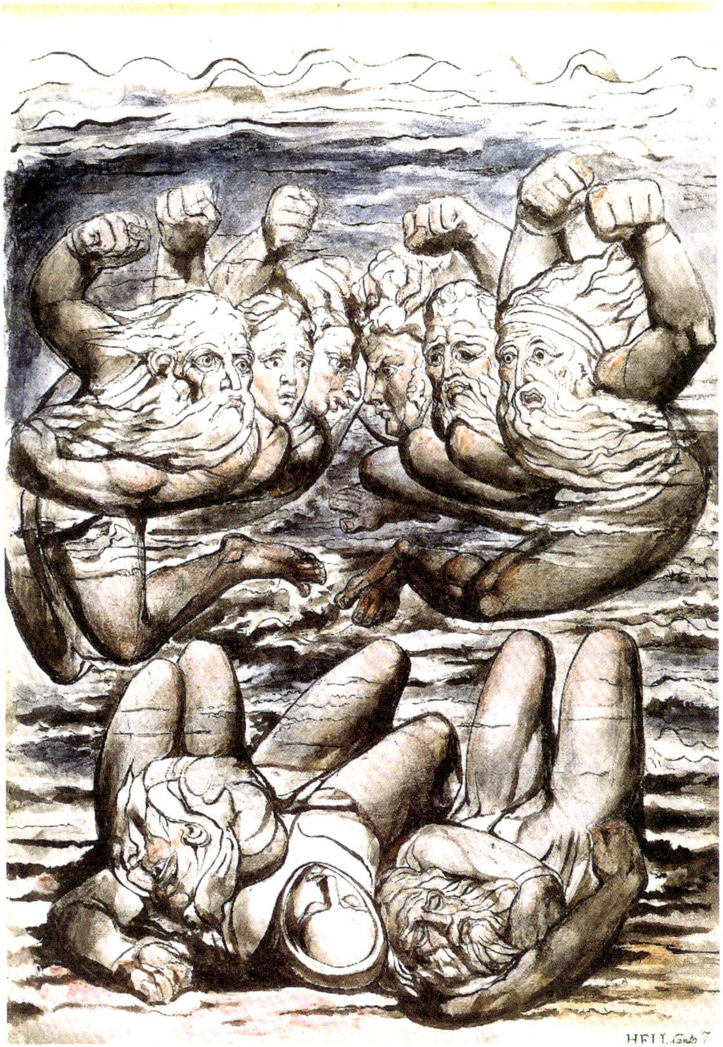
HELL Canto 7

但丁與維吉爾待渡斯提克斯

Dante and Virgil about to pass the Styx

「我們就這樣走在乾燥的陸岸和濕泥之間，
環繞污濁的沼澤走了一大段，眼睛望著那些吞下污泥的人。
我們終於來到一座塔樓腳下。」
——《地獄篇／第七章》

53 × 37cm
美國麻州｜哈佛藝術博物館
Harvard University Art Museums

Stygian Lake
HELL Canto 7

維吉爾推開菲利浦・阿爾津蒂

Virgil repelling Filippo Argenti from the boat of Phlegyas

「我對他說：『可詛的亡魂，你就留在這裡受苦、悲痛吧；
因為儘管你渾身泥污，我還是認得出你。』
一聽這話，他就將雙手伸向小船；
我機敏的老師將他推開，說：『滾開，滾去其他狗那裡！』」
——《地獄篇／第八章》

53 × 37cm
美國麻州｜哈佛藝術博物館
Harvard University Art Museums

HELL Canto 8

但丁和法利那塔交談

Dante conversing with Farinata degli Uberti

「當我來到他的墳旁，他稍微看了看我，隨後帶著幾近輕鄙的表情問我：
『你的祖輩是何人？』
我願意順從他的意願，沒有隱瞞，完全告訴他。」
—— 《地獄篇／第十章》

53 × 37cm
英國倫敦｜大英博物館
London, The British Museum

HELL Canto 10

米諾陶
The Minotaur

「『你大概以為來者是在世上置你於死地的雅典公爵吧？
滾開，畜生，因為此人並不是受你姊姊的指導而來，而是要來看你們所受的懲罰。』
猶如公牛受到致命打擊時掙脫套索，不知往哪兒跑，只是東躥西跳；
我看到米諾陶也變成那樣。」
——《地獄篇／第十二章》

58 × 37cm
美國麻州｜哈佛藝術博物館
Harvard University Art Museums

HELL
Canto 12

哈爾皮與自殺者的樹林

The wood of Self-Murderers: The Harpies and the Suicides

「污穢的哈爾皮在這裡做窩，她們曾向特洛伊人預言他們未來的災難，
用極盡喪氣的話嚇得他們離開斯特洛法德斯島。
她們有寬翅、人頸和人面，腳上有爪，大肚子上長著羽毛，正在那些怪樹上哀鳴。」
——《地獄篇／第十三章》

53 × 37cm
英國倫敦｜泰德美術館
London, Tate Collection

HELL Canto 13

瀆神的卡帕紐斯受雷殛之刑

Capaneus the Blasphemer

「即使朱比特讓他的鐵匠累得精疲力竭，在我的末日，
他曾在盛怒下從這名鐵匠那兒拿得銳利的雷電擊中我，即使他像在弗雷格拉之戰時那樣呼喊：
『好伏爾坎，幫忙啊，幫忙啊！』
讓蒙吉貝勒那烏黑鍛爐旁的其他鐵匠一個個累得精疲力盡，還使盡全力朝我投擲雷電，
他也不可能稱心如意實現對我的報復。」
—— 《地獄篇／第十四章》

53 × 37cm
澳洲墨爾本｜維多利亞國立美術館
Melbourne, National Gallery of Victoria

HELL Canto 14
WB

人類歷史的五個年代

The symbolic figure of the course of Human History describes by Virgil

「那山中屹然挺立著一個巨大的老人，他肩膀向著達米亞塔，
眼睛眺望著羅馬，好像照著自己的鏡子。
他的頭是純金打造，兩臂和胸部是純銀製成，胸部以下直至腹股溝皆是銅質；
從此往下全是純鐵，唯獨右腳是陶土做成；
他挺立著，體重主要是以這隻腳支撐，而不是另一隻。
除了金質部分以外，每一部分都裂出了一道縫，
裂縫內滴著眼淚，匯集在一起，穿透了那塊岩石。」
——《地獄篇／第十四章》

37 × 53cm
澳洲墨爾本｜維多利亞國立美術館
Melbourne, National Gallery of Victoria

HELL Canto 14

瀆賣聖職的教宗

The Simoniac Pope

「那鬼魂的雙腳因此扭動起來，繼而便嘆息著用哭聲對我說：
『那麼，你對我有何要求？
如果你那麼迫切想知道我是什麼人，迫切到為此走下堤岸來到這裡，
那麼你要知道，我曾穿過大法衣呀；
我真是母熊之子，為了讓幼熊們得勢，我那麼貪得無厭，
使得我在世上將錢財裝進私囊，在這裡將自己裝入囊中。』」
——《地獄篇／第十九章》

37 × 53cm
英國倫敦｜泰德美術館
London, Tate Collection

WB
HELL
Canto 19

地獄鬼卒折磨簡保羅

Ciampolo the Narrator tormented by the devils

「距離他最近的格拉菲亞卡內鈎住他被瀝青黏在一起的頭髮，將他提起；
在我看來，他活像是一隻水獺。」
—— 《地獄篇／第二十二章》

52 × 32cm
美國麻州｜哈佛藝術博物館
Harvard University Art Museums

HELL Canto 22

惱羞成怒的鬼卒互鬥
The baffled devils fighting

「卡爾卡勃利納對於受到愚弄非常氣憤，飛著去追阿利奇諾，巴不得罪人逃脫了，好和他打一架；那個貪污者才剛沉沒不見，他就將爪子轉向自己的夥伴，在壕溝上空和他扭在一起。」
——《地獄篇／第二十二章》

52 × 36cm
英國｜伯明罕博物館及美術館
Brimingham, Museums and Art Gallery

六腳蛇攻擊阿涅埃羅
A six-footed serpent attacking Agnolo Brunelleschi

「瞧，一條六腳蛇跳到了一個鬼魂面前，將他完全纏住。
牠用中間的腳抱住他的腹部，前腳抓住他的雙臂，然後用牙咬住他的兩頰，
後腳伸到他的大腿上，尾巴擱在他的大腿間，再朝上勾伸到他的後腰處。
即便常春藤纏繞樹上，也不如這可怕的爬蟲將其肢體纏在此人肢體上那麼緊。
接著，他們就好似熱蠟那般黏在一起，顏色互相混合。」
—— 《地獄篇／第二十五章》

53 × 37cm
澳洲墨爾本｜維多利亞國立美術館
Melbourne, National Gallery of Victoria

HELL Canto 25

半人馬卡庫斯

The Centaur Casus

「我瞥見一個怒容滿面的肯陶爾走來，喊道：
『他在哪兒，那個無法無天的東西在哪兒？』
我不相信近海的沼澤地有從他的臀到他人形開始之處那麼多的蛇。
他的後頸肩膀上蟠著一條翅翼展開的龍；牠碰見誰，就噴火燒誰。」
——《地獄篇／第二十五章》

52 × 37cm
英國倫敦｜大英博物館
London, The British Museum

HELL Canto 25

卜奧索・竇那蒂遭蛇攻擊
The serpent attacking Buoso Donati

「牠刺穿了其中一個鬼魂身上那人類最初吸收養分之處，隨後便倒了下去，攤開身體躺在他面前。
被刺穿的那人看著牠，但不發一語，而且腳跟立定不動，直打呵欠，好似睡魔或熱病正在侵襲。
他盯著蛇，蛇也盯著他；
一個從傷口、另一個從嘴裡猛烈地冒出煙來，而煙遇合在一起。」
——《地獄篇／第二十五章》

53 × 37cm
英國倫敦｜泰德美術館
London, Tate Collection

HELL Canto 25

尤利西斯和狄俄墨德斯同在火中

Uylsses and Diomed swathed in the same flame

「在那火裡受苦的是尤利西斯和狄俄墨德斯，他們就這樣一起受懲，正如他們當初一起令神震怒；
他們在火中為施用木馬伏兵之計而痛苦呻吟，這一計為羅馬人高貴的祖先從那裡出逃開了大門。
他們在那火裡為施用詭計致使戴伊達密婭死後依然哀悼阿基里斯而受苦，
他們在那火中還為盜走雅典娜神像受懲。」
——《地獄篇／第二十六章》

37 × 53cm
澳洲墨爾本｜維多利亞國立美術館
Melbourne, National Gallery of Victoria

HELL
Canto 26

穆罕默德與阿里

The Schismatics Sowers of Discord: Mohammed and Ali

「我定睛注視他時，他望著我，扯開自己的胸膛說：
『你看我怎麼把自己撕開！你看穆罕默德被砍得多麼嚴重！
在我前面哭著走的是阿里，他的臉從下巴直到額髮處全被劈開。
你在這裡看到的所有鬼魂，生前全是散播不和及製造分裂之人，
所以全都被這樣劈開。』」
——《地獄篇／第二十八章》

53 × 37cm
澳洲墨爾本｜維多利亞國立美術館
Melbourne, National Gallery of Victoria

WB
HELL Canto 28

造假者與疾病堤溝

The Ditch of Disease: the Falsifiers

「設想在七月和九月間，瓦爾第洽納、馬萊姆瑪和薩丁島醫院裡的病人全數聚集在一條溝裡，會是何種痛苦景象，此處情景就是那樣，這裡的臭氣就如同肢體腐爛散發出的那般。」

——《地獄篇／第二十九章》

38 × 23cm

英國倫敦｜泰德美術館

London, Tate Collection

安泰俄斯將但丁與維吉爾放至地獄底層

Antaeus setting down Dante and Virgil by Cocytus in the Last Circle of Hell

「如同從傾斜的一面仰望卡里森達斜塔，當一片浮雲朝著和傾斜方向相反的方向飄過塔上，覺得那塔似乎就要倒下似地，我注意看著安泰俄斯彎身時，也有同樣的感覺。」

——《地獄篇／第三十一章》

37 × 53cm

澳洲墨爾本｜維多利亞國立美術館

Melbourne, National Gallery of Victoria

HELL Canto 31

地獄第九圈：叛賣罪者

The Circle of the Traitors the Alberti Brothers

「我聽見有人對我說：
『你走路可得留神：注意腳可別踩在疲憊不堪、可憐的兄弟們頭上。』
我隨即轉身，只見面前和腳下是一面湖，
因為嚴寒，湖面看似是玻璃，而不像水。」
——《地獄篇／第三十二章》

52 × 37cm
美國麻州｜哈佛藝術博物館
Harvard University Art Museums

HELL Canto 32

但丁與鮑卡的爭執

Dante striking against Bocca degli Abati

「他接著對我說：
『即便你拔光我的頭髮，我也不告訴你我是誰。
即便你在我的頭上踩踩千下，我也不會向你暴露我是誰。』」
——《地獄篇／第三十二章》

34 × 23cm
英國倫敦｜泰德美術館
London, Tate Collection

Printed by Harry Hoehn 7/68

Restrikes from plate in my collection Lessing J. Rosenwald

盧奇菲羅
Lucifer

「悲哀之國的皇帝半胸以上露在冰層之外；
與其說巨人的身材比得上他的手臂，毋寧說我的身材比得上巨人：
現在你能想見，全身要和這一部分相稱，那該有多麼高大。
倘若他原本那樣美，如同現在這樣醜，還揚眉反抗他的創造者，
那麼他成為所有苦難的來源也是理所當然。」
——《地獄篇／第三十四章》

37 × 53cm
澳洲墨爾本｜維多利亞國立美術館
Melbourne, National Gallery of Victoria

HELL
Canto 34

凱旋車上的貝雅特麗齊

Beatrice addressing Dante from the chariot

「他的兩翼分別向上伸到正中那條光帶與左右各三條光帶之間的空間，
隔開了這些光帶，又不觸及或阻斷任何一條。
格利豐的雙翼一直伸展到已望不見的高度；
他肢體的鳥形部分為金色，其餘則是白中帶有朱紅。」
——《煉獄篇／第二十九章》

53 × 37cm
英國倫敦｜泰德美術館
London, Tate Collection

Pg Canto 29 & 30

聖雅各、聖彼得與貝雅特麗齊

Saint Peter and Saint James with Dante and Beatrice

「我看到這位偉大而光榮的親王甚受那一位的歡迎，他們一同讚美上天供予的吃食。
但在相互祝賀過後，他們便在我面前停下，
默默無語，同時閃耀著強烈光芒，令我不得不低頭。」
——《天國篇／第二十五章》

53 × 37cm
澳洲墨爾本｜維多利亞國立美術館
Melbourne, National Gallery of Victoria

九大天體的起源

The vision of the Deity, from whom proceed the Nine Spheres

「假若宇宙是依我所見的那些火環當中的秩序安排，
那麼，擺在我面前的那種精神食糧就會令我滿足；
但是，在我們感知的世界中可看到，離宇宙中心越遠的天，具有越多的神性。」
—— 《天國篇／第二十八章》

37 × 52cm
英國牛津｜阿須摩林博物館
Oxford , Ashmolean Museum

但丁在淨火天啜飲光之河水

Dante in the Empyrean drinking at the River of Light

「我見到一條狀如河般的光，在由彷彿春季盛開的神奇繁花薈成的兩岸之間，閃耀著金黃顏色。
一顆顆活潑燦爛的火星從這條河中飛出，落入河兩邊的花裡，好似鑲嵌在黃金裡的紅寶石；
而後，它們似乎被香氣薰醉，復又跳進神奇的河流，一顆進入，另一顆從中飛出。」
——《天國篇／第三十章》

37 × 53cm
英國倫敦｜泰德美術館
London, Tate Collection

PAR. Canto 30

圖片索引
Artworks Index

圖片皆出自 Wikimedia Commons.
引用《神曲》文句，取自木馬文化出版之《神曲》，田德望譯。

圖像中的神曲世界

製作　林家任
出版　木馬文化事業股份有限公司
發行　遠足文化事業股份有限公司（讀書共和國出版集團）
地址　新北市 (231) 新店區民權路 108-4 號 8 樓
電話　02- 2218-1417
傳真　02-8667-1891
客服專線　0800-221-029
信箱　service@bookrep.com.tw

版面執行　井十二設計研究室
印刷　通南彩色印刷股份有限公司

法律顧問　華洋法律事務所 蘇文生律師
出版日期　2025 年 8 月 4 日

本書為木馬文化《神曲》不分售套書之附贈別冊，非供單獨銷售。
套書缺此別冊不退。